KB049639

금
병
매
6

금병매 金甁梅 6

초판 1쇄 발행 2022년 9월 30일

지 은 이   소소생(笑笑生)
옮 긴 이   강태권
펴 낸 이   한승수
펴 낸 곳   문예춘추사

편   집   이상실
마 케 팅   박건원, 김지윤
디 자 인   박소윤

등록번호   제300-1994-16
등록일자   1994년 1월 24일
주   소   서울특별시 마포구 동교로 27길 53, 309호
전   화   02 338 0084
팩   스   02 338 0087
메   일   moonchusa@naver.com

I S B N   978-89-7604-536-2 04820
              978-89-7604-530-0 (세트)

천하제일기서

金瓶梅

완역

금병매

소소생笑笑生 지음

강태권 옮김

6

예춘추사

제55화 **다시 한 번 사람을 설레게 하네**   009
서문경은 동경으로 생일 선물을 보내고,
묘원외는 양주에서 가동을 보내오다

제56화 **하늘에 오를 새가 깃을 펴지 못한다니**   041
서문경은 상시절을 도와주고,
응백작은 수수재(水秀才)를 추천하다

제57화 **천 번을 안 취하면 모든 것이 헛된 것**   066
스님은 시주를 받아 영복사를 수리하려 하고,
실비구니는 다라경을 인쇄하여 시주케 하다

제58화 **물 한 모금도 인연으로 얻어먹는 법**   093
질투에 싸인 금련은 추국을 때리고,
거울 닦는 노인은 육포를 달라고 애원하다

제59화 **칼로 가슴을 베어내는 이별이런가**   139
서문경은 설사자(雪獅子)를 던져 죽이고,
이병아는 관가의 죽음에 통곡하다

제60화 **모든 일은 뿌리 없이 스스로 생기는 것**   186
이병아는 우울해 병이 생기고,
서문경은 포목점을 열다

제61화   **생년월일은 어쩔 수 없는 운명이니**   207

한도국은 서문경을 초대해 잔치를 열고,
이병아는 병을 앓으며 중양절 잔치에 참석하다

제62화   **기러기는 짝을 잃고 슬피 울고**   269

반도사는 굿을 하고 등명제(燈命祭)를 올리고,
서문경은 이병아의 죽음에 통곡하다

제63화   **대나무 숲에 비치는 희미한 서광**   323

친척과 친구들이 제사상을 차려 이병아를 추모하고,
서문경은 연극을 보며 이병아를 생각하다

서문경의 여인들

오월랑 첫째 부인. 청하좌위 오천호의 딸로 서문경의 전처가 죽자 정실로 들어온다. 서문경 집안의 큰마님으로 행세하며 집안 여인들 간의 질서를 유지하고자 노력하고, 서문경이 죽은 후에는 유복자 아들을 잘 키워보고자 노력하나, 결국 인생이 한바탕 꿈에 불과함을 깨닫는다.

이교아 둘째 부인. 노래 부르는 기생이었으나 서문경의 눈에 들어 부인이 된다. 서문경이 죽자 재물을 훔쳐 기원으로 돌아간다.

맹옥루 셋째 부인. 포목상의 정처였으나 남편이 죽자 설씨의 주선으로 서문경과 혼인한다. 나름 행실을 바르게 하며 산 덕분에 쉽게 맞이할 수도 있는 불운을 피해 간다.

손설아 넷째 부인. 서문경 전처의 몸종이었다가 서문경의 눈에 들어 그의 부인이 된다. 집안 하인과 눈이 맞아 도망가는 등, 삶의 신세가 바람에 나부끼는 깃발처럼 이리 움직였다 저리 움직였다 한다.

반금련 다섯째 부인. 무대의 부인이었으나 서문경과 눈이 맞아 무대를 독살하고 서문경에게 시집온다. 영리하고 시기심 많은 성격에 서문경을 독차지하려고 애쓰지만, 끝내 원수의 칼날을 피하지 못한다. 삶의 영고성쇠가 무상함을 증명하듯 실로 파란만장한 삶을 산다.

이병아 여섯째 부인. 화자허의 부인이었으나 화자허가 화병으로 죽자 서문경의 부인이 된다. 천성이 착하지만 죽은 화자허의 좋지 않은 기운이 그녀의 삶을 지치게 한다.

춘매 반금련의 몸종으로 서문경의 총애를 받는다. 사람 일은 알 수 없음을 증명하는 인물로서, 쇠락해지는 듯하다 다시 최고의 영예를 누리는 삶을 산다.

이계저 이교아의 조카로 기원의 기생. 행사 때마다 서문경의 집안에 불려온다.

송혜련 서문경 집안의 하인인 내왕의 부인. 자신의 미색 때문에 남편이 쫓겨나게
된다.

임부인 서문경을 의붓아버지로 섬기는 왕삼관의 어머니. 아들을 핑계삼아 서문경
과 관계를 맺는다.

여의아 서문경의 아들 관가의 유모. 이병아가 죽은 뒤 서문경의 눈에 들어 관계를
맺는다. 서문경이 그녀를 죽은 이병아를 대하듯 한다.

왕륙아 한도국의 부인. 딸의 혼사를 매개로 서문경의 눈에 들어 은밀한 만남을 갖
는다. 남편의 암묵적 승인 하에 자신의 몸을 팔아 생계를 이어간다.

반금련의 남자들

무대 금련이 독살한 전남편. 동생 무송에게 자신의 억울한 죽음을 알리고 복수를
부탁한다.

서문경 금련이 재가한 남편. 천하의 난봉꾼으로, 집안의 여러 부인을 거느리고도
틈만 나면 새로운 여인에게 눈을 돌린다.

진경제 서문경의 사위. 일찌감치 장인 집에서 기거하며 서문경이 다른 여자를 탐하
는 사이에 금련과 정을 통한다. 수려한 외모로 어린 나이부터 정욕에 이끌
리는 삶을 산다.

금동 서문경의 하인.

왕조아 왕노파의 아들.

일러두기

* 이 책은『신각금병매사화(新刻金瓶梅詞話)』와『신각수상비평금병매(新刻繡像
批評金瓶梅)』의 합본을 저본삼아 이를 완역한 것이다.
** 본문 삽화는『신각수상비평금병매』에서 가져온 것이다.
*** 본문 중 괄호 안의 글은 옮긴이의 주이다.
**** 각 이야기의 소제목은 편집부에서 새로 만든 것이다.

제55화 다시 한 번 사람을 설레게 하네

서문경은 동경으로 생일 선물을 보내고,
묘원외는 양주에서 가동을 보내오다

천년의 반도[蟠桃]*를 이슬 띤 채로 가져와

재상의 생일 선물로 바치네.

신선 여덟 명이 내려와 축하의 잔을 들고

봉황 일곱이 모여 화려한 비단을 짜고

천지 사방에서 축하 선물 올리고

주위 오랑캐들도 진귀한 물건 바치네.

희화[羲和]**야, 양환[兩丸]***을 급히 돌리지 마라

조정에서는 황제께서 가장 장수하시기를.

千歲蟠桃帶露攜 攜來黃閣祝期頤

八仙下降稱觴日 七鳳團花織綿時

六合五溪輸賀軸 四夷三島獻珍奇

羲和莫遣兩丸速 願壽中朝帝者師

---

* 전설 속의 복숭아

** 고대 신화 중 태양을 태운 수레를 몬다는 신

*** 해와 달

이병아가 임의원이 지어준 약을 달여 먹고 약간 차도가 있자 서문경은 비로소 제정신이 들었다. 동경 채태사의 생일이 다가와서 얼마 전에 대안을 항주로 보내 용포[龍袍]와 비단, 은기류와 패물 등을 준비해놓은 일이 생각난 것이었다. 동경까지 가서 축하를 하려면 얼마나 걸리는지 계산해보았다. 산동에서 동경까지 가려면 적어도 보름 정도 걸리기에 급히 짐을 꾸려 출발해도 겨우 제시간에 도착할 성싶었다. 더 늦으면 안 되겠다는 생각이 들어 바로 이 사실을 월랑에게 얘기하니 이에 월랑은 말했다.

"여태 말하지 않다가 지금 와서 이렇게 서둘며 야단을 부리시니… 도대체 언제 떠나시려고 그러세요?"

"내일 출발한다 하더라도 도착할 수 있을지 모르겠어. 며칠밖에 남지 않았으니, 원."

서문경은 말을 마치고 바로 밖으로 나가 금동, 대안, 서동, 화동에게 옷과 짐을 꾸리게 하고 내일 동경으로 간다고 일렀다. 하인들은 부지런히 짐을 꾸렸다. 월랑은 소옥을 불러 일렀다.

"각 방 마님들께 나리의 짐을 꾸리시라고 전해라."

이때 이병아는 어린애가 있고 아프기에 안에서 쉬고, 그 나머지 맹옥루, 반금련은 모두 나와 부지런히 오가며 가죽 상자에 망의, 용포, 비단 등을 챙겨 넣었는데, 상자를 세어보니 스무 개 정도 되었다. 이 밖에 서문경의 의관도 같이 정리했다. 이날 저녁 세 부인은 술과 안주를 마련해 동경으로 떠나는 서문경의 송별연을 마련했는데, 이 자리에서 서문경은 부인들에게 몇 마디 당부의 말을 하고 이날은 월랑의 방에서 쉬었다.

다음 날, 상자 스무 개 정도를 먼저 보냈다. 그런 후에 통행증을 보냈는데, 각 역을 통과할 적에 불편함이 없고 마부와 말들이 제대로 대접받기 위함이다. 모든 것이 제대로 진행됐는지 보고서는 이병아의 방으로 들어가,

"몸조리를 잘하고 있게나, 내 바로 다녀올 테니."

라고 몇 마디 건네니 이에 이병아는 눈물을 글썽이며,

"가시는 길에 부디 몸조심하세요."

그러면서 월랑, 옥루, 금련과 함께 대문까지 따라 나가서 전송했다. 서문경은 가마에 오르고 하인 넷은 말을 타고 그 뒤를 따라 동경으로 출발했다. 발걸음을 재촉해 백 리쯤 가니 어느덧 날이 어두워졌다. 이에 서문경이 역참에 들러 쉬어 가자고 분부하여 머무니 그곳 관리들이 환대해주어 하룻밤을 잘 보냈다.

다음 날 아침 일찍 서문경은 재촉하여 상자 등을 꾸리고 급히 길에 올랐다. 좌우로 펼쳐지는 아름다운 경치도 맘껏 구경하고, 점심때가 되어서 점심을 먹고는 다시 길을 재촉했다. 길에서 많은 사람들을 만났는데, 그 수를 다 헤아릴 수 없을 정도로 많은 문무관들이 채태사의 생일을 축하하기 위해 가는 중이었다. 열흘 남짓 가서 계산을 해보니 거의 제시간에 맞춰 도달할 수 있을 것 같았다. 하루를 묵고 또 이틀을 가 동경에 도착해 만수성문[萬壽城門]으로 들어갔다. 때는 이미 어두워져 용덕가에 있는 적렴의 집에서 머물기로 했다. 적집사는 서문경이 왔다는 소식을 듣고 급히 밖으로 나와 영접을 하고는 서로 그간의 안부를 묻고 차를 마셨다. 서문경은 대안더러 선물 짐 꾸러미를 잘보게 하고는 하나하나 적집사 집안으로 들여놓았다. 적집사는 자기집 하인들에게 짐을 잘 간수하라 이르고 술자리를 마련해 서문경을 접대했다. 잠시 뒤에 물소 뼈로 깎은 탁자 위에 수십 가지 음식이 올

라왔는데 모두 산해진미로, 제비 집과 상어 지느러미 요리 등 용의 간과 봉황의 골수만 없는, 그야말로 없는 게 없는 상으로 채태사가 먹는다 해도 이보다 더 좋은 음식은 먹을 수 없을 성싶었다.

집안의 하인이 물소 뼈로 만든 통천서[通川犀] 잔에 마고주[蔴姑酒](강서 건창[建昌]에서 나는 술)를 따라 적렴에게 올렸다. 잔을 받아 땅에 뿌려 하늘에 경의를 표한 후, 그 잔에 술을 따라 서문경에게 권하니 서문경도 똑같이 경의를 표했다. 다시 적렴에게 잔을 돌려주며 권했다. 두 사람이 앉아 있노라니 사탕, 과일, 과자, 안주가 마치 흐르는 물처럼 끊임없이 계속 올라왔다. 술이 두어 순배 돌았을 때 서문경이 적렴에게 말했다.

"채태사님의 생신을 축하하기 위해, 별것 아니지만 선물을 약간 준비해드리고자 올라왔습니다. 소생은 예전부터 태사님을 가까이 모시며 태사님의 문하생이 되어 양아들이 될 수만 있다면 일생에서 가장 큰 영광이라 하겠습니다. 허나 채태사 대감께서 허락하실지 모르겠습니다."

"그것이 뭐 어렵겠습니까? 대감께서는 비록 조정의 대신이시나 여간 인자하신 게 아닙니다. 게다가 오늘 이 같은 후한 예물을 받으시면 벼슬이 올라갈 수 있는 것은 물론이고 양자가 되는 것이야 말할 나위도 없지요!"

서문경은 이 말을 듣고 매우 기뻐했다. 술과 음식을 실컷 먹은 후에 서문경은 더 먹지 못하겠다고 사양했다.

"한 잔만 더 하시지요. 왜 들지를 않으시지요?"

"내일 아침 긴히 할 일이 있어, 더는 못 마시겠습니다."

그러나 적렴이 억지로 권하는 통에 몇 잔을 더 마셨다. 그런 후에 적렴은 서문경의 수행원들에게 술과 음식을 내리고 말들은 뒤채로 끌고 가 쉬게 하라고 분부했다. 짐들을 대강 정리하고 서문경은 앞채에 있는 서재에 들어가 쉬었다. 그곳에는 금색 도금을 한 침대에 비단 휘장이 드리워져 있었다. 은 갈고리로 휘장을 걷어올리니 비단 이부자리가 깔려 있는데 은은한 향기가 났다. 서문경이 방에 들어서자 하인 아이들이 서문경의 옷과 신발을 벗겨주었다. 침상 위에 올라 홀로 잠을 자려 하니 서문경은 일평생 혼자 자본 적이 없는지라 아주 어렵게 잠이 들었다.

이튿날 자리에서 일어났으나 적렴의 집이 너무 넓어 어디서 물을 떠다 세수를 해야 하는지 도무지 알 수가 없었다. 아홉 시경이 되어서야 한 사람이 문을 열고 들어왔다. 그 뒤를 한 사람은 수건을 들고, 다른 한 사람은 은 세숫대야에 향기로운 물을 담아 들어왔다. 서문경은 세수를 하고 머리를 빗고 충정관 모자를 쓰고 외투를 걸치고는 홀로 서재에 앉아 있었다. 잠시 뒤에 적집사가 서문경과 아침 인사를 나누고 함께 자리를 했다. 그러자 하인이 가지각색의 맛있는 음식이 서른 가지 정도 들어 있는 붉은 찬합을 가져왔다. 은 주전자로 술을 따르면서 아침 식사를 했다. 적렴이,

"먼저 아침을 드시지요. 그런 다음에 제가 대감님께 먼저 말씀을 드리면 나리께서 예물을 가지고 들어오시지요."

하니 이에 서문경은,

"너무 수고를 끼치는군요."

라며, 술을 몇 잔 마시고 식사를 하고는 그릇들을 치우게 했다. 그러고 나자 적집사는,

"그럼 잠시 앉아 계세요. 먼저 다녀오겠습니다."

하고는 몸을 일으켜 나갔다. 얼마 안 되어 적집사가 급히 뛰어오면서 서문경에게 말했다.

"대감 나리께서 지금 서재에서 머리를 빗고 계시고, 문밖에는 조정의 문무백관들이 가득 차 있습니다. 모두 생일 축하 인사를 올리려고 기다리고 있으나 아직 아무도 대감님을 만나지 못하고 있습니다. 제가 대감님께 말씀을 잘 드려놓았으니 먼저 들어가 뵙도록 하시지요. 그러면 번잡한 것도 피할 수 있지요. 저는 바로 뒤에 따라가겠습니다."

이 말을 듣고 서문경은 대단히 기뻐해, 하인들에게 먼저 금은과 비단 등 스무 상자를 메어 채태사의 집으로 가져가게 했다. 그런 후에 서문경은 사모관대를 갖추고 가마를 타고 길을 나섰다. 시끌벅적하고 사람들이 너무 많아 어깨를 서로 부딪칠 지경이었는데 모두들 채태사의 생일을 축하하러 가는 관원들이었다. 서문경이 멀리서 가마를 타고 용덕방으로 가는 중인 한 관원을 보았다. 자세히 보니 바로 양주[楊州]의 묘원외[苗員外]였다. 묘원외도 멀리서 서문경을 쳐다보았다. 둘은 가마에서 내려 인사를 하고 그간 어떻게 지냈는지 물어보았다. 원래 묘원외는 매우 돈이 많은 사람인데, 지금은 별 볼일이 없는 한직에 있었다. 묘원외는 채태사의 문하 사람들과 교류하고 있었기에 생일을 축하하기 위해 올라왔다가 우연히 옛 친구를 만난 것이다. 둘은 모두 바쁜 길인지라 몇 마디를 주고받고 아쉬운 작별을 했다. 서문경이 채태사의 집 앞에 이르니 과연 그 위세가 대단했다.

당[堂]은 녹야[綠野]*인 양 구름 위에 솟아 있는 듯싶고

---

* 당[唐]나라 때 배도[裵度]가 하남의 낙양[洛陽] 남쪽에 지은 녹야당을 가리킴

각[閣]은 능연[凌煙]*처럼 하늘에 닿았네.

대문 앞은 넓은데 말들로 가득하고

대문 기둥에는 수많은 깃발이 펄럭인다.

아름다운 숲 사이에서는

화미조[畵眉鳥]의 소리가 바람에 실려 오고

금은이 쌓인 것과 같이

태양이 비추니 나무와 꽃은 향기를 발하네.

자단목[紫檀木]으로 서까래와 기둥을 만들고

성주석[醒酒石]으로 섬돌과 계단 만들었어라.

좌우에 있는 옥 병풍이

하나하나가 이광[夷光]**이고 홍불[紅拂]***이네.

집 안에 있는 모든 집기는

진기하고도 보배로운 물건들

밝게 빛을 발하며 걸려 있는 것은 열두 개의 명주

밤에도 등불이 필요 없겠구나!

불러모을 수 있는 식객은 삼천여 명

모두 다 내로라하는 명사들이라네.

전국의 방방곡곡에서 대소 관원들이

모두 모여 축하를 하네.

육부의 상서들도 변방의 총독들도

고개 숙여 축하하지 않는 자가 없구나.

---

* 당태종이 장안에 세운 능연각을 가리킴
** 서시[西施]의 다른 이름
*** 당 전기소설 『규염객전[虯髥客傳]』 중의 인물. 원래 수[隋] 말 양소[楊素]의 기녀였으나 이정[李靖]의 영웅재략을 흠모해 그를 따라감

堂開綠野 仿佛雲雷 閣起凌煙 依稀星斗

門前寬綽堪旋馬 閥閱崔峨好竪旗

錦繡叢中 風送到畫眉聲巧

金銀堆裏 日映出琪樹花香

旃檀香截成梁棟 醒酒石滿砌階除

左右玉屛風 一個個夷光紅拂

滿堂羅寶玩 一件件周鼎商彝

明晃晃懸掛着明珠十二 黑夜裡何用燈油

貌堂堂招致得珠履三千 彈短鐵盡皆名士

恁地九州四海 大小官員 多來慶賀

就是六部尚書 三邊總督 無不低頭

만년 천자의 존귀함을 제외한다면
단지 당대의 조정에서 가장 존귀한 재상이라네.
除却卻萬年天子貴 只有當朝宰相尊

서문경은 공손히 대문을 들어섰으나 가운데 문은 닫혀 있고, 대소
의 관원들은 모두 그 옆에 있는 문을 통해 들어가고 있었다. 서문경
은 의아한 생각이 들어,
　"어째 오늘같이 큰 경사가 있는 날에 대문을 열지 않습니까?"
하고 적렴에게 묻자 이에 적렴이 답했다.
　"원래 가운데 문은 황제께서 다니시는 문인지라 보통 사람들은 다
닐 수가 없습니다."
　서문경은 적집사와 함께 문 몇 개를 지나갔는데 문마다 무기를 소

지한 무관들이 삼엄하게 경비를 서고 있어 한 치의 흐트러짐도 없었다. 적렴을 보고는 모두 허리를 굽혀 인사하며,

"어디를 가십니까?"

하고 물어보았다. 이에 적렴은,

"산동에서 온 친척 분이 태사님께 생신 축하를 올리러 가는 길일세."

라고 말을 마치고 또다시 문을 몇 개 지나고 여러 구비를 돌았는데, 모든 기둥이 화려하게 조각되어 있고 금빛으로 칠을 해놓아 어느 것 하나 아름답고 화려하지 않은 것이 없었다. 멀리서 은은한 북소리와 노랫소리가 들려오는데 마치도 천상의 음악 소리인 듯싶었다. 서문경이 다시 물었다.

"이곳은 일반 사람들의 집과 멀리 떨어져 있는데, 어디에서 저런 음악 소리가 들려오는 게지요?"

"태사님의 집에 있는 스물네 명의 악사들이 연주하는 소리입니다. 모두 스물네 명으로, 천마무[天魔舞], 예상무[霓裳舞], 관음무[觀音舞] 등도 모두 알고 있으며, 대감님께서 식사를 하시거나 저녁 연회를 열 때 연주를 합니다. 태사님께서 지금 아침을 드시는 듯합니다."

적렴의 말이 채 끝나기도 전에 코끝에 향기로운 내음이 풍기고 음악 소리도 가깝게 들렸다. 적집사가,

"태사님의 서재에 거의 다 왔으니, 이제 발자국 소리를 좀 적게 하세요."

라고 말했다. 복도를 돌아가 보니 큰 대청이 나타났는데 마치 보전선궁[寶殿仙宮]이라 할 만큼 거대했다. 대청 앞에는 학과 공작 등 진귀한 새들과 경화[瓊花]·담화[曇花]·불상화[佛桑花] 등 세상에서 보기

드문 진귀한 꽃들이 사시사철 피어 아름다운 자태를 뽐내고 있었다. 서문경은 감히 앞으로 나아가지 못하고 적렴더러 앞서서 가라고 하고는 그 뒤를 엉거주춤 따라가 대청 앞에 이르렀다. 대청 안에는 높은 곳에 호랑이 가죽을 깐 태사 의자에 크고도 붉은 빛깔의 망의를 입은 사람이 앉아 있는데 바로 채태사였다. 그 뒤 병풍 쪽으로는 삼사십 명 서 있는데 모두 궁녀의 복장과 화장을 하고 수건과 부채를 들고 채태사를 에워싸고 있었다. 적집사가 옆에 서자 서문경은 위를 향해 네 번 절을 올렸다. 채태사도 가볍게 답례를 하니, 이것이 첫 상견례였다. 그런 후에 적집사가 채태사의 곁으로 다가가 귀에 대고 뭐라고 말을 했다. 서문경은 적집사가 무슨 말을 하는지 알아차리고 다시 위를 향해 네 번 절을 했다. 채태사는 답례를 하지 않았는데 이번에는 양자가 양아버지에게 올리는 절로 채태사는 아버지로서 아들의 절을 받은 것이다. 그러고는 바로 부자 관계가 이루어진 것이니 호칭도 변하게 되었다. 그래서 서문경은,

"소자가 아버님께 제대로 효를 하지 못했습니다. 오늘은 기쁜 날인지라 집에서 준비해온 몇몇 선물로 저의 작은 성의를 표할까 합니다. 원컨대 아버님께서는 남산의 바위처럼 오래오래 사십시오."

하니, 이에 채태사는,

"내 어찌 받을 수 있겠느냐!"

하면서 자리에 앉으라 하니, 곁에 있던 시종이 의자를 내왔다. 서문경은 다시 위를 향해 절을 하면서,

"감히 앉겠사옵니다."

하고는 서쪽으로 가서 앉아 차를 마셨다.

적렴은 황급히 문가로 가서,

"예물을 멘 사람들을 모두 들라 해라!"

하고 소리를 쳤다. 예물 상자 스무 개가 들어오자 상자를 열어 보였다. 큰 붉은 망포 한 벌, 관록용포[官綠龍袍] 한 벌, 한산[漢産] 비단 스무 필, 촉[蜀]산 비단 스무 필, 화완포[火浣布] 스무 필, 서양포[西洋布] 스무 필, 화려한 천 마흔 필, 사만[獅蠻] 옥 허리띠 하나, 금 도금을 한 남향[南香] 띠 하나, 옥 잔과 물소 잔 각 열 개씩, 꽃 모양을 새겨 넣은 다리가 있는 술잔 여덟 개, 명주 열 필과 황금 이백 냥을 채태사를 처음 만나 뵙는 예물로 올렸다. 채태사는 선물 목록을 보고 또 메고 들어오는 선물함 스무 상자를 보고는 매우 기뻐하며 연신 고맙다고 했다. 그러면서 적집사에게,

"창고에 갖다 넣도록 해라."

하고는 술을 내와 접대하라고 분부했다. 그러나 서문경은 채태사가 몹시 바쁜 것을 알고는 일이 있다는 핑계를 대고 작별을 고했다. 이에 채태사는,

"정히 그렇다면 오후에 일찍 오게나."

하자 서문경이 일어나 인사를 하니, 채태사도 일어나 몇 걸음 바래다주었다. 서문경은 올 때와 마찬가지로 적집사와 함께 채태사의 집을 나왔다. 적렴은 부중[府中]에 일이 있다면서 다시 안으로 들어갔다. 서문경은 적렴의 집으로 돌아와 옷과 모자를 벗고 잘 차려진 음식을 먹었다. 그런 후에 서재에서 잠깐 졸고 있는데 채태사가 사람을 보내 연회에 참석하라고 전갈해주었다. 서문경은 고맙다며 수고비를 주어 먼저 돌아가게 하고 자기도 곧 뒤따라 가겠다고 했다. 다시 의관을 갖추고 대안에게 많은 사례금을 준비하여 상자에 잘 넣게 한 후에, 하인 넷을 거느리고 가마를 타고 채태사의 집으로 향했다.

채태사는 이날 조정의 문무백관들을 청해 자리를 마련했다. 이날부터 시작해 연속 사흘간 세 부류로 나누어 접대했는데, 첫째 날은 황족들, 둘째 날은 상서 이상의 고관대작들이고, 셋째 날은 내외의 대소 관원들이었다. 그러나 서문경은 먼 곳에서 온 손님인 데다 예물을 많이 가져왔기에 채태사는 특별히 서문경이 맘에 들었다. 그래서 생일 당일 유독 서문경만 따로 초대했다. 새로 맞은 양자 서문경이 도착했다고 알리자 채태사는 문 앞까지 나와 맞아주었다. 서문경은 재삼 공손하게 채태사에게 앞서 가시라고 사양하고는 그 뒤를 따라 허리를 숙이고 조심스레 집 안으로 들어갔다. 채태사가,

"먼 곳에서 오느라 고생했을 터인데 많은 선물까지 가지고 오다니, 그래서 변변치 않은 자리나마 만들어 내 성의를 보이는 걸세."

하니 서문경은,

"소자가 이렇게 서 있을 수 있는 것도 모두 다 아버님이 보살펴주신 덕입니다. 그저 약소한 물건으로 소자의 마음을 표시한 것뿐인데 어찌 그리 마음에 두십니까?"

라고 겸손하게 말을 했다. 둘은 서로 웃어가며 얘기를 나누니 그 모습이 마치 친 부자처럼 보였다. 미인들 이십여 명이 일제히 음악을 연주하기 시작했다. 시중을 드는 하인들은 술과 음식을 내왔다. 채태사가 친히 술을 따라주니 서문경은 너무나 황송해 제대로 받지 못하고 극구 사양하다가 겨우 한 잔을 받아 자리에서 서서 다 마시고는 앉았다. 서문경은 서동을 불러 복숭아 모양의 황금 잔을 가져오라 하여 한 잔 가득히 따랐다. 그런 후에 채태사의 앞으로 나아가 두 무릎을 꿇고 말했다.

"아버님, 오래오래 사십시오!"

이에 채태사는 만면에 미소를 띠며,

"애야, 일어나거라."

라며 잔을 받아 단숨에 쭉 들이켰다. 이를 보고 서문경은 자리로 돌아와 앉았다. 이날 채태사 집에서 준비한 음식들은 인간 세상에서 보기 힘든 산해진미였음은 말할 나위가 없다.

서문경은 저녁 무렵까지 술을 마시고는 하인들에게 수고비를 나누어 준 후에 작별을 고했다. 채태사에게 인사를 올리며,

"아버님께서 매우 바쁘신 듯하오니, 소자는 이만 물러가고 후일 다시 찾아와 뵙겠습니다."

그러고는 적집사 집으로 돌아와 휴식을 취했다. 다음 날 묘원외를 만나보려고 대안을 데리고 하루 종일 찾아보니 묘원외는 황성 뒤에 있는 이태감 집에 머물고 있었다. 대안에게 명함을 주어 통보하니 묘원외가 밖으로 나와 반갑게 맞이하면서,

"혼자 이곳에 있이 매우 적적했지요. 친구라도 만나 얘기라도 좀 나눌까 했는데 이렇게 찾아와주다니, 정말 잘 왔소."

라며 서문경을 붙잡고 술좌석을 마련하니 서문경은 어쩌지 못하고 자리에 앉았다. 앉아 있노라니 온갖 맛있는 음식들이 나오고 얼굴이 아주 빼어난 가동[歌童] 둘이 청아한 목소리로 노래를 불렀다. 서문경은 대안, 금동, 서동, 화동을 가리키며 묘원외에게,

"이 멍청이들은 밥이나 축낼 줄 알지, 어디 저 둘에게 비할 수나 있겠어요?"

하자 묘원외가 웃으며,

"제대로 할지 모르겠어요. 선생께서 만약 어여삐 봐주신다면 애들을 선사해도 괜찮습니다."

하니 이에 서문경은 겸손하게 사양하며,

"귀여워하시는 애들을 제가 어찌 빼앗아 갈 수 있겠습니까!"

했다. 밤늦게까지 술을 마시다가 묘원외와 작별하고 적집사의 집으로 돌아왔다. 서문경은 적집사의 집에서 머무르는 동안 집안에서 일을 보는 많은 사람들이 돌아가며 서로 술자리에 초대했기에 팔구 일 동안을 계속 분주하게 보냈다.

그러다 집으로 돌아가고 싶은 마음이 들어 대안을 불러 짐을 꾸리게 했다. 이에 적렴이 극구 더 머물다 가라고 권하여 어쩔 수 없이 하루를 더 묵으며 사돈 간의 회포를 푸니 그 얘기가 실로 진지하고도 정이 깃든 것이었다.

다음 날 일찌감치 작별을 하고 산동으로 출발했으나, 도중에 겪은 어려움은 여기서 접어두겠다.

한편 서문경이 동경으로 떠난 이후에 부인들은 눈이 빠지게 서문경이 돌아오기를 기다렸다. 집 안에서 바느질을 하며 소일을 하고 바깥출입을 금하였다. 단지 반금련은 꽃처럼 화사하게 화장을 하고 애교를 떨거나 하인 애들과 어울려 시시덕거리며 주사위 놀이를 하거나 골패를 하며 재미있게 노는 등 도통 주위 사람들을 전혀 의식하지 않고 지냈다. 그러면서도 진경제와 짬을 만들어 둘만의 시간을 가져보려고 궁리하느라 골머리가 아플 지경이었다. 반금련은 괜히 한숨도 쉬어보고 턱을 괴고 멍청히 앉아 진경제가 오기를 기다리며 진경제와 잘 놀아볼 생각을 하였다. 그러나 진경제는 매일 점포 일이 바쁘다 보니 반금련에게 갈 틈이 없었다. 그래서 금련은 직접 밖으로 나가 경제를 찾아볼까 하는 생각도 했으나 따라다니는 몸종이 많은

지라 수월치 않았다. 그러노라니 대낮에는 마치 뜨거운 쟁반 위의 개미처럼 어쩌지 못하고 안절부절못하며 제대로 앉아 있지도 못했다.

이날은 바람도 약간 있고 날도 따스했다. 금련은 사향[麝香]과 합향[合香]을 몸에 잔뜩 지니고 사랑채 뒤로 가 멍하니 설동[雪調]을 쳐다보았다. 그렇지만 진경제는 하루 종일 점포 일에 얽매여 있는데 어찌 짬을 내어 올 수가 있겠는가? 한참을 기다려도 오지 않자 하는 수 없이 방으로 돌아와 붓을 손에 들고 몇 자를 적어 봉한 후에 춘매를 시켜 진경제에게 보냈다. 진경제가 받아보니 글이 아니라 노래 한 곡조였다. 경제는 급히 읽고는 점포를 나와 사랑채로 가니 춘매가 이를 보고 금련에게 전해주었다. 금련은 듣자마자 사랑채로 뛰어나가 경제와 만나니, 마치 굶주린 사람이 과일 껍데기를 보고 허겁지겁 달려들 듯이 경제의 품에 안기어 수없이 입을 맞추고 혀를 빨면서 말했다.

"이 무정하고 매정한 양반아! 당신이랑 놀다가 소옥에게 발각될까봐 줄행랑을 친 후로 한 번도 만나지 못했잖아요. 요 며칠 독수공방을 하며 눈물 흘리며 오로지 당신만 생각했어요. 당신은 귀가 간질거리지도 않던가요? 그래, 당신이 이렇게 박정하게 구니 모든 걸 다 끝내버리자고 혼자 생각했지요. 하지만 생각처럼 쉽게 잊어버릴 수가 있나요. 옛말에 '사랑에 빠진 여인에 변심한 사내'라 하더니 어찌 그리 매정할 수 있지요?"

이렇게 한참 열을 내며 놀고 있을 적에 맹옥루가 눈초리를 새치름히 치켜뜨고 노려보니 경제는 사색이 되어 나자빠지고 옥루와 눈을 마주친 금련도 놀라 황급히 도망쳤다.

이날 오월랑, 맹옥루, 이병아가 같이 앉아 있는데 대안이 급히 뛰어 들어오면서 월랑을 보고 절을 하고는 말했다.

"나리께서 돌아오십니다. 소인은 통행증을 가지고 먼저 왔습니다. 나리께서 지금쯤이면 이삼십 리 밖에 와 계실 것입니다."

오월랑이,

"그래 식사는 했느냐?"

하고 묻자 대안이 답했다.

"아침은 먹고 출발했으나 아직 점심은 먹지 못했습니다."

월랑은 대안더러 부엌에 가서 밥을 먹으라 했다. 그리고 영감이 돌아오시면 바로 식사를 내올 수 있도록 분부하고 여러 부인들과 함께 대청에서 맞이할 준비를 하였다. 바로, '시인[詩人]이 나이 들어 돌아가니 꾀꼬리는 그대로 있고, 남편이 돌아오니 처첩[妻妾]이 분주해지는' 상황이었다.

사람들이 한담을 나누고 있을 적에 서문경이 집 앞에 이르러 가마에서 내렸다. 처첩들이 모두 마중을 나가 안으로 모셨다. 서문경이 먼저 오월랑과 인사를 한 다음, 맹옥루, 이병아, 반금련이 차례로 인사했다. 그러고 나서 서문경과 부인들은 그동안의 일을 간략히 얘기했다. 그런 후에 서동, 금동, 화동이 안으로 들어와 여러 부인들에게 인사를 하고 부엌으로 식사를 하러 내려갔다. 서문경은 길에서 고생을 한 일이며, 적집사의 집에서 묵은 일, 채태사의 집에서 특별 대접을 받고 태사의 양자가 된 일, 또 채태사 집에서 일을 보는 여러 사람들의 초청을 받아 날마다 술로 지샌 것 등을 자세하게 얘기해주었다. 그런 후에 이병아에게 물어보았다.

"애는 요사이 어떤가? 몸조리는 잘 하고 있었나? 임의원의 약을 먹고 효과가 좀 있는 것 같은가? 내 비록 동경에 가 있기는 했지만,

신경이 온통 집안일에 쏠려 있었어! 또 가게 일은 어떻게 잘 돌아가고 있는지 궁금도 해서 이렇게 급히 돌아온 게야."

"애도 괜찮아졌고, 저도 약을 먹고 많이 좋아졌어요."

월랑은 하인들에게 서문경이 가져온 짐과 채태사가 보낸 짐을 정리하라고 분부한 다음 서문경이 우선 간단히 요기할 수 있도록 식사를 내왔다. 그리고 저녁에 술좌석을 마련해 먼길에서 돌아온 서문경을 반겼다. 서문경은 도착하고 내리 이틀 밤을 월랑의 방에서 잤는데, 마치 오랜 가뭄 끝에 단비를 만난 듯, 타향에서 오래된 고향 친구를 만난 듯, 그 즐거움과 쾌락은 말로 할 수 없을 정도였다.

다음 날 진경제와 큰딸이 인사를 올리고 점포의 장부를 보여주며 그동안 가게가 어떻게 돌아갔는지 얘기했다. 서문경이 동경으로부터 돌아왔다는 소식을 듣고 응백작과 상시절도 인사하러 찾아왔다. 둘은 인사를 하며 이구동성으로 말했다.

"형님, 먼길에 고생 많으셨습니다."

이에 서문경은 동경 가는 길에 겪은 얘기며, 동경이 얼마나 화려하고 사치스러운지, 채태사가 얼마나 많은 관심을 가지고 환대해주었는지, 또 어떻게 채태사의 양자가 되었는지를 자세히 얘기해주니 둘은 입에 침이 마르도록 칭찬하며 이런 서문경을 부러워 마지않았다. 이날 서문경은 둘을 붙잡고 온종일 술을 마셨는데, 상시절이 떠날 즈음에 서문경을 향해 고개를 떨구며 중얼거렸다.

"소제가 한 가지 부탁이 있는데, 형님께서 어떠하신지 모르겠어요?"

"말해도 괜찮아."

"실은 지금 살고 있는 집이 불편해 조금 쓸 만한 집으로 옮겼으면 하는데 돈이 없거든요. 형님께서 좀 빌려주시면 나중에 본전에다 이

자까지 쳐서 갚아드릴게요."

서문경은,

"서로 잘 아는 처지에 이자는 무슨 이자야! 헌데 내가 지금 돌아온 지 얼마 안 됐으니 무슨 돈이 있겠나? 한지배인이 짐을 싣고 돌아오면 그때 가서 알아서 해주겠네."

하자 상시절과 응백작은 인사를 하고 돌아갔다.

한편 묘원외는 서문경과 채태사의 집 앞에서 우연히 만난 후에 가진 술좌석에서 데리고 있는 가동 둘을 서문경에게 보내주겠다고 했다. 그런데 서문경은 돌아가고 싶은 마음이 간절해 미처 묘원외에게 돌아간다는 말도 하지 못했다. 이 사실을 모르는 묘원외는 서문경이 여전히 동경에 있으려니 하고 하인을 적렴의 집으로 보내 알아보았다. 이에 적집사는,

"서문대인은 사흘 전에 집으로 돌아가셨지."

라고 말해주었다. 하인이 돌아와 이를 묘원외에게 전하니 묘원외는 섭섭한 마음이 들었다. 군자가 말을 안 했으면 몰라도 이미 가동을 준다고 말을 해놓았으니, 보내주지 않아도 상관은 없겠지만 뒷날 서문경과의 관계를 생각하면 보내는 편이 훨씬 나으리란 생각이 들었다. 이에 바로 가동 둘을 불러 일렀다.

"내가 일전에 산동의 서문대인을 초청했을 적에 술좌석에서 너희들을 보내드리겠다고 약속을 했다. 서문대인이 먼저 동경을 떠나 고향으로 돌아갔으나 내 너희들을 보내야 하니 어서 짐을 꾸리거라. 잠시 뒤에 편지를 써줄 테니 가지고 가도록 하거라."

이에 가동 둘은 일제히 엎드리며 애원했다.

"저희들은 오랫동안 원외 영감님을 모셔왔습니다. 그런데 무엇을

잘못했기에 저희들을 이렇게 갑자기 버리시는지요? 저희는 서문대인의 성격이 어떠한지도 모르고 있습니다. 제발 원외 나리를 주인으로 모실 수 있게 해주십시오.”

“너희들은 잘 모르지만 서문대인은 집안이 부자여서 금은이 지천으로 깔려 있고, 지금은 무관의 직에 있지만 최근에 채태사의 양자가 되었단다. 환관이건 조정의 관리건 누가 서문대인과 왕래하는 것을 원치 않겠느냐? 비단 가게를 두 개 가지고 있고, 보험 운송업에도 손을 대고 있어 근자에 버는 돈만 이루 헤아릴 수 없을 정도라는구나. 게다가 성품도 온화하고 풍류를 즐길 줄 알지. 집안에 하인이 칠팔십 명이 있는데 누구 하나 비단 옷을 입지 않은 사람이 없다더구나. 또 첩이 대여섯 명 있는데 모두 진주를 달고 금으로 꾸미지 않은 사람이 없고, 그 마을의 가수와 배우들이 서문대인의 덕을 입고 살아가기에 모두 복종하고 잘 따른다고 하지. 평강항[平康港](당나라 때 기녀들이 모여 살던 곳), 청수항[靑水港]의 기녀들도 서문대인의 은혜를 입고 살아감은 두말할 필요도 없지. 내가 지난번 술좌석에서 너희들을 주겠다고 했는데 지금 와서 어떻게 말을 바꿀 수 있겠느냐?”

가동들은,

“원외 나리께서 수년간 저희가 연주하고 노래할 수 있도록 가르치시느라 얼마나 많은 심혈을 기울이셨습니까? 이제서야 조금 할 수 있게 되었는데 어찌 곁에 두지 않으시고 다른 사람의 즐거움을 위해 보내시려고 하십니까?”

하면서 엎드려 눈물을 철철 흘렸다. 묘원외도 착잡한 심정을 금하지 못하고,

“얘들아, 너희들 말이 맞기는 하다만, 나라고 이렇게 해야만 하는

고충이 없겠느냐? 그렇지만 공자님께서도 '사람으로서 신용이 없다면 옳은지는 모르겠다' 하셨는데 내 어찌 약속을 어길 수 있겠느냐? 그래서 너희의 말을 들어줄 수가 없구나. 내가 편지를 써 하인을 딸려 보낼 터이고, 너희들을 각별히 신경써 돌보아달라고 부탁할 터이니 걱정하지 말거라. 가더라도 부디 재미있게 살며 이곳에서처럼 굳건하게 지내거라."

라고 당부한 후에 집에 있는 가정교사에게 가동들을 잘 부탁한다는 서신을 쓰게 했다. 예물 목록도 써서 인사를 대신할 수 있게 하였다. 묘수와 묘실에게 편지를 가지고 가동 둘을 바래다주라고 이르니, 둘은 바로 짐을 꾸려 산동의 서문경 집을 향해 출발했다. 가동들은 주인의 명을 거역할 수 없는지라 굵은 눈물을 두 볼에 흘리면서 수차례 절을 한 후에 묘원외와 작별하고 말에 올라탔다. 서서히 산동을 향하여 가니 푸른 산이 말머리를 휘감고 푸른 물이 말채찍을 감싸며, 주막은 깊은 숲 속에 자리 잡고 초가삼간은 노을 앞에 펼쳐 있었다. 떠가는 구름도 멈추게 할 만큼 아름다운 소리를 지닌 가동들은 생각지도 않게 은혜로운 주인과 헤어져 쓸쓸히 먼길을 떠나노라니, 주인과 고향 생각에 자기도 모르게 눈시울이 뜨거워져 눈앞에 펼쳐지는 아름다운 풍경도 모두 덧없어 보였다. 그렇지만 어쩔 수 없는 일이기에 모든 생각을 떨쳐버리고 빨리 가는 것이 좋겠다는 생각이 들어 밤낮으로 갈 길을 재촉했다.

바로, 아침에는 묘원외의 가수였으나, 저녁에는 서문경의 집에서 술을 따르는 신세라네.

멀리 푸른 숲 속에 주막을 알리는 깃발이 보이자 가동이 말했다.

"형님, 하루 종일 달려오느라 배도 고프고 하니, 잠시 쉬면서 술이

나 한잔하고 가시지요."

이에 네 사람은 말에서 내려 주막으로 들어갔다. 간판 위에 크게 '신선은 옥패를 남기고, 공경대부는 금초를 벗는다[神仙留玉佩 卿相解金貂]'라고 쓰여 있었다. 정말로 좋은 주점인 것 같았다. 넷은 자리에 앉아 주인을 불러 술과 안주를 가져오라 했다. 마늘과 파에, 돼지고기를 크게 썬 것, 두부와 요리 몇 가지를 시켜 배가 부르도록 먹고 마셨다. 그러다가 날아갈 듯한 글씨로 시 두 행이 적혀 있는 벽에 시선이 멈췄다.

천리[千里]를 멀다 말라
십 년 만에 돌아와도 늦지 않으리.
모든 게 하늘과 땅에 있으니
어찌 이별을 한탄할쏘냐?
千里不爲遠 十年歸未遲
總在乾坤內 何須嘆別離

'약을 사니 병이 있다'는 격으로 너무나 심금을 울리기에, 두 가동은 자신들의 처지를 그대로 표현한 이 시를 보고 눈물을 흘리며,

"형님, 우리들은 묘원외 나리를 모시면서 일생을 같이한다고 생각했어요. 그런데 술좌석의 한마디로 다른 사람에게 보낼 줄 누가 생각이나 했겠어요. 사람이 고향을 떠나면 천해진다고 하는데, 우리 앞날이 어떻게 될지 모르겠어요."

하니, 이에 묘수와 묘실은 좋은 말로 가동들을 위로하고 식사한 후에 다시 말에 올랐다. 넷을 태운 말은 잘도 달려 오래지 않아 동평주 청

하현의 관내에 다다랐다. 넷은 적당한 곳에 말을 매어놓고 길을 물어 곧장 자석가에 있는 서문경의 집에 도착했다.

　한편 서문경은 동경에서 돌아온 이래 매일 분주하게 밀린 일을 하고 선물을 보내거나 술대접을 하고, 또 친구들이 만든 모임에도 나갔다. 집안에서는 월랑을 비롯한 부인들이 서문경을 위한 잔치를 벌여주니 각 방을 돌며 회포를 풀고 운우의 정을 나누느라 정말 눈코 뜰 새 없이 바쁘게 지냈다. 그러는 통에 아문에 등청하지 못하고 동경에서 돌아왔노라고 알리는 공문마저 올리지 못하고 있었다. 그러던 중에 겨우 한가해져 아문에 등청하여 등청 기록부에 도장을 찍고 그동안 밀린 간통, 구타, 도박, 절도 사건 등을 일일이 심문했다. 또 결재 서류에도 하나하나 결재를 했다. 그러고 나서 가마를 타고 포졸들이 소리를 외쳐 길을 트는 가운데 집으로 돌아왔다. 돌아와 보니 묘수, 묘실과 가동 둘이 서문경을 한참이나 기다리고 있었다. 가동들은 서문경의 가마를 따라 안으로 들어와 대청에 이르러 무릎을 꿇고,

　"소인들은 양주 묘원외님 댁에서 왔습니다. 나리님께 올리는 편지가 여기 있습니다."

하고 한옆으로 가서 섰다. 이에 서문경은 손을 흔들어 일어나게 하고는 묘원외와 헤어진 이후에 묘원외의 행적과 근황을 물어보았다. 그러고는 편지를 받아 은 가위로 봉투를 뜯어 자세히 읽어보노라니 묘수와 묘실은 다시 무릎을 꿇고 많은 예물을 올리면서 말했다.

　"이것은 원외 나리께서 올리는 작은 성의이니, 서문대인께서는 부디 거두어주시기 바랍니다."

　이에 서문경은 기쁨을 이기지 못하며 대안을 불러 예물을 잘 받아

놓으라 하고, 묘수와 묘실을 자리에서 일어나게 한 다음에,

"나와 묘원외가 천리 길이나 떨어진 타향에서 우연히 만나 회포를 풀었을 때 묘원외가 가동 둘을 주겠다고 했지만 취중에 한 말이기에 다 잊고 있었지. 또 떠나올 때 너무 바쁘게 서두르다 보니 제대로 작별 인사도 못하고 떠났지. 그런데 너희 묘원외 영감은 한번 한 말씀을 천금보다 중히 여기시어 잊지 않고 너희들을 보내셨구나. 범무[范戊]와 장소[張邵](둘은 모두 동한[東漢] 때의 사람)가 멀리 떨어져 있으면서도 서로의 약속을 지킨 것이 천고의 미담으로 남아 있는데, 너희 묘원외 같은 분이 아니면 이렇게 하기 힘들 게야!"

하고 극구 칭찬하며 다시 한 번 고맙다는 말을 전해달라고 당부했다. 두 가동은 앞으로 나아가 고개를 숙여 몇 번이고 인사를 하면서,

"원외님께서 나리님을 잘 모시라고 분부하셨습니다. 부디 어여삐 봐주시기 바랍니다."

했다. 서문경이 둘을 뜯어보니 생김이 빼어나고 예쁘장한 것이, 비록 화장을 한 여인네의 옷을 입은 것은 아니었지만 붉은 입술에 하얀 치아를 가져 웬만한 여인네보다 훨씬 빼어난 인물이었다. 이들을 보고 매우 기뻐한 서문경은 네 명을 앞 대청으로 들게 해 차를 마시게 한 후 식사를 하게 했다. 그러고는 후한 예물에다 비단과 기타의 선물을 마련한 후에 묘원외에게 감사하다는 편지를 썼다. 가동들에게는 방한 칸을 정리해 머물게 하고 서재의 일을 보도록 했다.

이때 응백작 등이 어디선가 이 소식을 얻어듣고 찾아왔다. 서문경은 대안에게 안주와 밥 그리고 술을 내오라 하여 여러 사람들과 함께 마시면서 가동들에게 노래를 청했다. 이에 가동들은 박자판을 잡고 노래를 불렀다.

제55화 다시 한 번 사람을 설레게 하네 　　　　　　　　　　　　033

〈신수령[新水令]〉

작은 정원에 어젯밤 매화 피니

다시 한 번 사람을 설레게 하네.

배꽃이 미소 띠며 맞이하고

버드나무는 가는 허리를 질투하네.

물어보자꾸나,

도미[荼蘼]꽃은 피었는데 해당화는 왜 아직 피지 않았는지.

小園昨夜放江梅 男一番動人風味

梨花迎笑臉 楊柳妒腰圍

試問荼蘼 開到海棠未

〈주마청[駐馬聽]〉

오솔길에 드문드문 울타리 쳐 있고

향기로운 바람 따라 제비가 오네.

작은 뜰 섬돌 위에는

부슬부슬 비가 내리는구나.

꽃 마음 나비가 몰래 알고

그윽한 향기 벌이 먼저 알아차리네.

난간에 기대어 있노라니

상심이 얼마나 많은지.

野徑疏籬 陣陣香風来燕子

小園幽砌 紛紛晴雨過林西

芳心不與蝶潛知 暗香末許蜂先覺

闌遍倚 不知多少傷心處

〈안아락대득승령[雁兒落帶得勝令]〉
나는 푸르고도 깊은 서시의 눈썹을 바라보네.
붉은 점은 두견이 구슬 눈물을 뿌리는 듯
비녀를 번쩍이며 신선 춤을 추고
꽃잎은 하릴없이 섬돌 위에 떨어지네.
아직도 향기는 옷 속에 스며들건만
아름다운 것에 먼지가 쉬이 앉네.
물에 빠져 고기를 놀라게 하고
날아서는 나비를 혼미하게 만드는구나.
이 슬픔을 누구에게 말하리!
이 슬픔… 행복은 아직 멀었구나.
我則見碧陰陰西施鎖翠
紅點點鶼鶙鳩抛珠淚
無仙仙砑光帽帽簪
虛飄飄花谷樓而墜
尙兀是芳氣襲人衣 艶質易沾泥
洛處魚驚 飛來蝶欲迷
尋思 憑誰寄
還悲 花源未可期

서문경은 고개를 끄떡이며,
"과연 잘들 부르는구나!"
하고 칭찬했다. 가동 둘은 반쯤 무릎을 꿇고 말하기를,
"짧은 노래를 배워 알고 있으니 나리께 한 곡 들려드리겠습니다."

하니 이 말을 듣고 서문경이,

"거 좋지."

하자 가동들은 다시 노래를 부르기 시작했다.

비단을 찢어 펼쳐놓고 지필묵을 갖추고

봄의 목장 풍경을 그려볼거나.

들에는 가늘고도 부드러운 풀이 돋아 있고

누런 송아지가 노닌다.

소 잔등에는 책이 몇 권 꽂혀 있고

짧은 피리 소리에 신록이 스며드네.

시험 삼아 그림에 맞추어 시를 짓고

곡을 만들고 심사를 노래하네.

잘 지어진 문장은 궁정에도 전하고

곡조를 붙여 거문고와 둥소에 맞추네.

아름다운 노래로 화합을 하니

양춘[陽春]*도 따르지 못하네.

일대의 풍류를 과장해 얘기하니

많은 사람들이 다투어 기록하네.

선생의 모습을 생각하며

가히 「고당부[高唐賦]」**를 읊을 만하구나.

試裂齊紈 施鉛槧愛圖春牧

草淺淺 細鋪平野 散騎黃犢

---

* 고대[古代]의 고아[高雅]한 악곡

** 송옥[宋玉]이 지은 「고당부」

一卷殘書牛背穩 數聲短笛煙光綠

想按圖題詠賦新詞 勞心曲

文章妙 傳芸局音調促 諧絲竹

倚淸歌追和陽春難續

一代風流誇好事 可堪膾炙人爭錄

羨先生想象賦高唐 情詞足

밭 가는 그림을 그려보리

쭉 펼쳐진 평야에 동서로 뻗은 작은 길

집 사이사이에는 산이 감싸고 있네.

푸른 밭에는 기장과 옥수수 보리 가득하고

작은 개천이 사립문 앞을 돌아 흐른다.

산은 깎아놓은 듯하구나

굽은 지팡이에 의지해 구릉에 오른다.

언덕을 넘고 계곡의 오솔길을 지나니

원숭이와 학의 소리가 들려온다.

아이는 호미 들어 밭 갈고

앞에서는 아낙이 일하는 사람에게 밥을 가져오네.

큰 나무 그늘 아래에서 휴식을 하며

배불리 먹고 두 다리 뻗고 있네.

선생의 모습을 그리며「빈풍[豳風]*」을 읊조리니

마을이 즐겁구나.

畫出耕圖 郊原外東阡西陌

---

* 시경 국풍 중의 하나로 서주[西周] 빈[豳] 지방의 노래

町疃曲群山環翠 岸艣聯絡

綠遍田疇多黍秧 麥旄纂纂蠶盈箔

仿佛有溪水繞柴門 山如削

扶黎杖 徑丘壑 穿林藪 聽猿鶴

子耕耘前妻饁 服勞耕作

喬木陰森流憩處 昭然捫腹舒雙脚

羨先生想象詠豳風 村田樂

새로이 그림을 한 폭 그리니

골짜기와 산이 펼쳐져 있네.

모래사장이 은은하게 해안가에 펼쳐 있고

푸른 마름과 붉은 여귀가 있어라.

한 가닥 가을빛이 항구에 닿았구나.

짤막한 도롱이에 대나무 모자

연기가 아득하구나.

이때 그물 안에서 번뜩이는 비늘

작기는 하나 물고기로구나.

어부가 노래를 부르니 나는 기러기 멀어지네.

강 위에 달은 하얗고 돌아가는 구름은 적네.

쑥대 창에 기대어

옛적에 맹세한 기러기 있는지 찾아본다.

그때의 일을 잊었는지 물어보자

어찌 지금의 심정과 같을쏜가.

선생의 모습을 그리고 창랑[滄浪]을 읊조리며

세속을 떠나 표연히 살고파라.

寫就丹靑 新圖好溪山環繞

隱隱遍 沙汀水岸 綠頻紅蓼

一派秋光連浦淑 短簑篛笠煙波渺

看此時網得幾鮮鱗 鱸魚小

漁唱起 飛鴻沓 江月白 歸雲少

倚蓬窓試覓 舊盟鷗鳥

借問忘機當日事 何如此際心情悄

羨先生想象詠滄浪 起塵表鋤

사방의 들녘에는 구름이 드리우고

얼음이 얼어 꽃이 부서지고

풀 나무 집을 뒤덮고 있구나.

붉은 화로는 따스한데 아낙은 감자를 굽고 있네.

홀로 잔을 기울이며

하인은 밖에서 땔나무를 얼마 했나 검사하네.

애한테 학을 들판에 날리라 이르고

이런 풍경을 그림에 담으며 마음속으로 즐기네.

부귀의 잔과 하늘의 녹이 이곳에 있으니

그것을 가득 담아 내 것으로 삼으리.

미인을 불러 좋은 노래를 짓네.

부끄럽게도 나의 재주 다하니

그의 글 솜씨에 미치지 못하는구나.

선생의 모습을 그리며 인생의 만년을 즐기니

얼굴이 마치 옥과 같구나.
四野雲垂 冰花碎平鋪茅屋
紅爐暖 妻煨山芋 自斟醯醁畫
課僕採薪外戶 呼兒引鶴翻平陸
攬此景寫入畫圖中 娛心目
鍾貴富 天之祿 懼盛滿 吾之欲
聘姸奇撼寫 好詞盈軸
愧我倡酬才思澁 輸他文采機關熟
羨先生想像樂桑楡 顔如玉

과연 가동들의 노랫소리는 흘러가는 구름도 멈추게 하고, 노랫가락은 하얀 구름을 불러일으키는 듯했다. 그래서 안채에 있던 오월랑과 맹옥루, 반금련, 이병아도 모두 나와서 듣고는 매우 기뻐하면서 한결같이,

"노래를 정말 잘하는군!"

했다. 단지 반금련은 가동들을 뚫어지게 바라보면서 속으로,

'고것들, 노래만 잘하는 게 아니라, 생김새도 아주 빼어나구나.'

하고 중얼거리니, 금련의 마음속에는 벌써 엉큼한 생각이 들어 가동들을 좋게 보았다.

서문경은 노래가 끝나자 가동들을 동쪽에 있는 사랑채에서 묵게 하고, 묘수와 묘실에게는 밥상을 차려 마음껏 들게 한 후에 예물과 감사 편지를 들려 묘원외에게 돌려보냈다.

하늘에 오를 새가 깃을 펴지 못한다니

서문경은 상시절을 도와주고,
응백작은 수수재(水秀才)를 추천하다

황금이 많아 벼슬도 했으나

모든 것이 장주[莊周]*의 꿈인 양.

미오[郿鄔]**의 웅장함도 머물게 하기 힘들고

동산[銅山]***의 운명이 다함을 말하지 않네.

지금은 포숙아[鮑叔牙]****를 추천했으나

당년에는 방온[龐蘊]*****을 비웃었네.

기나긴 세월에 누가 나를 알아주리

오직 그대만이 옛 모습 그대로일세.

斗積黃金侈素封　蘧蘧莊蝶夢魂中

曾聞郿鄔光難駐　不道銅山運可窮

此日分簒推鮑子　當年沉水笑龐公

---

* 전국시대의 사상가 장자. 꿈에 자신이 나비로 변함
** 동한시대 동탁이 미[郿](오늘날 섬서성 북쪽)에 칠 척 높이의 둑을 쌓았기에 '만세오[萬歲塢]'라고도 함. 이곳에 삼십여 년 치 식량을 쌓아두었다 함
*** 한 문제에게 총애를 받던 등통[鄧通]에게 사천성 영경현[榮經縣]에 있는 동산[銅山]을 주어 그 동[銅]으로 돈을 만들게 해 거부가 되었으나, 경제 때 그 관직과 재산을 몰수해 곤궁한 생활을 하다 죽음
**** 춘추시대 제나라 사람으로 관중과의 우정으로 유명한 인물
***** 당[唐]대 정원[貞元] 연간의 인물로 불교에 심취해 재산을 바다에 던지고 불교에 귀의한 인물

悠悠末路誰知己 唯有夫君尙古風

이 말은 단적으로 인간 세상에서 부귀영화라는 것이 영원할 수 없음을 말해주는 것이다. 어느 날 아침에 무상[無常](죽음의 완곡한 표현)이 찾아들면 금은보석을 아무리 산처럼 쌓아놓았다 하더라도, 결국에는 빈손으로 저승에 가는 것이다.

여하튼 서문경은 의를 좇아 재물을 아끼지 않고 가난하고 어려운 사람들을 구제해주었기에 모든 사람들이 서문경을 칭찬해마지 않았는데 그 이야기는 여기서 접어두겠다.

이날 서문경은 가동들을 남겨두어 노래를 듣고는,

"대령하고 있다가 부르면 언제든지 와서 노래를 부르거라."

하니, 둘은 '알겠노라'고 대답하고 물러갔다. 묘원외에게 감사하다는 답장과 예물을 준비하고, 가동을 데리고 온 하인들에게도 수고비를 약간 주었다. 이에 묘수와 묘실은 고개를 숙여 감사를 표하고서 길을 떠났다.

그런데 후에 서문경은 가동 둘을 별로 쓸 일이 없어 동경의 채태사에게 보낸다. 오호라, 천금을 들여 춤과 노래를 가르치고도, 결국은 다른 사람에게 주고 말았으니.

한편 상시절은 일전에 술자리에서 서문경에게 어려운 사정을 얘기한 바 있으나 아직 돈을 얻지 못했는데, 집주인은 매일같이 뻔질나게 독촉을 하는 것이다. 헌데 공교롭게도 서문경은 동경에서 돌아온 이후에 매일같이 접대를 받거나 접대를 하면서 근 열흘을 바쁘게 지내니 도무지 만날 기회가 없었다. 속담에 '얼굴을 보고서도 마음의 정을 다 말하지 못한다.' 했거늘, 하물며 얼굴도 못 보는데 누구를 붙잡고 하소연을 한단 말인가? 매일 웅백작에게 부탁해 서문경 집 앞에 가서 나리가 계시냐고 물어보았으나 집에 있지 않다는 대답뿐이어서 그냥 허탕을 치고 돌아갔다. 돌아오면 아무것도 모르는 마누라는 원망을 했다.

"당신도 사내인가요? 변변히 묵을 방도 없어 이런 설움을 받게 하다니! 평소에는 서문대감을 안다고 하더니, 좀 도와달라고 얘기를 하고도 물에 떨어진 병처럼 아무런 성과가 없다니요!"

이 말을 듣고 상시절은 유구무언으로 단지 멍하니 앉아 아무 말도 하지 않았다.

다음 날 아침 일찍 상시절은 웅백작을 찾아가서는 한 술집으로 데려갔다. 작은 초가집에 개울물이 흐르고 있었다. 문 앞에는 푸른 녹음이 덮여 있고 주점을 알리는 깃발이 멀리서 보였다. 일꾼 대여섯이 분주하게 술과 고기를 나르고 있고, 가게 안에는 진열대가 하나 있는데 신선한 생선, 거위, 오리 고기가 걸려 있고 그런대로 깨끗하게 정돈되어 있어 앉을 만했다. 상시절은 백작을 주점으로 안내해 몇 잔 마시자고 했다. 이에 백작은,

"굳이 이럴 필요는 없는데…."

했으나, 상시절은 웅씨를 끌고 주막 안으로 들어가 자리를 잡고 앉아 술을 시키고 안주로 구운 고기 한 접시, 생선 한 접시를 시켰다. 술이 몇 순배 돈 후에 상시절이 말했다.

"소제가 얼마 전에 형님께 부탁해 서문 나리께 말씀드렸던 일이요 며칠이 지났는데도 통 기별이 없어요. 그런데 방 주인은 성화같이 독촉을 하고 어젯밤에는 집사람까지 밤새 바가지를 긁더군요. 제가

도무지 참지 못하고 이렇게 아침 일찍 일어났어요. 형님을 모시고 서문영감이 나가시기 전에 좀 만나뵈었으면 하는데, 형님 생각은 어떠하세요?"

이에 백작은,

"부탁을 받았으면 끝까지 봐주라는 말이 있잖아. 내 오늘 영감께 자네 얘기를 해서 좀 도와주라고 말씀을 드리지."

하고는 둘은 몇 잔을 더 마셨다.

상시절이 다시 잔을 권하자 백작은,

"아침 술은 너무 마시면 안 돼."

하고 사양했으나 다시 한 잔을 마셨다. 잠시 뒤 술값을 치르고 밖으로 나와 둘은 곧장 서문경의 집으로 갔다. 때는 바야흐로 막 가을이 시작되는 무렵인지라 상쾌한 바람이 불고 있었다. 서문경은 요 며칠 계속 술을 마신지라 정신도 체력도 반 녹초가 된 상태였다. 그래서 주태감이 초청을 했는데도 일이 있다는 핑계를 대고 가지 않았다. 그러면서 화원 장춘오 부근을 산보하고 있었다. 원래 서문경의 후원에 있는 장춘오 부근에는 여러 가지 과일 나무와 신선한 꽃들이 사계절 끊임없이 피고 졌다. 이때가 비록 초가을이긴 했으나 얼마나 많은 꽃들이 정원에서 피고 지는지 모를 지경이었다. 서문경은 집안에서 무슨 특별한 일도 없는지라 오월랑, 맹옥루, 반금련, 이병아와 화원에서 놀고 있었다. 이때 서문경은 충정관을 쓰고 연두색 비단 옷에, 흰 신발을 신고 있었다. 월랑은 항주산 연두색 비단 저고리에 엷은 남색 치마에 봉황을 수놓은 높은 신을 신고, 맹옥루는 검은 비단 저고리에 누런색 치마에 붉은 빛깔을 입힌 영피 가죽의 굽이 높은 신을 신고 있었다. 반금련은 불그스레한 명주 저고리에 녹두색으로 깃을 돌린 적삼을 걸치고, 항주산 흰 바탕 비단에 수를 놓은 비단 치마를 입고 무늬가 있는 분홍빛의 굽 높은 신발을 신고 있었다. 유독 이병아만은 항주산 푸른 비단 저고리에 흰 비단 치마를 걸치고 엷은 남색과 검은색이 어우러진 굽 높은 신발을 신고 있었다. 네 명은 시시덕거리며 서문경을 벗해서 꽃을 감상하고 버드나무 가지를 당겨보며 더없이 즐거운 시간을 보내고 있었다.

상시절과 응백작은 문 앞에서 서문경이 집 안에 있다는 말을 듣고 부리나케 들어와 반나절이나 대청에서 서문경이 나오기를 기다렸으나 도무지 나올 기미가 보이지 않았다. 이때 문밖에서 서동과 화동이 상자 한 개를 메고 들어오는데 모두 비단과 명주로 만든 옷으로 둘은 숨을 몰아쉬면서 떠들어대기를,

"반나절을 기다려 겨우 반밖에 가져오지 못했어요!"

라면서 대청에서 잠시 쉬었다. 이에 응백작이,

"나리께서는 어디에 계시냐?"

하고 물었다. 서동이,

"나리께서는 후원에서 놀고 계세요."

하자 이에 백작은,

"우리가 왔다고 좀 전해다오."

하니, 둘은 상자를 메고 안으로 들어갔다. 잠시 뒤에 서동이 나와,

"나리께서 잠시만 기다리고 계시랍니다. 곧 나오시겠대요."

했다. 둘은 다시 한참을 기다리니 서문경이 비로소 밖으로 나왔다. 둘이 인사를 하자 서문경이 자리에 앉으라고 권했다. 백작이,

"형님께서는 요 며칠 술자리로 눈코 뜰 새 없이 바쁘셔서 도통 틈이 없으시더니 오늘은 어쩐 일로 집에 계세요?"

하고 묻자 서문경이 말했다.

"지난번 헤어진 이후에 매일 사람들에게 불려다니며 술을 마시느라 정말 정신이 없었지. 오늘도 술자리에 초대를 받았지만 일이 있다는 핑계를 대고 가지 않았다네."

"방금 들여온 옷상자는 어디에서 메고 오는 것인가요?"

"이제 곧 가을이 되니 모두들 가을 옷을 해 입어야 되잖나. 방금 전 상자 하나는 월랑 것인데 아직 다 만들지 못하고 겨우 반만 가지고 왔어."

이 말을 듣고 상시절은 놀라 혀를 쑥 내밀면서,

"아주머니가 여섯 분이니 여섯 상자겠군요. 정말 작은 일이 아니군요! 소인네 집에서는 베 한 필도 사기 어렵거든요. 그런데 한꺼번에 이렇게 많은 비단과 명주 옷감을 사시다니 과연 형님은 대단한 부자이십니다!"

하고 감탄하니, 서문경과 응백작은 모두 소리 내어 웃었다. 백작이 말했다.

"이삼 일 새에 항주에서 오는 화물 배는 어째 아직 소식이 없는 거죠? 장사는 잘하고 있는지 모르겠군요. 전에 형님께서 이지와 황사에게 성문 밖에 있는 서사한테 돈을 돌려받아서 꿔주셨잖아요."

"화물 배가 지금 어디에 있는지 모르겠어, 편지를 보내도 답장이 없고. 그래 내 걱정이 이만저만이 아니라네. 이지, 황사의 일은 자네들이 잘 알아서 하게."

백작은 이때다 싶어 서문경의 곁으로 바짝 다가가 앉으면서 말했다.

"상시절이 전날 술좌석에서 말씀드린 일은 어떻게 되었는지요? 최근에 형님이 너무 바쁘셔서 말씀드리지 못했어요. 그런데 시절이 집주인에게 매일 독촉을 받고, 밤낮으로 부인한테 들볶이며 원망을 듣고 있답니다. 무슨 뾰족한 수가 없는 모양이에요. 게다가 날씨도 추위지는데 가죽 웃옷도 전당을 잡혔어요. 속담에도 '사람을 도와주려면 때를 가리지 말고 도와주라'고 했으니 형님께서 한번 선심을 쓰시면 그 집 마누라도 더는 투덜대지 못할 거예요. 더욱이 방이라도 하나 얻을 수 있게 도와주신다면 오가는 사람들이 모두 형님을 좋게 말할 것이니 자연히 형님의 체면도 서게 되는 셈이지요. 상시절이 저를 찾아와서 형님께 사정을 잘 말씀드려달라고 부탁을 하더군요. 그러니 형님께서 상시절을 좀 도와주시지요."

"내 전에 알겠다고 하지 않았던가? 그런데 이번에 동경에 갔다 오면서 은자를 좀 많이 썼네. 그래서 한지배인이 돌아오면 한씨를 통해 변통을 하려고 하네. 집을 살 때 내가 상시절 대신 돈을 내준다 했잖아. 대체 왜 그리 서두르는 겐가?"

"상시절이 서두르는 게 아닙니다. 상시절의 마누라가 바가지를 심하게 긁어대니 이왕에 도와주실 바에 좀 빨리 도와주십사 하는 거지요."

이 말을 듣고 서문경은 한참 생각을 하다가,

"기왕 그렇다면 어려운 일도 아니지. 그래 얼마만한 집이면 살 만하겠는가?"

하고 묻자 백작이 말했다.

"부부가 살 것이니 사랑채 하나, 객실, 침실, 부엌 등 최소 네 칸은 필요할 것 같아요. 은자 서너 냥이면 될 것 같군요. 그러니 형님께서 좀 빨리 돈을 변통하셔서 상시절의 소원을 이루어주세요."

"그럼 우선 은자 몇 푼을 가져가게나. 대충 옷이랑 살림살이를 먼저 사도록 하게. 그런 다음에 적당한 집을 찾으면 내가 돈을 주어 집을 사면 되지 않겠나?"

이에 둘은 일제히 감사하다고 말하며,

"형님 같은 분은 정말로 없습니다."

하니 서문경은 바로 서동을 불러,

"가죽 상자 안에 은자가 몇 푼 있으니 큰마님께 달라고 해서 가져오너라."

하고 분부했다. 잠시 뒤에 서동은 은자를 가지고 나와 서문경에게 건네주었다. 서문경은,

"얼마 전 채태사 집의 부중[府中] 사람들에게 주고 남은 것으로 열두 냥 정도가 되니, 우선 급한 불이나 끄게나!"

라며 주머니를 열어 상시절에게 보여주는데 모두 서 푼, 닷 푼짜리였다. 상시절은 돈을 받아 소맷자락 안에 넣고 다시 한 번 절을 하며 고맙다고 인사했다. 서문경은,

"요 며칠 동안 고의로 자네 일을 모른 척한 것이 아니라, 적당한 집을 알아오면 한꺼번에 처리해주려고 했었네. 보아하니 아직 집을 찾아보지도 않은 것 같은데 이제라도 서둘러 찾아보게나. 내 돈이 생기면 바로 처리해줄 터이니…"

하니, 이 말을 듣고 상시절은 고마워 어찌할 줄을 몰랐다. 셋은 다시 자리에 앉았다. 백작이 말했다.

"예부터 '재물을 가벼이 여겨 은혜를 베푼다면 후에 자손이 크게 번성하고 높은 벼슬에 오르며 선조들이 이루어놓은 가업도 날로 번창한다. 하지만 쌓아놓은 금은보화를 쓰는 일에 인색하다면 후에 자손이 좋지 않고 조상의 묘지도 제대로 보존하기 어렵다'고 하잖아요.

과연 이 말이 맞는다는 것을 알겠군요!"

"본래 돈이라는 것은 돌고 도는 것을 좋아하지 한 군데 가만히 멈추어 있는 것을 별로 좋아하지 않는다네. 그런데 어찌 한 군데에 묻혀 있겠나? 게다가 돈은 사람이 쓰도록 만들어놓은 것인데, 한 사람이 한없이 쌓아놓기만 한다면 다른 사람들은 부족할 게 아닌가? 그래서 재물을 쌓아놓는 것은 많은 죄를 짓는 일이라네."

시가 있어 이를 증명하니,

금은보화를 쌓아놓아야만 만족을 하나
재물이 화근인 것을 누가 알겠는가?
돈 한 푼 아끼기를 피땀같이 여기나
의리를 따라 쓰고 멍청하게 웃음 짓네.
친구와 함께 낯선 길을 가나
형체는 남고 마음이 죽는다면 심히 애달파라.
그도 언젠가는 죽어
빈손으로 홀로 무덤에 이른다네.
積玉堆金始稱懷 誰知財寶禍根荄
一文愛惜如膏血 仗義翻將笑作呆
親友人人同陌路 存形心死定堪哀
料他也有無常日 空手停伶到夜臺

이렇게 말하고 있을 적에 서동이 식사를 내왔기에 셋은 함께 식사를 했다. 식사를 마치고 상시절은 자리에서 일어나 작별을 고하고는 은자를 소맷자락에 갈무리한 다음 집으로 돌아갔다. 집에 막 들어서

니 부인이 꽥꽥 소리를 지르며,

"잎 떨어진 오동나무처럼 아무짝에도 쓸모없는 빈털터리 인간아! 밖에 나가 하루 종일 쏘다니느라고 마누라가 집 안에서 굶어죽는 줄도 모르지요? 어디서 흥청망청 놀다 들어오려니 마누라 보기 부끄럽지도 않아요? 제대로 머물 집도 없어 사람들이 업신여기는 걸 이 여편네 혼자만 듣고 있으라니⋯."

하고 욕을 퍼부었다. 허나 상시절은 잠자코 듣기만 하였다. 마누라의 욕이 끝나기를 기다려 천천히 소맷자락에서 은자를 꺼내 탁자 위에 펼쳐놓고 뚫어지게 바라보면서 말했다.

"돈이여! 돈이여! 내 그대의 번쩍거리고 쩔렁거리는 것을 보고 있노라니 확실히 세상에서 보기 드문 보물로, 온몸이 마비되어 단숨에 그대를 집어삼킬 수가 없구려. 당신이 조금만 일찍 왔더라면 저 마누라한테 바가지는 덜 긁혔을 텐데⋯."

부인은 상시절이 소매에서 열두어 냥 되는 은자를 꺼내 탁자 위에 펼쳐놓은 것을 보고 좋아 어쩔 줄 모르더니 앞으로 다가와 남편 손에서 은자를 빼앗으려고 했다. 이에 상시절은,

"자네는 나더러 쓸모없는 사내대장부라고 욕을 퍼붓더니 어째 돈을 보자 친근하게 구는 게지? 나는 내일 이 돈으로 옷을 몇 벌 사 입고 다른 데 가서 잘 놀아볼까 해. 구차하게 당신 같은 사람이랑 놀 것 같아?"

하니, 이에 부인은 살포시 미소를 지으며 물었다.

"당신, 도대체 이 돈이 어디서 났어요?"

상시절은 아무 말도 하지 않았다. 이에 부인이 다시 물어보았다.

"혹시 나를 미워하고 계세요? 이 모든 게 당신을 위해서예요. 아무

튼 이렇게 돈이 생겼으니 적당한 집을 사서 편안히 살 수 있다면 얼마나 좋겠어요? 그런데 이런 제 마음도 몰라주시고 이죽거리기만 하시다니요. 저는 별 허물없이 부인으로서의 지조를 지키며 살고 있는데 괜히 저를 원망하신다면 정말 억울해요!"

그래도 상시절은 말을 하지 않았다. 부인이 옆에서 아무리 아양을 떨고 수다를 떨어도 전혀 거들떠보지 않았다. 이에 부인도 겸연쩍어 어쩌지 못하고 눈물을 주룩 흘렸다. 이를 보고 상시절은 탄식을 하며,

"여자가 되어 밭일이나 길쌈도 하지 않으면서 허구한 날 나를 들볶아 이렇게 화가 나게 하다니!"

하니, 이 말을 듣고 부인은 더욱 눈물을 흘렸다. 두 사람은 입을 굳게 다물고 아무 말도 하지 않았다. 옆에서 화를 풀어주는 사람도 없으니 그냥 어색하게 앉아 있었다. 상시절은 속으로,

'사실 마누라 노릇하기도 힘들지. 이렇게 고생을 하니 나를 원망하고 탓하는 것도 당연해. 마누라를 탓할 게 아니야. 오늘 돈이 조금 생겼다고 마누라를 거들떠보지 않는다면, 사람들은 나더러 너무 박정하다고 하겠지. 게다가 서문 나리가 아신다면 내가 그르다고 하실 게야.'

이렇게 생각하고는 부인에게 웃으며 말했다.

"내 놀려주려고 그런 거지, 누가 당신에게 화를 내겠어? 당신이 하도 시도 때도 없이 바가지를 긁어대니 밖으로 나돌 수밖에 없잖아. 그런데 누가 당신을 원망한다고 그래? 내 오늘 일을 말해줄게. 아침 일찍 당신이 바가지를 긁어대길래 응씨 형님을 술집으로 모셔 술을 몇 잔 사고 사정 얘기를 한 후에, 서문 나리께 말씀을 좀 잘 해달라고 간청해 서문 나리 집으로 같이 갔지. 일이 잘되느라 마침 서문 나리께서 집에 계시더군. 백작 형님이 중간에서 많은 수고를 하셨어. 얼

마나 많이 입을 놀렸는지 몰라. 그래서 결국 이 돈을 얻어오게 되었지. 그리고 또 적당한 집을 물색해 알려주면 돈을 주셔서 집을 살 수 있게 해주겠다고 말씀하셨어! 이 은자 열두 냥은 우선 급한 불이나 *끄*라고 주신 거야."

"서문 나리가 주신 거군요. 그렇다면 함부로 쓰지 말고 우선 옷을 몇 벌 사 겨울을 따스하게 나도록 해요."

"나도 바로 그것을 당신과 상의하려고 했어. 이 은자 열두 냥으로 옷 몇 벌과 살림살이를 좀 사둡시다. 그러다 집을 마련한 후에 가지고 가면 보기에도 좋을 게 아닌가. 여하튼 서문대인의 호의에 감사할 따름이지. 후일 새 집으로 이사를 하거든 한번 모셔서 고마움을 표시해야겠어."

"그 일은 그때 가서 다시 얘기하세요."

이것이 바로 '오직 고마운 은혜와 켜켜이 쌓인 원한만이 천 년 만 년 간다 해도 마음속에 남는다'는 것 아니겠는가.

이렇게 한참 얘기를 나누다가 부인이 묻는다.

"그래 당신은 어디에서 식사를 하셨어요?"

"나야 나리 댁에서 잘 얻어먹었지. 당신 아직 안 먹었으면 내가 나가서 쌀을 좀 사오지."

"그럼 저는 돈을 잘 간수하면서 기다리고 있을게요."

이에 상시절은 바구니를 가지고 거리로 나가 쌀을 사가지고 돌아왔는데 바구니 안에는 큼직한 양고기도 한 덩이 들어 있었다. 상시절이 큰소리로 웃으며 집 안으로 들어서자, 부인이 마중 나오며,

"이 양고기는 왜 사셨어요?"

하니 상시절은 웃으며,

"당신이 좀 전에 고생을 많이 했다고 했잖아. 마음 같아서는 양고기가 아니라 소라도 잡아서 먹이고 싶은 심정인걸."

하자 이 말을 듣고 부인은 상시절을 가리키며 말했다.

"입만 살아서는! 오늘 일을 가슴에 잘 새겨두고 앞으로 당신이 어떻게 하는지 두고 보겠어요!"

"나를 보고 '사랑하는 내 낭군님' 하고 부를 때가 올걸. 그때 가서 내 어디 당신을 용서하나 봐. 어떻게 될지 두고 보라지."

이 말을 듣고 부인은 웃으며 우물가로 물을 길러 갔다. 그러고는 밥을 짓고 고기를 한 접시 썰어 탁자 위에 올려놓고는,

"여보, 식사하세요."

하고 외쳤다. 상시절은,

"나는 좀 전에 서문 나리 댁에서 식사를 해서 먹고 싶은 생각이 없어. 당신은 굶어서 배가 고플 테니 많이 먹도록 해요."

하니 이 말을 듣고 부인은 식사를 했다. 식사를 하고 그릇을 치운 후에 상시절더러 옷을 사오라 했다. 이에 시절은 옷소매에 돈을 넣고 바로 큰길로 나갔다. 몇 집을 둘러보았으나 맘에 드는 옷이 없었다. 그래서 대충 부인 것으로는 항주산 푸른 비단 저고리 한 벌과 연두색 치마 한 벌, 하얀 명주 저고리 한 벌, 붉은색 적삼 한 벌과 흰색 명주 치마 한 벌 등 모두 다섯 벌을 샀다. 자기 것으로는 누런색 비단 마고자 한 벌과 정향색 두루마기 한 벌과 무명으로 만든 일상복 몇 벌을 사고 모두 여섯 냥 닷 푼을 지불했다. 잘 싸서 등에 지고는 집으로 돌아왔다. 부인더러 풀어보라고 하니 부인은 급히 풀어보고 물어보았다.

"모두 얼마예요?"

"모두 여섯 냥 닷 푼을 주었어."

"싼 것은 아니지만 그만한 가격은 되겠군요."

부인은 잘 개어 옷상자 안에 넣으며 내일은 가재도구를 사러 가자고 했다. 이날 부인은 하늘에라도 오를 듯한 기분이라 원망과 투정을 모두 묶어 멀리 깊고 깊은 동해 바다 속에 던져버렸음은 말할 나위도 없다.

백작과 서문경은 상시절을 떠나보내고 나서 대청에 앉아 이런저런 얘기를 나누었다. 서문경이 말했다.

"내 비록 말단 무관[武官]에 지나지 않지만 다행히 그런대로 얼굴이 있어 경성 내외의 많은 관원들과 교류를 하고 있지. 최근에는 채태사의 수양아들까지 되어 사방 여러 사람들과 유수[流水]와 같이 서간을 많이 주고받는다네. 그런데 내가 틈이 없어 일일이 다 처리를 못하고 있지. 그래 내 편지 등을 잘 쓰는 적당한 사람을 하나 찾아 번잡하고 신경쓰는 일을 좀 맡기고 싶네. 그렇지만 이 정도의 학문을 지닌 사람이 별로 없지 않은가! 적당한 사람이 있으면 자네가 추천해주게나. 그러면 내 그가 묵을 빈 집을 찾아 구해주고 생활할 수 있도록 매년 적당한 생활비와 용돈을 줄 생각이네. 자네가 잘 아는 친구라면 더욱 좋겠네."

"형님 말씀은 잘 알겠어요. 다른 일에 쓸 사람이면 몰라도 이런 자리에 쓸 사람은 사실 찾기가 쉽지 않아요. 그렇지만 찾아보면 없겠어요? 첫째로는 학문이 뛰어나야 하고, 둘째로 인품이 있어야 하잖아요. 또 다른 사람들과 잘 어울릴 수 있어야 하고, 입도 묵직해야 하고 시비에 쉽게 휘말리지 않아야 좋잖아요. 평범한 지식 나부랭이를 가지고 허튼수작이나 부린다면 어디 쓸 수 있겠어요? 할아버지 때부터 잘 알고 있는 분의 손자가 현재 본 현의 수재[秀才]입니다. 몇 차례 과거에 응시했으나 급제하지는 못했지요. 가슴에 품고 있는 학문은 반고와 사마천을 능가할 정도이고, 인품은 공자나 맹자에 버금갈 정도랍니다. 저와는 어려서부터 형제처럼 지낼 정도로 정분이 깊은 사이고요. 일찍이 십여 년 전에 과거 시험을 보았을 적에 답안 두 편을 작성했는데 한 시험관이 보고는 입에 침이 마르도록 극구 칭찬을 했답니다. 그러나 뜻밖에도 그를 약간 능가하는 사람이 있어 급제하지는 못했어요. 연달아 몇 차례 더 응시했으나 급제하지 못하고, 그러다 보니 까맣던 귀밑머리도 어느덧 하얗게 변하고 말았지요. 그가 지금은 책을 벗해 살아가고 있다지만 아직 논밭 백여 무[畝]에다 집도 서너 채 갖고 있어 아주 잘살고 있지요."

"그 정도면 식솔들은 충분히 먹고살 수 있겠군. 그런데 그렇게 넉넉한 사람이 쉽게 다른 사람 밑에 와서 문서 정리나 해주려고 할까?"

"그런데 전에는 재산이 많았지만 지금은 다른 사람들이 다 사버렸어요. 그래서 완전히 빈털터리예요!"

"원래 가지고 있다가 팔아버린 땅도 다 계산하는 겐가!"

"그거야 사실 셈에 넣을 수 없지요. 그한테는 마누라가 있었는데 나이는 이제 겨우 스무 살 전후로 생김이 아주 빼어나지요. 몇 살 안 된 애가 둘 있었다는군요."

"그런 아리따운 부인이 있는데 어디 밖으로 나다니려고 하겠어?"

백작이 다시,

"그 마누라는 이 년 전에 바람이 나서 다른 남자를 따라 동경으로 떠나버렸고 아이 둘은 유행병을 앓다가 모두 죽어버려서 지금은 혼자 남아 있어요. 그러니 반드시 올 거예요."

하니, 이를 듣고 서문경은 웃으며 말했다.

"다 꿍꿍이가 있어 그에 대해 좋게 말한 게군! 그래 그 사람의 성은 무엇인가?"

"성은 수[水]예요. 학문은 다른 사람과 비교할 수 없을 정도예요. 만약 형님이 그를 쓰신다면 편지를 쓰는 것은 물론이고 시사[詩詞], 가부[歌賦] 등 모든 면에서 형님의 빛을 더해줄 것입니다. 모두들 '서문대인은 과연 학문이 깊은 사람을 알아보는 안목이 뛰어난 분이구나!' 하고 감탄할 것입니다."

"다 거짓말 같군. 나는 자네의 황당한 말을 못 믿겠네. 자네가 수수재의 편지나 시사 내용을 외우고 있는 것이 있다면 좀 들려주게나. 들어보아 괜찮으면 내 바로 수수재를 불러 머물 집을 주겠네. 맘에 드는 구절이 하나라도 있다면 말일세. 적당한 날을 잡아 불러오면 되겠지."

"일전에 저한테 편지를 써서, 적당한 주인을 찾아달라고 한 적이 있어요. 이 편지 중에서 몇 구절을 들려드릴 테니 잘 들어보세요."

　　<황앵아[黃鶯兒]>
　　응씨 형님께 편지를 올립니다. 헤어진 이후에 생각만 하고는 소식 전하지 못했습니다. 온 집안사람이 덕분에 잘 지내고 있습니다. 혹시라도 사[舍]자 변 옆에 관[官]자가 붙는 것(둘을 합치면 관[館]으로 곧 가정교사를 의미함)이라도 있으면 꼭 구해주시기 바랍니다. 사람들이 제 재주를 흠모하고 글 또한 일필휘지입니다.
　　書寄應哥前 別來思不待言 滿門兒托賴都康健
　　舍字在邊 傍立着官 有時一定求方便
　　羨如椽 往來言疏 落筆起雲煙

서문경은 이를 듣고 크게 웃으며 말했다.

"그 사람은 가슴 가득히 학문을 담고 있어 자네한테 적당한 주인을 찾아달라고 부탁하면서 어찌 진지하게 편지 한 통 제대로 쓰지 않고 노래를 한 곡 썼단 말인가? 지은 것도 좋아 보이지 않고 학문도 별게 아닌 듯싶고 인품도 썩 뛰어나지 않은 것 같네."

"그것만 가지고 사람을 평가할 수는 없지요. 수수재와 저는 할아버지 때부터 삼 대에 걸쳐 알고 지내는 사이예요. 제가 두세 살이었을 적에 수수재는 아마 댓 살 되었을 거예요. 그때 떡이나 사탕, 과일 등을 같이 먹었는데도 싸운 적이 한 번도 없어요. 커서는 함께 서당에 가서 책을 읽고 글을 썼는데, 선생님께서는 늘 '응이 학생과 수 학생은 매우 총명하고 영리해 나중에 큰 인물이 될 것이다'라고 말씀하셨어요. 문장을 지을 적에도 같이 짓고 서로 질투를 한 적이 없어요. 낮에는 같이 다니며 놀고, 밤에도 같이 자곤 했지요. 커서 머리를 틀어올린 후에도 둘 사이의 우애는 더욱 깊어졌지요. 그 정은 친형제 이상이랍니다. 그래서 편지도 이렇게 어떤 형식에 얽매이지 않고 되는대로 곡을 붙여 쓰지요. 저도 처음에 보고는 뭐 이런 편지가 있나 생각했었지요. 하지만 나중에는 우리 사이기에 이렇게 쓸 수 있다는 생각을 하게 되었지요. 더구나 이 곡조에는 숨은 뜻이 있어 꽤 재미가 있어요. 그러나 형님은 알아채지 못했을 겁니다. 첫 구절에 '응씨 형님께 글을 올립니다'는 서두로 다른 사람들이 쓰는 것과 같으니 좋지 않으세요? 두 번째 구절에는 '헤어진 후에 생각만 하고는 소식 전하지 못했습니다'라 했는데 이것은 안부를 묻는 것이지요. 간단하면서도 문어체로 되어 있어 보기가 좋잖아요? 셋째 구절 '온 집안사람이 덕분에 잘 지내고 있습니다'는 온 집안이 별다른 큰일 없이 무사히 지내고 있음을 말해주잖아요. 그러니 더욱 간결하고요!"

"그렇다면 다섯째 구절은 무엇을 말하는 겐가?"

"이것은 글자를 풀어 쓴 것으로 꽤 어렵지요. 사[舍]자 변에 관[官]이 있는 글자는 관[舘]이 아닙니까? 만약 가정교사 자리가 있으면 천거해달라는 거지요. 또 자신의 학문과 지식이 천하에서 알아줄 만하며, 붓을 들어 편지를 쓰면 종이에 연기가 가득 일 듯하다는 게지요. 형님, 그러니 편지에 어디 한 자라도 쓸데없는 글자가 있나요? 가슴 깊이 하고 싶던 말을 모두 글로 표현해놓았으니, 이게 어디 쉬운 일이겠어요!"

서문경은 백작이 청산유수로 말을 늘어놓으니 별로 할 말이 없었다.

"자네가 수수재의 재주가 뛰어나다고 하니 믿기는 하겠네만 그래도 수수재한테서 받은 편지가 있으면 한 통 가져와 보여주게나. 내 보고 결정하겠네."

"수수재가 지은 시[試]나 부[賦]도 있는데, 오늘 가져오지 못했어요. 수수재가 지은 문장 한 편을 외우고 있는데 매우 잘 지었어요. 제가 한번 읊어볼 테니 잘 들어보세요."

그러면서 백작이 읊으니,

두건을 처음 쓸 적에는 매우 기뻤으나
잘못 썼음을 어찌 지금 깨달을 줄 알겠는가.
남들은 너를 길어야 십오 년 정도 쓰건만
나는 삼십여 년을 쓰고 있네.
벼슬하여 까만 관대를 쓰고파
시구를 한 편 짓고 그대와 이별하려 하네.

내가 박정한 것이 아니라
흰머리로 시험 보기도 어렵다네.
금년에도 급제하지 못한다면
다 걷어치우고 농사나 지으리.

一戴頭巾心甚歡 豈知今日誤儒冠
別人戴你三五載 偏戀我頭三十年
要戴烏紗求閣下 做篇詩句別尊前
此番非是我情薄 白髮臨期太不堪
今秋若不登高第 踹碎冤家學種田

유세차!
대비[大比]*의 시간이 곧 다가오고 있습니다.
저의 심사를 그대 두건에게 고하옵나이다.
당신을 위해 청운의 뜻을 품었건만
백발 영근 머리로 옛 친구들을 그릴 줄 누가 알았겠습니까.
아하!
제가 처음 두건을 썼을 적에는
나이 어린 소년이었지요.
당신을 받쳐 쓰고 기개도 드높았습니다.
제게는 어린 나이에 급제하는 것이 허락되지 않았고
제 뜻을 굽히고 펼 기회도 없었군요.
위로는 공경대부의 관리도 아니고
아래로는 농공상[農工商]의 평민도 아니었습니다.

* 삼 년에 한 번 실시하는 향시[鄕試]

날마다 평범한 집에 머물며

매일 학교에 나갔죠.

스승이 나타나면 겁이 나고 두려웠죠.

윗사람을 영접하느라 동분서주

생각해보니 그대 때문에

한평생을 놀라고 조바심을 내며 갖은 고생을 했습니다.

일 년 사계절에 얼마 되지 않는 것

사람들에게 가르친 사례금에 의지해왔죠.

가난을 좀 도와달라며

곡식 닷 말과 제사에 쓸 고기 반 근을 달라 했죠.

관가에서 보고는 화를 벌컥 내었고

관리들도 쓸데없는 소리라 하였습니다.

동경에도 몇 번을 가보았죠.

같이 배웠던 학생 중 유독 나만이 남았습니다.

그대도 보듯 제 신발은 가죽이 다 해어지고

푸른 적삼 한 벌도 너덜거립니다.

고개를 숙인 지 몇 년

고초란 이루 다 말할 수 없습니다.

언제 이름을 떨칠 것인가! 헛되이 세월만 보내누나.

영웅이 속임을 당하고

일생 동안 제 문장이 제대로 힘을 발하지 못하네.

아직도 황제의 은혜를 입지 못하고

마음속에 웅대한 뜻만 품고 있습니다.

아하! 슬프군요.

그대의 모습이 가련하군요.

뒤는 펴져 있고 앞은 굽어 있으니

그대는 도대체 어찌된 물건인가요.

구멍이 숭숭 뚫려 있으니 진실로 화근입니다.

아하!

하늘에 오를 새가 아직 깃을 펴지 못하고

고기가 용으로 변하려 해도 비늘을 잃었습니다.

들어보지 못했습니까?

오랫동안 날지 않다가도 한번 날면 구름 위로 오르고

오랫동안 울지 않다가도 한번 울면 사람들이 놀란다는 것을.

그러니 빨리 환골탈태[換骨奪胎]하기를.

옛것을 버리고 새것을 좋아하는 것이 아니랍니다.

당신의 뛰어난 문장은 신에게 통할 정도였잖아요.

여하튼 형씨와 헤어지지만

실로 은혜에 깊이 감사할 뿐입니다.

짧은 글 별것 아닌 잔이나마

잘 받아 드시기를 바라나이다.

이치가 다하고 수가 궁[窮]하나

간절히 바라고 바라옵나이다.

이곳에서 인사를 하고 헤어지니

어서어서 떠나옵소서.

維歲在大比之期 時到揭曉之候 訴我心事 告汝頭巾

爲爾靑雲利器望榮身 誰知今日白髮盈頭戀故人

嗟乎 憶我初戴頭巾 靑靑子襟 承汝枉顧 昂昂氣忻

旣不許我少年早發 又不許我久屈待伸

上無公卿大夫之職 下非農工商賈之民

年年居白屋 日日走黌門 宗師案臨 膽怯心驚

上司迎接 東走西奔 思量爲你

一世驚驚嚇嚇受了若干辛苦

一年四季零零碎碎 被人賴了多少束修銀

告狀助貧 分穀五斗 祭下領支肉牛斤

官府見了 不覺怒嗔 早快通稱 盡道廣文

東京路上陪人幾次 兩齋學霸唯吾獨尊

你看我兩只早靴穿到底 一領藍衫剩布筋

埋頭有年 說不盡艱難悽楚 出身何日 空曆過冷淡酸辛

賺盡英雄 一生不得文章力 未沾恩命 數載猶懷霄漢心

嗟乎 哀哉 衷此頭巾 看他形狀 其實可衿

後直前橫 你是何物 七穿八洞 眞是禍根

嗚呼 沖霄鳥兮未垂翅 化龍魚兮已失鱗

豈不聞久不飛兮一飛登雲 久不鳴兮一鳴驚人

早求你脫胎換骨 非是我棄舊憐新

斯文名器 想是通神 從玆長別 方感洪恩

短詞薄奠 庶其來歆

理極數窮 不勝具懇 就此拜別 早早請行

백작이 읊조리기를 마치자 서문경은 박장대소를 하며 말했다.

"응형, 이 정도의 학문을 가진 사람이라면 한대의 양웅[楊雄]이나
반고[班固]와 비교해도 되겠군."

"수수재의 인품은 재주나 학식보다 훨씬 뛰어나지요. 인품에 대해 한번 말씀드려볼까요?"

"그래, 한번 말해보게나."

"얼마 전까지 수수재는 이시랑[李侍郞]의 집에서 가정교사 노릇을 했지요. 그때 이씨 댁에는 여자 하인 수십 명이 있었는데 모두 미모가 아주 뛰어났어요. 남자 하인도 몇 있었는데 모두 우람하고 건장했답니다. 수수재는 그 집에서 대여섯 해를 머물면서도 전혀 잡생각을 하지 않았어요. 나중에 몇몇 나쁜 생각을 품은 하녀와 남자 하인들이 수수재가 성인군자 같은지라 연일 밤낮으로 꼬시려고 했지요. 수재는 원래 마음이 착하고 자비로운 사람이라 결국에는 마음이 약해 그들의 꼬임에 넘어가고 말았죠. 그래 결국은 그 집에서 쫓겨났어요. 그 일로 거리가 떠들썩해졌는데 사람들은 모두 수수재가 그런 일을 할 사람이 아니라며 억울할 거라고 말들을 하는 거예요. 사실 수수재는 여자를 품에 안고서도 허튼 짓을 할 사람이 아니거든요. 만약에 형님께서 수수재를 불러 하녀나 하인 애들과 함께 재워보시면 수재가 문란한지 아닌지 바로 알 수 있을 거 아닙니까? 형님이 우려하시는 일은 절대로 일어나지 않을 겁니다."

"그래도 주인에게 쫓겨날 때에는 반드시 그 나름의 이유가 있지 않겠어? 자네가 비록 수수재와 친하다지만 이번 일만은 어찌 영 내키지 않는군. 일전에 내 친구인 하제형의 집에 있는 예계암[倪桂岩]이라는 선생이 성이 온[溫]이라는 수재를 안다 했으니, 우선 그 사람부터 만나본 뒤에 다시 얘기하기로 하세."

천 번을 안 취하면 모든 것이 헛된 것

스님은 시주를 받아 영복사를 수리하려 하고,
설비구니는 다라경을 인쇄하여 시주케 하다

본성을 잃지 않고 스스로 이치를 깨달으면
몸은 속세를 벗어나네.
도를 닦아 마음을 밝히는 일은 쉽지 않으나
닦아 연마하면 그 빛이 어찌 속세와 같으리.
맑고 탁함은 몇 번씩 바뀐다 해도
마음을 활짝 열어 자연 그대로 맡기나니
수억만 년을 수없이 소요[逍遙]한다 해도
한 점 신비스러운 빛은 허공에 머물러 있네.
本性員明道自通 翻身跳出網羅中
修成禪那非容易 煉就無生豈俗同
清濁幾番隨運轉 闢門數仞任西東
逍遙萬億年無計 一點神光水注空

산동 동평부 지방에는 예로부터 영복사[永福寺]라는 절이 있었는
데, 양[梁] 무제[武帝](520~527) 보통[普通] 2년(서기 521년)에 만회
[萬廻](당[唐] 고종 때 득도한 고승)대사가 창건한 절이다. 왜 만회대사

라 했을까? 대사가 어려 일고여덟 살이었을 적에 군인으로 변방에 나갔던 형이 소식도 없고 생사도 알 수 없었다. 그래서 대사의 늙은 어머니는 큰아들을 생각하느라 하루도 마음 편할 날이 없었고 매일 눈물로 지새웠다. 그래서 아이가 어머니에게 묻기를,

"어머니께서는 이런 태평성대에 살고 있고 또 저희들도 어머니 속을 썩이지 않잖아요. 하루 세 끼 적은 밥이나마 그럭저럭 먹고 또 생활도 대충은 꾸려나가고 있잖아요. 그런데 어이해 어머니께서는 날마다 눈물로 지새우고 계신지요? 무슨 걱정이 있으면 제게 말씀하시어 근심을 같이 나누도록 하세요."

하니 이에 늙은 어머니가,

"얘야, 너는 아직 어려서 어미가 얼마나 많은 근심걱정을 하는지 모른단다! 네 아버지가 세상을 떠난 뒤에 너의 큰형이 군인이 되어 변방에 나간 지 사오 년이 되었으나 소식 한 통 전하지 않고 있단다. 살았는지 죽었는지도 모르는데 어미가 어찌 아무런 걱정 없이 평안히 지낼 수 있겠느냐?"

라고 말하고는 다시 눈물을 흘렸다. 아이는,

"그런 거라면 뭐가 어렵다고 그러세요? 제가 아침저녁으로 달려가, 형님 소식을 어머니께 전해드리면 되잖아요."

하니 그 말을 듣고 어머니는 울다 웃으며 말하기를,

"멍청한 놈 같으니라고! 설령 네 형이 있는 곳을 말해준다 해도 여기서 거기까지 일이백 리도 아닌데 어린 몸으로 어찌 갈 수 있다고 그러느냐. 여기서 요동[遼東]까지는 바로 간다 해도 일만여 리나 되어 장정도 걸어가기가 쉽지 않은 거리다. 사오 개월은 족히 걸릴 텐데 너 같은 꼬마가 어찌 간다고 그러느냐?"

했다. 이 말을 듣고 아이는,

"에이! 요동이 하늘 위에 있는 것도 아닌데 뭘 그리 걱정하세요. 제가 가서 형을 찾아보고 올게요."

라고 말한 뒤 짚신을 동여매고 도포를 똑바로 가다듬어 제대로 입은 뒤에 어머니께 인사를 올리고 바로 떠났다. 어머니가 불렀으나 대답이 없고 쫓아가보았으나 따라잡지도 못하니, 그러잖아도 있는 근심 걱정에 어린 자식 걱정까지 보태졌다. 이를 보고 이웃의 나이 든 노인과 젊은 아낙들은 서로 다투어 찾아와 국도 끓여주고 밥도 해주며, 두런두런 얘기도 나누며 어머니를 안심시켜주려고 했다.

"어린애가 설마 그리 멀리까지 갈 수 있겠어요? 아마 곧 지쳐서 돌아올 거예요."

이에 어머니도 두 눈에 흐르는 눈물을 훔쳐 닦고 멍하니 앉아 아이가 돌아오기를 기다렸다. 어느덧 붉은 해는 서쪽으로 지자 이웃집에서는 국을 끓이고 밥을 하느라 분주하고, 벌써 대문 빗장을 거는 집도 있었다. 어머니는 골머리를 썩이며 두 눈을 크게 뜨고 마냥 먼 곳만 쳐다보면서 떠나는 애를 붙잡지 못했음을 한스러워했다. 그때 멀리서 검은 그림자가 달려오고 있었는데 바로 작은애였다. 어머니는 멀리서 달려오는 아이를 보고서 혼잣말을 했다.

"하늘과 땅이 돌보시고, 달과 해, 별의 삼광[三光]에 의지해 내 아들이 무사히 돌아온다면 평소에 내가 지극 정성을 다해 제사를 올린 덕이리라!"

그때 만회대사가 다가와 땅바닥에 엎드리며 말했다.

"어머니께서는 어찌 주무시지 않고 계세요? 저는 요동에 가서 형님을 찾아 잘 있다는 편지를 가지고 왔어요."

"얘야, 네가 무사히 돌아온 것만으로도 이 어미의 걱정을 덜어줬으니 요동에 가지 못했어도 괜찮다. 하지만 다시는 그런 허튼소리를 해서 어미를 골리면 못쓰느니라. 어디 만 리 길을 하루 만에 다녀올 수 있단 말이냐?"

이에 아이는,

"어머니는 제 말을 못 믿으세요?"

하며, 바로 보따리를 풀어 평안히 잘 있다는 편지를 꺼냈는데 과연 큰아들의 필적이 분명했다. 그러고는 땀에 전 적삼을 꺼냈는데, 어머니가 손수 바느질한 것임에 틀림없었다. 이 놀라운 사실은 온 거리로 퍼졌으며, 그로부터 이 아이를 하루에 만 리 길을 다녀왔다고 해서 '만회[萬廻]'라 부르게 되었으며, 이후에 속세를 떠나 출가하니 '만회대사'라 부르게 된 것이다. 과연 덕망이 높고 학문의 경지가 오묘해 모르는 것이 없을 정도로 신통광대했다. 때문에 나중에 후조[後趙]의 석호[石虎] 황제 앞에서 바늘 두 되를 삼키고, 또 양무제 앞에서는 머리에서 사리를 세 알이나 꺼내기도 했다. 이로 인해 양무제가 칙명을 내려 영복사를 지어 대사의 향화원[香火院]으로 삼도록 했는데 짓는 데 얼마나 많은 비용이 들었는지 알 수 없을 정도였다.

실로 신승[神僧]이 세상에 나오니 신통함이 크고, 황제가 존중해 성지를 내려 그 덕을 기린 것이었다.

세월은 화살처럼 빨리 흘러 시간이 많이 가고 사건도 많았다. 만회대사가 하늘나라로 원적[圓寂]하자 대사를 따르던 제자들도 하나하나 세상을 뜨고 단지 몇몇 게으르고 나태한 화상들만 백장청규[百丈淸規](당대 백장산[百丈山] 회해선사[懷海禪師]가 정해놓은 규율)에 아랑곳하지 않고 계집질을 하거나 술을 마시며 온갖 못된 짓을 일삼았다. 이들의 만행이 밖으로 알려지자 많은 화상들도 너나없이 이러한 분위기에 물들지 않는 일이 없었다. 그러면서 점차 주위 사람들의 손가락질도 창피하거나 부끄럽게 여기지 않고 늘상 술내기나 도박을 하면서 지냈다. 허구한 날 이렇게 지내다 보니 급기야 돈이 떨어져, 가사는 물론이고 종이며 북도 저당을 잡혀 먹고 집안의 서까래까지 팔려 했으나 사려는 사람이 없자, 벽돌과 기와를 뜯어내 술과 바꾸어 마셨다. 그러다 보니 비가 오고 바람이 불 적에 불상이 땅바닥에 굴러 쓰러지는 지경까지 이르렀다. 이러하니 절에 찾아와 불공을 드리는 사람도 없었다. 독실한 신자들이며 도를 닦던 사람들과 공양하던 사람에게는 다 '관운장이 장사를 하니 작은 잡귀들이 무서워서 어찌 감히 사러 올 수 있겠는가?' 하는 식이 되어버렸으니 절은 갈수록 황량해졌다. 종소리·북소리가 울리며 신자들로 북적대던 절이 잡초만 무성한 곳으로 변해버린 것이다. 이렇게 삼사십 년이 흐르니 어느 누가 선뜻 이 절을 새롭게 고쳐보려고 하겠는가?

원래 이 절에는 도장로가 있었는데 서인도[西印度] 사람이었다. 중국 문화의 빼어남에 매료되어 사방을 주유하며 견문을 넓히고자 유사하[流沙河](서역[西域]지대), 성숙해[星宿海](청해[靑海] 호릉호[鄂陵湖]의 서쪽에서 황하에 이르는 작은 호수들이 마치 별처럼 펼쳐져 있는 것을 지칭) 지방에서 최수[漼水](신강[新疆]에 있는 건초[乾草]지대)에 이르기까지 거의 팔구 년을 유랑한 끝에 겨우 중국 땅에 발을 디디게 되었다. 다시 여러 곳을 방황하다가 산동의 이 절에 들어와 여장을 풀고 구 년 동안 면벽 수행을 하며 그동안 아무 말도 하지 않았다.

불법[佛法]에는 원래 문자[文字]의 장애가 없으니, 부단히 노력하면 마음속에서 찾을 수 있을지니.

그러던 어느 날 도장로에게 홀연히 한 생각이 떠올랐다.

　'아! 이 절이 어쩌다 이렇게 다 쓰러져버렸을까? 저런 머리만 빡빡 깎은 멍청한 중놈들은 단지 먹고 마시며 밥만 축내고 있구나. 역사와 전통이 있는 절을 이렇게 형편없이 만들어놓다니 얼마나 애석한 일인가! 벽돌 반쪽이라도 구해다가 다시 일으켜보는 것은 어떨까? 옛말에도 '사람이 빼어나고 걸출해야 그 지방도 이름이 난다'고 하지 않았던가! 일이 이쯤 되었으니 내가 나서지 않으면 누가 나설 것이며, 내가 얼굴을 내밀지 않으면 누가 얼굴을 내밀고 일을 하겠는가? 듣자 하니 이곳 산동에는 서문대인이라는 분이 있는데 금의[錦衣] 관직에 있으며 집안에 수만 금이 있어 그 재산이 가히 왕후장상들보다 많다고들 했지. 집안에 또 없는 것이 없다 했지. 일전에 송서럼 어사를 전송할 적에 여기서 술좌석을 벌였지. 그때 그분은 우리 절이 이렇게 쇠락한 것을 보고 시주하며 중건하게 되면 좀 도와줄 의사를 내비치셨지만 난 마음속에 담아두고 입에 올리지 않았어. 지금 만약 중건 사업을 함에 있어 서문대인의 시주를 얻게 되고 또 대인이 앞장서서 분위기를 조성해준다면 머지않아 이루어질 수 있을 테니 내가 한번 찾아가서 부탁을 드려야겠구나.'

　그리하여 바로 법문을 내어 제자들을 부르고, 종과 북을 쳐 사람들을 불러 모은 뒤에 이와 같은 취지를 알려주었다. 그때 장로의 모습이 이러했다.

　　몸에 걸친 가사는 붉은 빛깔
　　한 쌍의 귀고리는 누런 황금.
　　손에 든 주석 지팡이 거울처럼 번뜩이고

백팔 염주는 햇빛에 밝게 번쩍.
불교의 크나큰 진리를 깨닫고
불쌍한 중생들을 꿈에서 일깨우니
큰 눈썹과 보랏빛 머리카락 부리부리한 눈
서천의 늙고 신성한 승려의 모습이라네.
身上禪衣猩血染 雙環掛耳是黃金
手中錫杖光如鏡 百人胡珠耀目明
開覺明路現金繩 提起凡夫夢亦醒
龐眉紺髮銅鈴眼 道是西天老聖僧

　　장로는 취지를 알린 뒤에 바로 행자를 시켜 붓과 벼루 등 문방사
우[文房四友]를 가져와 향기 그윽한 먹을 갈게 하고 붓을 잡고 종이
를 깐 뒤, 소문[疏文](윗사람에게 호소하는 글)을 한 편 썼다. 글을 올리
게 된 연유를 쓴 다음 재물을 희사해 복을 쌓길 권하였다. 쓰고 보니
내용도 그럴듯한 데다 글자도 단정하고 자구도 아주 청신했다. 역시
장로는 법력[法力]이 뛰어난 보살의 현신[現身]인 듯싶었다. 글을 쓰
고 나서 바로 여러 사람들과 작별을 하고 짚신을 신고 초롱이 모자를
쓰고 곧장 서문경의 집으로 향했다.
　　이때 서문경은 응백작을 보내고 사랑채에서 옷을 갈아입은 뒤, 오
월랑의 방으로 건너가 응백작이 수수재를 천거한 일을 들려주었다.
그러면서,
　　“내가 일전에 동경에 갈 때에 많은 일가친척들이 찾아와 술자리를
베풀어주었으니 나도 자리를 마련해 인사를 해야겠어. 마침 한가하
고 특별한 일도 없으니 오늘 처리합시다.”

하고는 바로 대안을 불러 시장에 나가 신선한 과일이며 돼지고기, 생선, 닭고기, 오리고기 등 안주와 반찬거리가 될 만한 것들을 사오도록 분부하고, 다른 하인들에게는 손님들을 모셔오게 했다. 그러고는 오월랑을 이끌고 이병아의 방으로 건너가 관가를 보았다. 이병아는 월랑과 서문경을 웃으며 맞이했다. 서문경은,

"마님께서 애를 보러 오셨단다."

하니, 이병아가 바로 유모에게 애를 안고 나오라 일렀다. 아이는 눈썹이 드물고 얼굴이 하얀 것이 마치 분을 바른 듯했다. 관가는 해맑은 웃음을 지으며 곧바로 월랑의 품에 안기려 하니 월랑도 손을 벌려 받아 가슴에 꼭 안으며,

"내 새끼, 이렇게 귀여울 수가! 크면 반드시 총명하고 영리할 거야."

그러면서 다시 애를 향해,

"아가야, 네가 크면 이 어미를 어떻게 모실래?"

하고 묻자 이병아가 바로,

"마님께서는 무슨 말씀을 그렇게 하세요? 만약에 이 애가 커서 관직에 오른다 해도 위에서부터 작위를 받으셔야지요. 봉관[鳳冠](부인들이 쓰는, 봉황으로 장식한 예관[禮冠])과 하피[霞帔](황제가 문무 관원들의 부인에게 내리는 예복)는 당연히 큰마님 몫이죠! 그리고 마님께 효도를 잘 할 거예요."

했다. 이에 서문경도,

"아가야, 너는 커서 애비처럼 무관이 되지 말고 문관이 되거라. 무관이 그런대로 무게를 잡고 지내기는 괜찮지만 사람들에게 존경은 받지 못하거든."

이렇게 얘기하고 있을 때에 생각지도 않게 반금련이 밖에서 듣고

는 자기도 모르게 심사가 뒤틀려 속으로 욕하기를,

'염치도 없고 내숭이나 떠는 음탕한 계집이! 제년이 무슨 애를 기른다고 야단이야! 애가 서너 살이 된 것도 아니고, 또 열대여섯을 먹어 학교에 나가 글을 배우는 것도 아니잖아. 골골거려 언제 죽을지도 모르는데 무슨 벼슬이고, 무슨 부인에게 봉작이 내리고 한다고? 염병할, 염치도 없는 저 양반은 애더러 문관이 되라고?'

이렇게 속으로 종알거리며 악담을 퍼대고 있는데 대안이 안으로 들어와 반금련을 보고는,

"나리께서 어디 계시죠?"

하고 물었다. 이에 금련은 욕을 해대며,

"요 싸가지 없는 자식아! 나리께서 어디 계신 줄 내가 어떻게 안단 말이냐? 나리께서 무엇하러 내 방에 오시겠느냐? 높은 벼슬을 받은 부인이 있어 산해진미를 차려 나리를 떠받들고 있는데 왜 내게 와서 묻는 게야?"

라며 벌컥 화를 내자 대안은 뭔가 길을 잘못 들었다 싶어 바로,

"잘 알겠습니다."

하고 이병아의 방 쪽으로 잽싸게 몸을 돌려 나갔다. 문 앞에 이르러 몇 번 기침을 하고 서문경에게 말한다.

"응씨 아저씨가 대청에서 기다리십니다."

"방금 배웅해 보냈는데, 또 무슨 일인가?"

"나가 보시면 아실 겁니다."

이에 서문경은 월랑과 이병아를 그대로 남겨두고 사랑채로 건너와 옷을 갈아입은 뒤에 바로 대청으로 나가 백작을 맞이했다. 되돌아온 연유를 물으려고 할 즈음 장로가 서문경의 집 앞에 당도하여 큰소

리로 외쳤다.

"나무아미타불! 여기가 서문대인 댁입니까? 어느 분이 집안일을 관장하시는 분인지 제가 왔다고 전해주시겠습니까? 동경에서 시주를 구하는 빈승이 뵙기를 청하오니 아드님을 돕고 손자를 보호해주며, 복을 구하면 복을 주고, 장수하기를 빌면 장수할 수 있게 해준다고 말씀해주십시오."

원래 서문경은 평소에도 돈을 잘 쓰는 위인인 데다 새로 아들 관가를 얻고 나서는 마음이 십분 흡족해 애를 위하는 일이라면 뭐든지 아끼지 않았다. 하인들도 모두 이 사실을 잘 알고 있던 터라 화를 내거나 큰소리도 치지 않고 바로 안으로 들어가 서문경에게 알렸다.

"어서 안으로 뫼시어라."

서문경이 분부하니 집안 하인이 날듯이 밖으로 나가 마치 살아 있는 부처를 대하듯 공손하게 안으로 모셔 왔다. 대사는 대청에 이르러 인사를 하고,

"소승은 서인도 출신으로 동경 변량[汴梁](지금의 하남성 개봉)까지 주유하다가 지금은 영복선사에 머물며 구 년 동안의 면벽 끝에 약간의 깨달음을 얻었습니다. 하오나 이 절의 대웅전과 다른 불당들이 모두 무너져내렸으니, 빈승이 생각하건대 불가의 제자라면 당연히 불가를 위해 힘을 써야지 어찌 다른 사람에게 미루고만 있을 수 있겠습니까? 때문에 소승은 이러한 생각을 실천에 옮기기로 하였습니다. 일전에 나리께서 다른 분을 송별하시면서 우리 절이 그토록 황폐해진 것을 보시고 훌륭하고 아름다운 마음으로 몹시 안타까워하시면서 만약 절을 중건할 생각이라면 도와주시겠다고 하셨습니다. 나리의 어지신 마음을 많은 부처와 보살께서 굽어 살펴보고 계십니다. 불

경에도 '만약 세상의 선남선녀들이 금전을 기꺼이 보시하여 불전이나 불상을 아름답게 꾸민다면, 반드시 훌륭한 자손을 얻고 용모가 단정하고 수려할 것이며, 또 훗날 일찌감치 과거에 급제하고 자손과 부인에게도 작위가 내려지는 기쁨이 있을 것이다'라고 쓰여 있지요. 그래서 소승이 특별히 나리 댁을 찾은 것이니 오백 냥이건 천 냥이건 상관이 없으니 부디 마음을 너그럽게 잡수시고 시주하여 나중에 좋은 결과가 있기를 바라마지 않습니다."

하면서 비단 보자기를 풀어 시주 권유문을 꺼내 두 손으로 올려 바쳤다. 고승의 몇 마디 말에 서문경은 이미 마음이 움직여 대단히 기뻐하며 그 문장을 받아 들고는 하인을 시켜 차를 내오게 한 뒤 권유문을 펼쳐 읽어보았다.

엎드려 생각건대, 백마에 불경을 싣고 와서 불교는 축등[竺騰]이 법을 열고 종문을 열었습니다. 대지의 중생으로 불조에 의지하지 않는 것이 없으며 삼천세계[三千世界]가 그윽하며 장엄하고도 화려합니다.

그러나 깨지고 흩어진 기와나 벽돌을 어찌 명산의 아름다운 풍경이라 할 수 있겠습니까? 만약 대자대비한 마음으로 흔쾌히 희사를 않는다면 어찌 진실로 불교를 믿는 사람이라 하겠습니까? 영복선사는 예부터 불도를 닦던 경건한 장소입니다. 양무제 때 창건되어 만회조사가 개산했습니다. 규모나 크기가 마치 급고원[給孤園](중인도 사위성[舍衛城]의 부호인 급고독장자[給孤獨長者]라는 사람이 지타태[祇陀汰]의 큰 정원을 사서 석가모니에게 기증해 붙여진 이름. 이곳을 근간으로 불교가 크게 성행함)에 황금을 깐 듯하고, 조각의 정교함은 지원사

[祇洹舍](인도 불교 성지의 하나로 석가모니가 득도한 뒤에 급고독장자가 지타태자의 큰 정원을 사서 석가모니에게 바치고, 지타태자는 정원의 큰 나무를 바치니 이곳에 정사[精舍]를 짓고 수행을 했다 함)에 백옥으로 계단을 만들어놓은 듯합니다. 누각은 창공에 닿았고 단목[檀木]의 향기는 하늘 위 구름까지 퍼져 있으며, 층층이 땅에 쌓여 있는 대웅전은 가히 천여 명의 승려를 수용할 수 있습니다. 양쪽으로 높이 치솟아 있는 것은 모두가 불사[佛舍]들이며, 낭하와 방은 모두 깨끗하여 과연 일반 세상이 아닙니다. 지난날 종소리와 북소리가 울릴 때에는 모두가 이 세상에서 가장 좋고 깨끗한 곳이라 말들을 했죠. 장삼이 정결하고 선명할 적에는 진계[塵界](색[色], 성[聲], 향[香], 미[味], 촉[觸], 법[法]의 육계[六界]로 구성된 허환세계[虛幻世界])에 모든 중생들이 자리를 함께했지요.

그러나 어찌 알았겠습니까, 세월이 흘러 순식간에 모든 것이 바뀌어버렸음을. 멍청한 화상들이 함부로 술을 마시고 제멋대로 행동하며 청규[淸規]를 해치고, 멍청한 도사들은 게을러터져 잠만 자고 청소도 하지를 않았습니다. 그러니 갈수록 적막하고 쓸쓸하게 변해 찾아오는 신도들도 갈수록 적어졌습니다. 이처럼 처량해지니 참배하는 사람은 더욱 줄었습니다. 새들이 둥지를 틀고 쥐들이 구멍을 파니 어찌 비바람에 흔들리지 않고 버틸 수 있겠습니까? 기둥과 지붕, 담장과 벽이 날이 가고 해가 바뀔수록 무너져 내려도 지탱할 계획도 일으켜 세우는 사람도 없습니다. 붉은 창 문짝은 술을 데우고 차를 끓이는 데 쓰고, 아름드리 서까래와 기둥은 가져다가 소금과 쌀과 바꾸었습니다. 바람이 불어 나한[羅漢]에 입힌 금박을 다 벗겨버렸고, 비바람이 몰아쳐 미타[彌陀]는 먼지로 변했습니다.

아아! 금빛 찬란하던 곳이 하루아침에 가시덤불 숲으로 변했습니다. 비록 성공도 있고 실패도 있다 하지만 결국에는 고생 끝에 즐거움과 행복이 찾아오는 법입니다. 다행히 도장로가 바르고 경건한 마음으로 영복사의 퇴락을 차마 보지 못하겠습니다. 그리하여 큰 뜻을 세워 시주를 구하는 바입니다.

엎드려 바라옵건대, 부디 대자대비한 마음으로 측은지심을 불러일으켜주시기 바랍니다. 서까래나 기둥 등 크고 작은 것을 상관하지 마시고 기꺼이 희사해주신다면 높이 그 이름을 새겨드릴 것입니다. 돈이나 포목 등은 많고 적음, 크고 작음을 가리지 않고 함에 넣어 주신다면 이름을 기록해드리겠습니다. 그리하여 부처님께 빌어 복[福]과 녹[祿], 수명이 백년 천년 가도록 하고, 절의 밝은 기운에 의지하여 대대손손 길이길이 높은 벼슬과 봉록을 받도록 해 부귀영화를 누리도록 해드릴 것입니다. 원하는 바를 모두 이룰 수 있도록 기원해드릴 것입니다. 하여 이 소문[疏文]이 이르게 되면 각자가 인색함을 버리고 삼가 권하는 글을 따르시기를….

서문경은 다 읽고는 잘 접어 바로 비단 보자기에 잘 쌌다. 비단 끈으로 잘 동여매어 공손하게 탁자 위에 올려놓고 두 손을 포개며 장로에게 말했다.

"솔직히 말해 제가 비록 성공했다 할 수는 없지만 그런대로 수만 금에 달하는 재산을 갖고 있고 또 무관직에 있으며 다른 사람들과도 아주 폭넓게 교류하고 있습니다. 나이가 들었어도 슬하에 아들자식이 없었습니다. 거느린 처첩들이 대여섯 있으나 안심을 못하고 선행을 하리라 마음먹었습니다. 그러다 작년에 여섯째 마누라가 사내자식을 낳으니 만사 더 바랄 것이 없게 되었습니다. 우연한 기회에 친구를 송별해주느라 귀사에 들렀는데 묘와 절이 무너진 것을 보고 약간의 재물을 희사해 중건해보고자 하는 마음을 가지게 되었습니다. 그런데 마침 대사께서 이렇게 찾아주시니 제가 어찌 거절할 수 있겠습니까?"

그러고는 토끼털로 만든 붓을 쥐고 망설이고 있을 적에 응백작이 말하기를,

"형님, 기왕에 형님께서 좋은 마음으로 조카를 위해 발원하실 양이면 어찌 혼자서 다하지 않으세요. 그렇게 큰일도 아니잖아요!"

하니 서문경은 붓을 들고 크게 웃으며 말했다.

"너무 힘들어! 너무 힘들어!"

"그럼 최소한 천 냥은 내셔야죠."

이에 서문경은 다시 껄껄 웃으며,

"너무 세! 너무 세!"

하니 대사가 입을 열어 말하기를,

"시주님을 앞에 두고 소승이 너무 주제넘는 말을 하는 것 같으나, 우리 불가에서는 모든 것이 인연에 따라 기꺼이 이루어지는 것이지 억지를 부려 사람들을 어렵게 하지는 않습니다. 그러니 나리께서도 마음이 닿는 데까지 해주시면 됩니다. 그리고 친구들이나 친척에게도 말씀하시어 이 일에 많이들 동참할 수 있도록 주위에 권해주신다면 더할 나위 없이 감사하겠습니다."

하자 서문경은,

"대사의 체면도 있고 하니 너무 적어도 안 되겠죠."

하면서 오백 냥이라고 적고는 붓을 거두었다. 이를 보고 장로는 합장

을 하며 감사하다고 말했다. 서문경이 다시 말했다.

"이곳에 있는 태감들이나 현의 관리들은 모두 저와 가깝게 지내는 사이니 내일 기부금을 권하는 문장을 보여주어 그들도 희사하도록 권해보겠습니다. 얼마가 됐건 되는대로 쓰게 해서 대사께서 하시는 일이 하루빨리 이루어질 수 있도록 도와드리겠습니다."

그날 서문경은 대사에게 야채로만 만든 음식을 접대하고 환송해주었다.

자비를 베푸는 것은 좋은 집의 일이고, 복을 구하고 재앙을 없애는 것은 부모의 마음이런가.

한 편의 시가 있어 그러한 시주들의 일을 읊고 있으니,

불법은 많음에 있지 않고 오로지 마음에 있는 것
씨앗 뿌리고 열매를 따는 것은 인과의 근원이며
진주와 호박 같은 보배로운 것
누가 가지고 가서 염라대왕을 만나리.
착한 일을 하는 데는 가난한 사람도 좋고
부자들은 업을 쌓는 데 돈만 들이네.
만약에 나이와 몸뚱이를 살 수 있다면
동탁[董卓]도 아직까지 살아 있으리.
佛法無多止在心 種瓜種果是根因
珠和玉珀寶和珍 誰人拿得見閻君
積善之人貧也好 豪家積業枉拋銀
若使年齡身可買 董卓還應活到今

서문경은 장로를 보내고 대청으로 돌아와 응백작과 다시 자리에 앉아 말했다.

"둘째! 그렇잖아도 사람을 보내 자네를 부르려 했는데 마침 잘 왔네. 전에 내가 동경에 갈 적에 많은 일가친척과 친구들이 송별연을 벌여주었지. 그래 내 오늘 하인들에게 물건을 좀 사가지고 오도록 분부했고, 큰사람에게도 일러 술과 음식을 약간 준비해 대접하기로 했네. 그러니 자네도 좀 와서 도와주게나. 마침 대사가 와서 얘기하느라 좀 시간을 허비했네만."

"방금 다녀간 장로는 보아하니 덕망과 불법이 있어 보이던데요. 장로의 말을 듣고 있노라니 저도 모르게 마음이 동해서 시주하기로 했잖아요."

"자네가 언제 시주하기로 했지? 나 몰래 기부자 명단에 언제 이름을 적었나?"

"원, 형님두! 제가 입으로 말하는 것은 뭐 시주가 아닌가요? 그렇게 말씀하시는 형님은 도대체 불경을 몇 번이나 읽어보셨어요? 불경에서 제일 중요하게 여기는 것이 마음을 베푸는 것이고, 둘째가 법을 베푸는 것이며, 셋째가 재물을 베푸는 거예요. 제가 곁에서 말참견을 해 형님이 시주를 많이 하게 한 것은 제가 마음으로 시주했기 때문이라고요."

이 말을 듣고 서문경은 웃으며,

"둘째, 자네는 말만 했지 마음은 없구만!"

하자 둘은 손뼉을 치며 크게 웃었다. 백작은,

"그럼 전 여기서 손님들을 맞을 테니 형님께서는 일이 있으시면 형수님과 상의하고 오세요."

하니 서문경은 그러마 하고는 안채로 들어갔다. 반금련은 뭐라고 쫑
알대면서 본체만체하며 기지개를 늘어지게 켜고 하품을 몇 번 한 뒤
방 안으로 들어가 상아로 만든 침대에 누워 잠을 잤다. 한편 이병아
는 유모와 하인과 함께 방 안에 앉아서 우는 아이를 달래고 있었다.
단지 오월랑과 손설아만이 음식을 장만하고 있었는데, 서문경은 앞
으로 다가앉으며 방금 장로가 와서 절의 중건 기금을 모금하기에 자
기가 시주한 일과 백작이 하던 우스갯소리를 들려주었다. 이를 듣고
모든 사람들은 한바탕 크게 웃었으나 월랑은 사리가 밝은 사람인지
라 사려 깊게 생각한 뒤에 몇 마디 말을 하니 바로 서문경의 정곡을
찌르는 것이었다.

부인이 현명하면 매번 닭이 울어 경계하듯
늘상 좋은 일을 하라고 일러준다네.
妻賢每致鷄鳴警 款與常聞藥石言

도대체 무슨 뜻일까? 월랑이 말하기를,
"여보, 당신은 크나큰 조화를 입어 사내아이를 얻었어요. 또 착한
마음이 일어 널리 좋은 인연을 맺고 있으니 우리 가문의 복된 연분
아니겠어요? 단지 그러한 착한 마음이 많지 않을까 걱정스럽고, 사
악한 마음이 다 사라지지 않을까 걱정이 되는군요. 그러니 영감께서
는 앞으로 의의[意義]가 없거나 올바르지 않은 일을 삼가며, 계집질
을 하거나 그릇되게 남의 재산을 탐하거나 색을 밝히지 말고 오로지
착한 일만 하도록 힘써주세요. 음덕을 쌓아 아이에게 물려주면 좋지
않겠어요?"

하니, 이 말을 듣고 서문경은 웃으며,

"여보, 당신의 고리타분한 설교가 다시 시작되는구려. 세상에는 음양[陰陽]이라는 것이 있어 남녀가 자연스럽게 짝을 맺는다는 이야기도 못 들어본 모양이지. 떳떳하게 사랑하거나 몰래 정을 통하는 것도 모두 전생에 정해진 것으로 인연부[因緣簿]에 기록되어 있단 말이야. 이것이 금생에 다시 되살아나는 것인데 설마 억지로 이루어진다고 믿지는 않겠지? 내가 듣기에 서천에 계신 부처님도 설법 장소를 황금으로 치장해주기를 바라고 지옥에 계신 염라대왕도 돈이면 모든 일이 잘 해결된다고 했으니, 내가 모든 재산을 좋은 일을 위해 쓴다면, 항아[姮娥]를 강간하건 직녀[織女]와 화간을 하건 허비경[許飛瓊](서왕모의 시녀)을 유혹하건 서왕모의 딸을 훔쳐오건 하늘에 닿을 만큼 많은 내 재산이 줄어들지는 않을 거야!"

하니 월랑은 웃으며 말했다.

"참, 말 같지도 않은 소리를 잘도 지껄이는군요. 부끄러운 일을 저지르고도 자랑스럽게 얘기하다니 당신이란 사람은 도대체 어떻게 해야 개과천선을 할 수 있나요?"

이렇게 둘이 웃으며 얘기를 하고 있을 적에 왕비구니가 상자 하나를 들고 설비구니와 함께 안으로 들어와 날아갈 듯 사뿐히 월랑과 서문경에게 절을 올리면서 말했다.

"나리, 웬일로 집에 계시죠? 일전에 헤어진 뒤로 잡다한 일이 많아서 나리를 제대로 찾아뵙지 못해 마음이 늘 편치 않아 설비구니와 함께 나리를 뵈러 왔어요!"

원래 설비구니는 젊은 시절에 일찍이 시집을 가서 광성사[廣成寺] 앞에서 떡장수를 했었다. 벌이가 시원찮았으나 설비구니는 전혀 개의치 않고 중들과 시시덕거리며 농담을 주고받거나 추파를 던져 그들과 놀아났다. 화상들 마음에 음욕을 돋우어 남편이 잠시 밖에 나간 틈을 타서는 대여섯 명과 관계를 맺었다. 화상들은 호떡, 만두, 밤을 가져다주고, 어떤 자는 시주 돈으로 꽃을 사주거나 천을 끊어다 발싸개를 만들어주기도 했다. 그러한 사실을 남편이 어찌 알 수 있겠는가? 남편이 병에 걸려 죽고 나자, 설비구니는 불교에 관해 꽤 알고 있었는지라 바로 여승이 되어 사대부 집안에 드나들며 염불이나 해석을 해주었다. 그러다가 정을 통하고 싶어하는 여인네가 있으면 화상들을 붙여주고는 소개료를 뜯어먹었다. 서문경 집안에 돈이 많으며, 거느린 여인네들이 많다는 이야기를 얻어듣고는 적당한 불법이나 들려주고 돈이나 뜯어갈 심산으로 빈번하게 왕래하고 있었다. 서문경이 이러한 사실은 알지 못했으나, 사실 여느 집도 삼고[三姑](이고[尼姑]: 여승, 도고[道姑]: 여도사, 괘고[卦姑]: 점쟁이)와 육파[六婆](아파[牙婆]: 남의 일을 도와주고 수고비를 받는 여인, 매파[媒婆]: 중매인, 사파[師婆]: 무당, 건파[虔婆]: 유곽의 포주[抱主], 약파[藥婆]: 약장수, 온파[穩婆]: 조산원, 산파[産婆])의 출입을 꺼렸다.

예전에는 기녀였다가 화상과 놀아났다네.

그러다 중간에 중이 되어 염불을 외운다네.

머리에는 수건을 감고, 몸에는 적삼을 걸치고, 허리에 누런 띠를 두르고

아침저녁으로 남의 집 문을 두드리며 찾아간다오.

마음은 오로지 금은을 뜯어내는 데 있으니

모든 것이 엉망이라지.

생각해보아도 좋은 비구니가 아닌 듯하니,

도대체 깨끗한 이름이 몇이나 그들에 의해 더럽혀질거나.

當年行徑是窠兒 和尙闍黎鋪

中間打扮念彌陀 開口兒就說西方路

尺布裹頭顱 身穿直掇 繫個黃條 早晩捱門傍戶

騙金銀猶是叮 心窩里 畢竟糊塗

算來不是好姑姑 幾個淸名被點汚

또 한 수의 시가 있으니,

비구니는 원래 까까머리인데

화상을 끌어들여 밤마다 바쁘구나.

세 까까머리, 스승인 듯 사형인 듯 사제인 듯하나

요발[鐃鈸]*이 어째 침대 위에 있는가?

尼姑生來頭皮光 拖子和尙夜夜忙

三個光頭好象師父 師兄幷師弟

只是鐃鈸緣何在里床

설비구니가 자리를 잡고 앉아 바로 상자를 열면서,

"특별히 가져올 것이 없어 다른 사람들이 부처님께 공양 올린 과
자를 조금 가져왔으니 맛이라도 좀 보세요."

하자 월랑이 말했다.

"그냥 와도 되는데 그런 데까지 신경을 쓰시다니."

---

* 불교의 법기[法器](악기[樂器])

한편 반금련은 자다가 밖에서 사람들 말소리가 들리자 또 무슨 일인가 싶어 엿들었다. 이병아도 관가를 달래고 있다가 왕비구니가 왔다는 소리를 전해 듣고 관가를 위해 기원을 해달라고 할 생각으로 월랑의 방으로 건너와 서로 인사를 하고 자리에 앉았다. 서문경은 이병아에게 좀 전에 장로가 와서 모금을 하던 일이며, 자기가 희사하기로 한 일, 관가를 위해 기원을 해달라고 했던 일들을 다시 한 번 얘기해주었다. 이 말을 듣고 있던 금련은 속이 뒤집혀 속으로 종알거리며 안으로 들어가버렸다. 설비구니가 자리에서 일어나 합장을 하며,

"나무아미타불, 나리께서 이렇게 좋은 마음으로 선행을 베푸시니 오래도록 사실 것이며 자식들도 오남 이녀 칠형제가 화목하게 모일 것입니다. 소승이 한 가지 말씀드리고 싶은 것은 이 일이 돈은 얼마 들지 않으면서 무한한 복을 받을 수 있다는 겁니다. 제가 주제넘게 말씀드리지만 나리께서 이 같은 공덕을 세우신다면 구담[瞿曇](석가모니)이 설산에서 수도를 하고, 가섭[迦葉]존자(석가 십대 제자 중 하나로 나이가 많고 덕망도 높았기에 대가섭[大迦葉]이라고도 함)가 머리카락을 당에 깔고, 이조[二祖](선종의 혜가[慧可])가 벼랑 아래로 몸을 던져 호랑이에게 자기를 먹게 하고, 급고노[給孤老]가 땅에 황금을 깐 일도 나리님 공덕에 비할 수 없을 것입니다!"

하니 서문경은 웃으며,

"우선 앉으셔서 무슨 공덕인지 차근차근 말씀해보세요. 들어보고 결정하리다."

했다. 이 말을 듣고 설비구니는,

"석가모니께서는 다라경[陀羅經] 한 권을 남기셨는데 전적으로 서방정토 세계에 관해 말씀하셨습니다. 불교에서 이르기를 소위 삼선

천[三禪天](색계[色界] 가운데 세 번째), 사선천[四禪天](색계 중에서 최고 단계로 색구경천[色究竟天]이라고도 함), 절리천[切利天](불교에서 말하는 삼십삼천으로 육욕천[六欲天]의 하나), 도솔천[兜率天](불교에서 하늘을 여러 층으로 나눌 때 네 번째 층), 대라천[大羅天](도교에서 말하는 삼십육천 중에서 최고 높은 천[天]), 부주천[不周天](두찬[杜撰]의 천국[天國] 이름)이라는 곳은 아무리 서둘러도 누구나 쉽게 갈 수 있는 곳이 아닙니다. 서방에 극락세계가 있는데 이곳이 바로 아미타불이 탄생한 곳입니다. 춘하추동도 없고 바람이 불거나 춥거나 덥지도 않으며 항상 따스한 봄 날씨 같습니다. 부부나 남녀의 구별도 없고, 사람들은 모두 칠보지[七寶池](서방 정토에 일곱 가지 보석으로 만들어진 연꽃 연못)에서 태어나고, 금연대[金蓮臺](금색의 연화대[蓮化臺]) 위에서 노닌다 합니다."

하니 서문경이,

"연꽃 한 송이가 얼마나 클까? 그 위에서 태어나 놀다가 바람이 불면 연못으로 굴러 떨어지지 않을까?"

하자 설비구니가 말했다.

"나리께서 아직 잘 모르시는군요. 제가 아는 대로 말씀드릴게요. 불가에서는 오백 리를 한 유순[由旬]이라고 하지요. 그 연꽃 한 송이가 엄청나게 커서 크기가 대략 오백 유순은 된다고 합니다. 보물과 옷들도 다 원하는 대로 생기고, 음식도 모두 하늘에서 내려오며 아름다운 새들이 지저귀는 소리는 마치 생황을 연주하는 듯하다 합니다. 정말로 얼마나 좋은 세상인지 모르겠어요! 그러나 속세 사람들은 가는 길을 모르고 말을 해주어도 믿지 않으니 불조께서는 이 경전을 만드시어 사람들로 하여금 전심으로 불경을 읽는다면 중국에는 서방

정토 세계에 이르러 아미타불을 볼 수 있다고 하셨습니다. 그렇게 해서 일 세, 이 세 아니 수백 수천 수만 세에 이르기까지 영원토록 윤회[輪廻]에 빠지지 않게 하신 것입니다. 불조께서 '만약 날마다 읽는다거나 혹은 이 경을 베껴서 돌려가며 다른 사람에게 권해 수많은 사람들이 읽거나 소지하게 한다면 무한한 복을 얻게 될 것이다'라고 하셨지요. 또 이 경 속에는 호제동자경[護諸童子經]이 들어 있어, 자식을 낳아 잘 키우려면 반드시 이러한 마음가짐으로 시작해야만 비로소 쉽게 기르고 양육할 수 있고, 재앙을 물리치고 복을 구할 수 있다 합니다. 그런데 경전이 아직까지 인쇄되어 널리 읽혀지지 않고 있으니 나리께서 약간의 돈을 희사하시어 수천 권을 인쇄한 뒤에 잘 장정하여 사방으로 널리 배포하신다면 그 공덕은 실로 그 무엇과도 비할 수가 없이 큰 것입니다!"

"그야 어려운 일이 아니지요. 헌데 이 책을 한 권 인쇄하는 데 얼마쯤 되는지요? 인쇄하고 장정하는 데 얼마쯤 필요한가요? 좀 자세히 알아야만 마음을 정할 텐데."

"나리께서는 너무 고지식하시군요. 무얼 그리 세세하게 알려고 하세요? 먼저 아홉 냥 정도를 인쇄업자에게 주고 몇 천, 몇 만 권을 인쇄하고 책으로 만들게 한 뒤에 나중에 일괄적으로 한꺼번에 비용을 계산해주시면 되잖아요. 그런데 뭘 그리 세세히 알려고 하세요?"

설비구니가 열을 내며 한참 그렇게 떠들고 있을 적에, 진경제는 서문경을 찾아뵙고 드릴 말씀이 있다며 사방을 찾고 있었다. 그러다 대안에게 물어보니 월랑 방에 계신다고 해 급히 안채로 들어오다가 난간에 기대어 있는 반금련을 보았다. 금련은 경제를 보자 마치 고양이가 신선한 생선을 보고 한 입에 집어삼킬 듯 반가워했다. 자기도 모르게 하루 종일 안 좋던 기분이 어느덧 모두 사라지고 따스한 봄바람이 부는 듯했다. 두 사람은 사람들이 없는 틈을 타서 손을 잡고 입술을 빨며 한참동안 더듬고 정신없이 놀았다. 그렇게 재미를 보던 경제는 서문경이 볼까 두렵고, 가게 일도 다 마치지 않은 터라 고양이를 본 쥐가 꼬리를 내리고 사방을 돌아보며 도망갈 곳을 찾아보듯 이리저리 둘러본 다음 잽싸게 달아났다.

이럴 즈음에 서문경은 설비구니의 설법을 듣고 자기도 모르는 사이에 착한 마음이 생겨 대안에게 돈 궤짝을 내오게 하여 손수건에서 열쇠를 꺼내 은 한 덩이를 꺼내니 족히 서른 냥은 되어 보였다. 그것을 설비구니와 왕비구니에게 건네주면서,

"함께 가지고 인쇄소에 가서 오천 부만 찍어달라고 하세요. 나머지 잔금은 후에 내가 계산을 다 해줄 테니."

이렇게 말하고 있을 석에 서동이 급히 안으로 들어오면서,

"초청한 손님들이 모두 오셨어요."

하고 알려주었다. 오대구, 화대구, 사희대, 상시절 무리가 모두 옷을 깨끗하게 차려입고 속속 도착했다. 서문경도 서둘러 옷을 갈아입고 밖으로 나가 그들을 맞이한 뒤 바로 하인들에게 명해 탁자를 내다 깔고 안주를 내오도록 일렀다. 오대구를 윗자리에 앉게 하고 나머지 사람들은 나이에 따라 자리를 잡고 앉았다. 곧이어 절인 것, 구운 것, 볶은 것, 큰 고기, 큰 생선, 오리고기, 거위고기, 닭고기, 신선한 제철 과일이 일제히 상 위에 올랐다. 서문경은,

"마고주[麻菇酒]를 좀 데워오너라."

하고 분부를 했다. 지기를 만나면 형식이고 예절이고 다 없어지는 법이다. 내기를 하는 사람, 북을 하는 사람, 횡설수설 헛소리를 하는 사

제57화 천 번을 안 취하면 모든 것이 헛된 것

람, 노래를 부르는 사람, 기녀들을 희롱하는 사람 등 각양각색이었다. 어떤 이들은 자신이 두보[杜甫]나 하지장[賀知章]이 된 듯이 봄날의 아름다움을 읊조렸고, 글깨나 한다는 사람은 소식[蘇軾]이나 황정견[黃庭堅]이 적벽에서 놀던 얘기를 했다. 또 동이에 화살촉 던져넣기를 하는 사람들은 시끌벅적하게 떠들고, 골패 놀이를 하는 사람들도 야단법석을 떨고, 술을 한 방울도 남기지 않고 바닥까지 다 핥아 마시며 온갖 추태를 부리고 질탕하게 취해도 그 누구도 아랑곳하지 않았다. 이러한 풍경은 말로 다 표현할 수 없고, 그것은 해와 달도 다 취하게 만드는 것이었다.

가을 달 봄꽃은 어느 곳에나 다 있네.
보며 즐기는 마음은 한가지라네.
백 년 동안에 천 번을 취하시 않으면
바삐 살아가는 모든 것이 헛된 것이라오.
秋月春花隨處有 賞心樂事此時同
百年若不千場醉 碌碌營營總是空

제58화 물 한 모금도 인연으로 얻어먹는 법

질투에 싸인 금련은 추국을 때리고,
거울 닦는 노인은 육포를 달라고 애원하다

비단 휘장 적막하고 생각하기도 지쳤어라

수많은 수심이 밤낮으로 새로 생기네.

기러기 우니 가을은 깊어가고

귀뚜라미 구슬피 울어대고 달은 처마 끝에 걸려 있네.

남교[藍橋]*에서 길을 잃고 혼인 못함을 서러워하니

금옥[金屋]**에 사람은 없고 비취 주렴만 드리워져 있네.

상강[湘江]의 대나무처럼

오늘까지도 눈물 자국이 남아 있구나.

繡幃寂寂恩懕懕 萬種新愁日夜添

一雁叫群秋度塞 亂蛩吟苦月當簷

藍橋失路悲紅線 金屋無人下翠簾

何似湘江江上竹 至今猶波淚痕沾

---

* 당[唐] 배형[裵鉶]의 『전기[傳奇]』, 배항[裵航]』에서 나온 것으로 배항이 남전(섬서성 남전현)에서 선녀 운영을 만나는 얘기

** 한[漢] 무제[武帝] 반고[班固]의 『무제고사[武帝故事]』에서 나온 얘기로 금옥은 후비[后妃], 처첩[妻妾]이 거주하는 곳

이날 서문경은 앞 대청에서 친구들과 친척들을 상대로 곯아떨어지도록 마시고 안채에 있는 손설아 방으로 들어갔다. 이때 손설아는 마침 부엌에서 그릇을 정리하고 있었다. 서문경이 안채로 들어와 자기 방으로 갔다는 소식을 전해 듣고는 부리나케 달려갔다. 욱씨 아가씨가 손설아 방에 앉아 있었는데 욱씨 아가씨를 월랑의 방으로 건너가 옥소, 소옥과 함께 자라고 재촉해서 보냈다.

원래 손설아도 뒤채에서 빛이 잘 드는 방 하나와 빛이 덜 드는 방 두 개인 침대방과 부엌이 딸린 거처를 가지고 있었다. 그러나 서문경은 일 년이 넘도록 손설아의 방에 간 적이 없었다. 그러한 서문경이 자기 방을 찾았다는 소식을 전해 듣고는 급히 서문경의 옷을 받아 들고 방 가운데 의자를 놓고 앉도록 했다. 그러고는 방 가운데에 돗자리를 깔고 침대를 정리하고 향기를 피운 후에 여인의 그곳을 깨끗이 닦았다. 그런 후에 차를 내오고 서문경을 부축해 침대에 오르게 하고 신을 벗기고 허리띠를 풀고 편히 쉬게 하였다.

다음 날 스무여드렛날은 바로 서문경의 생일이었다. 아침에 지전을 태우고 있는데 한도국의 하인인 호수[胡秀]가 오자 좌우의 하인들이 서문경에게 이 사실을 알렸다. 서문경은 호수를 불러들이니 호수는 고개를 숙여 인사를 올렸다. 서문경이 묻기를,

"짐을 실은 배는 어디에 있느냐?"

하니, 이에 호수는 편지와 장부를 올리면서,

"한씨 어른은 항주에서 일만 냥어치의 비단 화물을 사와 지금 임청의 세관에 와 있는데 세금으로 낼 돈이 약간 부족해 들어오지 못하고 있습니다. 세금만 내면 지금이라도 바로 물건을 가지고 성 안으로 들어올 수 있답니다."

라고 말했다. 서문경은 이 말을 들으며 호수가 올린 장부를 보고는 매우 기뻐했다. 기동을 불러 호수에게 밥을 차려주라 이르고 사돈댁인 교씨 댁에 가서 이 사실을 알려주라고 분부했다. 잠시 뒤에 호수는 밥을 먹고 바로 떠났다. 서문경은 안채로 들어와 월랑에게,

"이러저러해서 한지배인의 짐배가 임청에 도착했는데 먼저 일꾼호수를 시켜 편지와 장부를 보내왔더군. 할 수 없이 우선 건넛집의 방을 치우고 짐을 들여놓아야겠소. 그런 후에 적당한 사람을 찾아 가게를 열어야겠소."

하니 월랑은 이 말을 듣고,

"당신이 잘 찾아보세요. 공연히 서두르지 말고 천천히 하세요."

했다. 이에 서문경은,

"응씨 동생이 오면 서둘러 찾아달라고 부탁해야지."

했는데 마침 응백작이 찾아왔다. 서문경은 대청에서 응백작과 앉아서는,

"한지배인의 항주에 갔던 짐배가 도착했다네. 이 일을 전담해서팔 사람을 하나 구해야겠어."

하니, 이 말을 듣고 백작은 바로,

"형님, 축하드립니다! 오늘이 형님 생일인데 이 날에 바로 짐배가 도착했으니 이윤이 열 배는 될 거고, 기쁨도 그 배는 될 거예요. 형님께서 도와줄 일꾼을 하나 구한다고 하셨는데 그게 어디 문제가 되겠어요. 제가 아는 사람이 하나 있는데 저희 아버지 때부터 왕래를 하던 친구예요. 원래 비단 장수를 하던 친구인데 잇달아 실패를 하고 최근에는 집에서 놀고 있지요. 금년에 마흔이 넘었으니 장년에 접어들었네요. 은자를 가려내는 데 빼어난 안목이 있고 계산과 글쓰기도

뛰어나고 또 장사에 남다른 수완이 있어요. 성이 감[甘]이고 이름이 윤[潤]이며, 자는 출신[出身]입니다. 지금 석교아의 거리에 살고 있는데 자기 집이 있다는군요."

하자 서문경이 말했다.

"그렇다면 내일 한번 데려와보게나."

말을 마쳤을 때 이명과 오혜와 정봉이 먼저 와서 땅바닥에 넙죽 엎드려 절을 하고는 일어나 옆에 서 있었다. 잠시 뒤에 배우들과 광대들, 악공들도 모두 도착하니 행랑채에서 식사를 하게 했다. 탁자를 깔고 이명, 오혜, 정봉도 그들과 함께 먹도록 했다. 이 즈음에 심부름을 갔던 관청의 하인이 돌아와 이르기를,

"노래하는 애들을 부르러 갔으나, 정애월만이 올 수 없다고 합니다. 그 집 할멈이 말하기를 막 치장하고 오려고 나섰는데 황친가의 사람들이 와서는 노래를 시키려고 억지로 데려갔다 합니다. 그래서 제향아, 동교아, 홍사아 세 명만 데리고 왔습니다."

하니, 서문경은 정애월이 오지 못한다는 말을 듣고서는,

"쓸데없는 말은 그만 하고, 어째 못 온다는 게야?"

그러면서 바로 정봉을 불러,

"어째 자네 여동생은 내가 부르는데 오지 않는 게지? 정말로 황친가 집에 억지로 끌려간 겐가?"

하고 물었다. 이에 정봉은 무릎을 꿇고,

"소인은 따로 살기 때문에 잘 모르겠습니다."

했다. 서문경은,

"황친가의 집으로 노래를 하러 갔다고 하면 내가 데려오지 못할 줄 아는 모양이지?"

하고는 바로 대안을 불러,

"포졸 둘을 데리고 이 명함을 가지고 왕황친가 집에 가서 그 댁 나리를 뵙고는, 내가 손님을 몇 명 청해 술을 마시는데 정애월은 이삼일 전에 미리 예약해놓았으니 꼭 돌려보내주십사 하고 말씀을 드리거라. 만약에 거절한다면 그 포주 할멈까지 모두 잡아다 행랑채 방안에 가두어버리거라. 이런 싸가지 없는 것을 내가 그냥 둘 줄 아는 모양이지!"

그러고는 정봉에게도,

"너도 함께 따라가보거라."

하니, 정봉은 가지 않을 수가 없었다. 정봉은 밖으로 나와 대안에게 애원하며 말했다.

"형님, 형님이 들어가세요. 저는 밖에서 기다리고 있을게요. 왕황친가에서 부르기는 했으나 아직 치장을 덜 했을 거예요. 그러니 아직 출발하지 않았으면 상황을 보아 형님께서 좀 수고스럽더라도 잘 구슬려 데려오세요."

대안이 말했다.

"만약 왕황친가 댁으로 갔다면 명함을 가지고 가서 데려오는 수밖에. 집안에 숨어 있다면 네가 들어가 포주 할멈한테 말해 잘 구슬려 데리고 나와야 해. 그러면 내가 자네를 위해 나리께 잘 말씀드려 나리 마음을 풀어드리지. 자네는 나리의 성질을 잘 모르지만, 일전에 하제형 집에서 자네가 온다고 약속을 해놓고는 오지 않아 나리께서 얼마나 화를 내셨는지 몰라."

이에 정봉은 먼저 정애월의 집으로 달려갔다. 대안은 포졸 둘과 관청의 하인 한 명과 함께 뒤따라갔다.

한편 서문경은 대안과 정봉을 보내고 나서 백작에게 말했다.

"요 음탕한 계집이 이렇게 싸가지 없이 굴다니! 다른 집으로 노래를 하러 가면서 내가 부르는데 감히 오지 않다니."

"꼬마 애가 무엇을 알겠어요? 그 애가 아직 형님의 수단을 모르고 있어서 그래요."

"고년이 술좌석에서 꽤 영리하게 놀기에 내 노래나 이삼 일 시켜 볼까 했는데, 이렇게 싸가지 없이 놀다니!"

"하긴 오늘 형님이 부른 네 명이 모두 한 가닥씩 하는 애들이지요. 아마 이 이상 뛰어난 애들도 없을 거예요."

이명이,

"아직 애월을 못 보셨지요?"

하자 백작이,

"내가 나리와 그의 집에서 술을 마실 때, 애월은 아직 어린애였어. 지난 몇 년 동안 보지 못했는데 어떻게 변했는지 모르겠어."

하니 이명이,

"애월은 몸매는 그런대로 괜찮은데 화장이 너무 진해요. 노래를 부르기는 하는데 어디 계저의 반이나 따라가겠어요? 더구나 나리께서 부르시는데 어찌 감히 오지 않을 수가 있어요? 오라면 군말 없이 올 일이지, 아직 뭐가 뭔지 구별을 못하고 있어요."

했다. 이때 호수가 들어와,

"소인이 교나리를 뵈었습니다. 나리의 분부를 기다립니다."

하니 이에 진경제더러,

"안채에 가서 은자 쉰 냥을 달아 내오거라."

이르고서 서동에게는 편지를 한 통 쓰고 도장을 찍게 하고 하인을 불

러,

"아침 일찍 서동과 함께 전나리를 찾아가 세관 검사할 적에 잘 봐 달라고 말씀드리거라."

하고 분부했다. 잠시 뒤에 진경제가 가져온 은을 호수에게 건네주었 다. 호수는,

"저는 한지배인 집에 가서 쉬고 있겠습니다."

하고는 편지와 세관 통과에 필요한 서류를 가지고 다음 날 일찍 출발 했으니 이 얘기는 여기서 그만하겠다.

이때 갑자기 '길을 열라'는 소리가 들리면서 평안이 들어와 알리 기를,

"유태감과 설태감이 오셨습니다."

하자 서문경은 즉시 의관을 차려입고 대청으로 나가 맞이하고는 인 사를 나눈 후에 사랑채로 모시고 옷을 벗고 편하게 앉도록 권했다. 응 백작은 아랫자리에서 서문경과 함께 자리를 잡고 앉았다. 설태감이,

"이 사람은 누구인가?"

하고 묻자 서문경은,

"작년에 태감께서 오셨을 적에 뵌 적이 있는데, 바로 소생의 오랜 친구인 응백작입니다."

라고 했다. 설태감은,

"우스갯소리를 잘한다는 응씨인가?"

하니 이 말을 듣고 백작은 허리를 굽히며 말했다.

"대감께서 아직까지 기억하고 계시는, 바로 그 소인이옵니다."

잠시 뒤에 차가 나와 모두 함께 마셨다. 이때 평안이 들어와 이르 기를,

"수비부의 주대인이 명첩을 보내왔습니다. 오늘 다른 약속이 있어 조금 늦겠답니다. 그래서 기다리지 마시고 먼저 시작하시랍니다."

하자 서문경이 명첩을 보고,

"알았다."

하니 설태감이 묻는다.

"서문대인, 오늘 누가 늦는다는 게요?"

"주남헌[周南軒]이라는 사람인데 또 다른 약속이 있어서 늦을 것 같다고 사람을 보냈습니다."

설태감이,

"늦어도 온다고 했으니, 자리를 하나 비워놓으면 되겠군."

하니 이때 하인 둘이 올라와 양편으로 갈라서며 부채질을 했다. 이렇게 한참 말을 나누고 있는데 왕경[王經]이 명함 두 장을 들고 안으로 들어오면서,

"수재 두 분이 오셨습니다."

했다. 서문경이 명함을 보니 하나는 시생 예붕[倪鵬]이라 쓰여 있고, 또 다른 하나에는 온필고[溫必古]라고 쓰여 있었다. 서문경은 예수재가 자기 친구를 추천하기 위해 데리고 왔다는 것을 알고 급히 나가 맞이했다. 모두 선비의 복장에 두건을 두르고 있었다. 예수재는 그만두고 온필고의 모습을 살펴보니 나이는 채 마흔이 안 되었고, 생김새는 눈이 맑고 치아가 하얗고 구레나룻과 턱수염이 멋있어 보였다. 풍채가 빼어나고 행동거지도 산뜻해 보였다. 온수재의 행실과 행동거지가 어떠한지를 시가 있어 말해주니,

비록 호방스러운 재주를 지니고 있다 하나

예의를 따지지 않는 비천한 곳을 찾네.
공명[功名]에 거듭 실의[失意]를 하니
호걸스런 의지도 다 재로 변했네.
집안의 재산도 다 없어지니
호연지기도 다 상실하였네.
글과 사상 모두 공자께 돌려드렸네.
장차 임금께 몸 바치고 백성한테 은혜를 베풀어
일가친척까지 영화롭게 하려던 생각
모두 먼 동해 바다에 던져버렸네.
영광과 쇠락이 함께하니
오직 이익과 욕심만이 앞에 있네.
때를 보아 처세를 하며
염치도 중요시 여기지 않네.
두건을 높이 쓰고 허리띠를 느슨하게 매고
안하무인격으로 행동하고
자리에 앉아서는 고준담론을 하지만
가슴에는 사실 아무것도 없다네.
삼 년 동안 과거에 응시했으나
예비 시험마저도 어려우니
어찌 급제하기를 바라겠는가.
사람들이 모이는 곳에 가서 술잔을 들고
세상을 떠나 근심을 잊고자 하나
몰락한 문인임에 틀림없구나.

雖抱不霸之才 慣遊非禮之地

功名蹭蹬 豪傑之志已灰

家業凋零 浩然之氣先喪

把文章道學 一幷送還了孔夫子

將致君澤民的事業 及榮華顯親的心念

都撇在東洋大海 和光混俗 唯其利欲是前

隨方逐圓 不以廉恥爲重

峨其冠 博其帶 而眼底旁若無人

席上闊其論 高其談 而胸中實無一物

三年叫案 而小考尙難 豈望月桂之高攀

廣坐啣盃 遁世無悶 且作岩穴之隱相

　　서문경은 두 수재를 대청으로 안내해 인사를 나누었다. 서생들은
서첩 두 질을 꺼내 서문경에게 생일선물로 주었다. 인사가 끝나자 주
인과 손님이 서로 나누어 자리에 앉았다. 서문경이 묻기를,
　　"오래전부터 온선생의 고매함은 익히 들어왔는데, 존호[尊號]는
어떻게 되시는지요?"
하니 이에 온수재가 답했다.
　　"소생의 미천한 이름은 필고[必古]이고, 자는 일신[日新], 호는 규
헌[葵軒]이라 하옵니다."
　　"아, 규헌 선생이시군요!"
하면서, 서문경은 다시 어느 학교에서 수학했으며 주로 무엇을 배웠
는지 물어보니 온수재가 답했다.
　　"소생은 재주가 없어 처음에 향교에서 역경[易經]을 배웠습니다.
오래전부터 대인의 존함을 들었사오나 여태 찾아뵙지 못했습니다.

그러다가 어제 동창인 예계암[倪桂岩]이 대인의 크나큰 덕망을 얘기하기에 이렇게 염치 불구하고 찾아와 인사를 드리는 것입니다.”

“무슨 말씀을, 선생께서 이렇게 먼저 찾아주시니 제가 후일 다시 인사를 드리겠습니다. 저는 일개 무관으로 속되고 조잡하며 글도 제대로 모릅니다. 그런데도 편지 등을 대신 써줄 사람이 없습니다. 전에 제가 동료 집에서 우연히 계암 선생을 만났는데 선생의 재주와 학문, 덕망이 모두 뛰어나다고 칭찬이 아주 대단하더군요. 그래서 제가 한번 선생을 찾아뵙고 많은 가르침을 받아볼까 했는데 뜻밖에도 이렇게 먼저 찾아주시고 좋은 선물도 주시니 무어라 감사의 말씀을 드려야 할지 모르겠습니다.”

“소생은 학문도 변변치 않고 덕망도 높지 않은데, 과찬의 말씀이십니다.”

차를 마시고 나자 서문경은 수재들을 사랑채로 안내하니 그곳에는 설태감과 유태감이 앉아 있었다. 설태감이 말하기를,

“두 분께서도 옷을 벗고 편히 들어오시지요.”

하니 서문경도 옷을 벗고 안으로 들어가 서로 상석을 권하다가 각 모서리에 자리들을 잡았다. 서로 얘기를 나누고 있을 적에 오대구, 범천호가 도착해 인사하고 자리에 앉았다. 잠시 뒤에 대안이 심부름꾼인 정봉과 함께 들어와,

“기녀 네 명을 모두 데리고 왔습니다.”

하니 서문경이,

“그래 왕황친이 집으로 정말 갔더냐?”

하고 물었다. 이에 대안은,

“그 댁에서 부르기는 불렀어요. 그런데 마침 출발하지 않고 있길래,

만약 오지 않는다면 포주 할멈과 함께 족쇄를 채워 잡아들이겠다고 하니 정애월은 혼비백산하여 바로 가마에 올라 저희와 같이 왔어요." 했다. 서문경은 밖으로 나가 대청 위에 딱 버티고 서 있으니 기녀 넷이 일제히 안으로 들어와 꽃가지가 바람에 나부끼듯 비단 띠가 바람에 흩날리듯 살포시 고개를 숙여 절을 했다. 정애월은 자주색 모시 적삼에 흰 비단 치마를 입고 봉황 모양의 비녀를 꽂고 있었는데, 머리카락은 영롱한 빛을 발하고, 가는 허리가 하늘거리는 게 마치 버드나무가 바람에 흔들리는 듯했으며, 아리따운 용모는 마치도 부용꽃같이 화사했다.

에헤, 만 가지 풍류는 돈 주고도 못 사고, 천금 같은 좋은 밤은 실로 없애기 어렵구나.

서문경은 정애월을 향해,

"내 너를 부르는데 어찌 오지 않으려고 했느냐? 요 싸가지 없는 것아, 너를 끌어오지 못할 거라 생각했단 말이냐!"

이에 정애월은 고개를 푹 숙이고 감히 한 마디도 못하고, 미소를 지으며 여러 사람을 따라 곧장 안채로 들어갔다. 안채에 들어가 월랑과 여러 사람들에게 절을 올렸다. 이계저, 오은아가 있는 것을 보고는 인사를 하고,

"두 분은 일찍 오셨네요."

하자 이계저가,

"우리는 이틀 동안 집에 돌아가지 못했어."

그러면서,

"그런데 너희 넷은 왜 이제야 오는 거야?"

하고 물었다. 동교아가,

"애월이 때문에 늦게 왔어요! 모두 치장을 다 하고 기다리는데도 도무지 나설 기미를 보이지 않는 거예요."

하니, 이때 정애월은 부채로 얼굴을 가리고 단지 웃기만 할 뿐 아무 말도 하지 않았다. 월랑이,

"이 아가씨는 누구지?"

하고 물으니 동교아가,

"마님께서 아직 모르고 계셨군요. 이 애는 정애향의 동생인 정애월로 성인이 된 지 채 반년이 안 되었어요."

하니 월랑이,

"몸매도 좋고 꽤 예쁘군."

하고는 차를 내오는 것을 보고 탁자를 깔게 하고 함께 차를 마셨다. 이때 반금련은 애월의 치마를 걷어올리고는 발을 매만지면서 말하기를,

"당신네들처럼 그쪽에서 일하는 사람들은 모두 발이 뾰족하단 말이야. 우리처럼 쪽 뻗어 있지 않고. 그리고 신발도 일반 사람들은 낮고 편편한데 이 사람들의 신은 뒷굽이 높아."

하니 월랑은 올케인 오대구의 부인을 향해,

"누구에게든지 이기려는 저 성미하고는! 그런 건 물어 무얼해요?"

그러면서 애월의 머리에서 붕어 모양의 비녀를 빼내어 보면서,

"이런 모양의 비녀는 어디에서 만들지?"

하고 물으니 애월이 답했다.

"우리 집 부근에 있는 금은 세공점에서 만들었어요."

잠시 뒤에 차가 나오자 월랑은,

"계저와 은아는 여기서 차를 좀 마시고 있어요."

라고 했다. 이에 기녀 여섯이 함께 차를 마셨다. 이계저가 동교아와 다른 네 명에게,

"너희들은 화원에나 가보지 그래?"

하니 동교아가,

"우리들은 안채나 갔다 올게요."

했다. 이에 이계저와 오은아는 반금련과 맹옥루를 따라 중문을 지나 화원으로 갔으나 사랑채에 사람들이 있어 더는 가지 못했다. 그곳에서 꽃구경을 하고는 관가를 보러 이병아 방으로 갔다. 관가는 여전히 기분이 안 좋아서 잠을 자다가 깨어 울기도 하고 젖도 제대로 먹지 않고 있었다. 이병아는 관가가 걱정이 되어 집 안에서 꼼짝도 하지 않고 보살피면서 밖에 나가지 않았다. 이계저와 오은아는 반금련과 맹옥루가 함께 오는 것을 보고 얼른 일어나 자리를 권했다. 계저가,

"그래 관가는 잠을 좀 자나요?"

하고 묻자 이병아는,

"하루 종일 울며 칭얼대다가 얼굴을 침상 쪽으로 엎어놓으니 겨우 잠이 들었어요."

하니 옥루가,

"큰마님께서 유노파한테 보이라고 하셨는데, 어째 빨리 부르지를 않고 있어요?"

하자 이병아가,

"오늘은 나리 생신이잖아요. 그러니 내일 부를 거예요."

했다. 이때 기녀 넷과 서문경의 큰딸과 소옥이 함께 들어왔다. 큰딸이,

"여기들 계셨군요. 저는 그것도 모르고 화원에서 찾았어요."

하니 옥루가,

"화원 안에 다른 손님이 계셔서 계속 있기가 뭐해서요. 그래서 꽃구경을 하다가 이곳으로 건너왔어요."

하자 이계저가 홍사아에게,

"그래, 너희 네 명은 안채에서 무엇을 하다가 이제야 오는 게지?"

하고 물었다. 홍사아는,

"안채 넷째 마님 방에서 차를 마시면서 잠시 얘기를 나누었어요."

하니, 반금련은 이 말을 듣고 맹옥루와 이병아를 쳐다보며 웃다 홍사아에게,

"누가 너희들에게 넷째 마님이라고 일러주던?"

하니 동교아가,

"그분이 저희들을 방으로 불러들여 차를 주셨어요. 그래 저희들이 '아직 마님께 인사를 드리지 못했는데, 몇째 마님이신지 모르겠군요?' 하고 물었더니, '나는 넷째 마님이야'라고 하시더군요."

하자 이를 듣고 금련이 말했다.

"염치도 없는 것이! 다른 사람이 그렇게 부르면 몰라도, 누가 스스로 넷째 마님이라고 불러? 이 집안에서 애나 어른이나 누가 알아주기나 한대? 누가 사람 취급이나 해준대? 또 누가 넷째 마님이라고 불러주기나 한대? 어쩌다 사내가 하룻밤 같이 자주었다고 제 주제를 모르고 설치고 있어. 만약에 그날 밤에 큰마님 방에 오대구 부인이, 둘째 마님 방에 계저가, 셋째 마님 방에 양고모가, 여섯째한테 오은아가, 내 방에 친정 어미가 없었다면 어디 손설아의 방까지 갈 순서가 있었겠어."

이에 옥루도,

"자네는 아직 못 보았군. 아침 일찍 나리를 앞채로 내보내놓고 나

서 정원에서 사람들을 부르고 소리를 치는 꼴이라니, 정말로 가관이었다니까!"

하니 금련은,

"속담에 '하인은 너무 풀어놓아서는 안 되고, 아이도 너무 귀여워해서는 안 된다'고 하잖아요."

그러면서 소옥에게 물어보았다.

"내 듣자 하니 나리께서 그년한테도 하인을 하나 구해줘야 되겠다고 큰마님께 말씀을 하셨다는구나. 나리께서 어제 그년 방에 가셨을 적에 한참 동안 코빼기를 보이지 않더라는 게야. 그래 대체 뭐 하느라 그리 바쁘냐고 묻자, '낮에는 온종일 정신없이 집 안을 치우며 정리하고, 저녁에야 겨우 방으로 들어와 잠을 자지요', 그러자 나리께서 '걱정 마라, 내일 큰사람한테 말해 하인을 하나 구해주마'라고 했다는구나. 정말로 이런 말이 있었느냐?"

"저는 잘 모르겠어요. 아마 옥소가 들은 게 아닐까요?"

이에 금련은 계저를 향해,

"우리들 방에 손님이 있어서 그런 것도 아니고… 한가해도 그곳에는 가지 않는데. 우리가 등뒤에서 말을 하는 것도 아닌데, 손설아는 원래 사리를 제대로 분별하지 못하고 되는대로 지껄여대 사람들을 헐뜯고 있어. 그래서 우리들은 가급적이면 손설아와 얘기하지 않으려고 해."

이렇게 말을 하고 있을 적에 수춘이 차를 내오니 모두들 은행 씨를 넣고 차를 마셨다. 차를 마시고 있을 때 앞채 쪽에서 음악 소리가 들리니, 형도감 등 여러 사람이 모두 도착해 술을 올리는 것이었다. 대안이 와서 기녀 넷을 데리고 앞채로 갔다. 이날 교대호는 오지 않왔다.

　먼저 배우들이 연극을 하고 춤을 추며 노래를 부르고 또 우스갯소리도 하였다. 안주가 준비되어 첫 번째 국과 안주가 올라왔다. 이때 임의관[任醫官]이 모자와 띠를 두르고 안으로 들어왔다. 서문경은 임의관을 맞이해 대청으로 오르게 한 후에 인사를 나누었다. 임의관은 하인에게 일러 약상자를 가져와 수[壽]자를 새긴 수건 하나와 백금 두 덩이를 꺼내 서문경에게 생일 선물로 올렸다. 그러면서,

　"한명천[韓明川]에게 어제서야 오늘이 나리의 생신인 것을 들었기에 이렇게 늦게 오게 되었으니 용서해주시기 바랍니다."

하니 서문경은,

　"무슨 말씀을! 일부러 어려운 걸음을 해주셨는데요. 게다가 선물까지 주시다니요. 지난번에 약을 잘 지어주셔서 감사드립니다."

　이렇게 서로 인사를 나눈 후에 임의관은 다시 잔을 들어 권했다. 이에 서문경은,

　"괜찮습니다. 좀 전에 인사를 했으니 그것으로 됐습니다."

　그러고는 옷을 벗고 왼쪽 네 번째 자리 오대구의 옆 자리에 앉게 하고는 국과 밥을 내오게 하고 하인에게도 음식을 차려주라고 일렀다. 임의관은,

　"대단히 감사합니다."

　인사를 하고 하인을 물러가게 한 후에 자리에 앉았다. 기녀 넷이 악기를 타고 장수[長壽]를 기원하는 노래를 불렀다. 서문경은 기녀들을 위로 올라오라 하고는 술을 한 잔씩 따라주었다. 아래에서는 악공들이 연주할 목록을 유태감과 설태감에게 올렸다. 이에 두 태감은 「한상자도진반가승선회잡극[韓湘子度陳半街升仙會雜劇]」을 골라 연

주케 했다. 한 절을 막 마칠 무렵에 '길을 비켜라' 하는 소리가 점점 가까이 들려왔다. 평안이 들어와 알리기를,

"수비부의 주대인께서 오셨습니다."

하니, 이에 서문경은 의관을 정제하고 맞이해 들게 하고는 인사가 채 끝나기도 전에 먼저 옷을 벗고 편하게 계시라고 했다. 이에 주수비는,

"제가 이렇게 온 것은 무슨 특별한 일이 있어서가 아니라, 서문대 인께 축하의 술을 한 잔 권하기 위함입니다."

하니 설태감이 앞으로 나서며,

"주대인께서 술을 권하지 않더라도 인사를 했으면 됐지요."

하자, 이에 두 사람은 서로 인사를 나누었다. 그러면서,

"소생이 늦은 것을 용서해주시기 바랍니다!"

라고 말하고는 비로소 옷을 벗고 여러 사람들과도 인사를 나누었다. 그러고 나서 왼쪽 세 번째 자리에 앉자 잔과 젓가락을 놓고 국과 밥과 새로운 안주들이 들어왔다. 서문경은 주수비의 하인들에게도 과자 두 접시, 삶은 고기 두 접시, 술 두 병을 내려주었다. 이에 주수비는 손을 들어,

"너무 많은 폐를 끼치는군요."

하면서 고맙다고 말했다. 그런 후에 하인들을 물러가게 하고 자리에 앉았다. 유태감과 설태감도 주수비에게 큰 잔 하나씩을 따라 올렸다. 잔과 잔이 어지럽게 오고가고 노래와 춤이 어우러지니 모든 것이 주위 풍경과 하나가 되어 술을 마셨다.

춤을 추니 버드나무 가지에 달이 걸려 있고, 노래가 끝나니 복숭아꽃 모양의 부채에선 바람이 이는 풍경이 아닐 수 없다.

술자리는 저녁 늦게까지 계속되었다. 먼저 임의관이 자리를 뜨자 서문경이 바래다주려고 밖으로 나왔다. 임의관이,

"마님의 병환은 좀 어떻습니까?"

하고 묻자 서문경이 말했다.

"처방해주신 약을 먹고 많이 좋아졌습니다. 그런데 이삼 일 전부터 좀 편치 않다고 하더군요. 수고스러우시더라도 내일 한번 오셔서 봐주시기 바랍니다."

임의관은 오겠다고 대답하고, 인사를 한 뒤에 바로 말을 타고 떠났다. 그다음에 예수재와 온수재도 자리에서 일어났다. 서문경이 재삼 더 있다 가라고 잡았으나 한사코 간다고 하여 대문까지 나와 배웅하면서,

"앞으로 많이 가르쳐주시기 바랍니다. 앞쪽에 있는 집을 서원[書院]으로 고쳐서 선생님이 기거할 수 있도록 할 예정이니 가족들과 함께 지내시기에 편하실 겁니다. 그리고 매달 약간의 돈을 드려 생활하시는 데 불편함이 없도록 해드리겠습니다."

하니 온수재는,

"너무나 많이 배려해주시니 무어라 감사의 말씀을 올려야 좋을지…."

하고 예수재도 곁에서,

"서문대인의 글을 숭상하는 고매한 마음을 잘 알겠습니다!"

하고 둘은 돌아갔다. 서문경은 남아 있는 손님들과 늦게까지 마시고 놀다가 자정이 넘어서야 겨우 흩어졌다. 기녀들은 모두 월랑의 방으로 건너가 월랑, 오대구 부인, 양고모 등 여러 부인들에게 노래를 들려주었다. 서문경은 그때까지도 앞채에서 오대구와 응백작을 붙들

어두고는 다시 자리를 잡고 앉아 술을 마셨다. 악공들에게는 술과 음식을 내려주고는 먼저 돌아가게 했다. 그 나머지 좌석들은 하인들에게 모두 치우라 하고는 남은 과일이며 음식들은 나누어 먹게 했다. 그런 후에 안채에서 과일을 새로 내오라 하고 이명과 오혜, 정봉한테 노래를 청한 후에 큰 잔에 술을 따라주었다. 응백작이,

"형님, 오늘 생일잔치는 아주 그럴듯해서 모두 즐거워했어요."

하자 이명도,

"오늘 설태감과 유태감님께서 많은 돈을 하사하셨어요. 나중에 계저와 은아가 나오는 것을 보시고는 한 봉지씩 주셨어요. 설태감님이 유태감님보다 나이가 어리셔서 놀기를 꽤 좋아하세요."

했다.

잠시 뒤에 서동이 과일 접시를 새로 내왔는데, 꿀을 바른 개암, 잣, 연꽃잎, 우유를 입힌 과일, 얼음사탕, 장미 모양 과자 등 모두 신선하면서도 맛깔스러워 보였다. 백작은 우유를 입힌 과일을 먼저 하나 집어 입 안에 넣으니 마치 감로수처럼 입 안에서 사르르 녹아버렸다. 백작은,

"거 맛이 참 기막힌데!"

하고 찬사를 했다. 이를 보고 서문경이,

"귀여운 것, 맛을 알긴 아는군. 이것은 네 여섯째 마님께서 손수 고른 것이네."

하니 백작은 웃으며,

"내 딸의 효성스런 마음이로군."

이라고 하며,

"장인도 하나 맛을 보시구려."

하면서 하나를 골라 오대구의 입 안에 넣어주었다. 그리고 또 이명과 오혜, 정봉을 가까이 불러서 하나씩 집어주었다.

백작은 대안에게,

"안채로 들어가서 계집 넷을 모두 불러오거라. 나는 괜찮지만, 이 오대구 어른께 노래를 들려드려야지. 그 계집들은 조금 늦으면 가버릴 게야. 오늘 수고비도 꽤 주었는데 몇 곡밖에 부르지 않았잖아. 그렇게 할 수야 없지."

했으나 대안은 들은 체도 하지 않고,

"소인이 부르러 갔었는데, 지금 안채에서 마님들께 노래를 불러드리고 있어요. 아마 바로 올 거예요."

하니 이를 듣고 백작이,

"요 주둥이만 살아 있는 자식이! 네가 언제 갔었다는 게냐? 나를 속이려 하다니⋯."

그러면서 왕경을 불러,

"네가 갔다 오너라."

했으나 왕경도 꼼짝하지 않았다. 백작은,

"네놈들이 가지 않는다면, 내가 갔다 오지."

하고는 바로 안채로 들어가려 했다. 대안이,

"응씨 아저씨, 들어가지 마세요. 안채에 개가 있는데 얼마나 사나운지 장딴지만 물어요."

하자 백작이,

"그 개가 나를 물면, 내 아예 마님들 방에 벌렁 드러누워버릴 테다."

하니, 어쩔 수 없이 대안이 안채로 들어가자 오래지 않아 향기로운 냄새와 웃음소리가 들려왔다. 기녀들은 모두 수건으로 머리를 동여

매고 나타났다. 백작은 기녀들을 보자,

"귀여운 것들! 누가 이렇게 귀엽게 키웠을까? 머리는 동여매어놓고도 마음은 어디다 두고 제멋대로 행동하는 게냐! 우리한테 노래도 한 곡조 제대로 들려주지 않고서 집으로 돌아갈 생각만 하다니. 그 가마 품삯으로도 은자 넉 전을 주었잖아. 그 돈으로 쌀을 사면 한 섬하고도 일고여덟 말은 살 게다. 아마, 너희들과 포주 할멈이 한 달은 넉넉히 먹고도 남겠다."

하니 이에 동교아가,

"오라버니, 우리들이 먹고 입는 데 그렇게 돈이 적게 든다면 오라버니도 기생이나 되시지요!"

하자 홍사아도,

"나리, 곧 이경이 되는데 그만 돌아가게 해주세요."

했고 제향아도,

"내일 또 성 밖 초상집에 가야 해요."

하니 이를 듣고 백작이 물었다.

"누구네 집인데?"

제향아는,

"처마 밑에 쪽문이 있는 그 집이에요."

하자 백작이,

"설마 또 왕삼관의 집은 아니겠지? 전번에 너도 그 일에 연루되었을 때, 나리께서 이계저를 위해 애써주셔서 너까지 겨우 빠져나온 게야. 다시는 그런 쓸데없는 짓일랑 하지 말거라."

하니 제향아가 웃으며 욕을 하기를,

"이런 늙은 주책바가지 영감이! 어쩌 이런 허튼소리만 하는 건지!"

하자 백작은,

"내가 늙었다고 우스운 모양인데, 대체 내 어디가 늙었단 말이냐? 내 반 토막 물건만 가지고도 네년들 네 명은 거뜬히 죽여줄 수 있단 말이다!"

하니 홍사아가 웃으며,

"오라버니, 물건이 그리 시답지 않아 보이는데 괜히 허풍만 떠는 거 아니에요!"

하자 백작은,

"귀여운 것아, 내 솜씨를 보고 돈을 달라고 해야지."

그리고는,

"정가 년은 왜 꿀 먹은 벙어리처럼 아무 말도 하지 않고 넋 나간 사람처럼 앉아만 있는 게지? 집에 홀로 남아 기다리는 정부라도 생각하는 모양이지?"

하니 동교아가,

"방금 나리께서 하신 말씀이 무서워서 정신이 나갔나 봐요."

하자 백작은,

"무서울 게 뭐 있나, 악기나 가지고 와서 노래나 한 곡조씩 뽑고 집에 가면 되잖아. 그러면 더는 안 붙잡아."

하니 이에 서문경이 나서며 말했다.

"됐어, 너희들 둘은 술을 따르고, 둘은 응씨에게 노래 한 곡조 들려주렴."

제향아가,

"저와 애월이 노래할게요."

하고는 정애월은 비파를, 제향아는 쟁을 잡고 의자에 앉아 옥 같은 손으로 가볍게 줄을 고르고, 붉은 입술을 벌려 하얀 이를 드러내며 아름다운 목소리로 「월조투암순[越調鬪鶴鶉]」 중의 「밤은 가고 밝은 아침이 오니, 모든 것은 영원해라[夜去明來 倒有個天長地久]」를 불렀다. 동교아는 오대구에게, 홍사아는 응백작에게 술을 따르니, 술잔이 오가고 미인이 곁에 있으니 금잔에 술이 넘쳐흐르듯 분위기도 좋고 더욱 흥이 났다.

아침에는 금곡[金谷]의 연회에 가고
저녁에는 누각에서 여인을 안네.
즐거움과 오락이 있는 곳이라 말하지 마오.
흐르는 세월은 지는 석양을 따라간다네.
朝赴金谷宴 暮伴綺樓娃
休道歡娛處 流光逐落霞

술도 몇 순배 돌고 노래도 두 곡이 끝나고 나서야 기녀들을 돌려보냈다. 서문경은 오대구에게 더 남아 있으라고 권하고는 춘홍[春鴻]을 들라 해서 남곡을 부르게 했다. 그런 후에 기동을 불러,
"말을 준비해서 등불을 가지고 오대구 어른을 바래다드리거라."
하고 분부했다. 이에 오대구는,
"말은 준비할 필요가 없네. 내 응씨와 함께 걸어서 가면 돼. 밤이 너무 깊었네."
하니 서문경이 말했다.
"그런 법이 어디 있어요. 여하튼 기동한테 등불을 들고 댁까지 모

시라고 할게요."

노래 한 곡을 더 듣고 나서야 오대구와 응백작은 비로소 자리에서 일어나며,

"오늘 너무 폐를 끼쳤군요."

하며 작별을 고했다.

서문경은 대문까지 나와 전송을 하며 백작에게,

"자네는 내일 잊지 말고 지배인 일을 할 감씨를 데리고 와서 계약을 맺어야 하네. 나는 사돈댁인 교씨를 만나 그쪽 집을 잘 정리하게 한 후에 하루이틀 새로 짐을 다 옮겨야겠어."

하니 백작은,

"그 일이라면 형님이 말씀하지 않으셔도 명심하고 있어요."

이렇게 작별을 하고 오대구와 함께 길을 떠났다. 기동이 등불을 들고 따랐는데 오대구가,

"자형이 방금 전에 집을 정리한다고 했는데, 그게 무슨 말인가?"

하고 물었다. 이에 백작은 화물을 실은 배가 도착했으나 마땅한 점원이 없다는 것이며, 서문경이 비단가게를 열려고 건너편의 집을 고쳐서 가게로 내려고 하는 것이며, 백작에게 가게 일을 맡아줄 적당한 인물을 찾아달라 한 일을 오대구에게 얘기해주니 오대구가 말했다.

"언제 문을 여는 건가? 그때 우리 친구들이 적어도 과일이나 꽃이라도 갖고 축하해줘야 되는 거 아닌가?"

잠시 뒤에 큰거리로 나와 백작의 집으로 들어가는 작은 골목 어귀에 도달했다. 오대구는 기동에게 등불을 들게 하고는,

"응씨 아저씨를 댁까지 모셔다드리거라."

했으나 백작은,

"기동아, 나는 괜찮으니 오대구 어른이나 댁까지 모셔다드리거라. 나야 골목길로 들어서면 바로니까 괜찮다."

그러고는 인사를 하고 헤어졌다. 기동은 오대구를 집까지 바래다 주었다.

서문경은 이명 등에게 노래 부른 수고비를 주어 돌려보내고 문을 걸게 하고 이날 밤은 오월랑의 방에 들어가 쉬었다.

다음 날 백작은 감출신[甘出身]을 데리고 왔는데, 감씨는 푸른 옷을 입고 들어와 인사를 올리고는 바로 장사에 관한 얘기를 했다. 서문경은 최본을 불러 교대호를 만나뵙고 집을 정리해 짐을 들여놓고, 창고를 새로 짓고 좋은 날을 잡아 장사를 시작하자는 얘기를 하라고 분부했다. 이를 들은 교대호는 최본에게 말했다.

"앞으로 크고 작은 일은 너희 댁 어른께서 모두 알아서 하시고 공연히 여러 가지 일에 신경쓰지 마시라고 전하거라."

이를 전해 들은 서문경은 바로 감지배인과 계약을 맺었는데, 백작이 보증인이 되었다. 만약 이익이 열이 생긴다면, 서문경이 다섯을 갖고, 교대호가 셋을 갖고, 나머지는 한도국, 감출신과 최본이 똑같이 나누어 갖기로 했다. 이렇게 계약을 맺은 후에 벽돌과 기와, 나무 등을 날라서 창고를 짓고 벽을 바르고 간판을 그렸다. 짐이 도착하면 바로 장사를 시작하기 위함이다.

또 안채에 온수재를 머물게 하기 위해 서원을 하나 만들었다. 그래서는 온수재에게 서신들을 전담해서 맡아보게 할 심산이었다. 매달 사례금으로 석 냥을 주고 사시사철 예물도 넉넉히 주기로 했다. 또 화동으로 저녁 늦게까지 온수재의 시중을 들게 하고, 차를 내오거나 먹도 갈게 했다. 그뿐만이 아니라 온수재가 친구를 만나려고 외출

할 적에는 명첩을 들고 다니는 일까지도 하게 배려해주었다. 또 서문경이 술자리를 열면 온수재도 건너와 함께 자리를 해 술과 음식을 들게 했다.

서문경의 생일이 지난 다음 날, 서문경은 바로 임의관을 불러 이병아를 진찰하게 하고는 바로 맞은편 집으로 건너가 가게가 잘 정리되었는지 보았다. 양고모는 집으로 돌아갔으나 이계저, 오은아는 여태 돌아가지 않고 있었다. 오월랑은 게를 석 전어치 사서는 오후에 삶아서 오대구 부인, 이계저, 오은아 등을 불러서 후원에 둘러앉아 뜯어먹었다. 이때 월랑이 부른 유노파가 찾아왔길래 이병아는 차를 마신 후에 앞채에 있는 자기 방으로 데려왔다. 관가를 보고 유노파는,

"관가 애기씨가 놀라서 그래요."

하고는 약을 몇 봉지 주었다. 월랑은 유노파에게 은자 석 전을 주어 돌려보냈다.

맹옥루, 반금련과 이계저, 오은아, 큰딸 등은 화원 시렁 밑에 작은 탁자를 펴고 그 위에 담요를 깔아 골패 놀이를 하면서 술 내기 놀이를 했다. 누가 지든 진 사람은 큰 잔으로 한 잔 벌주를 마시기로 했다. 손설아는 일고여덟 잔이나 벌주를 마셔서 더는 앉아 있지를 못하고 잠시 후에 돌아갔다.

서문경은 건너편의 집수리를 감독하면서 응백작, 최본, 감지배인과 함께 술을 마시면서 하인더러 집에서 안주를 가져오라 했다. 이에 손설아는 부리나케 부엌으로 가고 이교아가 그 자리를 메웠다. 금련은 오은아와 이계저에게,

"칠석[七夕]을 경축하며 좀 불러보렴."

하고 말하자, 이에 기생들은 비파를 연주하며 「상조집현빈[商調集賢賓]」의 가락을 읊기 시작했다.

무더위는 가고 대화[大火]*는 점차 서쪽으로
북두칠성도 감궁[坎宮]**으로 옮기네.
오동잎 하나 바람에 날려 떨어지니
모든 사람들 가을이 왔음을 아네.
저녁 구름 드높은 누각에서
매미는 구슬피 울어대고
저녁 바람 소슬한데
반딧불은 반짝이며 날아다닌다.
하늘의 오르는 계단은 밤이 되니 차가워지고
푸르기가 마치 물과 같은 것이
오작교를 높이 매달아도 될 성싶구나.
금화분에 오생[五生]***을 심고
휘황찬란한 누각 위에서 술자리를 벌이네.
暑纔消大火卽漸西 斗柄往坎宮移
一葉梧桐飄墜 萬方秋意皆知
暮雲閑聒聒蟬鳴 晚風輕點點螢飛
天階夜涼淸似水 鵲橋高掛偏宜
金盆內種五生 瓊樓上設筵篷

---

* 별자리 이름으로 심숙[心宿]
** 구궁[九宮]의 하나로 북방[北方]을 가리킴
*** 송원[宋元] 이래로 음력 칠월 칠일을 전후해 녹두, 팥, 보리 등을 작은 자기 그릇에 심었다가 새싹이 몇
촌 돋은 후에 붉고 푸른 실로 묶어 작은 화분에 옮겨놓고 칠월칠석날 공양[供養]을 드리는 것

이날 여러 자매들은 저녁 늦게까지 술을 마시고 월랑은 상자에다 음식을 담아 이계저와 오은아에게 들려 집으로 돌려보냈다. 반금련은 술을 잔뜩 마시고 돌아가려 했다. 금련은 서문경이 지난밤에 이병아 방에서 지냈고, 이른 아침에 임의관을 불러 이병아를 진찰하라고 이르며 마음속으로 무척 걱정하고 있음을 알고 있었고, 또 애가 좋지 않은 것을 알고 있었다. 문안으로 들어서다 하늘이 금련의 사악한 속마음을 알았는지 어둠 속에서 그만 개똥을 밟고 말았다. 방에 들어가서 춘매에게 등불을 켜게 하고 살펴보니 붉은 비단으로 만든 새 신이 개똥으로 전부 더럽혀져 있었다. 금련은 버드나무 같은 눈썹을 치켜뜨고 춘매더러 등불을 밝히라고 한 다음 쪽문을 걸어 잠그게 했다. 그러고는 큰 몽둥이로 사정 보지 않고 개를 내려치니 개는 죽는 소리를 내질렀다. 그러자 영춘이 건너와서 말하기를,

"마님께서 애가 방금 전에 유노파가 지어준 약을 먹고 막 잠이 들었으니 개를 때리지 말았으면 좋겠다고 말씀하세요."

하니 이 말을 듣고 반금련은 한참 동안 아무 말도 하지 않고 있다가 개를 한 차례 더 패준 다음에 내쫓아버리고, 애꿎은 추국을 불러 화풀이를 하려고 했다. 신을 보면 볼수록 화가 머리끝까지 치밀어올랐다. 그래서 추국을 불러서는,

"날이 저물면 당연히 개새끼를 밖으로 내쫓았어야 될 거 아니냐? 그런데 왜 여태 집 안에 남겨놓았지? 그래 이 개새끼가 네 서방이라도 되는 게냐? 왜 그놈을 내쫓지 않아서 아무 데나 오줌똥을 싸놓고 다니게 한 게야? 신은 지 사나흘밖에 되지 않은 새 신인데 개똥으로 뒤범벅이 되었잖아! 내가 오는지 알았으면 등불을 밝혀 들고 마중을 나오는 게 마땅할 것을 어쩌자고 네년은 벙어리나 귀머거리처럼 아

무엇도 모르는 척 내숭을 떤 게지?"

하니 춘매도,

"제가 아까 얘기를 했었어요. 마님께서 오시기 전에 개에게 먹을 것을 주고 얼른 뒤채로 내보내라고요. 그런데도 제 말은 들은 체도 하지 않고 도리어 저를 째려보지 않았겠어요!"

하자 이 말을 듣고 금련은,

"그런 일이 있었구나! 요 담이 커서 여럿 잡아죽일 년 같으니라고! 이년이 어쩌자고 이리도 엉덩이가 무거워 움직이기를 싫어할까? 내 알고 있었어, 네년이 집안에서 큰 벼슬이나 한 듯이 행동하고, 모든 일에 그렇게 뺀질뺀질하니 매를 맞는다고 어디 까딱이나 하겠어?"

그러면서 추국을 앞으로 더 다가오게 한 다음에 춘매를 불러,

"등불을 가져오너라, 그래 내 신발이 얼마나 더럽혀졌는지 보여주거라! 내가 직접 만든 신발이라 얼마나 애착을 가졌는데, 네년이 이렇게 엉망으로 만들어놓다니!"

하니, 겁에 질린 추국이 고개를 숙여 신발을 보려는데 반금련이 어느새 신발을 주워들고 추국의 얼굴을 냅다 후려갈겼다. 졸지에 얻어맞은 추국은 입술이 모두 터져 피가 흐르자 고개를 돌려 훔쳐 닦으며, 한옆으로 비켜섰다. 이에 금련은,

"이년이, 감히 도망을 가!"

하고 욕을 하며 춘매한테,

"저년을 끌어와 내 앞에 무릎을 꿇리거라. 그리고 채찍을 좀 가져오너라. 내 저년의 옷을 벗겨서 한 삼십여 대 내리갈겨야 속이 좀 풀리겠다. 조금이라도 내빼면 더 얻어맞을 줄 알거라!"

하자 춘매는 추국의 옷을 벗겼다. 금련은 춘매더러 추국의 손을 붙

들어 매게 하고는 비가 내리쏟아지듯 채찍을 휘둘렀다. 추국은 얻어
맞자 돼지 멱따는 소리를 질러댔다. 이때 관가는 겨우 잠이 들었다가
이 소리를 듣고 놀라 다시 깨었다. 이병아는 다시 수춘을 시켜서 전
했다.

"마님께서 제발 추국을 용서해주셔서 그만 때리시랍니다. 관가가
다시 놀랄까봐 몹시 걱정을 하세요."

이때 마침 반금련의 친정어머니가 방에서 잠을 자다가 금련이 추
국을 때리는 소리를 듣고 벌떡 일어나 나와서는 그만 때리라고 권했
다. 금련이 말을 듣지 않고 있는데, 잠시 뒤에 이병아가 수춘을 보내
부탁을 하자 금련의 손에서 채찍을 빼앗으며,

"얘야, 그만큼 때렸으면 됐다. 저쪽 마님이 애가 놀라 깨어날까봐
걱정을 하고 있잖냐. 나귀는 때려도 괜찮지만 자형수[紫荊樹]나무를
상하게 하지 말라고 했잖냐."

했다. 금련은 마음속에 열이 나 있는 상태인데 자기의 어미마저 이런
말을 하자 가슴에 불이 붙는 듯이 더욱 열이 났다. 얼굴이 시뻘겋게
달아오르면서 제 어미를 밀어젖히니 하마터면 나자빠질 뻔했다. 그
러면서 소리쳤다.

"이런 늙어빠진 할망구가! 아무것도 모르면 가만히 앉아나 있지
무슨 참견이에요. 자기 일도 아니면서 왜 간섭을 하고 야단이람? 무
슨 자형수고 나귀고 간에 왜 다른 사람 편을 들고 야단이에요!"

"이런 염병해 죽을 년이 있나! 내가 뭘 다른 사람 편만 들어준다고
해? 나를 이렇게 구박하다니, 언제 네년한테 가서 밥술이라도 구걸
하던?"

"할말이 있으면 다음에 해요. 늙은 꼴상을 보아하니 나를 솥에 넣

고 삶아먹지 못해 안달을 하시는군요."

노파는 자기의 딸년이 어미한테 이런 말을 지껄이며 온갖 무안을 주자 방으로 들어가 흑흑 소리를 내며 슬피 흐느꼈다. 금련은 자기 어미의 만류에도 불구하고 추국을 이십여 대 더 때리고도 분이 다 풀리지 않아 곤장을 십여 대 내리갈기니 맞은 곳에 피가 흐르고 살점이 떨어져나가니 그때서야 겨우 풀어주었다. 그러고는 다시 얼굴과 뺨을 손톱으로 박박 할퀴어놓았다. 이병아는 단지 관가의 귀를 두 손으로 꼭 막아주고 하염없이 눈물을 흘릴 뿐 화가 났으나 감히 아무 말도 하지 못했다.

허나 공교롭게도 이날 밤 서문경은 맞은편 집에서 술을 마시고 헤어져서는 맹옥루 방으로 들어가 하룻밤을 보냈다. 그다음 날에도 주수비가 서문경에게 생일 축하주를 내겠노라고 초대해 집에 없었다. 이병아는 관가가 약을 먹고도 별다른 차도가 없고 밤에도 자주 깜짝깜짝 놀라고 두 눈을 멀겋게 뜨고 위만 쳐다보자 매우 당황해서 월랑을 찾아갔다. 이때 설비구니와 왕비구니는 집으로 돌아가려는 채비를 하고 있었다. 이병아는 월랑에게 말하기를,

"천을 눌러놓는 은으로 만든 사자 한 쌍을 설비구니에게 주어 불정심다라경[佛頂心陀羅經]을 인쇄해 팔월 보름에 동악묘 절에 시주케 했으면 좋겠어요."

해서 설비구니가 사자 한 쌍을 받아 떠나려고 하는데 맹옥루가 곁에서 말했다.

"스님, 잠시만요. 큰마님, 대안을 불러와서 은 사자가 얼마나 나가는지 달아보게 하세요. 그리고 함께 인쇄소에 가서 값을 정하라 하세요. 책을 한 부 찍는 데 얼마예요? 우리가 얼마를 언제까지 줘야 하지

요? 스님 혼자서 이 많은 일을 어찌 다 할 수 있겠어요?"

월랑이,

"자네 말이 맞군."

하고는 바로 내안을 시켜,

"나가서 분사가 있는지 좀 알아봐서 잠시 들라 이르거라."

하니 내안이 나가고 얼마 안 있어 분사가 들어왔다. 월랑과 여러 사
람들을 향해 인사를 하고는 은 사자 한 쌍을 저울로 달아보니 마흔아
홉 냥 닷 푼이었다. 월랑은 설비구니와 함께 인쇄소에 가서 책을 찍
는 것을 알아보라고 분부했다. 반금련은 즉시 맹옥루를 불러,

"우리 함께 비구니들을 바래다준 다음에 앞채에 가서 큰딸을 보러
가요. 아마도 신발을 만들고 있을 거예요."

하고는 둘은 손을 잡고 앞채로 나갔다. 분사는 내안과 설비구니, 왕
비구니와 함께 인쇄소로 갔다. 금련과 옥루가 앞채 대청 앞을 지나
동쪽의 사랑채 있는 데로 가보니 큰딸이 그곳에서 바느질 바구니를
가지고 추녀 밑에서 신발을 깁고 있었다. 금련이 보니 푸른색 노주산
비단신이었다. 옥루가 말하기를,

"큰아씨, 붉은색은 좋지가 않아요. 옆에 있는 푸른색이 더 괜찮지
않아요? 붉은색은 도리어 나이 들어 보이잖아요? 다음에 굽이 약간
붉은 신발을 만드는 게 어때요?"

하니 큰딸이,

"저는 뒷굽이 붉은 신발이 있어요. 굽이 푸른 신발이 좋을 성싶어
이 붉은색으로 코를 만드는 거예요."

했다. 금련이 한참을 바라보다가 대청 기둥에 기대어 앉았다. 옥루가
큰딸에게,

"서방님은 집 안에 안 계신 모양이지요?"

하고 묻자 큰딸이,

"어디선가 술을 마시고 돌아와서는 지금 방에서 자고 있어요."

하니, 이에 맹옥루는 반금련을 향해 말했다.

"조금 전에 내가 말하지 않았더라면, 여섯째는 멍청하게 비구니들에게 그 은자를 다 주어 경을 인쇄하게 했을 거예요. 그냥 줬으면 경도 인쇄하지 못하고, 그 발 없는 물건이 어딘가 꼭꼭 숨어버리면 찾을 수 없을 거예요. 그래서 내가 말을 꺼내 분사더러 함께 가라고 한 거예요."

"그랬군요. 하지만 그런 부자 마님한테 돈을 못 울궈내는 게 더 멍청하지요. 단지 커다란 소에서 털 하나를 뽑는 것이나 마찬가지잖아요! 애가 오래 살 것 같지 않다면 경은 고사하고 만리강산을 시주한다 해도 다 소용없는 일이지요! 제아무리 북두칠성께 지성을 드려 제사를 올린다고 해도, 누가 죽음을 살 수 있겠어요? 지금 이 집에서는 오직 여섯째만 사람대접을 받고 있잖아요. 큰아씨도 좀 들어봐요, 어디 다른 사람들은 제대로 대접을 받고 있나요? 운명이라는 것은 어떻게 바꿀 수 있는 게 아닌데 어째 그렇게 온갖 호들갑은 다 떠는지! 이른 아침부터 남자를 꾀어 의사를 부르는 등 온갖 난리를 치면서도 우리 같은 사람들은 전혀 신경을 쓰지 않잖아요. 그러면서 다른 사람들 앞에서는 어쩜 그렇게도 자기만 깨끗한 척 내숭을 떨면서 말을 하는지… 내 그러니 속이 확 뒤집히는 거예요. 나리께서 여섯째 방에 들라치면 아이가 자고 있다는 핑계를 대어서는 내 방으로 보낸 대요. 누군들 이런 말을 들으면 화가 나지 않겠어요? 그럼 나도 열이 받쳐 나리를 다른 방에서 자라고 내쫓지요. 그것까지는 괜찮은데 등

뒤에서 우리를 헐뜯기까지 하는 거예요. 그런데도 큰형님은 여섯째 말만 듣고 있어요.

이 일을 가지고 무슨 싸움을 하자는 게 아니라, 어젯밤 일만 해도 나리께서 자기 방으로 들어오지 않자 하인 애를 시켜 자기 방으로 끌어들이고는 아기를 봐야 된다는 둥 자기는 약을 먹어야 한다는 둥 핑계를 대고는 오은아와 함께 하룻밤을 지내게 했지 뭐예요. 그러면서 자기는 뭐 영리하고 귀여워서 남자가 좋아한다나요. 하도 그러니 큰형님도 하실 말씀이 있는 게지요. 어젯밤에는 제가 들어가다가 개똥을 밟아 화가 나서 하인 애를 패고 개를 내쫓아 좀 소란이 일어났지요. 얼마 후에 여섯째가 하인 애를 보내 말하기를 애가 놀라니 좀 조용히 해달라고 하더군요. 그랬더니 우리 늙은 친정 할망구는 아무것도 모르고 예전에 여섯째가 음식이나 옷을 주어 은혜를 베풀어놓았는지 나한테 시끄러우니 그만 때리라고 하는 거예요. 그래 내가 더 화가 나서 친정어미한테 막 대들며 말다툼을 했죠. 그러자 할멈도 제 성미를 이기지 못하고 오늘 아침에 집으로 가버렸어요. 갈 테면 가라지요. 그래서 제가 할멈한테 '이 집에서는 어머니같이 아무것도 없는 일가친척은 누구 하나 거들떠보지 않아요! 이렇게 성질대로 할 것 같으면 다음에 제발 찾아오지 마세요. 공연히 와서 사람 속을 뒤집어 놓지 말고 집안에 푹 처박혀 계세요'라고 말했어요."

이 말을 듣고 옥루는 웃으며 말했다.

"이런 싸가지 없는 불효자식 같으니! 어찌 친어머니한테 그렇게 윽박지를 수가 있어?"

"그렇게 말하면 정말로 속상해요! 그 할망구가 겉과 속이 다르게 행동하면서 다른 사람 편만 들잖아요! 다른 사람한테서 무얼 좀 얻어먹으면 그저 그 사람이 시키는 대로 해요. 설사 틀린 말을 하더라도 다 옳다고 하며 비위를 맞춰요. 아무튼 여섯째가 애를 낳고부터는 나리를 자기 마음대로 가지고 노는 게 마치 정실부인 같더라고요. 게다가 우리 같은 사람들을 진흙탕 속에 처넣지 못해 안달을 하니 하늘에 눈이 있어 애한테 병이 생겼잖아요! 해가 정오에는 반드시 머리 위에 오는 것이니 어디 조금이라도 잘못이 있겠어요!"

이때 분사와 내안이 인쇄소에 가서 은자를 건네주고 돌아와 이 사실을 월랑에게 보고하려고 했다. 그러다 옥루, 반금련과 큰아씨가 앉아 있는 것을 보고 중문 쪽에 서 있기만 할 뿐 감히 안으로 들어오지를 못하고 있었다. 그러다 내안이 들어와,

"마님들, 잠시만 비켜주시겠어요. 분사가 돌아왔어요."

하니 금련이,

"괘씸한 자식이! 들어가라고 하면 되잖아. 우린 방금 봤는데 또 봐 뭐해?"

하자 분사는 고개를 숙이고는 안으로 들어가 월랑과 이병아에게 고했다.

"은자 마흔한 냥 닷 전을 스님들이 보는 앞에서 인쇄소의 적[翟]경리에게 건네주었습니다. 우선 비단으로 표지를 해 다라경[陀羅經] 오백 부를 찍기로 했는데 한 부에 닷 푼입니다. 명주로 표지를 한 것은 천 부를 하기로 했는데, 한 부에 서 푼입니다. 계산을 해보니 합계 은자 쉰닷 냥이에요. 마흔한 냥 닷 푼을 주었으니 찾을 적에 열석 냥 닷 푼만 주면 됩니다. 열나흗날 이른 아침에 다 찍어서 가져오기로 했어요."

이병아는 바로 방에 가서 은으로 만든 향기 나는 구슬을 가지고 나

와 분사더러 저울에 달아보게 하니 열닷 냥이 나갔다. 이에 이병아는,

"경을 찾을 때 주도록 하세요. 남는 은자는 열닷새날에 절에 가서 쓰는 경비에 보태 쓰세요. 부족하면 나한테 다시 말해요."

하니 분사는 이를 받아 들고 나갔다. 월랑은 내안더러 분사를 바래다 주라고 했다. 이병아가,

"분사 아저씨, 고생 좀 해주세요."

하니, 이에 분사는 허리를 깊숙이 숙이며,

"별말씀을 다 하십니다."

하고는 나가니, 금련과 옥루가 분사를 불러 물었다.

"은자는 인쇄소에 건네주었나요?"

분사가,

"잘 건네주었어요. 모두 천오백 부를 찍기로 했는데 은자가 도합 쉰닷 냥입니다. 그런데 열석 냥 닷 푼이 모자라서 여섯째 마님께 말씀드렸더니 이 은 구슬로 처리하라면서 주셨어요."

하니 옥루와 금련은 아무런 말도 하지 않았다. 이에 분사는 자기 집으로 돌아갔다.

옥루가 금련에게,

"병아 동생이 아무리 돈이 많다 해도 이렇게 부질없이 헛돈을 쓰다니… 자기 애가 될 팔자라면 망치로 머리를 내려친다 해도 죽지 않을 것이고, 자기 애가 될 팔자가 아니라면 불경을 찍고 불상을 만든다 해도 어디 붙잡아둘 수 있겠어! 하긴, 여섯째가 스님들을 철석같이 믿고 있으니 무슨 일인들 못하겠어! 내가 말하지 않았다면 아마 스님들이 다 집어들고 가버렸을걸. 이럴 바엔 차라리 우리들이 다른 집에 시집가는 게 더 낫지 않겠어요?"

하니 이에 금련도,

"이제 뛰면 얼마나 뛰겠어요. 머지않아 떨어지겠지요."

하며 둘은 한참 동안 이런저런 얘기를 하다가 자리에서 일어났다.

금련이,

"우리 앞채 대문가에나 가볼까요?"

하며 큰딸에게도,

"같이 나가볼래요?"

하니 큰딸이,

"저는 안 나갈래요."

해서, 이에 금련은 옥루의 손을 잡아끌고 앞채의 대문가로 나가 서 있다가 평안을 보고 물었다.

"맞은편 집은 다 수리했니?"

"네, 거의 다 됐어요. 어제부터 나리께서 감독을 하시고 지금은 청소를 하고 있어요. 뒤채의 누각 안에는 짐을 쌓아두기로 했어요. 어제 풍수쟁이를 불러 지세를 보게 하고는 아래층에 창고 세 칸을 만들고 비단을 보관하기로 했습니다. 큰 문 하나에 점포를 세 개 만들고 상점 안을 모두 새롭게 칠하고 장식했어요. 바닥에도 벽돌로 평평하게 깔고, 진열대도 다 만들어서 다음 달 초에 개점하신답니다."

옥루가 다시,

"그래, 가정교사 온수재의 가족들은 모두 이사 왔느냐?"

하고 물었다. 평안은,

"어제 이사했어요. 오늘 아침 나리께서 뒤채에 쌓아놓은 여름 침대를 하나 주라고 분부하셨어요. 탁자 두 개와 의자 네 개도 사용하라고 하셨고요."

하니 금련이,

"온수재의 부인은 보았느냐? 생김은 어떠하던?"

하고 물으니 평안이 답했다.

"가마를 타고 왔는데 어찌 생겼는지 볼 수가 있었나요?"

이때 멀리서 한 늙은이가 방울 소리를 내며 다가왔다. 금련은 이를 보고,

"거울 닦는 사람이 오는구나."

그러면서 평안더러,

"거울닦이를 불러 오너라. 내 거울이 요 며칠 전혀 광이 나지를 않아. 전에도 몇 번 애들더러 거울 닦는 사람을 부르라고 했는데도 말을 안 듣는구나. 그런데 오늘은 우리가 나와 조금 서 있자 어떻게 용케도 거울 닦는 사람이 온담?"

하자, 이에 평안이 거울닦이를 부르니 와서는 바구니를 내려놓았다. 부인들이 문가에 서 있는 것을 보고서는 인사를 하고는 옆에 섰다. 금련은 옥루에게,

"안 닦아요? 하인보고 거울을 내오게 해 함께 닦아요."

하면서 내안에게,

"내 방에 가서 춘매 아씨한테 큰 거울 하나와 작은 거울 두 개를 달라고 해. 그리고 옷 입을 때 비춰 보는 네모진 거울도 내와서 저 사람한테 잘 닦아달라고 해라."

하니 옥루도 내안에게 말했다.

"내 방에도 가서 난향에게 거울을 꺼내 달래서 내오거라."

내안이 들어갔다가 얼마 되지 않아 크고 작은 거울 여덟 개를 들고, 옷 입을 때 비춰 보는 거울을 가슴에 안고서 나왔다. 금련이,

"이놈의 자식이, 두 번 왔다 갔다 하면 될 걸 가지고, 어쩌자고 한 꺼번에 다 가져오느라 애를 쓰는 게야? 그러다 실수라도 해서 거울을 깨뜨리면 어쩌려고 그래?"

하니 옥루는,

"이 큰 거울은 처음 보는데 어디서 났어요?"

하자 금련은,

"어떤 사람이 저당 잡힌 거예요. 무척 광이 나서 제 방에 가져다놓고 아침저녁으로 비춰 보고 있어요."

그러면서 옥루에게,

"거울이 세 개뿐이에요?"

하고 묻자 옥루가,

"크건 작건 간에 두 개밖에 없어요."

하자 금련이 물었다.

"그러면 이 거울은 누구 것이지?"

내안이,

"춘매 누이 거울이에요. 좀 닦아달라고 부탁했어요."

하자 금련이,

"고 싸가지 없는 계집애가! 제 거울은 잘 간수해놓고 온종일 내 거울만 쓰더니, 어찌 이렇게 광이 하나도 나지 않을까!"

하고는 거울 여덟 개를 거울 닦는 늙은이에게 건네주며 잘 닦아달라고 했다. 이에 노인은 나무 의자에 걸터앉아 한차례 식사할 동안 모든 거울을 번쩍번쩍 광이 나도록 닦아놓았다. 부인들은 거울을 들고 꽃 같은 얼굴을 비춰 보니, 마치 가을 물과 같이 투명했다.

시가 있어 이를 알리나니,

연꽃과 마름꽃이 서로 비추고
바람 불어 그림자가 흔들리네.
연못 가을 물에 부용이 나타난 듯
마치 항아가 월궁에 들어간 듯
비취빛 소매 먼지를 터니 이슬도 물러나고
붉은 입술 숨을 쉬니 푸른 구름이 깊어만 가네.
나비가 분분히 날아든다면
비로소 꽃과 향기가 그림 중에 있음을 믿겠네.
蓮萼菱花共照臨 風吹貌動影沉沉
一池秋水芙蓉現 好似嫦娥入月宮
翠袖拂塵霜暈退 朱唇呵氣碧雲深
從教粉蝶飛來撲 始信花香在畫中

거울 닦는 노인은 순식간에 거울 닦는 일을 마쳤다. 부인들에게
보여주니 부인들은 살펴보고서 내안에게 안으로 가져가라 했다. 옥
루는 평안에게 가게에 나가 부지배인에게 은자 쉰 전을 받아서 거울
닦는 노인에게 건네주라고 일렀다. 그런데 노인은 돈을 받았으나 가
지를 않고 계속 있었다. 옥루가 평안더러 노인에게 왜 그러냐고 물어
보라 이르니 평안이,

"왜 안 가고 있어요? 돈이 적어 그래요?"
하니, 이에 노인은 갑자기 눈에서 구슬 같은 눈물을 뚝뚝 흘렸다. 평
안이 다시,

"마님께서 왜 그러는지 물으시잖아요?"
하자 노인이 말했다.

"솔직히 말하자면, 제가 금년에 예순하나입니다. 슬하에 전처가 낳은 자식이 하나 있습니다. 그런데 스물둘이나 되었는데도 아직 장가를 가지 못하고 빈둥빈둥 놀기만 할 뿐 제대로 일을 하지 않고 있어요. 그래 이 늙은이가 온종일 돌아다니며 일을 해 돈을 벌어 그놈을 먹여 살리고 있지요. 그런데도 그놈은 분수를 지키지 않고 하루 종일 거리에서 망나니들과 어울려 노름이나 하고 다닙니다. 일전에도 도둑으로 몰려 곤장을 스무 대나 맞았지요. 그런데도 정신을 못 차리고 제 어미의 치마와 저고리를 죄다 저당을 잡혔어요. 옷이 없는 어미는 추위에 떨다 병을 얻어 한 달이 넘게 몸져누워 있으나 아직까지 차도가 없어, 자식 놈에게 몇 마디 싫은 소리를 했더니 바로 뛰쳐나가서는 돌아오지 않고 있답니다. 그래서 이 늙은이가 온종일 찾아다니고 있으나 어디 있는지 종내 찾지 못했어요. 오기가 나서 찾지 말까 하고 생각해보기도 했으나, 이미 나이도 먹었고 또 자식이라곤 오직 하나뿐이니 죽은 다음에 뒷일을 처리해줄 사람이 그놈밖에 없다는 생각도 드는구려. 이렇게 생각하다가도 그놈이 제대로 사람 구실도 못하는 것을 보고 있노라면 다시 울화가 치솟는 겝니다. 이 모든 게 저의 죄업인 것 같아요! 남모르게 속 썩는 답답한 사정이 있다 보니 각 곳을 돌아다니면서 이렇게 눈물을 흘리며 하소연을 하고 있습지요."

옥루가 평안더러,

"노인한테 후처가 금년에 몇 살인지 물어보거라."

하니 노인은,

"금년에 쉰다섯이고 슬하에 자식은 없어요. 지금은 어떻게 근근이 살아가고 있지만, 몸이 아파 눕기라도 하면 수발을 해줄 사람이나 돈

이 없습죠. 마누라가 육포가 먹고 싶다기에 이삼 일 동안 골목길을 헤맸으나 어디에서도 육포 한 쪽을 얻을 수가 없더군요. 정말로 한심한 늙은이지요!"

하자 이를 듣고 옥루가,

"그게 뭐가 대단하다고, 내 방 서랍 안에 육포 조각이 있지."

라고 웃으며 말하면서 내안에게,

"난향에게 말해 떡도 두세 개 함께 가져오너라."

하니, 이에 금련도 내안을 불러서는,

"춘매에게 말해 어제 친정어머니가 가져온 좁쌀 두 되와 장아찌 두서너 개를 가져오너라, 저 사람 부인이 먹을 수 있게 말이다."

하니, 이에 내안이 얼마 안 되어 육포 두 조각과 떡 두 덩이, 좁쌀 두 되 그리고 장아찌를 가지고 나왔다. 그러면서,

"노인 영감, 이리 와봐요. 오늘 정말 횡재를 만났군. 할머니가 병이 나서 먹고 싶은 게 아니라 애를 배어서 먹고 싶은 것 아니에요?"

라고 소리를 질렀다. 이에 노인이 달려나와 두 손으로 잘 받아서는 망태기 안에 넣은 후에 옥루와 금련을 향하여 거듭 고맙다고 말하고는 망태기를 둘러메고 방울을 흔들며 떠났다. 이를 보고 평안은,

"마님들께서 너무 많이 주신 게 아닌가요? 그 늙은이의 달콤한 거짓말에 두 분이 속아 넘어가신 거예요! 저 늙은이의 부인은 중매쟁이이고 어제도 이 앞을 지나갔는데 몸이 안 좋긴 뭐가 안 좋아요?"

하니 이 말을 듣고 금련은,

"이 망할 놈의 자식이, 왜 진작 말하지 않은 게야?"

하자 평안이 말했다.

"우연히 두 분 마님께서 밖에 나와보셨다가 그 늙은이를 불러 애

달픈 사연을 들으시고는 이것저것 챙겨서 주신 건 다 그 늙은이의 복이지요."

한가로이 일없이 문가에 기대니
방울을 흔들며 노인이 오네.
모든 것이 그러하듯
인연이 없으면 물 한 모금도 얻어먹기 힘들다네.
閑來無事倚門楣 正是驚閨一老來
不獨纖微能濟物 無緣滴水也難爲

칼로 가슴을 베어내는 이별이런가

서문경은 설사자(雪獅子)를 던져 죽이고, 이병아는 관가의 죽음에 통곡하다

해는 지고 물은 흘러 서쪽에서 다시 동으로
봄바람이 부니 꽃가지 언제 모두 부러지리.
무협묘[巫峽廟]*엔 함초롬히 비 내리고
송옥[宋玉]** 문전에는 바람이 부네.
느릅나무 씨와 푸르름을 견주지 마라
살구꽃이 서로 붉음을 자랑하누나.
파상[灞上]***에도 한남[漢南]****에도 수만 그루
몇 사람이나 집을 떠나 벼슬을 했던고.

日落水流西復東 春風不盡折何窮

巫峽廟裡低含雨 宋玉門前斜帶風

莫將楡莢共爭翠 深感杏花相映紅

灞上漢南千萬樹 幾人游宦別離中

---

* 무산[巫山] 신녀의 묘
** 굴원의 제자로 초[楚]의 대부[大夫]
*** 장안[長安] 부근을 흐르는 위수[渭水]의 지류
**** 한수[漢水]의 남쪽

맹옥루와 반금련이 문간에 서서 거울 닦는 노인을 떠나보내고 있
는데 갑자기 동쪽에서 큰 모자를 쓰고 얼굴가리개를 한 사람이 나귀
를 타고 급히 달려 문 앞에 이르렀다. 깜짝 놀란 두 부인은 급히 안으
로 피하려고 했으나 채 피하지 못했다. 말에서 내린 사람이 얼굴가리
개를 벗고 다가오니 다름 아닌 바로 한지배인이었다.

"물건은 다 도착했어요?"

평안이 급히 묻자 한도국은,

"벌써 모두 성 안으로 들여왔네. 나리께 짐을 어디에 부릴지 여쭈
어보게."

하니 평안이 답했다.

"나리께서는 지금 집에 안 계세요. 주수비 나리 댁으로 술을 드시
러 가셨어요. 그러니 우선 맞은편 집 누각 위에다 부려놓고 지배인께
서는 안으로 들도록 하세요."

잠시 뒤에 진경제가 밖으로 나와 한지배인을 데리고 안채로 들어
가 월랑에게 인사를 시켰다. 그러고는 대청으로 나와 옷의 먼지를 털
게 한 뒤 왕경을 시켜 짐 먼저 집에 가져다놓도록 했다. 월랑은 밥을
차리게 해서 한도국에게 먹였다. 그러는 동안 짐이 도착했다. 진경제
가 열쇠를 가지고 나와 맞은편 집의 문을 열고 짐을 싣고 온 인부들
을 시켜 물건을 모두 이층으로 옮기도록 해 쌓아놓았다. 큰 수레로
열 대나 되는 비단과 집 안에서 쓸 술과 쌀 등을 모두 정리하고 나니
등불을 켤 저녁 무렵이 되었다. 최본도 와서 짐을 부리고 나르는 것
을 도와주었는데, 짐 부리기를 마치고 물건을 대조해 봉인한 뒤 문을
걸어 잠그고 일꾼들은 품삯을 주어 보냈다. 그러는 동안 대안이 주수
비부로 가서 서문경에게 집 안에 물건이 도착했다는 소식을 알리자

술을 몇 잔 더 마시고는 급히 자리에서 일어나 집에 도착하니 등불을 밝힐 즈음이었다. 한지배인은 대청에 앉아 기다리고 있다가 서문경이 돌아오자 물건을 사러 간 전후의 일들을 모두 자세하게 보고했다. 서문경이,

"전나리께 편지는 보냈느냐? 그래 좀 편의를 봐주던가?"

물으니 한도국이 말했다.

"모든 것이 전나리의 편지 덕분으로 세금을 아주 적게 냈어요. 비단 두 상자는 한 상자로, 세 뭉텅이는 두 뭉텅이로 보고하고, 나머지 짐들은 차 잎이나 값싼 약재로 쳐서 세금을 매겼지요. 그래서 열 대 분량의 화물을 단지 은자 서른 냥하고 닷 푼만 냈어요. 전나리께서 보고서를 받아보시고는 검사도 제대로 하지 않으시고 그냥 짐수레를 통과시켜주셨습니다."

서문경은 이 말을 듣고 속으로 매우 기뻐했다.

"그렇다면 전나리께 선물을 보내 이번 일에 대한 사례를 해야겠구나."

라고 말하고는 진경제에게 분부해 한지배인과 최본과 앉아 그들을 대접하라 이르고는 안채에서 차와 술을 내와 몇 잔씩 마신 뒤에 비로소 집으로 돌아갔다.

왕륙아는 한도국이 돌아왔다는 소식을 들었고 또 왕경이 한도국의 짐을 집으로 가져오자 급히 받아놓고는,

"그래, 네 매형이 돌아오셨니?"

하고 물으니 왕경이 대답한다.

"지금 짐 부리는 것을 보고 계시니 아마도 잠시 뒤에 나리를 만나뵙고 돌아오실 거예요."

이 말을 듣고 춘향과 금아에게 술과 음식을 잘 장만해놓도록 분부했다. 왕륙아는 저녁 늦게야 집으로 돌아온 한도국에게 먼저 조상의 사당에 가서 무사히 돌아왔다는 인사를 하게 하고는 다시 바깥채로 나와 옷을 벗기고 세수를 하게 했다. 부부는 떨어져 있으면서 벌어졌던 일들을 서로 얘기했는데 한도국은 이번 비단장사길에 겪었던 갖가지 일들을 자세히 들려주었다. 왕륙아는 남편의 봇짐 안에 묵직하게 은자가 들어 있는 것을 보고 어찌된 것이냐고 물었다. 이에 한도국은,

"이 돈뿐만 아니라 이삼백 냥어치의 물건들을 점포 안에 부려놓았는데 그것들도 천천히 다 팔아서 은자로 만들어 집으로 가져오지."

하니, 이에 부인은 좋아 어찌할 줄 몰라 하며 말했다.

"왕경이 하는 말을 듣자 하니 장사를 도와줄 감씨라는 사람을 구했다고 하더군요. 그래서 우리와 최씨 그리고 감씨와 이익을 똑같이 나누게 한다던데, 그렇게만 되면 얼마나 좋겠어요. 다음 달에 가게문을 연다면서요?"

"여기에는 장사할 사람이 있지만, 남쪽에서 물건을 사다 댈 사람이 마땅치가 않아. 그래서 나리께서는 물건을 사오는 일은 전적으로 내게 맡기겠다고 하셨어."

"그야 당신이 물건을 제대로 볼 줄 알기 때문이죠. 자고로 능력이 뛰어나면 수고로움도 많다잖아요. 만약 당신이 장사 수완이 없다면 어디 나리께서 그런 일을 시키겠어요? 속담에도 '고생을 하지 않으면 재산을 모으기 어렵다' 했으니, 고생스럽더라도 참으며 재산을 좀 모으다 당신이 싫증날 듯하면 그때 제가 나리께 말씀드려 감씨라는 사람과 내보가 밖에서 일을 보게 하고 당신은 집 안에서 장사를 하게

하면 될 거예요.”

“밖에서 생활하는 것도 이제 습관이 되었으니 괜찮아.”

“그래도 안 돼요. 당신이 밖으로만 다니시면 저는 외로워 어찌 살라고요.”

이렇게 말을 마치고 부부는 오랜만에 함께 술을 들고 술상을 물린 뒤에 침상에 올랐다. 오랜만에 만나 펼치는 그날 밤의 즐거움이란 이루 말할 수가 없으니 여기에선 얘기하지 않겠다.

다음 날은 팔월 초하룻날이었다. 한도국이 아침 일찍 서문경의 집으로 건너가니 서문경은 자신과 최본, 감지배인에게 집 안에서 벽돌을 쌓고 나무를 나르며 창고 정리하는 일을 감독하게 했다.

서문경은 짐도 다 부리고 집도 대강 정리가 되어 특별히 할 일이 없어지자 갑자기 정애월의 집에 찾아가고픈 생각이 들었다. 그래 몰래 대안을 시켜 은 석 냥과 비단옷 한 벌을 애월에게 가져다주도록 했다. 정씨 집 포주 할멈은 서문경이 자기 집 애월을 찾아준다는 소식을 전해 듣고는 마치 하늘에서 선물이라도 내린 듯이 황급히 받아 들고는 대안에게,

“가서 나리께 잘 말씀드려줘요. 우리 집 두 아씨들이 모두 목이 빠지게 나리 오시기만을 기다리고 있으니 어서 오시라고 말이에요.”

하니, 대안은 집으로 돌아와 서재에 있던 서문경에게 이 말을 전해주었다. 서문경은 정오가 좀 지나서야 대안에게 시원한 가마를 준비케 하고 머리에는 두건을 쓰고 푸른 도포를 걸친 뒤 바닥이 흰 검은 비단신을 신었다. 먼저 가게 방으로 나가 창고 정리하는 것을 한차례 보고는 바로 가마를 타고 대나무로 만든 발을 내리고 금동과 대안을 따르게 했다. 왕경에게는 집에 남아 있으라 이르고 춘홍은 옷 보따리

를 메고 따르게 하고 곧장 정애월의 집으로 향했다.

선녀들의 베틀 위에 향기로운 비단이
손을 내밀어 눈 같은 실을 당겨보네.
도화원[桃花源]* 가는 길만 묻는 것이 아니라
달 속에 찾아들어 항아와 짝을 맺누나.
天仙機上整香羅 入手先拖雪一窩
不獨桃源能問渡 却來月窟伴姮娥

이때 정애월은 머리에 은실로 짠 덮개를 쓰고 매화꽃 모양 머리핀
과 금실로 만든 비녀를 꽂고 있었다. 분을 바르고 화장을 한 얼굴이
마치도 갓 피어난 꽃처럼 둥근 달 모양이었다. 연빛색 적삼에 상주산
비단 치마를 곱게 차려입고 웃으며 문 앞에서 서문경을 맞이해 안으
로 모셨다. 객실로 모신 뒤에 먼저 인사를 올리자 서문경은 바로 금
동에게,

"가마를 가지고 집으로 돌아갔다가 저녁에 말을 타고 오거라."
하고 분부했다. 이에 금동은 집으로 돌아가고 대안과 춘홍이 남아서
서문경의 시중을 들었다. 잠시 뒤에 포주 할멈이 나와 절을 올리면서
말했다.

"지난번 우리 집 애가 댁에서 너무 많은 폐를 끼쳤어요. 기분이 울
적하실 적에 잠시 들러 기분 전환이나 하고 가시면 되실 텐데 무얼
그리 망설이세요? 게다가 귀한 물건에 애가 입을 옷까지 보내주시니
감사드려요."

---

* 진[晉] 도연명[陶淵明]의 「도화원기[桃花源記]」에서 말하는 이상향

"내가 일전에 애월을 불렀는데 왜 안 왔지? 왕황친가만 사람인가?"

"저는 아직까지도 동교아와 이계저를 꾸짖고 있어요. 그날이 나리의 생신이라서 자기들은 선물을 가지고 갔는데 우리집 애들은 아무것도 준비하지 못했잖아요. 진작 알았더라면 일찌감치 나리 댁으로 보냈을 거예요. 그런데 나리께서 집으로 불러 노래를 시키려 하실 때에는 이미 우리집 애들은 치장을 하고 나서려는데 마침 왕황친 댁에서 사람을 보내 애들의 옷 보따리를 들고 가버렸어요. 그런 다음에 나리 댁에서 사람이 왔고, 또 애의 오라비인 정봉이 말하기를 '만약에 오지 않는다면 나리께서 크게 노하실 거야!' 하니 제가 당황하여 왕황친 몰래 애월을 뒷문으로 빼내 가마를 태워 나리 댁으로 보낸 거예요."

"일전에 내가 하대인 집 술좌석에서 이미 애월이 오도록 얘기를 다 해놓았어. 그 애가 만약에 오지 않았다면 내 크게 화를 냈을 거야. 그런데 그날 왜 한마디 말도 하지 않고 뭔가 삐쳐 있는 것 같았는데 도대체 무슨 일이 있었나?"

"저 꼬마 애는 이 길에 들어선 지 얼마 안 되었는데, 어디 그렇게 많이 노래를 부르러 다녀봤겠어요! 나리 댁에 갔을 적에 사람들이 많아 어찌나 놀랐는지 모른데요. 그 애는 어려서부터 별 잔소리 없이 마냥 응석받이로 키웠어요. 지금이 몇 시인데 이제 겨우 일어나는 것 좀 보세요! 제가 '나리께서 오늘 오신다고 하니, 좀 일찍 일어나 치장을 하고 있거라' 하고 몇 번을 재촉했으나 듣지 않고 지금까지 잠을 자고 있었어요."

서문경은 잠시 뒤에 하인이 차를 내오자 정애향이 앞으로 다가와 차를 올리기에 받아 마셨다. 할멈이 말했다.

"나리, 안으로 들어가 앉으시지요."

　원래 정애월의 집은 밖으로 네 칸, 안으로 다섯 채로 되어 있었다. 얇은 벽을 돌아서면 바로 대나무 울타리와 큰 정원이 있고, 양옆으로 사랑채가 네 칸 있었다. 밝은 방이 하나, 어두운 방이 둘 도합 세 개가 있었는데 모두 정애월이 쓰고 있었다. 그의 누이인 정애향의 방은 뒤 채 네 번째에 있었다. 발이 드리워져 있고 은은한 향내가 나는 밝은 방으로 들어가니 한가운데에 「해조관음[海潮觀音]」그림 한 폭이 걸려 있고, 그 양편에는 미인도 네 폭이 걸려 있는데, 이것은 봄, 여름, 가을, 겨울을 상징하는 것이었다.

　　꽃을 아껴 봄에는 일찍 일어나고
　　달을 사랑해 밤에 늦게 잠자리에 드네.
　　물을 뜨니 달이 손 안에 있으며
　　꽃을 만지니 향기가 옷에 가득하구나.
　　惜花春起早 愛月夜眠遲
　　掬水月在手 弄花香滿衣

　기둥에는 대구가 걸려 있으니,

　　발을 걷고 들어오는 달을 맞이하고
　　비파를 타며 구름이 오기를 기다리네.
　　捲簾邀月入 諧瑟待雲來

　또 한쪽에는 드러누울 수도 있는 다리가 짧은 의자 네 개와 옻칠

을 한 팔걸이의자가 두 개 있었다. 서문경은 자리에 앉아 맞은편에
해서로 쓴 '애월헌[愛月軒]'이라는 글자를 바라보았다. 잠시 앉아 있
으니 발을 걷어 올리는 소리가 들리면서 정애월이 걸어 나오는데 쪽
머리를 쓰지 않고 틀어올린 머리가 까맣게 빛이 나며 윤기가 반지르
르 흘렀다. 그 모습이 마치 뭉게구름이 솟아오르는 듯했다. 또 금은
으로 만든 장식에 비취색 머리핀과 금실로 만든 비녀를 꽂고 있었으
며, 귀에는 보라색 석영 귀고리를 달고, 흰 적삼에 무늬가 있는 자줏
빛 치마를 입고 있었다. 발에는 작은 원앙 모양의 붉은 신이 코를 드
러내고, 가슴에는 낭랑한 소리가 울리는 보석을 매달고 있었다. 이마
에는 비취빛 꽃을 세 개 붙였는데 그 모습이 마치 부용꽃처럼 훤히
드러나 보였다. 사방 가득 향기가 은은히 퍼지고 버드나무 같은 허리
는 더욱 잘록해 보였다.

만약에 도자[道子]*가 그린 그림이 아니라면
반드시 연수[延壽]**가 그린 미인도이리라.
若非道子觀音畵 定然延壽美人圖

자세를 조금도 흐트러뜨리지 않고 서문경을 향해 다소곳이 인사
를 올린 뒤에 금실로 가장자리를 두른 부채로 화장한 얼굴을 가리고
옆에 앉았다. 서문경이 눈을 돌리지 않고 찬찬히 애월의 모습을 뜯어
보니 보면 볼수록 더욱 애착이 가는 모습이었다. 그래서 자기도 모르
게 마음이 달아오르니 참기 어려울 정도였다. 잠시 뒤에 하인이 또다

---

* 당[唐] 현종[玄宗] 때의 오도자[吳道子]로 인물화가임
** 한[漢] 원제[元帝] 때의 궁중화가로 왕소군을 그림

시 차를 내오자 애월은 비단 소맷자락을 살며시 들어올려 섬섬옥수 가는 손으로 잔을 들어 찻잔 머리에 묻은 물기를 깨끗이 닦아 두 손으로 서문경에게 올려바쳤다. 그런 다음 애향과 함께 자기도 한 잔 마시고는 찻잔을 거두어 물러가게 한 뒤에 방으로 모시려고 했다. 이에 서문경은 대안을 불러 겉옷을 벗겨 의자 위에 걸쳐놓게 하고서는 여인의 방 안으로 들어섰다. 침실 창에는 얇은 비단 휘장이 쳐 있었는데 달빛이 희미하게 비추고 야명주가 걸려 있어 밝게 빛을 발하였다. 정면에는 검은 칠에 금박을 입힌 침대가 놓여 있었다. 침대 위에는 수를 놓은 비단 휘장이 드리워져 있었다. 화려한 요와 이불이 빠끔히 내보였고 그 옆에는 붉은 빛깔의 낮은 탁자와 또 작은 향로가 있어 코를 자극하는 향기로운 내음을 뿜고 있었으며, 벽에는 상감을 한 상아 모양 화병이 걸려 있었는데 그 안에는 자색 죽순이 꽂혀 있었다. 침대 앞에는 수놓은 천을 두른 의자 두 개가 있었으며, 그 곁에는 비단 병풍이 세워져 있었다. 구름이 이는 듯한 병풍에는 담담한 필치의 글이 쓰여 있었고, 남녀가 기쁘게 껴안고 있는 모양의 침상 위에는 고금의 책들이 높게 쌓여 있었다.

서문경이 자리에 앉으니 한 번도 맡아보지 못한 향기가 코를 자극하여 극히 청아한 느낌이 드는 것이 마치 인적이 닿지 않아 신선들이 산다는 동부[洞府] 같았다. 잠시 서로 농담을 주고받으며 장난을 하고 있을 때 하녀가 들어와 탁자를 펴놓았다. 그러고는 작은 비취색 접시 네 개를 내려놓았는데 모두가 은실처럼 가늘게 썬 것으로 향기나는 미나리와 심어[鱘漁]를 가늘게 썰어 만든 요리, 절인 상어, 말린 고기 등이었다. 그러고는 다시 떡 두 접시를 내왔는데 꿀에 깨를 묻혀 만든 것으로 마치 밝은 달 같았고, 종이처럼 얇고 눈처럼 하얀 것이 향기로우며 달고, 입에 넣으면 그냥 사르르 녹아 없어지는 듯했다. 정애월과 정애향은 친히 여러 가지 요리를 싸서 서문경이 먹도록 건네주고는 비취색 화로에 병을 올려놓고 계피 향의 약간 쓴맛이 도는 계화목서차[桂花木樨茶]를 끓여 올렸다. 잠시 뒤에 두 자매는 함께 식사를 마치고 그릇들을 치워 내갔다. 탁자를 깨끗이 닦은 뒤에 붉은 담요를 깔고 옻칠을 한 침향목 서랍에서 상아로 만든 골패를 꺼내 둘은 서문경과 함께 골패 놀이를 즐기다가 패를 거두고는 술상을 차렸다. 쟁반 위에는 신선하면서도 먹음직스러운 과일이 가득 쌓이고 병에는 술이 파도를 치듯 가득 넘실댔다. 또 탁자 위에는 거위, 오리고기와 보기 드문 산해진미가 올려졌다. 이 모든 음식들은 인간 세상에서 보기 드문 것으로, 맛있고 희한하기로는 천하에서 짝을 찾아보기 어려울 정도였다.

춤을 추니 밝은 달이 진루[秦樓]*에 떨어지고
노래하니 지나는 구름이 초관[楚館]**을 가린다.
舞回明月墜秦樓 歌過行雲遮楚館

원앙 잔과 비취색 잔 안에서는 옥 같은 술이 넘실대누나!
두 자매는 술을 따라 올리고 나서 곁에 있는 악기를 들어 줄을 고른 뒤 정애향은 쟁을 타고 애월은 비파를 타며 「두적상심[兜的上心]」이라는 곡을 부르기 시작했다. 아름다운 입에서 이러한 곡조가 흘러

---

* 진[秦] 목공[穆公]의 딸 농옥[弄玉]과 통소를 잘 부는 소사[蕭史]가 결혼해 봉루[鳳樓]라는 누각을 짓고 피리를 부니 봉황이 모여들었다는 고사가 있음. 후인들이 이 누각을 기관[妓館]을 가리키는 말로 사용했음
** 초관[楚館]도 역시 기루[妓樓]의 별칭

나오니 정말로 돌도 깨고 대들보를 감아 타고 오르는 듯한 소리였다. 노래를 마치자 다시 열두 가지 과일과 열매가 담긴 안주가 나왔다. 두 자매는 자리를 잡고 앉아 알아맞히기 판을 꺼내 서문경과 알아맞히기 놀이를 했다. 잠시 먹고 마시며 놀다가 정애향은 옷을 갈아입는다는 평계를 대고 밖으로 나갔다. 홀로 남은 애월은 서문경을 모시고 단둘이 앉아 술을 마셨다. 이때 서문경은 소맷자락에서 흰 비단 손수건을 꺼냈는데 이쑤시개와 금테를 두른 작은 상자가 나왔다. 정애월은 상자 안에 향차[香茶]가 있으려니 여겨 열어보려고 했다. 그러자 서문경이 말하기를,

"향차가 아니라, 내가 매일 먹는 보약이야. 난 향차를 여기에 두지 않고 종이로 싸갖고 다녀."

그러면서 소맷자락에서 또 다른 향차 주머니를 꺼내 애월에게 건네주었는데, 애월은 믿지 못해 손을 뻗어 서분성의 옷소매 안을 더듬어보았다. 그러다가 다시 자주색 비단주머니를 꺼냈는데 그 위에는 금 이쑤시개가 매달려 있었다. 손바닥 위에 올려놓고 살펴보니 정말로 앙증맞게 생긴 예쁜 것이었다. 그래서,

"계저 누이와 오은아가 이런 모양의 수건을 갖고 있는 것을 보았는데 나리께서 준 거군요?"

하고 물었다. 이에 서문경은,

"양주에서 돌아온 화물선에서 가져온 거야. 내가 준 게 아니라면 누가 줬겠어? 원한다면 네게도 주마. 내일 네 누이에게도 하나 주도록 하지."

이렇게 말을 마치고 서문경은 바로 술을 따라서는 상자 안에 있는 약을 먹었다. 그러고는 애월을 품에 안고 둘은 입 안의 술을 상대

방의 입으로 먹여주고 혀를 빨며 놀았다. 서문경이 손을 뻗어 애월의 젖가슴을 더듬어 어루만지니 팽팽하면서도 부드러운 것이 매끄러우면서도 아주 감촉이 좋았다. 그래 윗적삼을 들추고 바라보니 하얗고 볼록한 것이 마치 옥구슬 같았다. 이렇게 한참 주무르고 있노라니 자기도 모르게 음심이 동하고 허리 밑의 물건이 갑자기 뻣뻣해졌다. 그래 바지의 허리띠를 끄르고 애월의 섬섬옥수로 꽉 잡아달라고 했다. 애월은 그것이 엄청나게 큰 것을 보고서 너무 놀라 혀를 내밀고 입을 다물지 못했다. 두 손으로 서문경의 목덜미를 꼭 부여잡고 말하기를,

"나리, 오늘 처음 뵙는데 저를 어찌하려고 그러세요. 제발 반만 넣어주세요. 만약에 다 집어넣는다면 저는 죽게 될 거예요. 나리께서 방금 약을 드셔서 이렇게 커진 거죠! 그렇지 않다면 어떻게 이렇게 클 수가 있죠? 뻘겋고 불그죽죽하면서도 뻣뻣한 게 정말 보기만 해도 흉물스럽군요!"

하니 서문경은 웃으며,

"귀여운 것아, 그러지 말고 고개를 숙여 내 물건을 한번 빨아보렴."

했다. 이에 애월은,

"아유, 어떻게 그럴 수가! 앞으로 뵐 날이 새털처럼 많잖아요. 오늘은 처음이고 아직 얼굴도 익지가 않았으니 다시 오시면 그때 꼭 해드릴게요."

하고 말을 마치자 서문경은 바로 애월과 함께 잠자리에 들려 했다. 이에 애월이 말했다.

"술은 더 안 드시겠어요?"

"그만 먹고 잠이나 자자."

애월은 하인을 불러 술상을 한옆으로 치우게 하고, 서문경의 신발

을 벗겨주도록 일렀다. 그러고는 바로 밖으로 나와 옷을 갈아입고 밑을 깨끗이 씻었다. 서문경은 신을 벗겨준 하인에게 몇 푼 집어주고 먼저 침대 위에 오르고 보니 이미 향이 향로에 꽂혀 타고 있었다. 잠시 뒤에 애월이 방으로 들어와 서문경에게,

"나리, 차를 좀 드시겠어요?"

하고 물었다. 서문경이,

"됐어."

라고 말하자, 애월은 바로 방문을 걸고 비단 휘장을 드리우고 비단 수건을 요 밑에 깐 다음 침대에 올라 옷을 벗었다. 둘은 베개 위에 한 쌍의 원앙처럼 앉아 있었다. 애월이 벗은 몸을 보고 있노라니 피부는 부드러우면서도 여리고 여인의 그곳은 털 한 오라기 없는 것이 마치 흰 밀떡처럼 부드럽기가 여간 귀여운 것이 아니었다. 허리를 휘어 안으니 채 한 줌도 안 되는 듯했다. 정말로 부드럽고 향기로운 것이 천금을 준다 해도 구하기 힘들 성싶었다. 서문경은 애월의 하얗고 부드러운 다리를 양편 허리로 바싹 끌어당기고 은탁자에 자기의 물건을 받치고 애월의 비경을 향해 천천히 밀어 넣었다. 그런데 서문경의 물건이 워낙 큰지라 한참을 비벼 축축하게 한 뒤에야 겨우 조금 집어넣을 수 있었다. 이때 정애월은 양미간을 잔뜩 찌푸리고 두 손으로 베갯잇을 꼭 부여잡고는 힘을 써서 억지로 고통을 참으면서 몽롱하게 눈을 뜬 채 낮은 목소리로,

"나리, 제발 저 좀 살려주세요."

하고 애원했다. 서문경은 두 손으로 애월의 발을 들어 어깻죽지에 올려놓고는 더욱 힘을 쓰니 그 즐거움은 이루 다 표현할 수 없었다.

봄은 푸른 복숭아에 붉은 꽃술을 얼마나 붙이는지, 바람은 버드나

무릎 속여 푸른 허리를 흔들게 하네.
　시가 있어 이를 밝히나니,

비를 머금은 안개가 나무를 휘감으니
요염한 몸매는 지탱키 어려워라.
물은 서시를 손색없이 밀고
봄은 하양[河陽]땅 첫 번째 가지에 왔네.
농염한 것은 마을 사람들이 모두 말하니
굳이 왕유의 글을 빌릴 필요가 있을까.
정을 품었기에 마음을 단단히 동여매고
동풍을 돌아가지 못하도록 잡아두네.
常雨龍煙匝樹奇　妖嬈身勢似難支
水推西子無雙色　春點河陽第一枝
濃艷正宜吟郡子　功夫何用寫王維
含情故把芳心束　留住東風不放歸

　이날 서문경은 정애월과 함께 새벽녘까지 놀다가 비로소 집으로
돌아왔다.
　다음 날 서문경이 관아로 등청하자 오월랑은 옥루, 금련, 이교아와
안방에 앉아 얘기를 나누고 있었다. 그때 대안이 상자를 가지고 안채
로 들어왔는데, 하제형의 생일에 가지고 갈 예물이라고 했다. 네 종
류의 신선한 안주거리, 술 한 동이, 비단 한 필이었는데, 이를 보고 월
랑이 대안에게,
　"나리께서 어제 가마를 타고 누구의 집에 가서 술을 드셨으며 언

제쯤 돌아오셨느냐? 아마 한도국의 집에 가서 그 집 마누라와 몰래 놀다가 돌아왔겠지? 엉큼한 양반 같으니라고! 하루 종일 나를 속이고 뒤에서 몰래 이런 추태를 부리고 다니다니!"

하니 대안은,

"아니에요, 한지배인이 돌아왔는데 나리께서 어찌 그리하시겠어요."

하자 월랑은,

"그래, 그럼 대체 누구 집에 간 게지?"

하니 대안은 차마 말을 하지 못하고 웃기만 하다가 상자를 들고 나가 버렸다. 반금련이 말하기를,

"형님, 아무리 여쭤봐도 저놈이 사실대로 말을 하지 않을 거예요. 제가 듣기로는 춘홍이 그놈도 어제 나리를 모시고 나갔다 왔다더군요. 그러니 놈을 불러 물어보시면 바로 알 수 있을 거예요."

라며 바로 춘홍을 불러오도록 했다. 춘홍이 불려오자 금련은,

"어제 나리께서 누구의 집에 가서 술을 드시고 왔느냐? 만약 네놈이 사실대로 말하지 않는다면 큰마님께서 네놈에게 따끔한 맛을 보여주실 게다."

하니, 이에 춘홍은 무릎을 꿇고 앉으며 말했다.

"마님, 모든 걸 다 말씀드릴 테니 제발 소인을 때리지 마세요. 소인과 대안, 금동 형님은 나리의 가마를 따라 어느 큰 대문으로 들어갔어요. 꼬불꼬불한 골목 몇 개를 지나 어느 집으로 들어갔는데 문이 반쯤 열려 있고 문에는 톱니바퀴 같은 것이 걸려 있었어요. 문 안쪽에는 마님들이 몇 명 서 있었는데, 화장을 아주 진하고 화려하게 하고 있었어요."

금련이 이 말을 듣고 웃으며,

"멍청한 놈, 기생집이 원래 문을 반쯤 열어놓는 것도 모르고 있다니. 게다가 화장한 기생들을 보고 마님들이라고 부르다니!"

그러면서,

"그래, 그 마님들의 모습이 어떠하던? 그네들 중 네가 아는 사람이 있더냐?"

하고 물었다. 춘홍은,

"저는 잘 모르겠어요. 보살처럼 생긴 것이 아주 예뻤고 마님들처럼 머리에 쪽을 지고 있었어요. 안으로 들어가 보니 머리가 하얀 노파가 나와 나리를 바라보며 절을 하더군요. 그런 후에 대나무 울타리를 따라 안으로 들어가니 다시 젊은 마님이 나왔는데 쪽을 지고 있지 않았어요. 얼굴이 하얗고 수박씨처럼 갸름하며 입술을 붉게 칠했는데 나리를 모시고 술을 마시더군요."

하자 금련이,

"그럼 네놈들은 어디에 앉아 있었느냐?"

하니 춘홍이 답했다.

"저는 대안, 금동 형님과 함께 노파의 방에 있었는데, 할멈이 우리에게 술과 고기안주를 내왔어요."

이 말을 듣고 월랑과 옥루는 배꼽을 쥐고 웃었다. 그러면서 다시 묻기를,

"그 할멈을 모르겠든?"

하니 춘홍이,

"한 명이 우리 집에서 노래를 부른 적이 있는 것 같았어요."

하자 옥루가 웃으며,

"바로 이계저로구나."

하니 월랑도 말했다.

"그 애 집으로 갔었군!"

이교아가,

"우리 집은 반쪽 문도 아니고 대나무 울타리도 없어요."

하니 금련이,

"아마 언니가 잘 모르시는 모양이지요. 새로 반쪽 문을 만들었는지 누가 알아요."

그렇게 묻고 있을 적에 서문경이 집에 들렀다가 하제형의 집으로 생일 축하를 하기 위해 떠났다.

한편 반금련은 방에 큰 고양이 한 마리를 기르고 있었는데 온통 흰 털로 단지 이마에 거북 잔등처럼 검은 점이 하나 박혀 있었다. 그래서 이름을 '설리송탄[雪裡送炭]'이나 혹은 '설사자[雪獅子]'라고 불렀는데, 입으로 손수건이나 부채를 물어오기도 했다. 서문경이 금련을 찾지 않을 적에는 항상 이불 속에서 고양이를 안고 잤는데 옷이나 이불 등에 오줌, 똥을 싼 적은 없었다. 금련이 밥을 먹을 적에는 항상 금련의 어깻죽지에 쭈그리고 앉아서 음식을 받아먹었고, 부르면 단숨에 달려오고 쫓으면 바로 사라졌다. 금련은 항시 그 고양이를 '설적[雪賊]'이라고 불렀다. 소의 간이나 마른 고기는 먹지 않으며, 매일 생고기를 반 근씩 먹으니 살이 매우 토실토실하게 쪘고 털도 길어 그 안에 가히 계란 한 개를 숨길 수 있을 정도였다. 금련은 이 고양이를 매우 좋아해서 어떤 때는 하루 종일 무릎 위에 올려놓고 장난을 쳤는데, 원래부터 좋아해서가 아니라 이병아와 관가가 평소에 고양이를 아주 무서워한다는 것을 알게 된 때부터 좋아하기 시작했다.

금련은 평소에 사람이 없을 적에 방에서 붉은 비단으로 고기를 싸서 고양이로 하여금 덮쳐 뜯어먹게 훈련을 시켰다. 언젠가 벌어질 일은 일어나기 마련으로, 관가가 몸이 좋지 않아 며칠 동안 계속 유노파가 지어준 약을 먹고 조금씩 나아졌다. 이병아는 관가에게 붉은 비단 저고리를 입혀 바깥의 온돌 위에 작은 포대기를 깔고 그 위에서 놀게 했다. 영춘더러 잠깐 지켜보게 하고 유모가 밥을 먹고 있는데 이때 생각지도 않게 금련 방의 설사자가 온돌 옆에서 쭈그리고 앉아 있었다. 온돌 위에서 붉은 옷을 입고 재롱을 떨며 놀고 있는 관가를 보자 설사자는 평소 뜯어먹던 고기인 줄 알고 사납게 뛰어올라서는 관가의 몸을 물어뜯고 온몸을 할퀴었다. 이때 관가는 다 죽어갈 듯이 소리를 한 번 내지르고 숨을 한 번 몰아쉬고 아무 말도 못하고 단지 손과 발을 사시나무 떨듯 벌벌 떨었다. 질겁을 한 유모는 밥그릇을 내려놓고 급히 품 안에 끌어안고 놀란 아이를 달래주었다. 이때 설사자가 다시 달려들려고 했으나 영춘에게 얻어맞고 밖으로 내동댕이쳐졌다. 여의아는 관가를 품에 안고 달래면서 좀 지나면 좋아지겠지 했으나 시간이 지날수록 오히려 더 몸을 떨며 경련을 일으켰다. 이때 이병아는 안채에 있었는데, 유모는 영춘을 시켜,

"안채로 들어가서 마님께 관가가 좋지 않다고 말씀드리거라. 애가 사시나무 떨듯 하니 어서 마님을 뫼시고 나오거라."

하고 일렀다. 이병아가 이 같은 사실을 듣고 나니, 놀라 간장이 다 상하고 마음도 다 상했음은 말할 것도 없다.

월랑도 놀라서는 급히 걸음을 재촉해 이병아의 방으로 달려왔다. 관가는 두 눈을 치켜뜨고 위만 바라보았는데 검은자위는 보이지 않

고 흰자위만 희뜩거리고 있고 입으로는 계속 침을 내뿜으며 왝왝 소리를 내지르는 것이 작은 병아리 같았으며 손발을 모두 사시나무 떨듯 떨고 있었다. 이병아가 이러한 관가의 모습을 보노라니 마치 예리한 칼로 심장을 도려내는 듯해 급히 품에 끌어안고 얼굴로 관가의 입술을 비벼대며 큰소리로 울며 말했다.

"아가야, 내가 좀 전에 나갔는데 어째 이리 떨고 있는 게냐?"

이에 영춘과 유모가 반금련 방에 있는 설사자라는 고양이가 달려들어 끔찍한 일이 벌어졌다며 상세하게 얘기해주었다. 이 말을 듣고 이병아는 더욱 큰소리로 울면서,

"얘야, 내가 그렇게 주의를 했건만 오늘은 어찌할 도리가 없구나. 어미를 두고 먼저 가는 길밖에 없구나!"

하니 월랑도 듣고는 아무 말도 하지 못했다. 그러고는 바로 금련을 불러,

"자네 방에 있는 고양이가 할퀴어 애가 놀란 모양이야."

하자 금련은 정색을 하며 말했다.

"누가 그런 말을 하던가요?"

"유모와 영춘이 그러던데."

이에 금련은 발끈 성을 내며,

"이놈의 마누라들이 억울하게 덮어씌우기는! 설사자는 여태까지 제 방에 누워 있었어요. 그런데 어떻게 아이를 놀래고 할퀼 수가 있겠어요? 다 제게 뒤집어씌우려는 심산 아니겠어요? 과일도 물렁한 것부터 눌러본다고, 이 집에서 돈 없고 힘 없는 사람이라고 절 너무 얕잡아보고 있군요!"

하자 월랑은,

"그렇다면 그 고양이가 어떻게 이 집으로 왔을까?"

하니 영춘이 말했다.

"늘 이곳에 들렀다 가요."

이에 금련이,

"그렇다면 왜 진작 할퀴지 않고 하필이면 오늘 그랬겠어? 요년이 유모만 믿고 눈을 크게 치켜뜨고 헛소리를 하는 게야! 구석에 몰린 쥐에게도 도망갈 길은 남겨주는 법인데 이렇게 매섭게 몰아붙이다니, 정말로 나 같은 년은 복도 지지리도 없군요!"

라며 분을 참지 못하고 몸을 일으켜 자기 방으로 돌아갔다.

여러분, 내 말 좀 들어보소. 속담에도 '꽃과 가지 밑에 가시가 숨어 있는데, 사람들 마음에 어찌 독을 품지 않으리?' 하지 않았던가!

반금련은 평소에 이병아가 관가를 낳고부터 서문경이 이병아가 원하는 대로 다 해주며 이병아를 너무나 귀여워하고 예뻐함에 마음속으로 늘 질투와 불평이 쌓였다. 그래서 고의로 이러한 일을 꾸미고자 미리 고양이를 훈련시킨 것이다. 애가 놀라 죽으면 서문경의 이병아에 대한 사랑도 시들해질 거며 그 사랑이 온전히 자기 차지가 될 거라고 믿고 있었다. 이것은 정말로 춘추시대 진[晉]나라의 도안고[屠岸賈]라는 사람이 신오[神獒]라는 개를 길러 진의 대부인 조순[趙盾]을 해친 것과 마찬가지였다.

맑고 푸른 하늘은 속일 수가 없다네.
뜻을 이루기 전에 먼저 알아챈다오.
눈앞에 보응이 없다고 말하지 마소.
예부터 지금까지 누가 벗어났는가.

湛湛靑天不可欺 未曾擧意早先知
休道眼前無報應 古往今來放過誰

　월랑을 비롯한 여러 사람들은 애가 계속 떨고 있는 것이 심상치
않음을 느껴 한편으로는 생강을 달여 즙을 마시게 하고는 한편으로
는 내안을 시켜 급히 유노파를 불러오도록 했다. 잠시 뒤에 유노파가
도착해 맥을 짚은 뒤에 애가 떠는 것을 보고서는,
　"이번에는 아주 심하게 놀랐군요. 아무래도 어려울 것 같은데요."
라고 말하고는 급히 등심박하탕[燈心薄荷蕩]과 금은탕[金銀蕩]을 끓
이게 했다. 그러고는 금박을 입힌 알약 한 알을 꺼내 작은 잔에 넣고
녹인 후에 입을 벌려 먹이려고 했으나 아이는 이를 악물고 열지 않았
다. 이에 월랑이 급히 금비녀를 뽑아 들어 입을 억지로 벌리게 하고
는 약을 밀어 넣었다. 유노파는,
　"이렇게 해도 낫지 않으면 뜸을 좀 뜨는 수밖에 없겠어요."
하니 이에 월랑이,
　"누가 감히 뭘 해? 나리께서 돌아오시면 여쭈어봐야지. 허락도 없
이 뜸을 떴다가는 한바탕 난리가 벌어질 거예요."
하자 이병아가 말했다.
　"큰마님, 제발 애를 살려주세요! 나리께서 돌아오시기를 기다리면
너무 늦을 거예요. 만약 나리께서 뭐라시면 제가 모두 책임질게요."
　월랑은,
　"자네의 아이니까 자네가 알아서 하게. 내가 어떻게는 못하겠네."
하니, 이에 유노파가 관가의 미간과 목젖, 두 손의 관절 및 명치끝 등
도합 다섯 군데에 뜸을 뜨자 비로소 잠이 들었다. 아이는 혼수상태에

빠져 서문경이 집으로 돌아왔는데도 저녁 늦게까지 깨지 않고 있었다. 유노파는 서문경이 집으로 돌아온 것을 보고는 월랑이 약값으로 준 은자 닷 푼을 받아 가지고 옆문으로 바람처럼 잽싸게 사라졌다. 서문경이 안방으로 들어가자 월랑은 관가가 놀라 사시나무 떨듯 하는 것이 예사롭지 않다며 모든 것을 다 얘기해주었다. 이 말을 듣고 서문경은 급히 이병아의 방으로 건너가 관가를 살펴보았다. 그때 이병아는 울어서 두 눈이 퉁퉁 붓고 벌겋게 충혈되어 있었다.

"도대체 애가 왜 놀랐나?"

서문경이 물었으나, 이병아는 두 눈 가득 눈물을 흘리기만 할 뿐 아무 말도 하지 않았다. 이에 다시 하녀와 유모에게도 물었으나 아무도 감히 말을 하지 못했다. 서문경이 관가를 살펴보니 손에 할퀸 자국투성이고 온몸에 쑥뜸을 뜬 흔적이 가득했다. 그것을 보노라니 더욱 울화가 치밀어 곧바로 안채로 들어와 월랑에게 도대체 어찌된 일이냐고 묻자, 월랑도 더는 속이지 못하고 금련의 방에서 기르던 고양이가 아기를 놀래고 할퀸 사실을 모조리 얘기해주었다.

"유노파가 방금 전에 와서 봤는데 급한 경풍[驚風]이랍니다. 뜸을 뜨지 않으면 어렵다고 해서 당신 오기를 기다려보려 했으나 그럼 너무 늦을 것 같았어요. 아기 어미가 고집을 부려 관가의 몸 다섯 군데에 뜸을 놓고 나니 겨우 잠이 들었는데 여태껏 깨어나지 않고 있어요."

서문경은 이 말을 듣고 오장육부가 발칵 뒤집혀 심장이 터질 것 같았다. 노기가 끓어올라 온몸을 부들부들 떨며 금련의 방으로 건너가 불문곡직하고 고양이의 다리를 잡아들고는 복도 위 돌계단을 향해 냅다 던져버리니 퍽 하는 소리가 들리면서 고양이는 골이 으깨져 피는 만 떨기 복숭아꽃처럼, 이빨은 주옥이 부서지듯 사방으로 흩어지면서 죽어갔다.

살아서는 쥐잡이밖에 못 되더니, 죽어 지옥에서는 이리가 된 꼴이었다.

이때 반금련은 평소에 애지중지하던 고양이가 그토록 처참히 죽어가는데도, 온돌 위에 앉아 눈 하나 까딱하지 않았다. 서문경이 고양이를 집어던지고 밖으로 나가자 입으로 중얼거리며 욕을 했다.

"죽으려고 환장한 날강도 같으니라구! 사람을 때려죽이면 그래도 사내대장부라고 할 수나 있지, 고양이가 무슨 죄가 있다고 저렇게 내동댕이쳐 죽이는 게야. 죽은 고양이가 지옥에 갔다가 언젠가 네놈 목숨을 빼앗으러 올 테니 그때 어찌하나 두고 봐야지! 죽어도 제대로 죽지 못할 마음이 변한 날강도 같으니라구!"

한편 서문경은 다시 이병아의 방으로 건너가 유모와 영춘에게,

"내가 너희들에게 아기를 잘 돌보라고 그렇게 일렀거늘 어찌 고양이가 애를 놀라게 만들고 또 손등을 할퀴도록 두었단 말이냐? 게다가 공연히 유노파 말을 듣고 멀쩡한 아기에게 뜸을 떠 이 모양으로 만들어놓는단 말이냐! 만약 낫지 않는다면 이놈의 할망구를 관아로 끌고 가서 두 손에 주리를 틀어버릴 테다!"

하니 병아가 곁에서,

"나리께서 아기의 병 때문에 이렇게 심려를 하고 계시듯 유노파도 나름대로 최선을 다한 거예요."

라고 말했다. 이병아는 오로지 지극 정성으로 관가가 좋아지기만을 간절히 바랐다. 그러나 뜻밖에도 쑥뜸을 뜬 부위를 통해 바람이 안으로 들어가 경풍[驚風]이 만풍[慢風]으로 변했다. 오장육부가 요동쳐

오줌똥이 밖으로 쏟아져 나오니, 대변에는 피가 섞여 있고 눈은 떴다 감았다 하는데 하루 종일 혼미한 상태라 깨어나지 못하고 젖도 먹지 않았다. 이병아는 너무 당황하여 사방을 쫓아다니며 천지신명께 치성을 올리기도 하고 점도 쳐보았으나, 온통 흉[凶]만 있고 길[吉]은 없다는 점괘뿐이었다. 월랑은 서문경 몰래 유노파를 불러 정신을 맑게 해보려고도 했다. 또 소아과 의사를 불러 접비산[接鼻散]을 써 편히 호흡할 수 있도록 해보았다. 콧속에 접비산을 넣어 콧물이 흘러나오면 그런 대로 희망이 있는 것이고, 만약 그렇지 않다면 관가의 운명을 하늘에 맡기는 수밖에 없었다.

안타깝게도 관가는 아무런 감각도 느끼지 못하는지 한 방울의 콧물도 흘리지 않아 불철주야로 지키며 간호했으나 울기만 할 뿐 음식도 거의 삼키지 못할 정도였다. 그러다 보니 어느덧 팔월대보름에 가까워졌다. 월랑은 관가의 병이 더욱 악화되어감을 보고 자기 생일도 그냥 보냈다. 주위의 일가친척들이 선물을 보내왔으나 잔치를 벌이지 않았고 다만 오대구의 부인, 양고모, 설비구니와 왕비구니가 찾아와 자리를 같이했을 뿐이었다. 이때 두 비구니는 경전을 인쇄한 돈을 공평하게 나누지 못했다고 성질을 내며 서로 싸움질을 하고 있었다. 열나흗날 분사가 설비구니와 함께 인쇄한 경전을 지고 왔는데, 모두 천오백 권이었다. 이병아는 약간의 돈을 주어 종이 말과 향과 초 등을 사게 하고, 다음 날인 열닷새에 진경제와 함께 악묘에 가서 향을 올리고 지전을 태우게 했다. 설비구니는 인쇄된 경전을 사람들에게 나누어주며 보시하고는 돌아와 이 같은 사실을 이병아에게 알려주었다. 교대호 집에서도 날마다 공씨 아주머니를 보내 차도를 물어보았다. 또 아기 병을 아주 잘 본다는 포태을[鮑太乙]이란 자에게 진맥

을 하게 했다. 포씨가 관가를 보고는,

"병이 위중하여 거의 가망이 없습니다."

하니 어쩔 수 없이 은자 닷 전을 주어 보냈다. 약을 으깨어 먹여보려고 했으나 삼키지 못하고 모두 토해내고는 눈을 꼭 감고 이를 드르륵 갈았다. 이병아는 불철주야 아이를 품에 안고서 눈물만 흘렸다. 서문경도 관아에 등청했다가 곧장 집으로 돌아와 바로 아이의 병세를 살펴보았다. 이때가 팔월 하순 즈음이었는데, 이병아는 관가를 간호하다가 침대 위에서 잠이 들었다. 탁자 위에는 은 등잔불이 타고 있었으며, 영춘과 유모도 곤히 잠들었다. 창문에는 휘영청 달빛이 가득 비치고 밤도 더욱 깊어만 갔다. 이때 관가는 인사불성이 되어 깨어날 줄을 모르니 수심은 만 갈래이며, 아쉬운 이별의 마음은 끝이 없었다.

사람이 기쁜 일을 만나면 정신도 상쾌해지나 마음이 괴로우면 잠만 쏟아지누나.

은하는 밝게 빛나고, 긴 밤은 아득한데
차창에는 밝은 달이 차갑게 비추고
문 창호지를 통해 찬 밤바람이 불어오네.
기러기 소리 처량해
홀로 잠자는 외로운 나그네 꿈속에서 놀라네.
귀뚜라미 소리 처량한데
홀로 있는 여인은 정에 마음 쓰리네.
망루의 북소리가 울리니
한 시각이 채 안 된 듯한데 다시 한 시각이 지났음을 알리네.
님 떠난 뜰에는 한가로운 다듬이질 소리만

천 번을 두드리고 천 번을 내리친다.

처마 끝에 매달린 철마[鐵馬]소리 딸랑딸랑

아낙의 정이 부서지는 듯

은촛대에 불빛이 깜박이면

불빛에 비친 미인은 길게 한숨짓네.

오로지 아이가 낫기만을 바라지만

생각지도 않게 잠도 마구 쏟아지누나.

銀河耿耿 玉漏迢迢

穿窗皓月耿寒光 透戶涼風吹夜氣

雁聲啼亮 孤眠才子夢魂驚

蛩韻淒涼 獨宿佳人情緒苦

譙樓禁鼓 一更未盡一更敲

別院寒砧 千擣將殘千擣起

畫簷前叮璫鐵馬 敲碎仕女情懷

銀臺上閃爍燈光 偏照佳人長嘆

一心只想孩兒好 誰料愁來在夢多

이병아가 침대 위에 누워 깜박 선잠이 들었는데 꿈속에서 앞문을 통해 걸어 들어오는 화자허를 살펴보니 몸에는 흰 옷을 걸쳤으며 살아생전의 모습과 똑같았다. 이병아를 보고 벌컥 소리를 질러 욕하기를,

"이 음탕한 계집아, 네년은 어찌해 내 재물을 도적질해다가 서문경에게 주었느냐? 내 당장 네년을 고발하고 말겠다!"

하니, 이에 이병아는 한 손으로 화자허의 소맷자락을 부여잡고서 애

원하며 말한다.

"여보, 제발 저를 용서해주세요!"

화자허가 힐끗 쳐다보고는 손을 뿌리치자 이에 놀란 이병아가 눈을 떠보니 남가일몽[南柯一夢]이었다. 깨어나 보니 손에 관가의 옷소맷자락을 꽉 잡고 있었다. 한숨을 몇 번 내쉬고는 말하기를,

"괴이하군! 괴이해!"

하니 이때 삼경을 알리는 북소리가 세 번 들려왔다. 이병아의 온몸에는 식은땀이 흐르고 머리카락은 모두 곤두섰다.

다음 날 서문경이 방으로 들어왔길래 이병아는 간밤에 꾸었던 꿈 얘기를 들려주었다. 이를 듣고 말하기를,

"그 자가 죽어 어디로 갔는지 누가 알겠어! 당신이 옛일을 생각하고 있었기에 이런 꿈을 꾼 거야. 마음을 강하게 먹고 그 일을 너무 마음에 두지 마. 겁내지 말고! 하인들에게 오은아를 데려오라고 시켰으니 저녁에 와서 당신 말벗이 되어줄 거야. 그리고 또 풍노파도 불렀으니 둘이 자네를 돌봐줄 거야."

했으나, 그날 밤 관가는 또다시 유모의 품에서 혼절했다. 당황한 유모는 이병아를 불러,

"마님, 어서 와보세요, 애기씨가 눈을 이렇게 시커멓게 부릅뜨고 위만 쳐다보고 있어요. 숨도 내쉬기만 할 뿐 들이쉬지 않고 있어요!"

하니 이병아가 급히 달려가 품 안에 끌어안고 울면서 하인을 시켜 일렀다.

"어서 나리께 말씀드리거라. 애가 숨이 넘어가려고 한다고…."

이때 상시절이 찾아와서는 서문경에게 한참 말하기를,

"집을 찾았어요. 문이 하나, 두 채로 크고 작은 방이 네 칸 있는데

서른닷 냥이면 살 수 있어요."

하는데 마침 하인 애가 나와 관가가 위독하다는 소식을 전해주므로 상시절을 보내면서,

"오늘은 그냥 가게, 내 곧 사람을 시켜 돈을 보내주겠네."

하고는 급히 이병아의 방으로 건너갔다. 가보니 방에는 월랑과 여러 부인들, 오은아와 오대구 부인까지도 초조하게들 있었다. 아이는 제 어미의 품에 안겨 입으로 겨우 숨을 힘들게 내쉬었다. 서문경은 그 모습이 너무나 애처로워 제대로 쳐다보지 못하고 옆방으로 건너가 의자에 앉아 길게 한숨을 내쉬었다. 차를 반도 채 마시기도 전에 어린 관가는 슬프게도 숨이 끊어져 이 세상을 뜨고 말았다.

슬프기도 해라! 때는 팔월 이십삼일 신[申]시로 겨우 일 년 이 개월을 살고 간 것이다. 집안의 모든 사람들이 목놓아 울며 관가의 죽음을 슬퍼했다. 이병아는 머리와 얼굴을 쥐어뜯고 땅에 부딪치며 울다가 혼절해 한참이 지나서야 겨우 정신을 차렸다. 다시 관가를 부여잡고는 방성대곡을 하며,

"이 복도 없는 자식아, 네가 죽으면 나는 어찌 살란 말이냐! 차라리 이 어미와 함께 죽자꾸나! 나도 이 세상에서 더 살지 못하겠구나! 나를 버려두고 혼자만 가다니, 이 매정한 놈아, 나 홀로 어찌 살란 말이냐!"

하니 유모와 영춘도 곁에서 울기만 할 뿐 말도 못하고 움직이지도 않았다.

서문경은 즉시 하인들에게 명해 앞채 대청 옆 사랑채를 깨끗이 걷어치우고 넓은 의자 두 개를 깔고 아이와 베개, 이불, 요 등을 들고 나가 그곳에 놓아두라고 했다. 이에 이병아는 관가의 몸 위에 엎드려서

두 손으로 꼭 부여안고서는 좀체 놓으려고 하지 않았다. 그러면서 입으로 중얼거리기를,

"억울하게 죽은 이것아! 살아서는 몸이 약해 어미 마음을 그토록 아프게 하더니만! 내 천신만고 끝에 너를 겨우 얻었는데 이렇게 가면 다시는 볼 수 없겠구나. 아이고, 아이고."

하며 통곡하니 월랑을 비롯한 여러 부인들도 모두 울면서 이병아에게 그만 진정하라며 말렸으나 어쩔 수 없었다. 서문경이 안으로 들어와 이병아를 보니 얼굴에 상처가 있고 머리가 흐트러져 있는 것이 사람 꼴이 아니었다. 그래서 서문경은,

"여보, 제발 진정하구려! 그 애는 이제 우리 애가 아니야. 애가 명이 짧아 죽은 것이니 두어 번 울고 말아야지, 운다고 죽은 애가 살아오는 것도 아닌데 도대체 뭘 어쩌자는 게요? 살아 있는 당신 몸이 더욱 중요해. 그러니 애의 시신을 들고 나가게 하고, 하인 애를 시켜 장의사를 불러오게 합시다. 애는 언제쯤 숨을 거두었소?"

하니 월랑이,

"아마도 신[申]시 전후일 거예요."

하자 옥루가 말했다.

"제가 좀 전에 말씀드렸잖아요. 애는 마치 이 시간을 기다렸다가 죽은 듯하다구요. 신시에 태어났는데 신시에 죽었잖아요. 게다가 단지 달만 약간 차이가 날 뿐 날짜도 비슷해요. 정확히 딱 일 년하고 두 달이에요."

이병아는 하인들이 양편에서 관가의 시신을 들고 나가려 하자 또다시 통곡했다. 그러면서,

"왜 그리 급히 들고 나가려는 거죠? 큰마님, 좀 만져보세요. 애의

몸이 아직 따스하잖아요."

하며 다시 통곡을 하며,

"귀여운 아가야! 내 어찌 살아서 너를 떠나보낼 수 있단 말이냐? 이 어미를 고통 속에 빠트려놓다니!"

하고는 이병아는 머리를 다시 부딪치며 방성통곡을 했다.

「언덕 위의 양[山坡羊]」이 있어 이를 증명하니,

푸른 하늘에게 외쳐보네
너는 어찌해 사람의 목숨을 앗아가는가.
귀여운 나의 아기를 불러보네
소리 내어 불러보지만 대답이 없으니 한스럽기 그지없구나.
이것 또한 전생의 인연인 듯
언제 너에게 빚진 것을 갚지 못했는지
돌고 돌아 나는 현생에서
너를 위해 얼마나 눈물을 흘렸는지.
얼마나 가슴 졸이며 너를 걱정했는데
내 마음을 아프게 하다니!
종래에 나는 남을 해롭게 하지 않았는데
푸른 하늘은 어째서 눈을 크게 뜨지 않는지!
네가 인연이 없어서가 아니라
내가 박복하기 때문인 듯하구나.
나를 버리고 땅속으로 들어가고
나무가 쓰러지면 기댈 그늘이 사라지듯
대나무 바구니로는 물을 길을 수 없는 법.

목이 메어 나의 귀여운 아기를 불러보며
진실로 너와 함께 황천길을 가고 싶구나.
함께 가고 싶구나!
叫一聲 靑天你 如何坑陷了人奴性命
叫一聲我的嬌兒呵 恨不的一聲兒就要把你叫應
也是前緣前世 那世裡少欠下你冤家債不了
輪着我今生今世 爲你眼淚也抛流不盡
每日家吊膽提心 費殺了我心
從來我又不曾坑人陷入 蒼天如何恁不睁眼
非是你無緣 必是我那些兒薄幸
撇的我面撲着地樹倒無陰來呵 竹籃打水落而無效
叫了一聲痛腸的嬌生
奴情願相你陰靈路上 一處兒行

이병아가 한바탕 울 때, 하인들은 관가의 주검을 사랑채로 가지고
나왔다. 월랑이 서문경에게 의논하기를,
　"맞은편 사돈댁과 묘에는 알려줘야 하잖아요."
하니 서문경도,
　"묘에는 내일 아침 일찍 알리도록 합시다."
　그러고는 대안을 시켜 교대호 댁으로 보내 관가의 죽음을 알리고
음양사[陰陽師] 서[徐]씨를 불러 하관할 날을 정하도록 했다. 한편 은
자 열 냥을 분사에게 주며 좋은 목재를 사서 장인들에게 이르니 금
세 자그마한 관을 짰다. 바로 염을 하여 장사를 지내려는 것이었다.
교씨 댁에서는 서문경의 전갈을 받고 교대호 부인이 바로 가마를 타

고 집 안으로 들어서자마자 통곡을 했다. 월랑 등 부인들도 이병아와 함께 곡을 하며 슬픔을 같이 나누고 관가가 죽기 전의 사정을 자세히 얘기해주었다. 잠시 뒤에 음양사가 도착해 사방을 둘러보고는 이렇게 말했다.

"애기씨는 바로 신시에 숨을 거두었습니다."

월랑은 관가의 출생 내력을 얘기해준 뒤에 월력을 가지고 나와 점을 봐주도록 했다. 이에 음양사는 손가락을 폈다 오므렸다 하면서 손을 꼽아보고 또다시 음양비서를 펼쳐보고는 말했다.

"애기씨의 태어난 팔자로 본다면 정화 병신년 유월 삼십일에 태어나고, 정화 정유년 팔월 이십삼일 신시에 죽었습니다. 숨질 때가 월령으로는 정유[丁酉]이고, 간지는 임자[壬子]인데 천지중춘[天地重春]을 범하였으니 집 안에서 크게 우는 것을 피해야 합니다. 친척들은 괜찮지만 입관할 적에 뱀, 용, 쥐, 토끼띠인 사람은 피해야만 길할 것입니다. 또 흑서[黑書](음양사들이 점을 칠 때 보는 책)에서 이르기를 '임자일에 죽은 사람들은 위로는 보병궁[寶甁宮](고대 천문학에서 말하는 십이궁 가운데 하나)에 응하고, 아래로는 제지[齊地](산동 태산 이북 황하유역 및 요동반도 지역)까지 임하기로 되어 있다' 했으니 그는 전생에 연주[兗州] 채[蔡]씨 집의 남자아이였습니다. 권력을 믿고 남의 재물을 약탈하고, 술을 마시고, 제멋대로 행동하며 하늘과 육친을 제대로 존경하지 않았습니다. 그러다 횡액을 만나 풍기가 있는 병을 앓게 되었습니다. 그래 오랫동안 병석에 누워 똥오줌을 구별하지 못할 정도까지 고생하다가 결국 숨을 거두었습니다. 현생에 어린아이로 다시 태어났으나 역시 풍기가 있는 병을 얻어 고생하다가 열흘 전쯤 짐승한테 오장육부가 놀라 혼을 잃어버렸습니다. 토사태세[土司

太歲(전설 속 흉신[凶神])를 범했으니 이도 또한 일찍 죽게 될 운명입니다. 다음 세상에서는 정주[鄭州]의 왕씨 집안에서 남자로 태어나 후에 천호[千戶]가 되며 예순여덟까지 살다가 죽을 것입니다."

그렇게 말을 하고 음양선생은 흑서를 보며,

"나리, 내일 장사를 지낸다면 매장을 하실는지요? 아니면 화장을 하실지요?"

하고 물으니 서문경은,

"내일 장례를 치를 수 있다고? 사흘은 경을 읽어주어야 하니 닷새 후에나 매장해야지."

하니 음양선생은,

"이십칠일은 병진[丙辰]일이라 식구들이 크게 꺼릴 일이 없으니 정오에 흙을 덮도록 하시지요."

이렇게 날짜와 매장 방법을 정하고 곧바로 염을 하니 때는 이미 삼경이 지났다. 이병아는 통곡을 하며 방으로 들어가서 관가가 생전에 입던 작은 도복[道服] 몇 벌과 상투, 신과 버선 등을 갖고 나와 관속에 넣어주었다. 관 뚜껑을 덮고 못을 박으니 온 집안사람들이 다시 한 번 울고 나서 음양사도 돌아갔다. 다음 날 서문경은 마음이 하도 심란해 관아에 나가지 않았다. 하제형도 서문 집안의 비보를 전해 듣고는 아침나절 점호를 마치고 잠깐 시간을 내서 문상을 하고 위로한 뒤 돌아갔다. 또 사람을 보내 오도관의 묘에도 이 같은 일을 알려주었다. 사흘 동안 보은사에서 스님 여덟 명을 청해 불경을 독경하도록 했다. 오도관의 묘와 교대호의 집에서도 소와 돼지, 양을 잡아 제사를 올렸으며, 오대구, 심이부, 성 밖의 한씨, 화대구 등도 모두 소, 돼지, 양을 잡아 제사를 지내고 지전을 불살라주었다. 또 응백작, 사희

174

대, 온수재, 상시절, 한도국, 감출신, 분지전, 이지, 분사 등도 모두 돈을 모아 부조를 하고, 저녁 무렵에 서문경을 찾아와 함께 밤을 지새워주었다. 서문경은 독경을 하던 스님들을 돌려보내고 꼭두각시 만드는 사람을 불러 관가의 영전에서 제사를 지내게 한 다음 대청에 탁자를 깔고 여러 사람들을 접대했다. 그날 기원에 있는 이계저와 오은아, 정애월의 집에서도 모두 사람들이 와서 문상을 하고 지전을 불살랐다.

이병아는 오로지 관가 생각에 잠겨 얼굴이 누렇게 되고 밥은커녕 물 한 모금도 넘기지 않았다. 누가 관가 이야기만 하면 그저 울기만 하니, 하도 울어서 목이 다 쉬어버렸다. 서문경은 이병아가 오로지 죽은 아이만을 생각하다가 엉뚱하게 자살할지도 모른다는 생각이 들어 낮에는 유모와 영춘, 오은아가 이병아 곁에서 머물게 하고, 저녁에는 자신이 계속 머물면서 마음을 풀어주려고 백방으로 노력했다. 설비구니도 밤에 「능엄경해원주[楞嚴經解冤呪]」를 염불해주며 이병아를 달랬다. 그러면서 말하기를,

"경전에도 '얼굴과 모습을 바꾸어 돌고 도니 내세에 어떤 기회와 인연이 있을지 모르는 것'이라고 쓰여 있지 않습니까? 그 아이가 다음 세상에 마님의 아들이 아닌 원수나 빚쟁이가 되어 태어난다면 남을 속이거나 재물을 겁탈할 겁니다. 혹은 한 살에도 죽을 수가, 두 살에도 죽을 수가, 예닐곱에도 죽을 수가 있으며, 하루 밤낮에도 수만 명이 태어나고 수만 명이 죽습니다. 다라경에도 이르기를, 예전에 한 부인이 있었는데 항상 「불정심다라경[佛頂心陀羅經]」을 가지고 다니며, 날마다 봉양하기를 게을리하지 않았습니다. 이 부인은 삼생[三生] 전에 독약으로 남을 해한 적이 있습니다. 그래서 원수가 부인 곁

을 떠나지 않고 복수를 하기 위해 제 어미를 죽이고 자신의 몸을 어린 몸으로 화해 부인의 태중으로 들어갔습니다. 부인의 태중에 들어가 있으며 심장과 간을 꽉 붙잡고 어미가 아이를 낳으려고 할 적에 놓아주지 않아 어미를 거의 죽을 지경에 이르도록 했습니다. 겨우 애를 낳아 온 정성을 다했으나 채 두 살이 못 되어 죽어버리고 말았습니다. 어미는 아기 생각에 애통해하며 구슬피 울었답니다. 그래서 아기를 물에 던져버렸지요. 이렇게 하기를 세 번씩이나 하며 오로지 그 여인을 죽이려 했답니다. 세 번째 다시 여인의 태중에 자리를 잡고서는 온갖 수단과 방법을 다해 어미의 심장과 간을 붙들고 늘어져 제 어미가 죽을 지경에 이르도록 만들었답니다. 겨우 아기를 낳고 보니 생김이 단정하고 모든 것을 제대로 갖춘 아이였지요. 그렇지만 이 애도 채 두 살을 넘기지 못하고 죽게 되었답니다. 어미는 이를 보고 방성대곡을 했으니 이 무슨 악연이겠습니까? 지난번과 마찬가지로 죽은 아이를 안고 강가에 이르니 때는 이미 어두워졌고 차마 강물에 던지지 못하고 있었습니다. 이러함에 감격한 관세음보살이 중으로 변해 수없이 많이 기운 누더기 옷을 걸치고 강변에 이르렀습니다. 부인을 보고는 '부인, 울 필요 없어요. 이 애는 당신 아이가 아니라 삼생전 당신의 원수가 아이로 변해 당신을 죽이려고 했으나 죽이지 못한 것입니다. 왜냐하면 당신이 늘 「불정심다라경」을 지니고 다니면서 읽었고, 공양 또한 게을리하지 않았기에 당신을 죽일 수 없었던 것입니다. 만약 당신이 원수를 보려 한다면 소승의 손가락이 가리키는 곳을 보시지요' 하고는 말을 마치고 신통력 있는 손가락으로 한 군데를 가리키자 아이가 야차[夜叉](불교에서 말하는 악귀[惡鬼])로 변해 물 가운데에 서 있었습니다. 그러면서 말하기를 '당신이 나를 죽였기 때문에 내가 와서 복수를 하려고 했소. 그런데 당신이 크나큰 마음으로 항시 다라경을 지니고 있고 밤낮으로 신들이 보호하기에 당신을 죽일 수 없었소. 나는 이미 관세음보살의 은혜를 입고 바른 길로 들어섰으니, 이후에 영원토록 당신과 원수가 되는 일은 없을 것이오' 하고 말을 마치고 물속에 가라앉아 보이지 않았답니다. 이에 여인은 두 눈 가득 눈물을 흘리며 보살께 감사를 했습니다. 집으로 돌아와 착한 일에 더욱 힘을 쓰니 나이가 아흔일곱이 되어 세상을 떴는데 여자가 다시 남자로 변해 태어나게 되었답니다.

이것은 빈승이 드릴 말씀이 아니지만 애기씨는 아마도 전생에 마님의 원수였다가 마님 아기로 환생해 여러 물건이나 재물로 변하기도 하면서 마님 몸을 해하려고 했을 것입니다. 그런데 마님께서 공양을 하실 적에 이 경전을 천오백 부나 인쇄할 수 있게 돈을 희사하셨고, 또 이 같은 공덕을 쌓으시니 마님을 죽이려 해도 죽일 수 없었을 겁니다. 오늘 비록 이렇게 떠났다고 하지만 다시 태어난다면 비로소 마님의 자식일 겁니다."

이병아가 비록 이 말을 듣기는 했으나 아무리 해도 자식에 대한 생각은 끊어 떨쳐버릴 수가 없었다. 그래서 아이 얘기만 하면 하염없이 눈물을 흘렸다.

그러는 사이에 닷새가 흘렀다. 스무이레 아침 검은 옷에 흰 모자를 쓴 소동 여덟 명을 고용해, 붉은 빛에 금빛 무늬를 넣은 관과 번당운개[旛幢雲蓋](고대 장례에 쓰는 깃발 등)와 옥매설유[玉梅雪柳](장의나 경사에 종이나 면으로 모방한 물건)가 에워싸고 맨 앞머리에 섰다. 붉은 명정에는 '서문가남지구[西門家男之柩]'라고 쓰여 있었다. 오도관의 묘에서도 검은 옷을 입은 열두 소도사들을 보내와 관을 돌며 「생신옥장[生神玉章](도교경전 이름)」 등 염불을 외우게 하고, 천천히 음악을 연주하며 출관했다. 여러 친척들과 친구들이 서문경과 함께 하얀 소복을 입고 큰길 동네 어귀까지 따라 나왔다. 서문경은 이병아가 묘지까지 따라간다면 더욱 슬퍼하리라는 생각이 퍼뜩 들어 이병아를 못 가게 하고는 오월랑, 이교아, 맹옥루, 반금련, 큰딸은 가마를 타고 교대호의 부인과 이계저, 정애월, 오순신의 처 정삼저 등과 함께 가도록 했다. 손설아, 오은아와 두 비구니는 집에 남아서 이병아를 모시고 있으라 분부했다. 이병아는 서문경이 자기를 따라가지 못하게 하자 관을 붙잡고 어루만지며 대문까지 따라 나와 목을 놓아 절규했다.

"이제 가면 다시는 못 올 나의 귀여운 아가야!"

그러다가는 혼절하여 문지방에 넘어지니 이마가 으깨지고 금비녀가 땅에 떨어졌다. 당황한 오은아와 손설아가 급히 앞으로 달려나가 일으켜서는 안채로 들어가도록 권했다. 방으로 돌아와 보니 온돌 위가 비어 있고 아기가 가지고 놀던 작은북 등 장난감만이 덩그러니 침상 머리에 걸려 있었다. 그것을 보노라니 다시 아기 생각이 떠올라 책상을 치며 또다시 통곡했다. 「언덕 위의 양[山坡羊]」이 있어 그 마음을 증명하니,

방으로 들어서니 사방이 조용해
나도 모르게 탄식을 하네.
아기를 생각하며
간장이 끊어지도록 우는구나.

너를 낳을 적에 내가 얼마나 많은 고통을 받고

너를 낳고 온갖 고생을 다하며

하루 종일 너를 위해 걱정하며 지새웠는지.

그런데 이렇게 마음 아프게도

너와 내가 전생의 원수라니

진실로 나의 아들이 되어

오래도록 함께 살기를 바랐건만

누가 알았겠는가! 하늘이 무심해

너의 목숨을 앗아갈 줄을.

나를 두고 떠나갔으니

누구를 의지하며 살아간단 말이냐.

나도 오래지 않아 황천으로 가리라

내가 가면 우리 두 모자

귀문관[鬼門關]에서 함께 잠을 자자꾸나.

나의 사랑하는 아들을 불러보니

이 모든 것이 전생에서는 인연이 없어

현생에서 네 명이 짧은 것이란다.

進房來 四下靜 由不的我悄嘆

想嬌兒 哭的我肝腸兒氣斷

想着生下你來我受盡了千辛萬苦

說不的偎乾就濕成日把你耽心兒來看

敎人氣破了心腸和我兩個結冤

實承望你與我做主兒團圓久遠

誰知道天無眼又把你殘生喪了

撇的我前不着村後不着店

明知我不久也命喪在黃泉來呵

咱娘兒兩個鬼門關上一處兒眠

叫了一聲 我嬌嬌的心肝

皆因是前世裡無緣 你今生壽短

이때 오은아는 이병아의 손을 잡고 위로하면서,

"마님, 그만 우세요. 애기씨는 이미 마님 곁을 떠났는데 그렇게 운다고 다시 살아 돌아오겠어요? 이제 마음을 굳세고 강하게 먹으시고 너무 괴로워하지 마세요."

하니 설아도,

"나이도 아직 어리신데 훗날 다시 아기를 낳으면 되잖아요? 이 집에는 담에 구멍이 있고, 벽에 눈이 있어 말을 다 할 수는 없어요. 누군가 그렇게 독한 마음을 먹고 있으니 언젠가는 그 벌을 받을 때가 있을 거예요. 다섯째가 시기하고 있다는 사실을 모르는 모양이죠? 만약 다섯째가 아기를 해쳤다면 마땅히 내세에 가서 하나하나 복수를 해주며 다섯째의 목숨을 달라고 하면 돼요. 우리들이 다섯째에게 얼마나 당했는지 모를 지경이잖아요! 나리가 함께 있어주면 그저 좋아하다가도, 만약 나리께서 다른 분 방에서 하룻밤을 지낼 것 같으면 화가 나서 어쩔 줄을 모르잖아요. 모든 사람들이 알다시피 지난번 나리께서 평소에는 오지 않다가 웬일인지 제 방으로 오신 적이 있었잖아요. 그렇게 하룻밤을 보내고 났더니 등뒤에서 얼마나 저를 씹어댔게요. 여러 마님들 앞에서 온갖 소리를 다 해대잖아요. 종이주머니에도 눈이 있는 법이에요! 우리들이 비록 말은 안 하지만 매일 눈을 깨끗이 씻고 다섯째가 어떻게 하는지 보고 있어요. 이 음탕한 것이 훗날 어떤 벌을 받게 될지 모르고 있는 거예요!"

했다. 이에 이병아는,

"됐어요, 나는 몸에 병이 생겨 오늘 죽을지 내일 죽을지도 모르고 있어요! 이제 다섯째와 싸울 힘도 없으니 멋대로 하게 내버려두세요!"

이렇게 말을 하고 있을 적에 유모 여의아가 앞으로 나와 무릎을 꿇고 울면서,

"제가 감히 마님께 한 말씀 올리겠습니다. 오늘 애기씨가 죽었으니 이 모든 것이 제가 박복한 탓입니다만, 나리와 마님께서 저를 내쫓을까봐 걱정이 됩니다. 저는 남편이 죽고 없는데 또 어디로 가야 할지요?"

하니, 이병아는 유모가 그렇게 말을 하자 다시 마음이 아파서는 속으로 생각하기를,

'나의 그 원수뎅이가 살아 있다면 유모를 오래도록 썼을 텐데….'

그러고는,

"유모, 아이는 죽었지만 나는 아직 살아 있잖아요. 비록 내가 내일 죽는다 해도 내 손아래에서 일을 했으니, 자네를 내쫓지 않게 하겠어. 그러다가 훗날 큰마님께서 도련님이나 아씨를 낳는다면 자네가 유모가 되어 일을 봐주면 되는데 왜 공연히 그런 쓸데없는 걱정을 하고 있어?"

하니 이 말을 듣고 유모는 비로소 안심하고 아무런 말도 하지 않았다. 이병아는 한참 있다가 죽은 아이가 다시 생각나 가슴이 미어지는지 눈물을 흘렸다.

시가 있어 이런 마음을 노래하니,

아기를 생각하노라니 모든 것이 엉망진창
아기를 그려보나 꿈에서만 볼 수 있네.
낮에는 보이는 모든 물건이 마음을 상하게 하는 것이
마치 날카로운 칼이 되어 폐부를 찌르네.
밤에는 자다가 깨어나도
내 품에 네가 안겨 있지 않으니
하염없이 눈물만 흘리누나.
다시는 침상에서 노는 네 모습을 볼 수 없고
다시는 내 손에서 재롱을 떨지 않고
다시는 내 품에 기대 놀지도 않는구나.
귀여운 나의 아기야
어찌해 어미 가슴에 칼을 박느냐.
내 너를 위해 온갖 고생을 다하고
다른 사람에게 원망도 들었건만
고작 결과가 이것이란 말이냐!

想嬌兒 想的我 無顚無倒

盼嬌兒 除非是夢兒中來到

白日裡睹物傷情如刀剜了肺腑

到晚間睡醒來再不見你在我這懷兒中抱

由不的珍珠望下抛

你再不來在描金床兒上睡着玩耍

你再不來在我手掌兒上引笑

你再不來相靠着我胸膛兒來呵

生把這熱突突心肝割上一刀

奴爲你乾生受枉費了徒勞

稱願了別人　撇的我無有個下梢

　설아와 오은아는 곁에서 이병아를 위로하며,

　"이렇게 우시지만 말고 뭐라도 좀 드세요."

하면서 수춘을 시켜 안채에서 밥을 내오게 하고는 탁자를 깔고 이병
아에게 권했다. 그렇지만 이병아가 어찌 그것을 씹어 목구멍으로 삼
킬 수 있겠는가! 한술을 겨우 뜨는 둥 마는 둥 하고는 먹지 않았다.

　서문경은 묘지에 이르러 음양사 서씨에게 묘 자리를 잘 보게 하고
는 관가를 죽은 전처 진[陳]씨의 품에 안기는 형상인 포손장[抱孫葬]
(요절한 남자아이를 조모[祖母]의 묘 앞에 장사 지내는 영장양식[塋葬樣式]
가운데 하나)으로 매장했다. 교대호는 산머리에서 여러 친척들과 함
께 제사를 지냈다. 그리고 새로 지은 천막에서 술좌석을 마련해 하루
종일 마셨다. 이들이 돌아오자 이병아는 월랑, 교대호 부인, 오대구
부인과 서로 인사를 나누며 다시 통곡하면서 교대호 부인에게 말하
기를,

　"사돈어른, 뉘 집 아이가 제 아이처럼 오래 살지 못하고 죽을까요?
기왕 죽었으니 사돈댁 아가씨는 망문과[望門寡](여자가 정혼하고 시집
을 가기 전에 남자가 죽는 것)가 되었군요. 고생을 하고도 공이 없는 셈
이지만 사돈께서 제발 비웃지는 말아주세요."

하니 이에 교대호 부인은,

　"사돈댁은 어찌 그런 말씀을 하십니까? 애들은 다 제가 타고난 운

명이 있는데 누가 뒷날을 장담할 수 있겠어요! 속담에도 '한번 맺은 혼인은 무슨 일이 있어도 바꾸지 않는다' 했잖아요. 사돈댁이 젊으신데 자손이 없다고 걱정을 하세요? 참고 기다리시고 사돈댁도 너무 괴로워하지 마세요.”

이렇게 말을 마치고 작별하고 집으로 돌아갔다.

서문경은 앞채 대청으로 돌아가 음양가 서씨에게 쇄휘[灑輝](요절한 자식을 장사 지내고 초목[草木]을 사용해 집 주위나 문 앞에 줄을 만들어 태움으로써 귀혼[鬼魂]이 다시 그 집으로 환생[還生]함을 막고자 하는 것)를 하도록 시키고, 각 문마다 누런 부적을 붙이게 했다. 부적에는 이렇게 쓰여 있었다.

죽은 자는 흉신[凶神]으로 삼 장 높이로 떠서 동북 방향으로 가도다. 일유신[日遊神](흉신[凶神])을 만나도 물러서지 말고 그것을 물리쳐야 길하도다. 친척들은 피할 필요가 없다.

서문경은 폭 넓은 천 한 필과 은자 두 냥을 가지고 나와 서씨에게 고맙다고 건네주고는 문 앞까지 나와 배웅을 했다. 저녁에는 이병아의 방으로 들어가 그녀를 위로하며 함께 잠을 잤다. 밤에 있다 보니 온갖 기억들이 그대로 남아 있는 듯했다. 더욱이 관가가 가지고 놀던 장난감이 그대로 남아 있어 이병아가 그것을 보면 더욱 죽은 아이 생각에 상심할 것 같아 영춘을 시켜 모두 안채로 가져다놓으라고 분부했다.

아기를 생각하며 밤낮으로 우네

칼로 가슴을 베어내듯 목숨이 실낱같네.
인간 세상에서 가장 고통스러운 일이
살아서 이별하거나 죽어 이별하는 것이 아니겠는가.
思想嬌兒晝夜啼 寸心如割命縣絲
世間萬般哀苦事 除非死別共生難

모든 일은 뿌리 없이 스스로 생기는 것

이병아는 우울해 병이 생기고,
서문경은 포목점을 열다

부부의 인연이 다하니 다시 만나기 어렵구나.
인연이 없는 조화니 감히 누구를 원망하랴.
남아 있는 눈물이 가을 낙엽처럼 떨어지고
혼백도 달 따라 창가에 다가오네.
가을바람이 얼굴 스칠 적에 아이를 그리고
촛불이 재가 되니 눈물을 흘리네.
그대가 철석같다 할지라도
비통함이 생기는 것이 아니라 스스로 비통해지누나.

赤繩緣盡再難期 造化無端敢恨誰

殘淚驚秋和葉落 斷魂隨月到窗遲

金風拂面思兒處 玉燭成灰墮淚時

任是肝腸如鐵石 不生悲也自生悲

이날 손설아와 오은아는 곁에서 이병아를 한참이나 위로한 후에
돌아갔다.

한편 반금련은 아이가 죽자 매일같이 원기가 왕성해 의기양양해

져 하녀들을 향해 소리쳤다.

"이 음탕한 계집아, 매일 해가 높이 떠서 네년만 비춰주는 줄 알았느냐? 그런데 오늘은 뭔가 잘못된 모양이구나. 날던 기러기가 화살에 맞아 주둥이를 다물고, 등받이 의자에 등받이가 부서져 기댈 수가 없구나. 맷돌을 갈던 왕씨 할멈이 맷돌을 팔았으니 맷돌질을 할 수 없고, 포주 할멈이 기녀 딸을 잃어버렸으니 희망이 없구나. 이제는 아이가 없으니 나와 똑같은 신세구나."

이병아는 분명히 자기를 빗대어 하는 말인 줄 알고 있으나 아무 말도 하지 않고 단지 눈물만 흘릴 뿐이었다. 아무에게도 말하지 못하고 가슴에 쌓아두는데 슬픈 일이 겹치다 보니 갈수록 정신이 흐릿해지는 게 마치 실성한 사람 같았다. 그러다 보니 자연히 먹는 것도 적어졌다.

관가를 땅에 묻고 돌아온 다음 날 오은아는 집으로 돌아갔다. 풍노파는 손설아가 데리고 일을 시킬 만한 열세 살 난 계집애를 하나 데리고 와서 닷 냥에 팔았는데 이름이 취아[翠兒]였다.

이병아는 죽은 아기를 생각하니 울화가 치밀어올라 예전의 병이 다시 도져 하혈을 하였는데 좀처럼 멈추지 않았다. 서문경이 임의원을 불러 다시 약을 지어 먹었으나 차도는 보이지 않고 도리어 약을 먹을수록 병세가 심해졌다. 반달이 채 안 되어 얼굴이 꺼칠해지고 몸이 바싹 마르니 옛날의 아름다운 모습이란 전혀 찾아볼 수 없을 지경이었다.

애달픈 일이려니, 몸이 한 줌도 채 안 되는데 어찌 그 많은 근심을 감당하랴.

구월 초순, 날씨는 서늘하고 가을 서풍이 불어왔다. 이때 이병아는

밤에 홀로 방에서 드러누워 있었다. 은빛 침대에 베개는 차갑고 비단 창으로 달빛이 비치었다. 순간 아이가 생각이 나 길게 탄식하였다. 살포시 잠이 들려고 하는데 누군가 창문을 두드리는 듯했다. 이병아 는 하인들을 불렀으나 모두 잠이 깊이 들어 있는지 대답이 없었다. 이에 하는 수 없이 침상에서 내려와 비단 저고리를 뒤집어쓰고 밖을 내다보았다. 마치 화자허 같은 사람이 관가를 안고 새로 집을 구해놓 았으니 같이 살자고 부르는 듯싶었다. 이병아는 서문경을 떠날 수 없 어 주저했다. 그러면서도 두 손으로 관가를 안으려고 했다. 그러자 화자허가 밀치는 바람에 땅바닥에 나동그라졌다. 손을 허우적거리 다 깨어보니 꿈이었다. 깜짝 놀라서 보니 온몸이 땀으로 흥건히 젖어 있었다. 흑흑, 소리를 내며 날이 밝을 때까지 구슬피 우니, 정이 있다 면 어찌 기다리지 않는가, 그대를 저 혼자 그리는 신세라니.

시가 있어 이를 밝히나니,

갸름한 초생달이 은 병풍에 비추네.
사람은 규방에서 숨이 끊어지는 듯
풍류를 아무리 후회한다 해도 족하지는 않지만
사랑은 근심의 근원임을 알아야 하리.
纖纖新月照銀屏 人在幽閨欲斷魂
益悔風流多不足 須知恩愛是愁恨

이 무렵, 내보가 남경에서 산 물건을 싣고 온 배가 도착했다. 그래 서 세금 낼 은자 두 냥을 가져오라고 하인 왕현[王顯]을 보냈다. 서문 경은 편지를 쓰고, 하인 영해[榮海]를 시켜 은자 백 냥과 양과 술, 비

本衙
紬段

단 등을 주사에게 감사의 뜻으로 보냈다. 이것은 물론 물건이 통관할 적에 잘 봐달라는 뜻이다. 점포의 모든 정리를 다 끝내고 구월 나흗날을 택해서 문을 열기로 했다. 이날 배의 짐을 부리기로 했는데 짐이 큰 수레로 스무 대나 되었다. 이날 친척과 친구들 삼십여 명이 과일을 가져오거나 축하금을 가져오고, 교대호는 악공 열두 명을 불러 재주도 부리게 했다. 서문경도 이명, 오혜, 정춘을 불러 노래를 부르도록 했다. 감지배인과 한지배인은 함께 진열대에 나가 물건을 팔았는데 하나는 돈을 받고, 하나는 값을 흥정했다. 최본은 손님만 접대하고 장사에는 관여하지 않았다. 손님이 들어오면 안으로 모셔 술을 두세 잔 권했다. 서문경이 붉은 관복을 입고 지전을 불태우고 나자 친척들과 친구들은 과일 상자 등 선물을 건네주었다. 그러고는 안채 대청에 탁자 열다섯 개를 펼쳐놓고 과일 다섯 가지와 채소 다섯 가지, 국 세 가지, 고기 다섯 접시를 새로 내와 자리들을 잡고 앉아 하루 종일 먹고 마시며 시끄럽게 노니 음악 소리가 하늘에 진동했다. 이날 하제형도 붉은 꽃을 보내왔다. 서문경도 답례의 예물을 보내주었다. 개업식 축하연 자리에는 교대호, 오대구, 오이구, 화대구, 심이모부, 한이모부, 오도관, 예수재, 온규헌, 응백작, 사희대, 상시절이 앉아 있었다. 훗날 서문경은 상시절에게 은자 쉰 냥을 주어 그중 서른닷 냥으로 집을 사고 나머지 열닷 냥을 밑천으로 삼아 작은 잡화점을 열게 해주었으니, 이것은 시간이 지난 후의 일이니 여기에서 접어두겠다.

여하튼 이 자리에 참석한 사람들은 모두들 돈을 약간씩 내어 서문경에게 주며 축하해주었다. 이들 외에 이지·분사·부자신 등의 일꾼들과 이웃 사람들도 찾아와 좌석을 가득 메웠다. 술좌석에서 배우들이 「남려홍납오[南呂紅衲襖]」라는 곡 중의 일부인 '혼원초생태극[混

元初生太極]'을 불렀다. 술이 다섯 차례 정도 돌고 안주도 세 차례나 다시 나왔다. 아래쪽에서는 악공들이 악기를 연주하고 노래를 부르며 연극 등 잡기를 펼쳐 보였고 윗자리에서는 술잔이 쉴 새 없이 오갔다. 이날 응백작과 사희대는 큰 잔을 들고 돌아다니며 해가 질 때까지 들이마셨다. 저녁 무렵에 사람들을 다 돌려보내고 서문경은 오대구, 심이모부, 예수재, 온규헌, 응백작, 사희대를 붙잡고는 다시 술상을 차려 술을 더 마셨다. 지배인들이 장부를 정리해보니 개업한 첫날 은자 오백 냥 정도의 물건을 팔았다. 서문경은 그 말을 듣고 대단히 기뻐했다. 저녁 늦게 가게 문을 닫게 하고 감지배인, 부지배인, 최본, 분사와 진경제를 술좌석으로 불러 함께 술을 마셨다. 오랫동안 마시며 음악을 듣다가 악공들을 돌려보내고 배우 셋만 남게 해 가까이에서 노래를 부르게 했다. 이때 응백작은 하루 종일 술을 마셨기에 이미 진탕 취해 있었다. 밖에 나가 소변을 보다가 지나가던 이명을 불러,

"자색 띠를 두른 어린 배우는 뉘 집 애냐?"

하고 물었다. 이명이,

"나리께서 모르세요?"

하면서 한 손으로 입을 가리며,

"정봉의 동생 정춘[鄭春]이에요. 일전에 나리께서 그 집에 가서 술을 드시고 누이인 애월도 부르셨잖아요."

하니 백작이,

"정말이냐? 어쩐지 그래서 일전에 지전을 가지고 관을 따를 적에도 있었구나!"

그러고는 다시 술좌석으로 돌아와 서문경에게,

"형님, 또 축하드려야겠군요. 작은 처남을 더 두었으니…."

하자 서문경은 웃으며,

"예끼, 이 사람아! 허튼소리 그만 하게."

그러면서 왕경을 불러서는,

"응씨 아저씨께 큰 잔으로 한 잔 올리거라."

하니, 백작은 다시 오대구에게,

"영감님, 어떻게 생각하세요? 이 벌주는 의미가 없잖아요."

하자 서문경은,

"허튼소리를 해서 내리는 벌주야!"

했다. 이 말을 듣고 백작은 고개를 숙이고는 잠시 생각하다가 하하 웃으며,

"그야 별거 아니지요. 설마 마신다고 죽기라도 하겠어요!"

그러면서 다시,

"하지만 저는 옛날부터 벙어리처럼 술을 마신 적이 없어요. 정춘을 불러 노래를 한 곡 들려주세요. 그럼 마실게요."

그러노라니 배우 세 명이 일제히 올라와 악기를 타고 노래를 한다. 백작은 이명과 오혜는 내려가라고 말을 하면서,

"너희 둘은 필요 없으니 물러가거라. 나는 정춘이 쟁을 연주하며 노래하는 것을 들으며 한잔하련다."

그러자 사희대도 곁에서 큰소리로,

"정춘, 너 이리 와서 응씨 영감의 말씀대로 한 곡 뽑도록 해라."

하니 서문경이,

"저 거지발싸개가 그렇게 말을 하니, 노래 한 곡조 할 때마다 술을 한 잔씩 마시게 하려무나."

그러면서 대안더러 큰 은 술잔 두 개를 가져와 백작 앞에 놓게 했

다. 정춘은 쟁의 줄을 고르고 천천히 「청강인[淸江引]」을 부르기 시
작했다.

한 아가씨가 있는데 나이는 열예닐곱
나비 한 쌍을 보며 놀고 있네.
향기 나는 어깨를 담장에 기대고
손가락으로 눈물을 튕기네.
매화향기를 불러
나비를 다른 곳으로 쫓는구나.
一個姐兒十六七 見一對蝴蝶戲
香肩靠粉牆 春箏彈珠淚
喚梅香 趕他去別處飛

정춘은 노래를 한 곡 부르고,
"한 잔 드시지요."
하고 백작에게 술을 권하니, 백작이 간신히 잔을 들어 마셨다. 대안
이 곁에서 다시 한 잔을 따라놓았다. 정춘이 다시 부르기를,

화려한 난간을 돌아 바로 그를 보고
몸을 돌려 살며시 울타리에 기대섰네.
부끄러워 비녀를 다시 꽂고
어젯밤의 일은 얘기하지 않네.
빙그레 웃음을 지으며
꽃송이를 따서 던지네.

轉過雕闌正見他 斜倚定茶蘼架

佯羞整鳳釵 不說昨宵話 笑吟吟 掐將花片兒打

백작은 한 잔을 더 마시고 급히 사희대한테 주면서,

"됐어, 나는 도저히 안 되겠어! 내가 이 큰 두 잔에 완전히 갔어."

하자 사희대는,

"이 양반이, 자기가 마실 술을 왜 나에게 떠넘기는 게야? 내가 뭐 자기 마누라인 줄 아는 모양이지?"

하니 백작이,

"이 거지발싸개야, 내가 훗날 한자리 하게 되면 너한테도 차례가 돌아갈 텐데."

했다. 이 말을 듣고 서문경이 끼어들며,

"이런 개발싸개는! 기껏 기녀들 관리나 하겠지."

하니 백작이 웃으며,

"잘 알겠어요. 제가 기녀들 관리를 하게 되면 우두머리 자리는 형님께 드리지요."

하자 서문경은 웃으며 대안에게 말했다.

"수박씨 껍데기를 이 거지에게 던져버려라."

이에 사희대가 살며시 응백작의 머리에 수박씨를 내려놓으며,

"이 거지야, 온선생도 있는데 아직도 그런 허튼소리를 하다니…."

하니 백작은,

"온선생이야 점잖은 선비이신데 어디 한가하게 이런 일에 관여를 하겠어요."

하자 온수재가 말했다.

"원래 두 분과 주인 나리께서 이렇게 사이가 좋으셨군요. 술좌석에서는 이러지 않으면 재미가 없지요. 마음이 즐거우면 자연히 바깥으로 발산되는 것이지요. '절로 손을 흔들고 발을 굴러 춤을 춘다'고 하잖아요."

앉아 있던 심씨 이모부가 서문경에게,

"매형, 이러지 마시고 오대구 나리를 모시어 골패 놀이를 하거나 수수께끼 놀이를 해 진 사람이 시나 사를 짓고, 짓지 못하면 술을 마시는 게 어때요? 그렇게 하면 공평해서 야단을 떨지도 않겠지요."

하니 서문경이,

"자네 말이 맞네."

하고는 바로 한 잔을 따라 오대구에게 건네주면서 먼저 시작하라고 했다. 오대구는 골패 통을 들고 일어나면서 말했다.

"여러분, 내가 먼저 주령을 내리거든 이어나가야 하고 잘못 말하면 벌주를 한 잔 마셔야 합니다. 처음에는 하나를 쓰고 다음에는 두 개를 써서 숫자가 맞으면 술을 마셔야 합니다."

하나. 백만 군중이 백기를 들어도
(백[百]에서 백[白]자를 없애니 일[一]이 됨)
둘. 천하 호걸을 아는 자 적네.
(천[天]에서 인[人]자를 없애니 이[二]가 됨)
셋. 진왕이 여원수를 참하고
(진[秦]에서 여[余]자를 없애니 삼[三]이 됨)
넷. 욕을 먹은 장군 탈 말이 없네.
(매[罵]에서 마[馬]자를 없애니 사[四]가 됨)

다섯. 깜짝 놀라 대답을 못하고

(오[吾]에서 구[口]자를 없애니 오[五]가 됨)

여섯. 바삐 거리로 나가 옷을 벗는다.

(곤[衮]에서 위에 육[六]자만을 남기니 육[六]이 됨)

일곱. 하인의 머리에는 백발이 없다.

(조[皂]에서 백[白]자를 없애니 칠[七]이 됨)

여덟. 시체를 나누지 못해 칼을 차고 돌아가네.

(분[分]에서 도[刀]자를 없애니 팔[八]이 됨)

아홉. 좋은 약을 정해주는 이 없고

(환[丸]에서 주[丶]자를 없애니 구[九]가 됨)

열. 천 년 후에는 필히 헤어지리라.

(천[千]에서 별[丿]자를 없애니 십[十]이 됨)

오대구가 골패를 던져 두 개가 맞았기에 술을 마셨다. 심이모부 차례가 되어 주령을 하며 이르기를,

"골패 하나를 여섯 번 던져 점수가 맞으면 술을 마시지요."

그러면서,

천상[天象]은 여섯 색 지상[地象]은 둘

사람 수로 추측하니 이홍[二紅]이리.

무산을 세 번 보니 매화가 다섯 개 있네.

꽃이 몇 사람이나 통할까 헤아려보네.

天象六色地象雙 人數推來中二紅

三見巫山梅五出 算來花有幾人通

홍[紅]이 네 개 맞았기에 한 잔을 마시고 골패 통을 온수재에게 넘겨주었다. 수재는,

"그럼 소생도 해보겠습니다. 꽃 이름을 하나 댄 다음에 사서[四書]의 한 구절을 말하지요."

첫째는 일점홍, 홍매화가 백매화를 대한다.
둘째는 병두련[並頭蓮](연꽃의 일종), 연꽃의 잔물결이 원앙을 놀려대네.
셋째는 삼춘류[三春柳](석류), 버드나무 아래에서는 갓을 고치지 않네.
넷째는 장원홍[狀元紅](목단[牧丹]의 일종), 붉은색과 자색으로는 예복을 짓지 않네.
다섯째는 납매화[臘梅花](매화), 꽃이 날카로운 별빛 받아 떨어지네.
여섯째는 만천성[滿天星](철쭉), 별이 멀어만 지네.

온수재는 술을 한 잔 마시고, 응백작이 주령할 차례가 되었다. 백작은,

"나는 글자를 하나도 모르니 만담이니 한번 해볼게요."
하면서,

발 빠른 할머니가 한 분 있었는데, 왼손에는 콩 되를 오른손에는 면화를 넣을 자루를 들고 앞만 보고 달려갔지요. 그러다 얼룩 개 한 마리와 마주쳤는데, 그 개가 무명 자루를 덥석 물었지요. 이에 급히

가던 할머니는 왼손에 든 콩 되를 내려놓고 얼룩 개를 후려갈겼지요.
손이 개를 때렸는지 개가 손을 때렸는지 알지 못하겠네요.

　이 말을 듣고 서문경은 웃으며,
　"이런 창자를 끊어 하늘을 내리치듯 허튼소리를 하다니, 누가 맨
손으로 개를 때릴 수 있겠어! 그렇게 하다가는 개한테 물리지 않겠
어?"
하니 백작은,
　"누가 몽둥이를 버리라고 했어요? 내가 요사이 거렁뱅이가 가지
고 있는 막대기도 없으니 개도 업신여기는 게지요!"
하자 사희대도,
　"형님, 화자형이 스스로를 낮추어 거지라고 하는군요."
하니 서문경은,
　"벌주를 한 잔 주게. 그게 어디 주령인가. 사자순, 자네가 해보게."
하자 사희대가 말했다.
　"내 것은 그보다는 훨씬 나을 것입니다. 제대로 못하면 벌주를 마
시지요."

　담장 위에는 깨진 기와 조각 하나
　담장 밑에는 한 필의 노새가
　깨진 기와가 떨어지며, 나귀를 때렸네.
　깨진 기와장이 나귀를 때렸는지
　나귀가 기와를 밟아 깨뜨렸는지 모르겠네.
　牆上一片破瓦 牆上一疋騾馬 落下破瓦 打着騾馬

不知是那破瓦打傷驟馬 不知是那驟馬踏碎破瓦

　백작이 웃으며,

　"자넨 내가 한 것이 시원치 않다고 웃더니만, 그래 자네가 말하는
깨진 기왓장은 괜찮은가? 자네 여편네 유씨가 나귀고, 내가 바로 깨
진 기왓장이란 말일세. 짝이 잘 맞을 것 같으니 우리 둘이 한번 놀아
볼꺼나."

하자 사희대는,

　"당신의 그 늙은 여편네는 이제 보잘것없어서 돼지나 개나 달려들
지 어디 사람이 달려들겠어요!"

하며 둘은 입씨름을 하다가 각자 벌주를 한 잔씩 마셨다. 부자신의
차례가 되었다. 부자신은,

　"저는 강호령[江湖令]으로 하겠어요. 맞으면 벌주를 마시지요. 처
음에는 하나를 다음에는 둘을 하겠어요."

　배 하나에 노가 두 개
　세 사람이 저어 사천[四川]강으로 나가네.
　음 다섯 가지와 음률 여섯 가지
　일곱 사람이 함께 팔선가[八仙歌]를 부르네.
　아홉 열의 춘광을 모두 즐기고
　열하나 열둘 원화[元和]를 축하하네.
　一舟二櫓 三人搖出四川江
　五音六律 七人齊唱八仙歌
　九十春光齊賞翫 十一十二慶元和

던지기를 마쳤는데 하나도 맞지 않았다. 오대구가,

"부지배인의 솜씨가 아주 뛰어나군요."

하자 백작이,

"그래도 한 잔을 마셔야지요."

그러면서 자리에서 일어나 한 잔을 따라서 부자신에게 주었다. 한
도국은,

"나리께서 자리에 계신데 소인이 감히 먼저 주령을 하겠습니까?"

하자 서문경은,

"자네가 먼저 한 후에 내가 함세."

하니 이에 한도국은,

"첫 구절은 하늘을 나는 새의 이름이고, 둘째 구절은 과일 이름, 셋
째 구절은 골패 이름, 넷째 구절은 벼슬 이름입니다. 모두 연결해서
맞으면 규칙대로 술을 마시겠습니다."

그러면서,

하늘에서 학 한 마리가 날아와
정원에서 신선한 복숭아를 먹다가
고홍[孤紅](골패의 일점)에게 잡히어
제학[提學]에게 바쳐졌네.
하늘에서 독수리 한 마리가 날아와
정원에서 붉은 앵두를 먹다가
이고[二姑](골패의 이점)에게 잡히어
공경[公卿]에게 바쳐졌네.
하늘에서 백로 한 마리가 날아와

정원에서 마름을 먹다가

삼강[三綱](골패의 삼점)에게 잡히어

통판[通判]에게 바쳐졌네.

하늘에서 비둘기 한 마리가 날아와

정원에서 석류를 먹다가

사홍[四紅](골패의 사점)에게 잡히어

호후[戶侯](후작[侯爵])에게 바쳐졌네.

하늘에서 꿩 한 마리가 날아와

정원에서 고주[苦株](쓴 열매)를 먹다가

오악[五岳](골패의 오점)에게 잡히어

상서[尙書]에게 바쳐졌네.

하늘에서 기러기 한 마리가 날아와

정원에서 사과를 먹다가

녹암[綠暗](골패의 육점)에게 잡히어

조마[照磨](문서의 수발을 관장하는 관직)에게 바쳐졌네.

天上飛來一仙鶴 落在園中吃鮮桃

卻被孤紅拏住了 將去獻與一提學

天上飛來一鵁鶄 落在園中吃朱櫻

卻被二姑拏住了 將去獻與一公卿

天上飛來一老鶴 落在園中吃菱芡

卻被三綱怒住了 將去獻與一通判

天上飛來一班鳩 落在園中吃石榴

卻被四紅拏住了 將來獻與一戶侯

天上飛來一錦雞 落在園中吃苦株

卻被五岳拏住了 將來獻與一尙書
天上飛來一淘鵝 落在園中吃蘋菠
卻被綠暗拏住了 將來獻與一照磨

이제 서문경의 차례가 되었다.
"나는 네 번을 던져 맞으면 술을 마시겠네."

여섯 입이 모여 하나의 노을이 되니
봄이 아닌데도 매화가 보이네.
홍랑을 안고 입을 맞추니
원앙이 피하며 부끄러워하누나.
六口載成一點霞 不論春色見梅花
摟抱紅娘親個嘴 抛閃鴛鴦獨自嗟

'홍[紅]' 귀를 던졌을 적에 과연 '홍'자가 나왔다. 응백작이 이를 보고는,
"형님, 금년 겨울에는 반드시 승진하시겠습니다. 정말로 경사스러운 패가 나왔잖아요."
하면서 큰 잔에 술을 따라서 서문경에게 권했다. 그러면서 이명 등세 명을 위로 불러 악기를 타면서 노래를 부르게 한 후에 늦게까지놀다가 밤이 깊어서야 흩어졌다. 서문경은 배우들을 보내고 난 후에물건들을 정리하게 했다. 또한 한도국, 감지배인과 최본, 내보가 돌아가며 가게에서 숙직을 하게 했다. 그리고 문단속을 잘하라고 이른후에 안으로 들어갔다.

다음 날 백작이 이지와 황사를 데리고 와서 은자를 돌려주면서,

"이번에 천사백오륙십 냥밖에 받지 못해 다른 곳의 빚은 갚지 못하고 있어요. 그래서 우선 삼백오십 냥만 나리께 갚을게요. 나머지는 돈이 나오는 대로 즉시 갚아드리겠습니다."

하자, 백작이 곁에서 몇 마디 더 거들어주었다. 서문경도 어쩌지 못하고 진경제를 불러와 저울을 가지고 잘 맞는지 달아보게 한 후에 돌려보냈다. 서문경은 은자를 그대로 탁자 위에 올려두고 말했다.

"상시절이 지난번에 적당한 집을 찾았다고 하더군. 앞뒤로 네 채로 되어 있는데 은자 서른닷 냥이면 구할 수 있다고 하더군. 상시절이 왔을 적에 마침 관가가 한참 아파서 내 정신이 없어 그냥 돌려보냈지. 자네한테 그런 말을 하지 않던가?"

"예, 저한테도 했어요. 그래서 제가 '자네, 그렇게 가는 게 아니야. 형님 댁의 아기가 아파서 정신이 없는데 무슨 정신이 있어 자네에게 제대로 말을 해줄 수 있겠나? 그러니 방 얘기는 꺼내지 말고 잠시 기다리게나. 내 적당한 때를 보아 형님께 말씀드려주지' 했지요."

서문경은 이 말을 듣고 바로 일렀다.

"그럼 됐어, 밥을 먹고 한 쉰 냥을 가져다주게. 오늘 일진도 좋은 것 같으니 상시절한테 집을 사주도록 하지. 남은 돈으로 집 앞에다 작은 가게라도 열어 매달 몇 푼이라도 벌면 두 부부야 먹고살 수 있지 않겠어?"

"형님께서는 정말 자상하시군요."

잠시 뒤에 탁자를 치우고 밥상을 준비했다. 서문경은 백작과 함께 식사를 하면서 말했다.

"내 자네를 잡지 않을 테니 은자를 가지고 응씨랑 이 일을 잘 처리

해주게나."

"그럼 누구 저랑 함께 은자를 가지고 가게 해주세요."

"별소리를, 자네가 가지고 가면 되잖아."

"그게 아니라, 제가 오늘 다른 일이 있어요. 솔직히 말해 고종사촌 두삼[杜三]형의 생일이에요. 아침에 일찍 선물을 보냈는데 사촌이 하인을 통해 오후에 건너와달라고 요청했어요. 그래서 제가 응씨와 함께 일을 보더라도 돌아와 말씀드릴 시간이 없을 것 같으니, 다른 사람을 하나 딸려주세요. 그러면 일을 다 마무리한 후에 형님께 전후 사정을 다 말씀드리라고 하면 되잖아요."

말을 마치자 서문경은,

"자네가 그렇게 말을 한다면 왕경을 딸려보내지."

그러고는 왕경을 불러 백작을 따라가라고 분부했다.

상시절의 집에 가보니 상시절은 마침 집에 있었다. 백작을 보고는 안으로 안내해 앉으라고 권했다. 백작은 은자를 꺼내 상시절에게 보여주면서,

"형님께서 여차여차하시면서 나보고 자네와 함께 가서 집을 사도록 하셨네. 그런데 마침 오늘 사촌인 두삼형이 한잔하자고 초대해서 사는 데까지만 같이하고 그 후에는 돌아가야 한다네. 집 사는 일을 마친 후에 나는 바로 돌아가야 해. 그래서 나리께서 왕경을 나와 함께 보낸 것이라네. 그러니 집 사는 일이 다 끝나면 내가 돌아가서 말씀드리지 않고, 왕경한테 자세히 알려줘 돌아가서 나리께 잘 말씀드리라고 하면 될 거야."

하니 상시절은 급히 부인을 불러 차를 내오게 하면서,

"다 형님 덕이에요! 누가 이렇게 해줄 수가 있겠어요?"

그러고 차를 마신 후에 복덕방 사람을 불러 같이 신시가로 가서 집주인에게 은자를 주고 계약을 했다. 백작은 왕경에게 이 같은 일을 나리께 잘 말씀드리라고 분부했다. 남은 은자는 시절에게 주어 장사 밑천으로 삼게 했다. 응백작은 상시절과 헤어져 두씨 집으로 술을 마시러 갔다. 서문경은 집 계약 문서를 보고 왕경에게 돌려주며,

"상씨 아저씨한테 주면서 잘 보관하라고 해라."

라고 분부했다.

사람을 구하려거든 대장부를 구하고
남을 도우려면 급할 때 도와줘라.
모든 것이 다 하잘것없으나
음덕[陰德]이야말로 가장 좋은 것을 누가 알랴.
求人須求大丈夫 濟人須濟急時無
一切萬般皆下品 誰知陰德是良圖

이것이 바로,

옥빛의 그림자가 누구를 위해 있는 것일까?
모든 일은 뿌리 없이 스스로 생기는 것.
玉光有影遺誰繁 萬事無根只自生

생년월일은 어쩔 수 없는 운명이니

한도국은 서문경을 초대해 잔치를 열고,
이병아는 병을 앓으며 중양절 잔치에 참석하다

작년 중양절의 수심이 끝이 없었는데
금년에 다시 찾아들어 더욱 간장을 끊누나.
가을의 석양은 쓸쓸한데
눈물의 흔적과 이별의 마음 처량도 해라.
기러기 떼 날아가도 소식이 없는데
국화는 무정하게 향기만 내뿜누나.
스스로도 최근에 더욱 수척함을 느껴
자주 거울 들어 얼굴을 비춰보네.
去年九日愁何限 重上心來益斷腸
秋色夕陽俱淡薄 淚痕離思共凄涼
征鴻有隊全無信 黃菊無情卻有香
自覺近來消瘦了 頻將鸞鏡照容光

하루는 한도국이 점포 문을 늦게 닫고 집으로 돌아와 잠자리에 들
려는데 왕륙아가 상의를 했다.

"우리 내외가 서문 나리의 도움을 받고, 또 이렇게 돈도 벌었으니,

술자리라도 한번 마련해 모시는 게 어떻겠어요? 최근에 자식까지 먼저 여의었으니 속이 여간 상한 게 아닐 텐데 위로도 해드릴 겸 초대하는 게 좋겠어요. 나리가 드셔야 얼마나 드시겠어요? 그렇게 하면 가게에 나와 있는 사람들도 당신이 남방으로 떠난 후에도 나리와 당신이 남들과는 달리 절친한 관계라는 것을 알지 않겠어요?"

"나도 속으로 그런 생각을 하고 있었어. 내일은 초닷새인데 일진이 별로 안 좋으니 그다음 날 요리사를 불러 음식을 장만하고, 노래하는 여자 애도 두 명 정도 부르지. 초대장은 내가 직접 가져다 드리고 오셔서 마음이나 푸시라고 말씀드릴게. 그리고 그날 밤에는 내가 점포에서 잠을 자면 되잖아."

"뭘 쓸데없이 노래 부르는 애들을 불러요? 그렇게 하면 나리께서 술을 드시고 안으로 들어오시기도 좀 눈치가 보이잖아요. 옆집 요삼[樂三]의 집에 신이저[申二姐]라는 아가씨가 자주 놀러 오는데 나이는 어리지만 생김새가 예쁘장하고 유행하는 노래를 꽤 잘 불러요. 그러니 신이저더러 와서 노래나 불러달라는 것이 좋겠어요. 밤이 깊어져 나리께서 방으로 들어오실 것 같으면 신이저를 건너보내면 되잖아요."

"당신 말이 맞군."

다음 날 한도국은 가게에 나가 온수재에게 초청장을 써달라고 부탁해 받아들고는 바로 맞은편 서문경의 집으로 향했다. 한도국은 인사한 뒤 초청장을 올리면서,

"누추하지만 소인 집에서 술자리를 마련해 모시려고 하는데, 나리께서 만일 내일 특별한 일이 없으시면, 왕림하셔서 술이나 한잔 들고 가시지요."

하니 서문경은 받아 읽어보고는,

"뭘 이리 마음 쓰는가? 내일은 별일 없으니, 퇴청하는 길에 바로 자네 집으로 가지."

했다. 이에 한도국은 작별 인사를 하고 가게로 돌아와 장사를 계속하면서 한편으로는 호수[胡秀]를 불러 은자를 주어 거리에 나가 닭발, 거위, 오리, 생선, 쌀, 채소를 사오게 했다. 그러고는 요리사를 불러 준비된 재료들을 씻고 다듬게 하고는 하인을 시켜 일찌감치 가서 신이저를 데려오게 했다. 왕륙아는 하인 애와 함께 찻물을 준비하고 실내 탁자와 의자를 깨끗이 정리한 뒤에 서문경이 도착하기만을 기다렸다. 오후가 되어 금동이 먼저 포도주 한 동이를 가지고 건너왔다. 그런 뒤에 서문경이 가마를 타고 대안과 왕경을 데리고 문 앞까지 와서 가마에서 내렸다. 충정관 모자를 쓰고 푸른색 비단 옷에 비단 신발을 신고 있었다. 한도국이 나가 영접해 안으로 모셨다. 인사를 하고는,

"오시는 것만도 과분한데 술까지 보내주시다니 정말로 감사합니다!"

라며 정면에 등받이 의자를 놓고 서문경을 앉도록 했다. 잠시 뒤에 왕륙아가 화장을 하고 밖으로 나왔는데 머리에는 은실로 만든 쪽 머리를 얹고 비취색 비단에 양피 가죽에 금박을 입힌 띠를 두르고 있었다. 주위에는 새 모양 장식을 달았고 항주산 흰 비단 저고리에 옥색 물빛 비단 조끼, 누런빛 치마를 입고 굽 높은 푸른색 비단신을 신고 있었다. 귀고리를 하고 화장을 어여쁘게 하고서는 사뿐히 걸어나와 촛불이 나풀대듯 서문경에게 절을 네 번 올리고는 차를 가지러 안으로 들어갔다. 잠시 뒤에 왕경이 붉은 칠을 한 차 쟁반에 팔보청두목서[八寶靑荳木樨] 차를 두 잔 내왔는데 한도국이 먼저 한 잔을 높

이 쳐들어 서문경에게 올리고는, 자기도 한 잔 들고서 곁에 앉아 마셨다. 차를 다 마시고 왕경이 찻잔을 거두어 물러가자 한도국이 입을 열었다.

"소인은 나리께 크나큰 은혜를 입고 있으며 안사람 또한 제가 계속 밖으로 돌아다닐 적에 너무나 많은 신세를 끼쳤습니다. 왕경도 나리님께서 특별히 마음을 써주셨기에 나리님 댁에서 일을 보고 있으니 그 은혜를 어찌 말로 다 할 수 있겠습니까? 그래서 저와 안사람이 상의하기를 변변치 않지만 자리를 마련해 나리님을 모셔 대접하기로 했습니다. 일전에 애기씨께서 돌아가셨을 적에 저는 댁에 가서 일을 돌봤지만, 집사람이 때마침 심한 독감에 걸려 있었는지라 제대로 조문도 하지 못해 나리께 죄송한 마음을 먹고 있습니다. 해서 오늘 이렇게 나리를 모셔 상하신 마음을 조금이나마 풀어드리고, 죄스러움을 용서 빌고자 합니다."

"쓸데없는 일을 가지고 자네 내외에게 너무 많은 폐를 끼치는군."

이렇게 말을 하고 있을 적에 왕륙아가 곁에 있는 작은 의자에 앉으면서 한도국에게,

"당신, 나리께 말씀드렸어요?"

하고 묻자 한도국이,

"아직 말씀을 못 드렸어."

하니, 이에 서문경이 물었다.

"무슨 일인데?"

"바깥양반이 오늘 기생집에서 아가씨를 둘쯤 불러 나리를 시중들게 하자고 했지요. 그런데 공연히 나리께서 번거로우실 것 같아서 부르지 않았어요. 대신 옆집 요씨 집에 자주 왔다 갔다 하는 아가씨가

210

있는데 성이 신[申]이고 이름이 이저[二姐]라고 해요. 노래를 꽤 잘하고 얼굴도 반반해요. 제가 일전에 나리 댁에서 본 욱씨 아가씨의 노래는 그냥 우물우물하는 듯해 신이저만큼 부르지 못하더군요. 그래서 제가 오늘 나리께 노래 좀 불러드리라고 청했는데 나리께서 어떻게 생각하실지 모르겠어요? 들어보시고 만약 좋으시다면 다음에 나리 댁으로 불러 마님들께도 들려주도록 하세요. 신이저는 보아하니 항상 다른 집에 노래를 부르러 가는 듯하니 만약 부르시려면 이삼 일 전에 미리 예약을 하셔야 할 거예요. 그래야만 신이저도 약속을 지킬 수 있거든요.”

“기왕에 그런 아가씨가 있다니 더욱 좋지. 데리고 와 내게 보여주지 그래.”

잠시 뒤에 한도국은 대안을 불러 올라오게 해 서문경의 웃옷을 벗겨 편히 앉도록 했다. 그러면서 탁자와 의자를 정돈하니, 호수가 과일과 구운 오리고기, 왕새우, 해물류, 구운 고기만두 등을 내왔다. 왕륙아가 술병을 따뜻하게 데워와 곁에서 술 주전자를 들자 한도국은 잔을 들어 서문경에게 권했다. 그런 다음 비로소 신이저를 불렀다. 서문경이 눈을 크게 뜨고 신이저를 바라보니 구름 같은 머리를 틀어 올리고 꽃송이를 몇 개 꽂고 있었다. 머리 손질이 깔끔하고 단정했으며 녹색 저고리에 붉은 치마 밑으로 한 쌍의 작은 발이 드러나 보였다. 불그스레한 양볼에 화장을 하고 눈썹은 봄산처럼 가느다랗게 손질했다. 푸른 돌로 만든 귀고리가 드리워져 있고, 희고 가지런한 이가 입 안에 감추어져 있었다. 꽃가지가 바람에 나부끼듯 서문경에게 절을 네 번 올렸다. 이에 서문경이 말했다.

“일어나거라, 올해 몇 살이지?”

"소인은 스물한 살이에요."

"그래, 노래는 얼마나 알고 있지?"

"대략 백여 곡 알고 있어요."

서문경은 한도국에게 의자 하나를 가져오게 해 곁에 앉도록 했다. 이에 신이저는 앞으로 나와 감사 인사를 하고는 비로소 자리에 앉았다. 그러고는 쟁을 잡고 「추향정[秋香亭]」을 부르기 시작했다. 새로운 요리가 나오자 또다시 「반만적병[半萬賊兵]」을 부른 뒤에 술을 마시기 시작했다.

서문경이,

"쟁은 내가고 비파를 가져다 타면서 유행곡 좀 한번 불러보거라."

하자, 이에 신이저는 비파를 건네받고 가볍게 비단 옷자락을 털고는 줄을 고르고 목청을 가다듬은 다음 나지막이 줄을 타면서 「사불응산파양[四不應山坡羊]」을 부르니,

여태껏 그대를 만나지 못해
가슴속 정을 없애기도 보내기도 어렵네.
나는 마음속으로 그대를 생각하는데
그대도 마음에 나를 그리는지
우리 둘은 서로 사귀며
서로를 잊지 않았었지
철석같이 굳게 맺은 맹세
마음속에 기억하고 있어라.
너와 나는 원앙 같아 다시 태어나 만나려 하지만

애석하게도 포동사[蒲東寺]*에 없다네.

그렇지 않다면 한눈에 알아보고 눈짓을 하련만

옥 같은 얼굴에 봄기운이 생겨나니

그대의 모습은 그 무엇과도 비할 수가 없구나.

아름다운 그대의 목소리 듣고

사람 시켜 동편의 울타리 치우게 하여

서쪽 누각에서 애타게 기다리네.

一向來 不曾和冤家面會

肺腑情難稍難寄

我的心誠想着你

你爲我懸心掛意

咱兩個相交不分個彼此

山盟海誓心中牢記

你比鶯鶯重生而再有

可惜不在那蒲東寺

不由人一見了眼角留情來呵

玉貌生春你花容無比

聽了聲嬌姿

好教人目斷東牆 把西樓倦倚

사랑하는 두 사람은

서로 마음속으로 그리기만 하네.

---

* 『서상기』 중, 장생[張生]과 앵앵[鶯鶯]고사의 발생지로 산서 영제현[永濟縣] 경내의 포주[蒲州] 동쪽에 있는 보구사[普救寺]를 가리킴

마음은 있는데 눈도 제대로 마주치지 못하네.
떠나고 나니 베개만 홀로, 베개는 차갑고 이불만 남았으니
거문고 벗해 홀로 앉았네.
병든 몸은 마른 땔감 같고, 허리는 하염없이 말랐어라.
장부의 떠남이 어려운 줄은 알지만
기다리는 나의 마음은 마치도 취한 듯하네.
한 옹지의 찬 등잔불을 벗을 삼고 있으니
바람에 대나무 우는 소리 들려와
내 님이 온 줄 알았어라.
서재 밖으로 급히 나가보니
뜻하지도 않게 꽃 그림자 가벼이 흔들리고
달의 밝기는 물과도 같구나.

意中人 兩下裡懸心掛意

意兒里不得和你兩個眉來眼去

去了時强挨孤枕 枕兒寒衾兒剩 瑤琴獨對

病體如柴 瘦損了腰肢

知道你夫人行應難離

倒等的我寸心如醉

最關心伴着這一盞寒燈來呵

又被風弄竹聲只道多情到矣

急忙忙 出離了書幃

不想是花影輕搖 月明如水

「언덕 위의 양[山坡羊]」 두 곡을 부르고 나니 다시 술을 따르라 했

다. 이에 한도국은 왕륙아를 시켜 데워온 술을 한 잔 가득 따라서 서문경에게 권했다. 그러면서,

"신아가씨, 자네가 잘 부르는 「쇄남지[鎖南枝]」가 있잖아. 그러니 두어 곡 나리께 들려드려봐요."

하니, 이에 신이저는 곡조를 바꾸어 「쇄남지」를 부르기 시작했다.

처음 만났을 때 마음에 들었는데
꽃 같은 나이 스물도 안 되었으리.
검은 머리는 구름처럼 두 귀를 덮고
향기로운 붉은 입술
복사꽃 같은 얼굴은 여린 죽순인 듯하네.
만약 부귀한 집에서 태어났다면
정말로 훌륭한 가문의 부인이 되었으리.
안타깝게도 기생집에 몸을 담고 있으니
어쩔 수 없이 하품[下品]으로 떨어졌네.
그러나 좋은 곳으로 시집을 간다면
옛것을 버리고 새것을 맞이하는 기쁨은 오죽하리!

初相會 可意人 年少青春不上二旬

黑鬖鬖兩朵烏雲 紅馥馥一點朱唇

臉賽夭桃十指如嫩箏

若生在畫閣蘭堂 端的也有個夫人分

可惜在章臺 出落做下品

但能夠改嫁從良 勝强似棄舊迎新

처음 만났을 적에 아름답기가

가히 달과 같고 꽃과도 같으니

속세에서 보기 드문 미인이어라.

가는 허리, 마음 상하니 말로 하기 힘들어라.

한스럽게도 어찌 그대를 이제야 만났는가.

항시 님 자리에 앉아

잔을 올리고 노래하며 서로 껴안고 싶어라.

장난을 하다 서로 쳐다보며 먹여주니

비록 잠시의 기쁨이라고 하나

권하노니 잠시나마 근심을 풀어봅시다.

初相會 可意嬌 月貌花容 風塵中最少

瘦腰肢一捻堪描 俏心腸百事難學

恨只恨和他相逢不早

常則願席上樽前 淺斟低唱相偎抱

一覷一個眞 一看一個飽

雖然是半霎歡娛 權且將悶減愁消

　　서문경은 「쇄남지[鎖南枝]」를 듣고 나자 문득 정애월을 처음 불렀을 때의 일이 생각나 속으로 매우 흥이 났다. 또다시 신이저에게 노래를 부르게 하니 왕륙아가 곁에서 술잔 가득 술을 따라 올리며 웃으며 말하기를,

　　"나리, 천천히 즐기세요. 신아씨가 부른 건 이제 시작에 불과해요. 얼마나 많은 노래를 알고 있는데요. 다음에 시간이 나면 댁의 마님들께도 들려주세요."

그러면서 다시 묻는다.

"어떤 분이 나리 댁에서 노래를 부르죠?"

"욱씨 아가씨가 자주 왔는데 이젠 나이가 들었어."

"신아가씨의 노래를 청해 들어보면 그보다 훨씬 나을 거예요. 나리께서 다음에 저 애를 부르실 거면 미리 제게 말씀을 해주세요. 그럼 제가 애들을 시켜 댁까지 모셔다드리도록 할게요."

이 말을 듣고 서문경은 신이저에게 물어보았다.

"신이저, 내 중양절에 사람을 보내 너를 데려오게 할 텐데 오겠느냐?"

"나리께서는 어찌 그런 말씀을! 소인을 불러만 주신다면 어찌 거역할 수 있겠습니까?"

서문경은 신이저가 이처럼 앙증맞게 이야기하자 마음속으로 더욱 귀엽게 여겼다. 술을 몇 잔 더 주고받은 후에 왕륙아는 신이저와 서문경이 서로 정답게 얘기를 주고받노라면 자기에게 별반 이로울 것이 없을 듯해 신이저에게 노래를 더 부르게 하곤 슬쩍 한도국에게 말했다.

"하인 초제[招弟]를 불러 신이저를 옆집 요씨 아주머니 집으로 데리고 가서 쉬게 하세요."

한도국은 잠시 뒤에 부인의 말대로 하인을 불러 신이저를 데려가게 했다. 신이저가 서문경에게 고하고 떠나려 하니 서문경은 소맷자락 안에서 석 전짜리 뭉치를 꺼내 건네주며 악기 줄 사는 데 보태 쓰라고 했다. 이에 신이저는 꽃가지가 바람에 나부끼듯 서문경을 향해 감사의 인사를 올렸다.

"내 초파일에 사람을 보내마."

서문경이 이렇게 말하니 왕륙아가 답했다.

"나리께서 왕경을 시켜 제게 말씀만 전하시면 이곳에서 하인 편에 보내드릴게요."

신이저는 한도국 부부에게도 작별을 고하고 초제를 따라 옆집으로 건너갔다. 한도국은 신이저가 떠나자 자기도 부인에게 몇 마디 하고는 점포로 자러 나갔다. 홀로 남은 왕륙아는 서문경을 상대로 골패놀이를 하며 술을 마셨다. 한참 그렇게 마시다가 둘은 어느 정도 술기운이 오르자 서문경이 옷을 갈아입는다는 핑계를 대고 방에 들어가 둘은 문을 걸어 잠그고 장난을 쳤다.

왕경은 바로 등촛불을 가지고 밖으로 나와 문간방에서 대안, 금동과 함께 자리를 해 한 잔을 나누었다.

한편 심부름꾼 호수는 어느 틈엔가 뒤채에 있는 부엌에서 술을 몇 잔 훔쳐 마신 뒤에 요리사를 돌려보내고 나서 바로 왕륙아의 침실 곁 보살을 모시는 방으로 들어가 돗자리를 깔고 잠이 들었다. 원래 이 방은 왕륙아의 침실과는 단지 얇은 널빤지 하나로 막혀 있을 뿐이었다. 그런데 갑자기 여인의 신음소리가 들리자 호수는 널빤지로 가려 놓은 벽 쪽으로 등불을 가지고 다가갔다. 그는 서문경은 이미 돌아가고 한도국이 방에서 잠을 자려니 여기고는 살며시 머리의 비녀를 꺼내 문 창호지를 뚫고 안을 들여다보았다. 촛불이 방 안을 대낮처럼 밝히며 너풀거리며 춤을 추고 있었다. 그런데 뜻밖에도 서문경과 왕륙아가 방 안에서 벌이는 풍경을 너무나 뚜렷하게 볼 수 있었는데, 왕륙아는 두 다리를 침상머리에 천으로 묶어놓았고, 서문경은 비단 적삼만 걸치고 하반신은 벌겋게 내놓은 채 침상에 걸터앉아 있었다. 둘은 서로 밀고 당기며, 조용히 있다가 움직이고 연신 몸을 두드리며

묘한 소리를 냈다. 여인은 입으로 쉼 없이 야릇한 신음과 애교 섞인 소리를 내지르는데 두 소리가 어우러져 묘한 소리를 냈다. 잠시 뒤에 여인의 말소리가 들려왔다.

"나리, 제 몸에 사랑의 불 뜸을 뜨고 싶으시면 그렇게 하세요. 얼마를 뜨든 저는 반항하지 않겠어요. 이 하찮은 몸은 어차피 나리 것인데 구질구질하게 그런 것을 따져 무엇하겠어요."

"자네 서방이 화를 내면 어쩌지?"

"그 병신 머저리가 머리 일곱 개에 담이 여덟 개면 몰라도 어찌 감히 화를 내겠어요? 제까짓 게 누구 덕분에 먹고사는데요!"

"자네가 모든 것을 그처럼 내게 바치고 있다니 후일 돈이 좀 모이면 자네 서방과 내보를 함께 보내 남쪽에서 오랫동안 머물며 가게를 얻어 장사를 하도록 하지. 이곳은 이미 감지배인이 판매를 전담하고 있으니 자네 서방이 그곳에서 물건들을 사 보내는 일을 도맡아서 하면 될 거야."

"몇 번 왔다 갔다 하더라도 계속 보내세요. 집에 한가로이 있어 무엇을 하겠어요? 그 양반도 말하기를 '밖으로 나다니는 것이 습관이 돼서 나야 그게 더 좋아'라고 하잖아요. 어려서부터 강호를 나다녔는데 무슨 장사인들 못하겠어요? 게다가 나리께서 잘 돌봐주시니 이 얼마나 좋은 일이에요. 그가 돌아오면 제가 적당한 여자를 하나 구해주면 되잖아요. 저도 그에게 별반 감정도 없고 오로지 나리뿐이니 죽어도 나리만 따를 거예요. 만약 제 말에 한 마디라도 거짓이 있다고 생각하시면 이 값어치 없고 천한 제 몸이 다 썩어 문드러질 거예요."

"아이고 요 귀여운 것아, 그런 맹세는 하지 말아라!"

이 두 사람의 일거수일투족을 호수 놈이 다 주워들었음은 두말할 나위도 없었다.

한편 한도국은 집 안에서 호수가 보이지 않자 다른 사람들에게 점포에서 자겠노라고 말하고는 가게로 향했다. 비단 가게에 나가 왕현, 영해에게 호수가 왔냐고 묻자 모두들 오지 않았다고 대답했다. 이에 한도국은 다시 집으로 돌아가 이곳저곳을 찾았으나 보이지 않고 다만 왕경이 대안, 금동과 함께 사랑채에서 술을 마시고 있는 것만 확인했다. 이때 호수는 한도국이 집으로 돌아와 자기를 찾는 소리를 듣고는 급히 돗자리 위에 엎드려서 자는 척을 했다. 잠시 뒤에 한도국이 등불을 켜들고 불상을 모시는 방까지 왔다가 코를 골며 자고 있는 호수를 발견하고는 발로 걷어차 깨우면서 욕을 해댔다.

"야 이놈의 개자식아! 아직까지 일어나지 않고 무엇하는 게냐! 네놈이 먼저 가게에 나가 자고 있는 줄 알았는데, 여기서 이렇게 코를 골며 늘어지게 자고 있다니. 빨리 일어나 함께 가지 못하겠어!"

이에 호수는 겨우 일어나는 척하며 두 눈을 비비고 크게 사방을 둘러보다가 어리둥절한 듯 멍청한 표정을 지으며 한도국을 따라 가게로 나왔다. 서문경은 왕륙아와 거의 한 시진[時辰](두 시간) 정도 놀다가 비로소 뜸을 뜨기 시작했다. 사랑의 뜸이라며 명치끝과 배꼽 부근, 치골 위 도합 세 군데에 향초 뜸을 놓자, 왕륙아는 일어나 옷을 입고 하인을 불러 세숫대야에 물을 떠오게 해 손을 씻었다. 다시 술을 따스하게 데우고 안주를 내오게 한 뒤에 애정 어린 얘기와 아양을 떨며 또다시 몇 잔을 더 마셨다. 그런 다음 서문경은 비로소 몸을 일으켜 말에 올랐다. 대안, 왕경, 금동에게 뒤를 따르게 하고 집으로 돌아오니 이미 이경이 넘어 있었다. 돌아와 바로 이병아의 방으로 들어갔다. 이때 이병아는 침대에서 자고 있었는데 서문경이 술에 곤드레 만드레 취해 안으로 들어오는 것을 보고는 물어보았다.

"오늘 누구 집에서 이토록 취하셨어요?"

"한도국이 나를 초청해 한잔 내더군. 애도 잃고 마음이 심란할 테니 마음이나 풀라고 말야. 그러면서 노래하는 신이저라는 계집을 하나 불렀는데 어린 것이 노래를 꽤 잘 부르더군. 욱씨 아가씨보다 훨씬 잘 부르더군. 그래서 내 그 애에게 중양절에 가마를 보내줄 테니 우리 집에 와 이삼 일 정도 있으면서 노래를 부르도록 했으니 자네도 들어보면 어느 정도 위안이 될 거야. 당신 마음이 비록 찢어지는 듯 아프겠지만 이제 애 생각은 그만 하도록 해요."

말을 하고서 서문경은 영춘을 불러 옷을 받아 걸게 하고는 이병아와 함께 자려고 했다. 이에 이병아가 말했다.

"미리 말씀도 해주지 않으시고! 저는 요사이 하혈해서 하인 애들이 약을 달이고 있잖아요. 그러니 다른 방에 건너가 주무세요! 당신은 제가 하루 종일 이런 꼴로 있는 것을 아시잖아요. 겨우 한숨으로 버티고 있는데 다가오시면 어쩌자는 거예요!"

"나의 사랑아! 내 어찌 자네 곁을 떠날 수 있겠는가? 당신과 함께 잠자리를 하고 싶은데 어찌하란 말인가?"

이 말을 듣고 이병아는 곱게 눈을 흘기고 살포시 웃으면서,

"당신의 그 입에 침도 바르지 않고 하는 말을 믿을 줄 알아요? 제가 훗날 죽는다고 해도 정말로 절 못 잊으실까요!"

그러면서 다시,

"제가 좀 좋아지면 그때 다시 오셔서 함께 잠자리를 해요. 그래도 늦지 않잖아요."

하니 이 말을 듣고 서문경은 잠시 앉아 있다가 말했다.

"좋아, 할 수 없지 뭐! 당신이 나를 잡지 않으니 내 다섯째 방으로 건너가 자는 수밖에."

"공연히 맘에도 없는 말 그만 하시고 어서 건너가보세요. 그쪽에서는 나리께서 건너오시기를 눈이 빠지게 기다리고 있는데, 나리께서는 왜 쓸데없이 이곳으로 건너와 저를 들볶고 계신 거예요."

"당신이 그렇게 말한다면 내 안 건너가지."

이 말을 듣고 이병아는 미소를 지으며,

"제가 나리를 놀린 것이니 그만 건너가지 않고 뭐하세요?"
라며 서문경을 재촉해 보냈다. 그러고는 일어나 침대 머리맡에 앉아 영춘을 불러 달인 약을 가져오게 했다. 달여온 약사발을 받아들고 보니 구슬 같은 눈물이 두 뺨으로 하염없이 흘러내려 자기도 모르게 깊이 한숨을 내쉬고는 비로소 약사발의 약을 들이마셨다.

마음속 한없는 슬픔을
꾀꼬리에게 대신 울어달라 부탁하네.
心中無限傷心事 付與黃鸝叫幾聲

이렇게 이병아는 약을 먹고 잠이 들었다.

한편 서문경은 바로 반금련의 방으로 건너왔다. 그때 금련은 춘매를 시켜 방의 등불을 끄게 하고 막 잠자리에 들려던 참이었다. 서문경이 방문을 밀고 안으로 들어오면서,

"우리 아가가 벌써 잠을 자나?"
하니 금련은,

"참 희한한 일이군요. 오늘 무슨 바람이 불어서 제 방에까지 오셨

지요?"

그러면서 물었다.

"그래 오늘은 누구의 집에서 한잔하셨어요?"

"한도국이 남방으로 장사하러 갔다 돌아와 내가 애를 잃고 울적해 있는 것을 보고 울적한 마음도 좀 풀어주고 또 장사를 다녀올 수 있게 보살펴줘서 고맙다며 자리를 마련해 나를 부른 게야."

"하기야 한도국이 먼 외지로 장사하러 갔을 때 당신이 그 집 마누라를 보살펴주긴 했네요."

"우리집 지배인인데 어찌 그리 할 수가 있겠어!"

"어찌 그럴 수가 있느냐고요? 허리 밑춤의 그 물건으로 이미 할 짓은 다 해봤잖아요! 나리께서 그 마누라와 별짓을 다 한 것을 우리 모두 알고 있지만 단지 꾹 참고 있을 뿐이에요! 일전에 나리 생일에 그 음탕한 여편네가 이곳에 왔었잖아요? 그런데 나리께서 몰래 누런 도둑고양이처럼 훔쳐 보내준 이병아의 수[壽]자 모양 비녀를 꽂고 와서는 한바탕 자랑하지 않았겠어요? 큰마님, 맹씨 언니 그리고 이 집 안에서 누가 그것을 못 봤을라구요? 사람들이 한사코 제게 물어보라 하길래 그 비녀가 어디서 난 것이냐고 물었더니 금방 얼굴이 새빨개지더군요. 그 여편네가 나리께 그런 얘기를 하지 않던가요? 그런데 나리께서 오늘 슬그머니 그곳에 다녀오셨다니 정말로 염치도 체면도 모르는 양반이군요! 집 안에도 이렇게 여인들이 많은데 그것 가지고는 성이 차지 않는 모양이죠. 멀건하게 키만 홀쩍 큰 음탕한 계집이 눈썹을 길다랗게 그리고 입술은 시뻘겋게 칠해 그게 마치 밑의 피를 찍어 발라놓은 꼴인데 도대체 뭐가 예쁘다는 거죠? 시뻘건 입을 가진 음탕한 계집 같으니라고! 저는 도대체 나리께서 그 여편네의 어디를 좋아하는지 모르겠어요. 그래서 그 여편네의 동생인 왕경을 집에 데려다놓고 아침저녁으로 오가며 연락을 전하게 했잖아요.”

금련이 따지고 들었으나, 서문경은 짐짓 모른 체하며 웃으면서 말했다.

“주둥이만 살아가지고 쓸데없는 말만 지껄이고 있네! 어디 그런 천부당만부당하는 일이 있어? 오늘은 한도국만이 나를 상대해 자리를 함께했고 그 부인은 밖에 나오지도 않았어.”

“나리께서는 아직까지도 그런 말로 저를 속이려 하세요? 그 서방이 바보 멍청이인 줄 모르는 사람이 어디 있어요! 그렇지만 이번에는 자기 마누라를 나리께 바치고 그것을 이용해 장사를 하며 자기는 뒷전에서 이익을 챙기는 거예요. 어찌 나리께서는 어리석게도 이런 일들을 전혀 듣고 보지를 못하시는 거예요!”

그렇게 말을 하다 보니 서문경은 어느새 옷을 벗고 침상 끝에 걸터앉는 것이었다. 금련은 손을 뻗어 바지 허리띠를 풀어헤치고 서문경의 물건을 만져보니 축 늘어져 있었는데 탁자[托子]가 아직 매여 있었다. 그것을 보고는,

“거 보세요. 솥에 넣고 푹 삶은 오리처럼 축 늘어져 있고 입만 아직 살아 있잖아요. 여기 이렇게 증거가 있는데도 오리발을 내미시다니… 그 음탕한 계집과 여태 놀다가 이제야 겨우 집으로 돌아오셨나요? 얼마나 주물러댔기에 이렇게 축 늘어져 누런 콧물이 흘러내리는 모양처럼 되었죠? 그런데도 입으로는 아니라고 새빨간 거짓말을 하시다니! 정히 그러시다면 맹세를 해보세요. 내 춘매를 불러 차가운 물을 한 병 떠오게 할 테니 당신이 그것을 마신다면 사내대장부라고 불러드리죠(남자가 잠자리를 하고 난 후에 바로 찬물을 마시면 죽는다는

속설이 있음). 사실 소금은 원래 짜고, 식초는 원래 신 거예요. 그리고 대머리는 머리에 망건을 쓴다 해도 빗손질은 한 번만 해도 되는 법이죠! 만약 나리 하는 대로 그냥 둔다면 천하의 모든 여인들에게 손을 대실 거예요. 정말로 염치도 없는 양반 같으니라구! 큰 시뻘건 눈 하나를 가진 양반 같으니라구! 당신이 남자였기에 망정이지 만약 여자였다면 길거리를 오가다 눈이 맞는 사람이 있으면 다 붙어서 재미를 봐야 직성이 풀렸을 거예요."

금련이 이렇게 퍼부었으나 서문경은 눈을 크게 뜨고 침대에 올라 춘매를 시켜 소주를 데워오게 해 금테를 두른 약상자에서 한 알을 꺼내 입에 넣고 씹어 삼켰다. 그러고는 베개 위에 벌렁 드러누워,

"얘야, 밑으로 가서 물건 빼는 솜씨를 한번 발휘해보려무나."

하니, 이에 금련은 입을 삐쭉 내밀고 애교를 떨며 말했다.

"아이구 더러워라, 그래 여태 그 음탕한 년과 맷돌질을 하다가 이제 와 저보고 빨아달라고 하다니, 정말로 징그럽게시리!"

"요 음탕한 것아! 허튼소리 좀 작작해! 누가 그런 짓을 했다고 그래?"

"그런 일이 없었다고요? 그럼 나리 몸뚱이를 걸고 맹세할 수 있으세요?"

그렇게 한참 실랑이를 벌이다 서문경에게 물로 깨끗이 씻으라고 했으나 서문경은 막무가내로 내려가지 않았다. 금련은 어쩌지 못하고 소맷자락에서 꽃 모양이 있는 비단 손수건을 꺼내 물건을 한차례 잘 닦은 뒤에 비로소 붉은 입으로 빨기 시작했다. 소리를 내며 몇 번을 그렇게 빠노라니 삽시간에 물건이 뻣뻣해지며 마치 화를 내듯 불끈 솟아오르니 여인의 몸 위로 올라타서 금련의 뒤로부터 은밀한 곳

으로 물건을 밀어 넣으며 두 손으로 무릎을 잡고 무릎을 꿇고 일을 보는데 넣었다 뺐다 하며 엉덩이를 철썩이니 그 요란한 소리가 멈추지 않았다. 등불 아래 그들이 노는 모습을 몰래 볼 것 같으면, 금련은 베개 위에 엎드려 엉덩이를 치켜들고 서문경의 물건을 받아들이고 있었다. 잠시 뒤에 서문경은 아직 성이 다 차지 않는 듯 금련에게 위를 보고 반듯하게 눕게 하고는 자기의 물건에 화상이 준 분홍빛 가루 약을 바르고 똑바로 금련의 두 발을 잡아 어깨 위로 올리고 허리를 잡고는 크고도 뻣뻣한 물건을 깊숙이 밀어 넣고 빼기를 수백 차례 했다. 금련은 더 참지 못하고 눈을 감고 떨며 숨이 다 넘어갈 듯한 목소리로,

"나리, 이번에는 제발 그 약을 쓰지 마세요!"

하며 애원하니 서문경은 큰소리로 말했다.

"요 음탕한 것아! 내가 무섭니? 또 그렇게 싸가지 없이 말을 할래?"

"나리 됐어요! 나리께서 저를 어떻게 하건 다시는 그러지 않을게요. 그러니 제발 좀 천천히 해주세요. 얼마나 힘이 들었으면 제 머리카락마저 이렇게 다 헝크러졌겠어요."

둘은 난봉[鸞鳳]이 놀 듯 미친 듯이 새벽까지 놀다가 몸이 나른해져서야 잠자리에 들었다.

어느덧 중양절이 되었다. 서문경은 오월랑에게,

"한지배인이 일전에 자기 집으로 날 초대했는데 그때 신이저라고 노래하는 애를 술좌석에 불렀더군. 생김도 빠지지 않고 노래도 꽤 잘 부르며 비파나 쟁도 잘 연주하더군. 그래 내 하인을 시켜 신이저를 데려오라고 보냈지. 그 애가 오면 이삼 일 집에 잡아두고 노래를 들

어보도록 하구려."

그러고는 부엌에 분부해 술과 과일 등 음식과 안주를 준비하게 했다. 준비가 다 되자 정원 안 취경당[聚景堂]에 있는 팔선탁자[八仙卓子]를 놓고 발을 드리우고 여러 가족 친척들이 모두 그곳에 모여 술과 음식을 들며 중양절을 축하하며 즐겼다. 얼마 안 있어 왕경이 가마를 가지고 가서 신이저를 데려왔다. 신이저는 안채로 들어와 월랑을 위시한 여러 부인들에게 절을 올렸다. 월랑은 앳되어 보이고 생김새가 어여쁜 것을 보고,

"희곡[戲曲] 중의 노래를 얼마큼 알고 있느냐?"

하고 물으니,

"많이 알지는 못하지만, 일반적인 소곡[小曲]과 「언덕 위의 양」「쇄남지」와 「수락[數落]」 등 십여 곡은 알고 있사옵니다."

하고 대답했다. 이에 오월랑은 신이저에게 차와 음식을 먹게 한 뒤에 먼저 안채에서 두세 곡을 불러보도록 했다. 그러고는 화원에서 벌이는 잔치에 데리고 나갔다.

마침 서문경은 등청하지 않고 집에서 국화 자르는 것을 구경했다. 월랑, 이교아, 맹옥루, 반금련, 이병아와 손설아 그리고 큰딸도 모두 자리를 잡고 앉았다. 춘매, 옥소, 영춘, 난향이 곁에서 술을 따르며 시중을 들었다. 신이저는 먼저 비파를 타며 노래를 불렀다. 그날 이병아는 몸이 별로 좋지 않다며 방에서 나오지 않고 있다가 몇 번을 청하니 마지못해 나오기는 했으나 바람에 날려 쓰러질 듯한 모습으로 억지로 정신력으로 버티고 서문경의 옆자리에 앉아 있었다. 여러 사람들이 술을 권했으나 거의 마시지 않았다. 서문경과 월랑은 이병아의 얼굴에 수심이 깊게 배어 있고 양미간을 펴지 않는 것을 보고 말

했다.

"여섯째, 마음을 크게 먹고 툭 떨쳐버려요. 그리고 신이저 노래를 좀 들어봐요."

옥루가,

"자네가 저 아이에게 어떤 노래든지 시켜봐요. 노래를 꽤 잘해요." 했으나 이병아는 단지 듣기만 할 뿐 아무런 말도 하지 않았다. 이렇게 한참 먹고 마시고 있을 적에 왕경이 안으로 들어와,

"응씨 아저씨와 상씨 아저씨가 오셨어요."

하자 서문경이 말했다.

"내 바로 나갈 테니, 두 분을 사랑채로 모시거라."

"상씨 아저씨는 사람을 시켜서 상자 두 개를 들게 하고는 밖에 계세요."

이 말을 듣고 서문경은 월랑에게 말했다.

"집을 사주었더니, 선물을 사가지고 고맙다고 인사를 온 모양이군."

"그럼 약간의 안주라도 준비해 대접을 해야겠군요. 어찌 그냥 빈손으로 돌려보낼 수가 있겠어요? 당신께서 잠시 함께 자리하고 계시면 제가 바로 안주를 준비하도록 분부할게요."

서문경은 나가며 신이저를 불러,

"여섯째 마님에게 좋은 노래를 불러드리도록 하거라."

라고 당부하고는 바깥으로 나갔다. 금련이,

"병아 동생, 무슨 노래든 듣고 싶은 것이 있으면 신이저에게 불러달라고 해봐요! 나리께서 그토록 신경을 써 이번에 특별히 자네의 마음을 풀어주려고 신이저를 불러왔는데 자네가 이렇게 아무 말도

하지 않고 있으면 어떻게 해."

이렇게 몇 번 채근을 받자 이병아는 한참 만에야 마지못해 겨우,

"그럼 「자맥홍경[紫陌紅徑]」을 부를 수 있으면 한번 불러보렴."

하니 신이저는,

"아, 그 곡은 제가 부를 수 있어요."

하면서 쟁을 집어들고 줄을 고른 뒤에 목청을 가다듬고는 「절요일지
화[折腰一枝花]」를 부르기 시작했다.

화려한 도시의 거리는 출중한 화가도 그려내기 어려워라.

눈에 보이는 번화함은 마치 비단을 깔아놓은 듯.

추측건대 봄이 나를 버렸는가, 나는 결코 봄을 버리지 않았네.

마음속에 님을 그리며 경치를 보니 더욱 근심만 깊어지네.

紫陌紅徑 丹靑妙手難畫成

觸目繁華如鋪錦

料應是春負我 我非是辜負了春

爲着我心上人 對景越添越愁悶

〈동구령[東甌令]〉

꽃잎 어지러이 흩날리고 버드나무 그늘 짙은데

벌과 나비도 지쳤고 꾀꼬리도 울기에 지쳤네.

눈을 크게 떠 마음속 생각을 잊으려 하네.

제비의 지저귀는 소리에 다시 옛 생각이 떠오르니

나도 모르게 주르륵 눈물이 흐르네.

花零亂 柳成陰 蝶困蜂迷鶯倦吟

方纔眼睜 心兒裡忘了想

啾啾喤喤呫呢喃燕 重將舊恨舊恨又題醒

撲撲簌簌 淚珠兒暗傾

〈만원춘[滿園春]〉

조용한 정원 깊은 곳에서 묵묵히 님을 그려보네

차가운 정자나 물 위의 누각이 연회를 열기에는 안성맞춤

내 님이 보이지 않으니 누구와 함께 잔을 나누리.

줄을 고르고 비파를 타 마음을 달래려 하나

어찌 듣기에도 싫증이 나는가.

悄悄庭園深 黙黙的情掛心

涼亭水閣 果是堪宜宴飮

不見我情人 和誰兩個問樽

把絲絃再理 將琵琶自撥

是奴欲歇悶情 怎如倦聽

〈동구령[東甌令]〉

석류는 불처럼 붉고, 수술은 붉은 면화인 양

불꽃은 있으나 연기는 없는 것이 내 마음을 불태우누나.

앞으로 나가 한 송이를 꺾으려다

망설이며 차마 꺾지를 못하네.

꽃 같던 내 모습이 예전 같지 않구나

아름다운 것을 머리에 꽂아 무엇하리.

榴如火 簇紅巾 有燄無煙燒碎我心

懷着向前 欲待要摘一朵

觸觸拈拈不敢戴 怕奴家花貌不似舊時容

伶伶仃仃 怎宜樣簪

〈오동수[梧桐樹]〉

오동잎은 바람에 날리고 가을바람 부니

점점 더 생각이 깊어져 깊은 우물 속에 빠진 듯

길고 긴 밤을 홀로 지내기 어려워라.

높은 누각에 올라 님이 오나 바라보네

박정치 않으니 내 마음과 서로 통하리.

님은 어디에 있는지, 어디에서 즐거이 놀고 마시고 있는지.

梧葉兒飄金風動 漸漸害相思

落入深深井 一旦夜長 夜長難捱孤枕

懶上危樓望我情人 未必薄情與奴心相應

知他在那裡 那裡貪歡戀飮

〈동구령[東甌令]〉

국화가 필 때 계수나무 꽃 지네.

오늘은 이슬 차고 바람도 차가우니

가을은 점점 깊어만 가누나.

창 밖에서 기러기 울음소리 들려오니

그 울음소리 쓸쓸하고도 애절한 것이

마치 사람들에게 하소연하는 듯하구나.

제일 싫은 것은 꽃 밑 돌 바닥에서 우는 매미소리

찌룩찌룩 우는 소리 사람의 애간장을 태우는구나.
菊花綻 桂花零 如今露冷風寒秋意漸深
驀聽的窗兒外幾聲 幾聲孤飛雁
悲悲切切如人訴 最嫌花下砌畔小蛩吟
咭咭咶咶 惱碎奴心

〈완계사[浣溪沙]〉
바람이 휙 불며 위엄을 떨치네.
님 그리며 가장 두려운 것은 황혼
아무 생각 없이 외로운 등잔을 대하고 있네.
창살의 수를 세고 또 세누나.
아득히 나팔소리가 들려오는데
소리마다 흐느끼는 듯해서 듣기가 괴롭구나.
근심에 겨워 이별주를 억지로 들어보지만
술잔 안으로 눈물이 구슬처럼 흘러내리네.
風漸急 寒威凜 害相思最恐怕黃昏
沒情沒緒對着一盞孤燈 窗兒眼數敎還再輪
畫角悠悠聲透耳 一聲聲哽咽難聽
愁來把酒强重斟 酒入悶懷珠淚傾

〈동구령[東甌令]〉
길게 한숨을 내쉬며 병풍에 기대어
님을 그려보네.
꿈에서라도 한 번 만나볼 수 있기를

소록소록 눈이 내리고 바람이 불어 처마 밑 풍경을 울려
내 잠을 깨우네.
딩당 딩당 이내 마음을 부셔놓누나.
長吁氣 兩三聲 斜倚定幃屏兒
思量那個人 一心指望夢兒裡 略略重相見
撲撲簌簌雪兒下 風吹簷馬把奴夢魂驚
叮叮噹噹 攪碎了奴心

〈마지막 가락[尾聲]〉
정 때문에 마음이 애타네.
아침저녁으로 그리며 눈물을 흘리지만
원망스럽게도 그 님은 그림자조차 보이지 않네.
爲多情 牽掛心
朝思暮想淚珠傾
恨殺多才不見影

노래가 끝나자 월랑이 말한다.
"병아 동생, 단술을 좋아하니 한 잔 마시지 그래."
이병아는 월랑까지 그렇게 말을 하자 어찌지 못하고 억지로 잔을
들어 한 모금을 마신 뒤에 잔을 내려놓고는 가까스로 몸을 지탱하면
서 여러 사람들과 앉아 있었다. 그러나 얼마 되지 않아 아래쪽에 열
이 후끈후끈 달아올라 바로 집 안으로 들어갔다.
한편 서문경이 비취헌으로 나가 보니 응백작과 상시절이 소나무
담장 밑에서 국화를 구경하고 있었다. 원래 소나무 담장 양편에는 이

십여 개의 화분이 놓여 있었는데 모두 크기가 일곱 자가 넘는 각양각색의 유명한 국화들이었다. 대홍포[大紅袍], 상원홍[狀元紅], 자포금대[紫袍金帶], 백분서[白粉西], 황분서[黃粉西], 만천성[滿天星], 취양비[醉楊妃], 왕목단[王牧丹], 아모국[鵝毛菊], 원앙화[鴛鴦花] 등이었다. 서문경이 밖으로 나오자 둘은 앞으로 나와 인사를 했다. 상시절은 데리고 온 하인을 불러 가져온 함지박을 안으로 들여오게 했다. 서문경이 보고는,

"이것들이 무엇인가?"

하고 물으니 응백작이,

"상씨가 형님의 두터운 온정에 힘입어 집을 장만했지요. 그런데 특별히 드릴 것은 없고 해서 상시절의 부인이 게 요리를 만들고, 오리도 두 마리 굽고 해서 몇 가지 장만해서는 저까지 불러 형님과 함께 자리를 만들었어요."

하니, 이에 서문경은,

"상아우, 무슨 이런 쓸데없는 일에 신경을 쓰나? 제수씨가 몸이 좀 좋아지니 또 못살게 구는군."

하자 백작이 말했다.

"저도 그렇게 말을 했어요! 그런데 상시절이 '특별한 것이 아니라 형님께서 시덥잖게 생각하실까 걱정입니다'라고 하잖아요."

이에 서문경이 마지못한 듯 함지박을 열어보게 하니 큰 게 사십여 마리를 깨끗하게 다듬고 그 안에 살을 발라 넣고 후추, 생강, 마늘, 밀가루를 기름과 잘 반죽해 다져 넣어 향기가 솔솔 나는 것이 보기만 해도 매우 먹음직스러웠다. 또 다른 찬합에는 잘 구워진 오리 두 마리가 들어 있었다. 서문경은 춘홍과 왕경에게 안으로 메고 들어가라

고 이르고는,

"쉰 전을 내와 함지박을 지고 온 사람들에게 수고비로 주도록 해라."
하고 분부하며 상시절에게도 고맙다고 인사를 했다. 금동은 곁에서
발을 걷어 올리고 비취헌 안으로 들어가 앉도록 권했다. 백작은 사방
을 둘러보며 입에 침이 마르도록 칭찬을 했다.

"정말로 좋은 국화로군!"

그러고는 서문경에게 물었다.

"형님, 이런 꽃들은 어디서 구하신 겁니까?"

"벽돌공장 유태감이 화분 스무 개를 보내주었네."

백작이,

"화분까지도요?"

하니 서문경은,

"그래, 화분까지 모두 보내줬어."

하자 백작은 다시 말했다.

"꽃은 그저 그래요! 그렇지만 이 화분은 바로 관요쌍고등장분[官
窯雙箍鄧漿盆]으로 아주 단단해 물이 천천히 빠지죠. 비단으로 감싸
고 발로 진흙을 잘 이긴 다음 불에다 구워야 비로소 이런 물건을 만
들 수 있지요. 소주의 등장전[鄧漿磚]도 같은 방법으로 만드는데 어
디서나 쉽게 구할 수 있는 물건이 아니에요."

그렇게 한번 잔뜩 치켜주고 나니 서문경은 차를 내와 마시게 했
다. 그러면서,

"상아우, 언제 이사를 했나?"

하고 물으니 백작이,

"돈을 건네고 사흘 뒤에 바로 이사를 했지요. 원래 집주인도 바로

이사를 나갔어요. 어제는 마침 일진도 좋은 날이라 여러 가지 잡화도 사들여 문간 가게도 문을 열었고요. 상군의 처남이 가게 일을 돌봐주고 있어요."

하니 서문경이,

"우리 언제 약간의 축하 물건을 사가지고 찾아가봄세. 그리 많은 사람이 갈 필요 없이 사희대와 자네 등 서너 명만 가면 될 거야. 상아우에게 폐를 끼치지 않도록 우리집에서 안주거리를 장만해서 들고 가면 될 거야. 그리고 기생 애들도 두어 명 불러 집들이도 축하해주고 하루 좀 놀아보세."

하자 상시절이 말했다.

"제가 벌써부터 형님을 좀 모시려고 했으나 여러 가지 생각해보고는 감히 청하지 못했어요. 우선 집이 협소해 형님께서 불편해하실 것 같아서요."

서문경은,

"쓸데없는 소리! 왜 자네한테 공연히 폐를 끼치겠나? 사자순을 불러 그와 함께 얘기해봄세."

그러면서 바로 금동에게,

"너 가서 사씨 아저씨를 모셔오너라."

하고 분부했다. 백작은,

"형님께서 그날 둘을 부르자고 하셨는데 대체 누구를 말씀하시는 거예요?"

하니 서문경은 웃으며,

"정애월과 홍사아를 부르자는 게야. 홍사아에게 북을 치게 하고 「만산파양[慢山坡洋]」을 부르도록 하려는 게지."

하자 백작이 말했다.

"형님, 정말 대단하십니다. 그 애들을 부르면서 제게 미리 일언반구도 않으시다니요. 그런다고 제가 모를 줄 아세요? 이계저에 비해 그 애들 노는 솜씨가 어떤가요?"

"정말 좋아, 말로 다 할 수 없을 정도야!"

"그런데 그런 애가 어째 형님 생일날에는 한 마디 말도 않고 뾰로통하게 있었죠? 그런 년이 그렇게 내숭을 떨고 있었다니 정말로 음탕한 계집이군요!"

"언제 내 다시 갈 때 자네를 데려가도록 하지. 또 그 애는 쌍륙을 잘 치니 한번 쳐보도록 하게나."

"내가 한번 가면 절대로 그냥 두지 않을 거예요."

"이런 개자식 같으니라구, 공연히 시샘을 내거나 잔머리 굴리지 마!"

이렇게 말을 하고 있을 적에 사희대가 와서 서로 인사를 하고 자리에 앉았다. 서문경은,

"상아우가 이러저러해서 새로 집을 얻어서는 우리 몰래 이사를 했다는군. 그러니 우리가 각자 되는대로 얼마씩 돈을 내어 그에게 추호도 폐를 끼치지 말자는 것일세. 음식은 내가 대강 준비해 하인 애들을 시켜 그 집으로 보낼 테니 노래하는 여자 애들도 한두 명 정도 불러 그날 하루 놀아보는 것이 어떤가?"

하니 사희대가 답했다.

"형님께서 각자 얼마씩을 내라고 말씀하시면 형님께 가져다드릴게요. 그날 또 누가 같이 가나요?"

"더는 없어, 우리들 서너 명뿐이야. 한 사람이 두 전씩만 내면 충분

할 거야."

백작도,

"사람이 많으면 앉을 자리도 없어."

이렇게 말을 하고 있을 적에 금동이 들어와,

"오대구 어른께서 오셨어요."

하고 전갈해주니 서문경이 일렀다.

"어서 안으로 모시고 오너라."

잠시 뒤에 오대구가 비취헌으로 들어와 세 사람과 인사를 한 뒤 서문경과도 인사를 하고는 자리에 앉았다. 하인이 차를 내오자 모두 차를 마셨다. 오대구가 자리에서 몸을 일으키면서,

"매형, 잠시 안으로 들어가시지요. 몇 마디 드릴 말이 있어요."

하니, 이에 서문경은 급히 오대구와 함께 안채 월랑 방으로 들어갔다. 월랑은 그때까지도 정원에서 여러 자매들과 함께 술과 음식을 들며 노래를 듣고 있었다. 하인이 가서,

"오대구 어른께서 오셔서 나리와 안채에서 함께 말씀을 나누고 계세요."

하고 알려주자, 바로 방으로 건너와 오라비에게 인사를 하고 소옥을 불러 차를 내오게 했다. 오대구는 소맷자락에서 은자 열 냥을 꺼내 월랑에게 건네주면서,

"어제 관아에서 겨우 은자 세 덩이를 받았어. 제부가 받을 돈은 모두 열 냥인데 우선 이것부터 받아두고 나머지는 받는 대로 가져다줌세."

하니 서문경이 말했다.

"처남은 뭘 그런 걸 가지고 이렇게 신경을 쓰세요? 먼저 쓰시면 되

지 뭐가 그리 급하다고 그러세요?"

"공연히 매형 일이 늦어질까봐 그러지."

"창고 수리는 거의 다 끝났어요?"

"아직 한 달은 걸려야 다 끝날걸."

"공사가 끝나면 아마 틀림없이 무안사[撫按使]께서 격려의 말씀을 해주실 거예요."

"금년 지방 군정 관리를 뽑는 날짜가 다가왔으니, 제부께서 많이 좀 도와 순무께 말 좀 잘해줘요."

"처남 일은 제가 잘 알아서 할게요."

말을 마치자 월랑이 말했다.

"오라버니, 밖으로 나가 자리를 같이하시지요."

"나는 가봐야 돼. 세 사람이 무슨 일을 논의하는 것 같던데."

"일은 무슨 일. 상아우기 제게 돈을 좀 빌려 최근에 집을 사서 이사를 했어요. 그러고는 고맙다며 약간의 선물을 갖고 인사를 하러 왔기에 잠시 앉아서 얘기를 나누고 있던 중에 처남께서 오신 거예요. 마침 잘 오셨어요."

그러면서 앞채로 가서 자리를 하자며 함께 건너갔다. 이에 월랑은 급히 부엌에 전갈해 안주를 마련해 내보내도록 분부했다. 금동과 대안은 팔선탁자를 내다 깔고 안주와 술을 차렸다. 서문경은 하인들에게 음식 저장고 문을 열어 하제형이 보내온 국화주를 내오게 했다. 마개를 따니 푸른 빛깔에 그윽한 향기가 코를 자극했다. 아직 체로 거르지 않은 원액 그대로였기에 차가운 물을 한 병 떠오라 일러 독하고 자극적인 맛을 약간 제거한 뒤에 천을 대고 거르니 그 맛과 향이 일반 포도주와는 비교할 수 없을 정도였다. 왕경에게 작은 금잔을 가져오게 해 우선 한 잔을 따라 오대구에게 주어 맛을 보게 했다. 그런 다음 한 잔씩 따라주며 맛을 보게 하니 모두들 입에 침이 마를 새라 칭찬을 아끼지 않았다. 잠시 뒤에 큰 쟁반과 큰 사발에 맛있는 음식들이 가득 담겨 탁자 위에 올려졌다. 먼저 큰 접시에는 안에 과일을 넣어 흰 설탕을 뿌린 떡이 담겨 있었는데 사람들이 뜨거울 때 하나씩 먹어보곤 모두들 맛있다고 한 마디씩 했다. 그런 뒤에 게와 구운 거위 두 접시가 올려졌는데 백작이 오대구에게 먼저 맛을 보라고 권했다. 음식에 관한 한 나름대로 일가견이 있다는 사희대도 어떻게 만들었는지 모를 정도로 음식들이 아주 맛깔스러웠다.

"이 음식은 상아우의 아주머니가 만들어 보내온 거야."

하고 서문경이 말하니 오대구가 이어,

"내 나이 쉰둘이나 먹도록 이 게 요리는 어떻게 만드는지 모르겠어. 맛이 기가 막히군!"

하니 백작도 말했다.

"안채 형수님들도 모두 맛을 보셨어요?"

"그 사람들 먹을 몫은 다 있어."

"제수씨가 힘들어하시기는 했지만, 정말로 좋은 솜씨를 가지셨구만요."

이 말을 듣고 상시절은 웃으며 말했다.

"집사람 솜씨가 변변찮아 여러분들 입에 맞지나 않을까 걱정이니 공연히 놀리지나 마세요."

게를 다 먹자, 하인들이 요리와 술을 내왔다. 서문경은 춘홍과 서동에게 하나는 술을 따르고 하나는 남곡을 부르게 했다. 백작은 안채 정원 쪽에서 쟁을 뜯으며 노래하는 소리를 듣고는 물었다.

"형님, 이계저도 오늘 여기에 왔어요? 그렇지 않으면 어디서 저런 노랫소리가 들리는 거요?"

"자네 다시 한 번 잘 들어보게. 누구겠는가?"

"이계저가 아니면 오은아겠군요."

"이런 거지발싸개하고는! 헛소리만 하다니. 맹인 여가수 애야."

"욱씨 아가씨가 아닌가요?"

"그 사람은 아냐. 신이저라고 하는 애인데 어린 나이에 생김새도 꽤 괜찮고 노래도 썩 잘 불러."

"그 정도로 좋아요? 그런데 왜 불러내 저희한테 보여주지 않는 거요? 우리도 좀 노래를 들어봅시다."

"오늘은 안사람들을 위해 불렀다네. 마침 중양절이라 불러다 같이 즐기려 했는데 뜻밖에 이 개발싸개 귀에 그 소리가 들렸구먼!"

"저는 천 리 밖까지 볼 수 있는 천리안과 천 리 밖 소리도 들을 수 있는 순풍이[順風耳]를 가지고 있어요. 그래서 사십 리 밖에서 웽웽거리는 꿀벌들 소리도 다 들을 수 있다고요."

사희대가,

"이 거지발싸개의 귀가 이렇게 쫑긋 치솟아 있으니 그런 소리를 못 들으면 그게 더 이상한 일이죠."

하며 둘이 웃다가 백작이 말했다.

"형님, 그렇게 너무 빼지 마시고 저희들에게도 보여주세요. 우리들이야 그렇다손 치더라도 오대구 어른께는 한 곡조 들려드려야 하잖아요. 너무 그렇게 고집을 부리지 마세요."

서문경은 이들이 마구 우겨대자 어쩌지 못하고 왕경을 시켜 신이저를 나오도록 해서 오대구에게 노래를 불러드리도록 했다. 잠시 뒤에 신이저가 밖으로 나와 위를 보며 절을 사뿐히 올리고 곁에 작은 의자를 놓고 걸터앉았다. 백작이 신이저에게 물어보았다.

"올해 몇 살이지?"

"소띠로 스물한 살이에요."

"그래 소곡[小曲]은 몇 곡쯤 할 수 있느냐?"

"비파와 쟁으로 반주를 하면서 노래할 수 있는 곡이 백여 곡쯤은 돼요."

"그 정도 할 수 있다면 충분하지."

"비파를 연주하며 노래를 한 곡 불러보렴! 좀 수고를 해줘야겠다. 「사몽팔공[四夢八空]」을 불러 오대구 어른께 들려드리렴!"

서문경은 신이저에게 노래를 청한 뒤 왕경과 서동에게 분부를 해 좌석을 오가며 술을 따르라 일렀다. 신이저는 비파 줄을 고르고 목청을 가다듬은 뒤에 입을 열어, 「나강원[羅江怨]」을 부르기 시작했다.

병이 더욱더 심해지니 언제쯤 나을까?

일 년 내내 그대를 그리네.

가슴에 가득한 근심을 하늘에 알릴거나

하늘이 알까, 은정[恩情]을 어찌 전할까.

그리움이 많음도 헛된 것이고

정이 깊은 것도 또한 헛된 것으로

이 모든 것이 다 남가일몽[南柯一夢]*이라네.

懕懕病轉濃 甚日消融

春思夏想秋又冬

---

* 한때의 헛된 꿈을 말함

滿懷愁悶 訴與天公也

天有知呵 怎不把恩情送

思多也是個空 情多也是個空 都做了南柯夢

님은 서쪽에 나는 동쪽에 있으니

언제나 다시 만날까.

꽃 편지지에 천천히 써서 봉하고 또 봉한 후에

전해줄 물고기와 기러기에게 신신당부하건만

그들은 충성스럽지 못해 내 편지를 전하지 않았네.

님을 그리는 것도 헛된 것이고

님을 원망하는 것도 헛된 일

이 모든 것이 다 무산[巫山]의 꿈*이로고.

伊西我在東 何日再逢

花箋慢寫封又封

叮嚀囑付 與鱗鴻也

他也不忠 不把我這音書送

思量他也是空 埋怨他也是空 都做了巫山夢

은정은 새벽바람에 날리고

마음은 심란하기만 하니

님이 하는 일은 믿을 수가 없구나.

철석같이 굳게 한 맹세 다 귓전의 바람으로 흘려버렸네.

당시를 기억 못한다 할지라도

---

* 초[楚] 회왕[懷王]이 무산에서 꿈에 선녀를 만나 사랑한다는 얘기

그 사랑이야 얼마나 깊었던가.
마음을 저버리는 것도 헛된 일이고
마음에 얽매여도 헛된 일이니
이 모든 것이 다 호접몽[胡蝶夢]*이런가.
恩情逐曉風 心意懶慵
伊家做作無始終
山盟海誓一似耳邊風也
不記當時 多少恩情重
虧心也是空 癡心也是空 都做了蝴蝶夢

게슴츠레 눈을 뜨니 모든 것이 흐리멍덩
님의 속임수에 넘어간 듯하구나.
말은 하지 않고 몰래 눈물을 흘리네
말과 마음이 다를 줄 누가 생각이나 했겠는가.
일편단심 그대를 사랑했건만
내 사랑을 조롱하다니
득을 보는 것도 헛된 일이고
득을 못 보는 것도 헛된 일이니
이 모든 것이 다 양대[陽臺]**의 꿈이라네.
惺惺似懞懂 落伊套中
無言暗把珠淚湧
口心誰想不相同也

---

* 장자가 꿈에 나비가 되어 날아다닌다는 이야기
** 무산의 꿈과 같은 뜻

一片眞心 將我斯調弄
得便宜也是空 失便宜也是空 都做了陽臺夢

이렇게 앞채에서는 노래를 들으며 술을 마셨다.

한편 이병아는 자기 방으로 돌아와 변기에 앉으니 마치 소변을 보듯 밑으로 피가 쏟아져 나왔다. 일어나려고 하니 눈앞이 어찔해지며 모든 것이 깜깜하게 보여 가까스로 치마를 부여잡고 일어서려는데 갑자기 어지러워지면서 그만 땅바닥에 머리를 박으며 쓰러졌다. 다행히 곁에 있던 영춘이 겨우 부축을 해서 일으켰으나 이미 이마 위에는 생채기가 나 있었다. 영춘과 유모가 겨우 부축해 온돌 위에 눕혔으나 반나절을 깨어나지 못하고 있었다. 당황한 영춘은 수춘을 시켜 급히 가서 월랑에게 알리라고 했다. 수춘이 월랑과 여러 사람들에게,

"저희 마님이 쓰러지셨어요."

하고 알리니, 월랑은 바로 자리를 걷고 일어나 여러 자매들과 급히 건너가 보았다. 영춘과 유모가 겨우 부축해 온돌 위에 앉혔으나 그때까지도 인사불성이었다. 그래서,

"방금 전에 좋아서 방으로 들어갔는데, 들어와 그새 어째 이렇게 됐지?"

하고 물으니, 영춘이 변기의 뚜껑을 열어 월랑에게 보여주었다. 그것을 보고 월랑은 깜짝 놀라며,

"방금 전에 마신 술이 혈액순환을 도와주리라 생각했는데, 되레 이렇게 많은 피를 흘리다니…."

하니 옥루와 금련도 모두,

"여섯째가 언제 술을 많이 마시기나 했나요?"

라고 말했다. 그러면서 등심강탕[燈心薑湯](생강탕)을 끓여 마시도록
했는데, 한참이 지나서야 겨우 정신이 들어 간신히 몇 마디 말을 할
수 있었으니, 이에 월랑이 물었다.

"병아 동생, 어찌된 거야?"

"저도 잘 모르겠어요. 변기에 앉았다가 일어나 치마를 걷어 올리
려고 하는데 갑자기 눈앞이 깜깜해지면서 하늘이 빙글빙글 돌더니
저도 모르게 그만 쓰러지고 말았어요."

이 말을 듣고 월랑은 내안을 시켜,

"앞채로 나가 나리께 말씀드리고 임의원을 모셔오도록 하거라."

하니 이병아는 내안을 말리며,

"그만두세요, 큰일도 아닌데 공연히 시끄럽게 하지 마세요. 모처
럼 술을 드시는데 기분 망치지 마시고요."

하자 월랑은 영춘에게,

"이불을 깔고 마님이 편히 쉬도록 하거라."

그렇게 말하고 술을 마시지 않고 그릇들을 잘 치우라 이르고는 안
채로 돌아갔다. 서문경은 오대구 등 여러 사람들과 자리를 함께해 저
녁 늦게까지 술을 마시다가 안채 월랑의 방으로 들어갔다. 그가 들어
오자 월랑은 이병아가 혼절해 쓰러진 일을 모두 얘기해주었다. 이 말
을 듣고 서문경이 바로 이병아의 방으로 건너가 보니 이병아는 온돌
위에 드러누워 잠을 자고 있었는데 얼굴이 누렇게 떠서 서문경을 보
고는 겨우 눈을 뜨고 서문경의 소맷자락을 붙잡고 눈물을 흘렸다. 서
문경이 어찌된 일이냐고 물으니 이병아가 대답했다.

"방으로 들어와 변기에 앉았다가 일어나는데 어찌된 일인지 밑으
로 마치 소변을 보듯 피가 쏟아져 나왔어요. 그러다가 눈앞이 캄캄해

지면서 치마를 치켜 잡고 일어나려는데 하늘이 빙글빙글 도는 듯하더니 그만 땅바닥에 쓰러지고 말았어요. 저도 도대체 어찌된 일인지 모르겠어요!"

서문경은 이병아의 이마가 깨져 생채기가 난 것을 보고서 물었다.

"하인 애들은 모두 어디로 가서 당신을 돌보지 않았지? 어찌했길래 넘어져 얼굴에 이런 생채기가 나도록 무엇들을 하고 있었단 말인가?"

"다행히도 영춘이 곁에 있다가 유모와 함께 저를 부축해 일으켜주었어요. 그렇지 않았다면 넘어져 어떻게 됐을지도 몰라요."

"내일 하인 애들을 시켜 임의원을 불러와서 당신의 병을 보도록 하지."

하고는 그날 밤 서문경은 이병아의 맞은편 침대에서 잤다.

다음 날 등청하는 길에 금동에게 말을 타고 임의원을 불러오라 시키고는 점심때쯤 돌아왔다. 때마침 임의원도 도착하니 먼저 대청에서 차를 마시며 하인 애들을 시켜 바로 안채로 들어가겠다고 전갈을 해주었다. 전갈을 받은 이병아는 방을 깨끗이 걸어치우고 향을 피운 뒤에 임의원을 방에 들라 했다. 임의관은 이병아의 맥을 짚어보고는 다시 대청으로 나와 서문경에게 말했다.

"마님의 맥을 짚어보니 전보다 병이 더욱 깊어졌습니다. 칠정[七情](희[喜], 노[怒], 우[憂], 사[思], 비[悲], 공[恐], 경[驚])이 모두 간과 폐를 상하게 하며 또 열이 너무 심하고, 목[木]이 너무 성하고, 토[土]가 허하고, 혈이 제멋대로 운행을 하니 마치 산이 무너져 어떻게 막아볼 수 없는 상태와 같습니다. 사람을 시켜 안채로 보내 물어보십시오. 밑으로 쏟은 피의 색깔이 자줏빛을 띠고 있다면 가히 치료할 수 있습니다만, 선홍빛이라면 새로 생긴 피입니다. 제가 약을 지어드릴 텐데 드시고 하혈을 멈춘다면 희망이 있지만 만약 그렇지 않다면 어려울 듯합니다!"

"제발 의원님께서 심혈을 기울여 신경을 써주시기 바랍니다. 제가 꼭 후하게 사례를 해드리겠습니다!"

"무슨 말씀을 그리 하십니까? 나리와 제가 보통 사이입니까? 의리로 맺은 사이가 아니던가요. 제가 어찌 전력을 다하지 않을 수 있겠습니까?"

서문경은 차를 마시고 문 앞까지 나와 배웅했다. 그러고는 항주산비단 한 필과 백금 두 냥을 금동을 시켜 약값으로 보내고 귀비탕[歸脾湯]을 지어 받아 약을 달여 뜨거울 때 마셨으나 하혈의 정도는 더심할 뿐 전혀 멈추는 기색이 보이지 않았다. 이를 본 서문경은 더욱당황하여 다시 큰길가에 있는 호태의[胡太醫]를 불러 진맥하도록 했다. 이병아를 보고 호태의는,

"기가 혈관에 차서 혈이 안으로 흐르고 있습니다."

라고 말했다. 그래서 호태의의 처방을 받아 약을 지어 먹어보았으나마치 드넓은 바다에 자그마한 돌을 하나 던진 듯 아무런 효과가 없었다. 이렇듯 서문경이 정신없이 의원들을 청해 이병아의 병을 치료하느라 온갖 수선을 떠니 월랑은 단지 신이저만 남겨 하룻밤 머물게 하고 은자 닷 전, 비단 조끼와 비녀를 상자에 넣은 뒤에 가마에 태워 돌려보냈다.

화자유[花子由]는 가게를 개업한 날 술을 마시고 집으로 돌아갔다가 이병아의 상태가 좋지 않다는 말을 듣고는 자기 부인을 시켜 약간의 물건을 사서는 병문안을 보내 이병아를 보도록 했다. 부인은 이병아의 얼굴이 누렇게 뜨고 삐쩍 마른 것을 보고는 어쩌지 못해 그만

통곡하고 말았다. 월랑은 차를 준비하고는 안채로 들어 차를 마시자고 청했다.

한도국도,

"동문 밖에 부인병을 잘 보는 조의원이 있는데 한번 진맥을 해보면 바로 무슨 병을 앓고 있는지 알아낼 정도로 아주 용하다고 합니다. 작년에 제 친척이 월경이 제대로 나오지 않아 그에게 데려가 보였지요. 나리께서도 사람을 보내 한번 불러다가 마님의 병을 보이면 좋겠는데요!"

하자, 이 말을 듣고 서문경은 바로 대안을 불러 왕경과 함께 말을 타고 동문 밖으로 가서 조의원을 모셔오도록 시켰다. 서문경은 응백작을 불러 사랑채에서 앉아 상의하기를,

"여섯째의 병이 갈수록 깊어지니 어쩌면 좋단 말인가?"

하니 이 말을 듣고 백작은 깜짝 놀라며 말했다.

"일전에 형수님 병이 좀 좋아졌다고 말씀하시더니 어째 갑자기 심해지셨나요?"

"애가 죽고 나서 계속 우울해하더니 조금 나았던 병이 더 심해졌어. 자네도 알다시피 어제가 마침 중양절이라 내 일부러 신이저를 집으로 불러 노래를 들려주면서 울적한 마음을 좀 풀어주려고 했잖아. 그런데 술도 별로 마시지 않고 그냥 잠시 앉아 있다가 자기 방으로 돌아갔다는데 어찌된 일인지 어지럼증을 느끼다가 본인도 모르게 그만 땅바닥에 쓰러진 모양이야. 그래서 이마에 생채기까지 생겼어. 임의원을 불러 진맥을 해보니 전보다 병세가 더 심해졌다고 하더군. 약을 지어 먹었는데도 하혈이 멈추기는커녕 더 심해지는 게야."

"형님, 그래 호태의는 무어라고 말을 하던가요?"

"호태의가 보고는 기가 너무 승해서 혈관을 치받는다고 하더군. 그래 약을 지어 먹어보았는데도 별반 차도를 보이지 않고 있어. 오늘 한지배인이 성 밖에 용한 조의원이라는 사람이 있는데 이름이 조용강[趙龍崗]으로 부인병을 전문으로 본다고 하더군. 그래 내 하인 애들을 시켜 말을 타고 가서 모셔오도록 했지. 보내놓고 나서 내 속이 이렇게 바싹 타니 정말 죽겠군! 애가 아파서 밤낮으로 보살피고, 죽고 나서도 끊임없이 생각을 하더니 병이 더 도진 모양이야. 여인네들은 아무리 일러도 생각을 바꾸지 않고 저 모양이니 정말로 어찌해야 좋을지 모르겠군!"

이렇게 말을 하고 있을 적에 평안이 들어와,

"교씨 댁 나리께서 오셨습니다."

하고 전갈을 했다. 서문경은 대청으로 모셔 앉게 하고 서로 인사를 나누었다. 사리에 앉자 교대호는,

"여섯째 사돈댁이 몸이 안 좋다는 말을 어제 조카에게 듣고 이렇게 뵈려고 건너왔습니다."

라고 말하자 서문경이 답했다.

"아이가 죽고 난 다음부터 계속 우울해하며 자기 몸을 돌보지 않고 있더니 병이 더 도진 모양입니다. 공연히 사돈댁까지 걱정을 끼쳐드리는군요."

"의원들은 청해보셨는지요?"

"임의원 약을 늘 먹어왔지요. 어제는 다른 의원을 청해 진맥을 하고 약을 새롭게 처방해 먹여보았으나 별반 차도가 없어 오늘 다시 성 밖에 부인병을 전문으로 본다는 조용강이라는 의원을 청하러 애들을 보냈어요."

"우리 현문 앞에 사는 하[何]노인이라는 분이 있는데 크고 작은 병에 모두 용하다고 소문이 나 있지요. 그의 아들 하기헌[何岐軒]은 관청 지정 전문의사예요. 사돈께서는 어찌 하노인을 불러 안사돈을 한번 보이지 않으세요?"

"그렇게 용하다면 지금 조용강 의원을 모셔오도록 시켜 일러놓았으니 조의원이 진맥을 보고 어찌 말하는가를 보아 그때 가서 청해도 늦지 않겠죠."

"제 좁은 소견으로는 하노인도 지금 청해 안사돈의 진맥을 보게 한 뒤에 사랑채에서 기다리게 하는 것이 좋을 듯한데요. 그러다가 성밖 조의원이 와서 진맥을 하고는 어찌 말을 하는가를 들어보고 서로 얘기를 해보게 하면 병의 원인을 찾아낼 수 있을 거예요. 그런 다음 약을 쓴다면 효력이 있지 않겠어요?"

서문경은 이 말을 듣고,

"사돈 말씀에 일리가 있습니다."

하면서 대안을 시켜,

"내 명첩을 가지고 곧장 현청 앞 하노인을 모셔오너라."

하고 분부하자 대안은 대답하고 바로 출발했다. 서문경은 백작을 대청으로 나오게 해 교대호와 인사를 나누게 하고는 함께 앉아 차를 마셨다.

얼마의 시간이 흐른 뒤에 하노인이 도착했다. 서문경과 교대호에게 인사를 하고 자리에 앉으니 서문경이 하노인을 보고 손을 들어,

"오랫동안 뵙지 못했는데 어른께서는 더욱 정정해 보이십니다."

하니 교대호가 이어 말하기를,

"그래 자제분 일은 잘 되는지요?"

하고 물었다. 이에 하노인은,

"그 애는 날마다 현청에 나가 일을 보느라 틈이 없어요. 그래서 이 늙은이가 가끔 밖으로 병을 보러 다니지요."

했다. 이에 백작이,

"노인장께서는 금년에 연세가 어떻게 되세요? 참으로 정정해 보이십니다!"

하고 물으니 하노인이 답했다.

"금년 여든한 살이라오."

그렇게 잠시 이야기를 나누다가 차를 마시면서 애들을 시켜 안으로 들겠다고 전갈을 했다. 잠시 뒤에 방으로 들어가 침대에 걸터앉아 이병아의 진맥을 하기 위해 가까스로 부축하여 온돌 위에 앉게 했다. 구름 같던 머리가 다 풀어지고 몰골이 초췌하고 마른 것이 정말로 보기에도 딱할 성도였다.

얼굴은 황금 종이 같고
몸은 마치 은 막대 같네.
보아하니 아름답던 풍채는
이미 그 빛을 모두 잃었네.
가슴에는 기가 치솟아
아침에는 물 한 모금도 입에 대지 못하고
오장육부는 부어올라
하루 종일 알약도 삼키지 못하네.
귓가에는 은은한 소리가 들려오고
눈앞에는 침침하게 반딧불이 날아다니네.

육맥이 가늘게 뛰는 것이

지옥의 사자가 목숨을 달라고 재촉을 하네.

영혼은 가물거리며 표류하니

서방의 부처가 함께 가자 부르네.

조문객들이 이미 와 있으니

편작[扁鵲]* 같은 유명한 의원도 손쓰기 힘들어라.

面如金紙 體似銀條

看看減退豐標 漸漸消磨精彩

胸中氣急 連朝水米怕沾脣

五臟膨脝 盡日藥丸難下腹

隱隱耳虛聞磬響 昏昏眼睛覺螢飛

六脈細沉 東岳判官催命去

一靈縹緲 西方佛子喚同行

喪門吊客已臨身 扁鵲盧醫難下手

하노인은 이병아의 진맥을 하고 대청으로 나와 서문경과 교대호에게,

"이 마님은 정[精]이 충천해 혈관을 쳤고, 또 기[氣]가 상해 있습니다. 기와 혈맥이 서로 맞닥뜨려 피가 마치 산이 무너지듯 흐르는 것입니다. 처음 병이 생겼을 때를 잘 생각해보시고 맞는지 아닌지 잘 보십시오."

하니 서문경이,

"노인께서는 어떻게 치료를 하실 셈입니까?"

---

* 전국시대[戰國時代] 명의[名醫]로 성은 진[秦]이고 이름은 월인[越人]이라 함

이렇게 얘기를 나누고 있는데 하인이 안으로 들어와,

"금동과 왕경이 성 밖 조선생을 모시고 왔습니다."

하고 전갈을 했다. 이 말을 듣고 하노인이 묻는다.

"그 사람은 누굽니까?"

이에 서문경이 답했다.

"집에 있는 지배인이 용하다고 추천을 한 의원입니다. 하노인께서
는 모르는 체하고 계시다가 조의원이 진맥을 하고 나오면 두 분이 잘
상의하셔서 약을 쓰도록 하세요."

잠시 뒤에 밖에서 사람이 들어와 먼저 서문경과 인사를 나누고는
여러 사람들과 서로 인사를 나누었다. 하노인과 교대호가 가운데 앉
은 뒤에 조선생을 곁에 앉도록 하고 그 곁에 응백작과 서문경이 주인
자리에 앉았다. 내안이 차를 내와 마시고는 바로 찻잔을 거두어 나갔
다. 그때 조의원이,

"이 두 분께서는 존함이 어떻게 되십니까?"

하고 물으니 교대호가 말하기를,

"저는 성이 교씨이고, 이분은 하씨입니다."

하니 곁에 있던 백작도,

"저는 응씨입니다. 그런데 선생 성함은 어떻게 되시며 어디에 사
시고 주로 어떤 것을 치료하시는지요?"

하고 물으니 조선생이 대답하기를,

"송구스럽습니다. 저는 동문 성 밖 거리의 이랑묘[二廊廟] 삼전교
[三轉橋] 사안정[四眼井]에 살고 있는 별명이 '돌팔이 조씨'라고 합니
다. 평생 사람을 고치는 의술을 업으로 하며 살고 있습니다. 조부께
서는 태의원원판[太醫院院判](명대에 의술을 전담하던 부서로 정오품[正

五品]인 원사[院使] 한 사람과 정육품[正六品]인 원판[院判] 두 명이 있었음)을 지내셨고, 부친께서는 여부[汝府](여왕부[汝王府])의 양의[良醫]를 지냈습니다. 조상 대대로 의술을 물려받아 익히고 닦았지요. 매일 왕숙화[王叔和](위진[魏晉]년간의 저명한 의학가[醫學家]), 동원[東垣](금[金]대의 의사 이과[李果])을 보았으며, 또 물청자[勿聽子](작자[作者] 두찬[杜撰]의 명호[名號]. 이로써 조의원의 과장됨을 알 수 있음)의 의서[醫書]를 보았습니다. 그리고 『약성부[藥性賦]』『황제소문[黄帝素問]』『난경[難經]』『활인서[活人書]』『단계찬요[丹溪纂要]』『단계심법[丹溪心法]』『결고노맥결[潔古老脉訣]』『가감십삼방[加減十三方]』『천금기효양방[千金奇效良方]』『수성신방[壽城神方]』『해상방[海上方]』등 읽지 않은 책이 없고, 보지 않은 책이 없습니다. 약은 가슴속의 활법[活法]을 쓰고, 맥은 손끝의 현기[玄機]로 봅니다. 육기사시[六氣四時](육기[六機]란 인간의 기[氣]·혈[血]·진[津]·액[液]·정[精]·맥[脈]과 사시인 춘[春]·하[夏]·추[秋]·동[冬]이 서로 어우러지는 것을 이름)로 음양의 표준 품격을 밝히고, 칠표팔리[七表八裡](인간의 이십사 맥을 칠표[七表]·팔리[八裡]·구류[九類]로 분류함. 칠표[七表]: 부[浮]·규[芤]·골[骨]·수[數]·현[弦]·긴[緊]·홍[洪]의 일곱 가지 맥현상[脈現象]. 팔리[八裏]: 미[微]·침[沈]·완[緩]·삽[澁]·지[遲]·복[伏]·유[濡]·약[弱]의 여덟 가지 맥현상)로 관격[關格](소변과 구토를 끊임없이 하는 현상)의 부침을 정합니다. 감기나 오한 등의 증세는 한 번 보아 틀린 적이 없고, 현홍규석[弦洪芤石]의 맥 등 그 어느 곳에도 능통하지 않은 것이 없습니다. 소인이 말재주가 없어 모든 것을 다 말씀드리지 못하니 변변찮으나 단지 시 몇 수로 대신할까 합니다."

그러면서 말하기를,

나는 태의로 성은 조씨라오.
문 앞에는 언제나 사람들이 들끓는다네.
단지 지팡이 들고 방울을 흔들지만
그런대로 재간은 있다오.
의술은 행하지만 용하지는 않고
맥을 보고 입으로 치료하네.
약을 처방해 치료를 하나 효능이 없고
기혈을 다스리는 솜씨는 뛰어나다오.
머리가 아프면 수건으로 동여매고
눈이 아프면 쑥뜸을 뜬다오.
가슴이 아프다면 칼로 도려내고
귀가 아프다면 침을 놓는다오.
돈을 받는 돌팔이 의사로
이익만 추구할 뿐 별반 효력이 없네.
나를 찾으면 좋은 것은 적고 흉한 것만 많으니
집으로 오면 울음만 있고 웃음은 없다네.

我做太醫姓趙 門前常有人叫
只會賣杖搖鈴 那有眞材實料
行醫不按良方 看脈全憑嘴調
撮藥治病無能 下手取積兒妙
頭疼須用繩箍 害眼全憑艾醮
心疼定敢刀剜 耳聾宜將針套
得錢一味胡醫 圖利不圖見效
尋我的少吉多凶 到人家有哭無笑

바로,

음덕을 반쯤 쌓고 몸을 수양했으니
자고로 의술을 펼치는 일은 신선과 통하는 길이라.
半積陰功半養身 古來醫道通仙道

사람들은 이를 듣고 모두 크게 웃었다.
"당신은 문안 출신입니까? 문밖 출신입니까?"
하고 하노인이 묻자 조선생이 대답했다.
"문안 출신은 무엇이며 문밖 출신은 무엇입니까?"
"당신이 문안 출신이라면 부자지간에 서로 전하는 좋은 치료법이
있을 테고, 문밖 출신이라면 그런 가전비법 없이 단지 병을 물어 약
을 쓸 뿐이지요."
"노선생께서 무얼 잘 모르고 계신 모양인데, 옛사람이 '망문문절
신성공교[望聞問切 神聖功巧](낯빛을 보고, 소리를 들으며, 증세를 묻고,
맥을 짚는 네 가지 방법과 보고 아는 것을 신[神]이라 하고, 들어서 아는 것
을 성[聖], 물어서 아는 것을 공[功], 맥을 짚어 아는 것을 교[巧]라 함)'라
하지 않았습니까? 소생은 삼대의 문안 출신입니다만, 먼저 병 증세를
물어본 다음 진맥을 하고 환자의 안색 등을 살펴봅니다. 이것은 마치
자평[子平]이 오성[五星](수[水], 화[火], 목[木], 금[金], 토[土])과 겸해 손
금과 관상을 모두 봐야만 비로소 정확히 판단할 수 있는 것과 거의 마
찬가지인 셈이지요! 그래야만 거의 틀림없을 테니까요!"
"정히 그러하시다면 안으로 들어가 보시지요."
서문경은 즉시 금동을 시켜 안으로 가서,

"조의원이 오셨어요."

하고 알리게 했다. 잠시 뒤에 서문경이 조의원을 데리고 안으로 들어가니 그때 이병아는 막 잠자리에 들어 한숨 자고 있다가 다시 부축을 받고 일어나 요와 베개에 기대 겨우 앉아 있었다. 조의원은 먼저 왼손을 살펴보고, 다시 오른손을 살펴보았다. 그러고는 이병아에게 고개를 들게 하고는 그녀의 안색을 살펴보고자 하니, 이에 이병아는 간신히 고개를 들어 올렸다. 조의원은 서문경에게,

"나리, 나리께서 마님께 제가 누군지 한번 여쭤보세요."

하니, 서문경은 이병아에게 묻는다.

"이분이 누군가?"

이병아는 겨우 고개를 들어 한번 쳐다보고는 낮은 목소리로,

"태의가 아닌가요?"

하자 조의원은,

"나리, 걱정 마세요. 돌아가시지는 않겠어요. 아직 사람을 알아보고 계시잖아요!"

하니, 이 말을 듣고 서문경도 겨우 안심을 했는지 미소를 띠며,

"조의원께서 신경써서 잘 봐주세요. 내 사례를 잘 해드릴 테니 말입니다."

하자, 이 말을 듣고 조의원은 다시 한참을 살펴본 뒤에 말했다.

"제가 솔직히 말씀드리는 것을 탓하지 마십시오. 안색을 보고 또 맥을 짚어보니 추측건대 마님의 병은 상한[傷寒]이 아니면 잡증[雜症](내상병[內傷病]의 총칭[總稱])이고, 해산[解産]한 뒤나 아니면 임신하기 전에 얻은 병입니다."

서문경은,

"그런 병이 아니니 다시 한 번 잘 살펴주시기 바랍니다."

하자 조의원은 다시 말했다.

"너무 많이 먹어서 그런 것 같은데 얼마나 드셨어요?"

"그 사람은 요 며칠 동안 통 음식을 삼키지도 못했어."

"그럼 황병[黃病](배에 열이 나고 마음이 괴로워 겉으로 누렇게 뜨는 병)은 아닌지요?"

"아닌데요."

조의원은,

"그렇지 않다면 어째 얼굴이 이렇게 누렇게 떴을까?"

그러면서 다시 말했다.

"그렇다면 비장이 허해서 설사를 하는 걸 겁니다."

"설사병이 아니오."

"설사를 하는 것도 아니라면, 도대체 무엇일까? 어떻게 이런 병에 걸려 사람을 이렇게 골치 아프게 만들까?"

그러면서 앉아 한참을 생각하다가,

"아, 생각났어요! 변독어구[便毒魚口](황현[黃痃] 혹은 변독[便毒]으로 임파선이 붓는 증세. 성병[性病]의 일종임)가 아니면 반드시 경수[經水](월경[月經])불순일 거예요."

"여자가 어찌 변독어구에 걸리겠어요? 당신 말대로라면 월경불순이 그래도 좀 가깝겠군요."

"나무아미타불, 소인이 그래도 조금은 알아맞혔군요!"

"왜 월경불순이 생긴 건가요?"

"건혈로[乾血癆](피가 너무 부족한 것)가 아니라면, 혈산붕[血山崩](여인네들이 월경 기간이 아닌데도 출혈을 많이 하는 것)일 겁니다."

"솔직히 말씀드려 안사람의 병이 그러합니다. 계속 하혈을 해서 몸이 갈수록 비쩍 말라가고 있습니다. 이런 것을 막을 무슨 좋은 처방이 있는지요? 좋은 것이 있다면 어서 처방해 먹게 해주십시오. 제가 후하게 사례를 하겠습니다."

"서두르실 필요 없어요. 제게 좋은 약이 있으니 앞채로 나가 처방을 적어드리면 약을 지어 오도록 하세요."

서문경은 즉시 조의원을 데리고 앞 대청으로 나왔다. 교대호와 하노인은 가지 않고 있다가 그가 나오는 것을 보고는,

"무슨 병인가요?"

하고 물으니 조의원은,

"소인 판단으로는 월경이 멈추지 않고 쏟아지는 증세 같아요."

하니 하노인이,

"어떤 약으로 치료하려 하시는지요?"

하자 조의원은,

"제게 좋은 처방이 있으니, 몇 가지 약들을 잘 달여 먹으면 바로 좋아질 겁니다."

그러면서 말하기를,

감초[甘草], 감수[甘遂]에 강사[礵砂], 여로[藜蘆], 파두[巴豆]에 원화[芫花].

신석[信石] (비석[砒石])에 생반하[生半夏]를 섞고

오두[烏頭], 행인[杏仁], 천마[天麻]를 쓴다네.

이 몇 가지를 잘 섞어서 달인 뒤에

파뿌리와 꿀로 비벼 알약으로 만들어서

이른 아침 소주로 복용하세요.

甘草 甘遂與礵砂 黎蘆 巴豆與芫花

人言調着生半夏 用烏頭杏否仁天麻

這幾味兒齊加 蔥蜜和丸只一撾

清辰用燒酒送下

하노인이 듣고는,

"이런 약들은 독약이 아니오?"

하니 조의원이 말했다.

"자고로 독약은 입에 쓰지만 병에는 좋다고 했습니다. 일찌감치 손을 써 떼버리는 것이 월경불순을 질질 끄는 것보다 좋지 않겠어요?"

이 말을 듣고 서문경이 벌컥 화를 내며,

"이 자가 헛소리를 하고 있구나."

그러면서 하인을 불러,

"당장 이 자를 끌어내거라."

하니 교대호가 말했다.

"한지배인이 추천해서 데리고 왔다 하니 빈손으로 돌려보낼 수는 없잖아요."

"기왕에 그렇다면 앞에 점포에 나가 은자 두 냥을 주어 돌려보내거라."

이에 조의원은 은자 두 냥을 받아들고는 마치 나는 화살처럼 '걸음아 날 살려라' 하고 날 듯이 집으로 돌아갔다. 서문경은 조의원이 가는 걸 보고서 교대호에게,

"이 자는 원래 아무것도 모르는 돌팔이군요."

하니 하노인이,

"방금 노부는 감히 말을 못하고 있었습니다만, 본래 이 자는 동문 밖의 유명한 돌팔이 의사 조씨로 오로지 깃대를 들고 방울을 흔들며 오가는 사람을 불러 사기를 치고 다닙니다. 어디 그런 자가 어떻게 진맥을 하고 병명을 밝혀 제대로 환자의 병을 치료할 수 있겠습니까?"

그러면서 다시,

"제가 집으로 돌아가는 즉시 마님 약을 두어 첩 지어 보내드리겠습니다. 그것을 달여 드시고 하혈도 조금 멈추고 가슴 답답한 증세도 조금 나아진다면 이 약의 효험이 있는 것이오나 만약 이 약을 쓰고도 하혈이 멈추지 않고 음식을 제대로 삼키지 못한다면 치료하기가 좀 힘들 성싶습니다!"

하노인이 말을 마치고 몸을 일으키자 서문경은 백금 한 냥을 봉해 대안에게 약값으로 드리라 이르고 가서 약을 받아오게 해 저녁에 달여 먹었다. 그런데도 전혀 좋아지는 기미가 보이지 않자 오월랑이 말했다.

"약을 그만 먹이세요. 음식도 제대로 삼키지 못하는데 어떻게 그런 약들을 다 소화시켜 효능을 발휘할 수 있겠어요? 오히려 해가 될까 걱정이네요. 일전에 오신선이 이병아의 점을 봤을 적에 스물일곱에 혈광지재[血光之災](피를 보거나 죽게 된다는 큰 재앙)가 있다고 했는데 올해가 스물일곱이잖아요? 그러니 오신선에게 사람을 보내 그가 무슨 별자리의 잘못을 범했다면 점을 쳐 이런 재앙을 벗어날 수 있는 방법을 가르쳐달라고 해보는 것이 어떨까요?"

이에 서문경은 하인에게 자기 명첩을 들려 주수비의 관저로 보내

오신선의 거처를 알아보게 했다. 주수비 댁에서 말하기를,

"오신선은 신선처럼 구름 따라 주유하시는 분인지라 오가는 곳이 일정하지 않으나 이곳에 오시면 성 남쪽의 묘에 머물지요. 올해는 사월경에 무당산으로 갔습니다. 사람의 수명에 관해 점을 치실 것 같으면 진무묘[眞武廟] 밖에 황선생이라는 분이 있는데 아주 용하답니다. 한 번 점을 볼 때마다 은전 석 돈을 받는데 집으로 찾아다니며 점을 보지는 않습니다. 전생과 내세의 일까지도 마치 눈앞에 있는 듯 잘 알아맞히죠."

하니, 이 말을 듣고 서문경은 즉시 진경제에게 명해 은전 석 돈을 가지고 북쪽 진무묘 앞에 살고 있는 황선생을 찾아가 보게 했다. 그 집 앞에 이르니 문 앞에 쓰여 있기를,

기가 막히게 점을 쳐드립니다. 복채는 은전 석 돈.

이에 진경제가 앞으로 가서 인사를 하고 복채로 은전 석 돈을 올리면서,

"한 사람의 운명이 어떠한지 좀 보아주십시오."

하고는 그에게 생년월일과 시[時] 등 팔자[八字]와 나이가 스물일곱에 정월 십오 일 오시 출생이라는 것을 모두 가르쳐주었다. 황선생은 주판을 한 번 튕기고 나서는,

"이 여인의 명은 신미년 경인월 임오시로 인수지격[印綬之格]을 취하고 사세[四歲]의 운세를 빌어 운행하고 있습니다. 네 살은 기미[己未]이고, 열네 살은 무오[戊午], 스물네 살은 정사[丁巳], 서른네 살은 병진[丙辰]입니다. 그리고 금년은 정유[丁酉]년으로 비견[比肩]

이 힘을 쓰며 일간을 상하게 하고 있습니다. 즉 정유년은 화[火]이고 이분이 태어난 신묘는 금[金]으로 바로 화극금[火克金]의 명으로 계도성[計都星](흉신[兇神])이 내림[來臨]을 했고, 또 상문오귀[喪門五鬼](청시귀[青屍鬼], 적시귀[赤屍鬼], 황시귀[黄屍鬼], 백시귀[白屍鬼], 흑시귀[黑屍鬼])를 범했으며 재살[災煞]들이 소동을 부리고 있습니다. 무릇 계도라는 것은 흐리고 어둠침침한 별로 그 생김이 마치 실을 어지러이 풀어놓은 것과 같이 머리도 없이 변화가 실로 무쌍합니다. 사람들이 이런 운세를 만나게 되면 대부분 좋지 않은 일이 생기고 그로 인해 질병을 얻게 됩니다. 주로 정월, 이월, 삼월, 칠월, 구월에 질병에 시달리게 되고, 재물의 손상을 보게 되며 또 애들에게 재앙이 찾아들게 됩니다. 소인의 점괘로 보건대 남의 입에 오르내리거나 재물을 잃는 수인데, 만약에 여자라면 대단히 좋지 않습니다."

그러면서 단언하건대,

계도성이 돌아 비추면
명은 육지에서 배가 가는 듯
필히 주인은 이마를 찌푸리네.
조용히 머뭇거려도 어쩔 수 없고
한가로운 가운데 비통함이 그치질 않네.
여인이 이를 범해 그 연유를 묻지만
필시 어지러운 실처럼 오래가지 않으리.
임신 전, 산후 조리에 마음 쓰기를.
計都流年臨照 命逢陸地行舟 必然家主皺眉頭
靜裡躊躇無奈 閒中悲慟無休

女人犯此問根由 必似亂絲不久
切記胎前産後

다시 이르기를,

혼인이 늦어졌다고 말하지 마라.
단지 전생의 인연으로 부모와 일찍 이별했기 때문이니
아름다운 모습은 갈수록 아름답고
생각과 사려가 모두 깊고 깊어라.
짝을 구해와 보니 용[龍]이 먼저 와 있네.*
양[羊]에 속해 있으며 호랑이의 위세를 보았네.**
애달프게도 정이 무르익을 때 은정을 잃고
명이 계궁[鷄宮](닭띠) 속에 낙엽처럼 떨어지누나.
莫道成家在晚時 止緣父母早先離
芳姿嬌媚年來美 百計俱全更有思
傳揚仉儷當龍至 榮合屠羊看虎威
可憐情熟恩情失 命入雞宮葉落裡

　이러한 점괘를 다 적은 후에 봉투에 잘 봉하고 진경제에게 들려
집으로 돌아가게 했다. 서문경은 마침 응백작, 온수재 등과 앉아 있
다가 진경제가 점괘를 적어오자 받아들고는 안채로 들어가 월랑에
게 들려주니, 역시 이 점괘도 '흉[凶]함이 많고 길[吉]한 것은 적다'였

---

* 이병아가 서문경에게 시집갔을 적에 용띠인 반금련이 와 있었음을 뜻함
** 양띠인 이병아와 호랑이띠인 서문경을 가리킴

다. 서문경이 듣지 않았다면 몰라도 불길함만이 가득한 점괘를 보고
나니 양미간은 더욱 찌푸려지고 가슴속에는 근심과 걱정이 가득 차
게 되었다.

　　고귀한 젊음도 죽음을 만나고
　　영리한 사람도 깨어나 가난을 겪네.
　　생년월일은 정해진 것으로
　　운명이지 사람이 할 수 있는 것은 아니리.
　　高貴靑春遭大喪 伶俐醒然卻受貧
　　年月日時該定載 算來由命不由人

제62화

기러기는 짝을 잃고 슬피 울고

반도사는 굿을 하고 등명제(燈命祭)를 올리고,
서문경은 이병아의 죽음에 통곡하다

행한 일을 자신이 안다면
화복[禍福]의 원인을 누구에게 물으리.
선악[善惡]에는 결국 보응[報應]이 따르니
단지 일찍 오거나 늦게 올 뿐.
한가할 때 평생 한 일을 살펴보고
조용히 날마다 할일을 생각해내
항시 마음을 올바르게 행한다면
자연히 하늘도 저버리지 않으리.
行藏虛實自家知 禍福因由更問誰
善惡到頭終有報 只爭來早與來遲
閑中點檢平生事 靜裡思量日所爲
常把一心行正道 自然天理不相虧

　서문경은 이병아가 약을 먹고 백방으로 의원을 불러 치료를 해봐
도 효험이 없는 것을 보고는, 고사를 지내고 거북점을 쳐보거나, 동
전을 던져 보는 점, 간지[干支]를 짚어 보는 점 등 온갖 점을 다 봐도

모두 흉함이 많고 길함은 적다는 말뿐이니, 어찌할 방법이 없었다.

이병아는 처음에는 억지로라도 일어나 머리를 빗고 세수도 하고 또 제 발로 침상에서 내려와 변기에 앉았다. 그러나 갈수록 먹는 것도 적어지고 몸도 더욱 수척해지고 하혈도 그치지 않았다. 이렇게 얼마를 지나다 보니 꽃처럼 아름답던 얼굴이 더욱 말라 보기에도 흉하게 되었다. 게다가 온돌 위에 제대로 앉아 있지도 못하고 이부자리에 누워 생활을 하고 대소변도 자리에서 받아내니, 사람이 들어와 그 냄새를 싫어할 것을 걱정해 하인 애들을 시켜 방에 향을 피워놓았다. 서문경은 이병아의 팔목이 은 젓가락처럼 앙상하게 마른 것을 보고 곁을 떠나지 않고 울며 밤을 지새웠다. 관청에도 하루 건너 한 번씩 다녀올 뿐이었다. 이러한 서문경을 보고 이병아가 말했다.

"여보, 그러지 마시고 관청에 등청해서 일을 보세요. 그러다가 일을 그르치면 어쩌려고 그러세요. 저는 괜찮아요, 하혈만 멈추면 돼요. 약을 먹고 하혈이 멈추면 입맛이 날 것이고 그때 음식을 잘 먹으면 좋아질 거예요. 당신은 사내대장부인데 이렇게 하루 종일 방 안에서 쭈그리고 앉아 저만 지켜보시면 어떡해요?"

이 말을 듣고 서문경은 울먹이며,

"사랑하는 당신이 이렇게 몸이 안 좋은데, 어디 마음 편히 일을 볼수 있겠어!"

하니 이병아는,

"어리석은 양반 같으니라고, 죽지 않는다고 해도 언제까지나 당신을 이렇게 붙잡아둘 수 있겠어요?"

그러면서 다시 말했다.

"사실 드릴 말씀이 있었는데 차마 하지 못했어요. 저도 어찌된 일인지 모르게 방에 사람이 없으면 속으로 무서워요. 그림자같이 희미하게 사람 모습이 눈앞에서 얼쩡거리며 왔다 갔다 하는 것 같아요. 밤에 잠을 자다가 꿈속에서 화자허를 보는데 어떤 때는 손에 칼을 들거나 지팡이를 들고서 나를 꾸짖는 것 같아요. 관가도 화자허의 품에 안겨 있는데 내가 뺏어올라 치면 나를 확 밀어붙여 쓰러지게 하는 거예요. 그러고는 자기가 이번에 새로 집을 샀다고 하면서 몇 차례나 억지로 저를 끌고 가려고 하는 거예요. 이런 일을 당신께 말씀드리기 뭐해 지금까지 얘기하지 않았어요."

"사람의 죽음은 등불이 꺼지는 것과 같아. 몇 년 전에 죽은 그(이병아의 전남편)가 어디로 갔는지 누가 알아? 당신이 오랫동안 병에 시달리고 하혈을 많이 하다 보니 몸이 허해지고 정신이 혼미해져서 헛것이 보이는 게야. 세상에 어디 그런 귀신이고 도깨비 나부랭이가 있겠어? 내 내일 당장 오도관의 묘에 사람을 보내 귀신을 내쫓는 부적을 두어 장 얻어다가 당신 방에 붙여야겠어. 또 언제 그런 도깨비나 귀신들이 나타날지 두고 볼 테야!"

서문경은 이렇게 말하고 바로 밖으로 나와 대안더러 말을 타고 오도관이 있는 옥황묘로 가서 부적을 얻어오라고 분부했다. 가는 도중에 응백작과 사희대를 만나 말에서 내려 인사를 하니 그들이 묻는다.

"나리께서는 댁에 계신가?"

"예, 집에 계세요."

"자네는 어딜 가는 길인가?"

"옥황묘로 부적을 얻으러 가요."

대안과 헤어진 응백작과 사희대는 서문경의 집에 도착해서,

"사자순이랑 형수님 건강이 좋지 않다는 소식을 듣고 깜짝 놀라서

문안을 드리러 왔어요."

했다. 서문경은 이를 듣고,

"한 이삼 일 좋아지는 것 같더니만 갈수록 몸이 마르는데 몰골이
영 말이 아니야. 그러니 나도 이러지도 저러지도 못하고 그냥 이렇게
있는 게야! 애의 죽음을 그냥 잊어버리면 될 텐데, 잊지 못하고 밤낮
으로 울기만 하고 우울해하더니 결국 병이 생겨버렸어. 아무리 그러
지 말라고 권해도 듣지 않으니, 내가 무슨 방법이 있겠나!"

하니 백작이 물었다.

"형님, 그런데 왜 대안을 옥황묘로 보내셨어요?"

이에 서문경은 방금 이병아가 방에 홀로 있으면 공연히 헛것이 보
이며 무섭다는 얘기를 전해주면서,

"귀신이 있다고 하도 무서워하니 하인 애를 오도관에게 보내 부적
을 두어 장 얻어서 방에 붙여 귀신들의 장난을 물리치려는 것일세."

하자 사희대는,

"형님, 형수님의 기가 허해져서 괜한 허깨비들이 보이는 것이지,
어디에 그런 귀신이나 도깨비들이 있겠어요?"

하니 백작도 말했다.

"형님, 만약에 귀신이 있다면 물리치는 것은 어려운 일이 아니에
요. 성 밖 오악관[五岳觀]에 반도사[潘道士]라는 사람이 있는데, 귀신
을 쫓는다는 천심오뢰법[天心五雷法](일명 장심뢰[掌心雷])을 잘 익히
고 있어 '귀신 잡는 반씨'라고 한답니다. 부적 태운 물로 사람을 구한
적도 있답니다. 형님께서 반도사를 불러서 형수님의 방 안에 과연 귀
신이나 도깨비가 있는지 보게 한다면 반도사는 바로 알 수 있을 거예
요. 반도사에게 치료해달라고 하면 잘 해줄 것입니다."

"오도관한테 부적을 받아오는 것을 보아서 하세. 그가 그런 데 살고 있으니 어쩔 수 없이 하인 애를 데리고 말을 타고 가서 모셔와줘야겠네."

백작은,

"괜찮아요, 제가 가지요. 하늘이 형수님을 가련하게 여겨 낫게만 해주신다면 제가 머리를 싸매고라도 가지요."

이렇게 말을 하며 백작과 사희대는 차를 마시고 자리에서 일어나 각자 볼일을 보러 갔다.

한편 대안은 부적을 얻어와 방에 붙였다. 밤이 되자 이병아는 여전히 무서워하며 서문경에게 말했다.

"무서워 죽겠어요. 방금 전에 죽은 화자허와 다른 사람 둘이 저를 잡아가려고 왔어요. 당신이 들어오자 급히 몸을 감추어 나가버렸어요."

"그런 귀신 같은 것은 믿지 마, 다 괜찮아질 거야! 어제 응동생이 말하기를 이 모든 게 당신이 너무 허약해져서 그렇다더군. 그러면서 또 말하기를 성 밖 오악관에 반씨라는 도사가 살고 있는데 부적을 태운 물로 병을 잘 치료하고 귀신도 잘 쫓는다고 하더군. 그래서 내일 아침 일찍 응동생더러 그분을 모셔오라고 해서, 만약 당신 방에 무슨 귀신이나 도깨비가 있다면 내쫓아달라고 할 셈이야."

"여보, 기왕이면 좀 일찍 오라고 하세요. 그 사람이 좀 전에도 원한을 품고 떠나갔으니 내일 또 저를 잡아가려고 올 거예요! 그러니 빨리 사람을 시켜 불러와주세요!"

"그렇게 두렵다면, 내 하인더러 가마를 가지고 가서 오은아를 데려오라고 해서 함께 있도록 해주지."

이 말을 듣고 이병아는 고개를 내저으며,

"부를 필요는 없어요, 장사하는 사람을 공연히 방해하지 마세요."

하자 서문경은,

"그럼 풍씨 할멈을 불러 이삼 일 동안 시중들도록 하면 어떨까?"

하니, 이 말에는 이병아도 고개를 끄떡였다. 이에 서문경은 내안에게 사자가 있는 집으로 건너가서 풍씨 할멈을 불러오라고 일렀다. 가서 보니 풍노인은 문을 잠그고 어디론지 나가고 없어 일장청에게 일렀다.

"할멈이 돌아오면 빨리 나리 댁으로 건너오라고 일러줘. 여섯째 마님께서 부르셔."

한편 서문경은 대안에게도 사람을 보내 내일 아침 일찍 집으로 와서 응백작과 함께 성 밖에 있는 오악관에 가서 반도사를 불러오라고 했다.

다음 날 아침 관음암의 왕비구니가 찬합에 햅쌀과 우유로 버무린 떡을 스무 개 정도 담고, 또 다른 작은 찬합에는 오이와 가지장아찌를 담아 가지고 병문안을 하러 왔다. 이병아는 왕비구니를 보고서 급히 영춘을 시켜 자기를 부축해 앉게 했다. 왕비구니가 좀 어떠하냐고 인사를 하자 이병아는 자리에 앉도록 청하면서 말했다.

"왕사부, 일전에 경전을 인쇄해 가지고 떠나신 후에 어째 통 그림자도 뵐 수가 없네요. 제가 이렇게 몸이 안 좋은데 어째 한 번도 보러 오지를 않으셨어요?"

"마님도 무슨 그런 섭섭한 말씀을! 저는 마님께서 이렇게 아프신 줄을 통 몰랐어요. 어제 큰마님께서 하인을 저희 암자로 보내셨기에 비로소 알게 되었지요. 그리고 마님께서는 잘 모르시겠지만, 인쇄한 경전 건으로 음탕한 설비구니랑 한바탕 싸웠어요! 마님께 경전을 인쇄해드린다고 하면서 설비구니는 자기 이득만 챙겼어요. 그년이 몰래 인쇄업자한테서 은자를 받아 처먹고 저한테는 땡전 한 푼 주지를 않는 거예요! 마님께서는 복을 받으시겠지만 그 음탕한 계집은 언젠가 지옥으로 떨어질 거예요! 너무 화가 나서 큰마님 생신도 까먹고 오지 못했어요."

"다 죗값을 치를 테니 쓸데없이 설비구니와 다투지 말아요."

"누가 설비구니와 싸우기나 한데요!"

"큰마님께서 당신을 안 좋게 보고 계세요. 큰마님께 애를 가질 수 있는 경전을 읽어준다 해놓고 까먹고 있다면서요?"

"아이구 맙소사! 아무리 제 기분이 안 좋다 하더라도 어찌 감히 큰마님께 경을 읽어드리는 일을 소홀히 하겠어요? 제가 암자에서 거의 한 달 동안을 아이를 갖게 해달라고 열심히 염불을 드렸는데 어제 겨우 원만하게 끝을 맺었어요. 그래서 오늘에서야 이렇게 찾아온 것이고 오자마자 먼저 안채로 들어가 큰마님을 뵙고 저의 여러 가지 속 타는 사정을 한바탕 말씀드렸어요. 그리고 제가 미처 여섯째 마님께서 몸이 안 좋으신 것을 몰라서 특별한 것은 가져오지 못하고 단지 햅쌀과 오이 열댓 개와 우유 과자를 가져왔으니 이걸로 마님께 죽이라도 좀 쑤어서 드리라고 했어요. 그랬더니 큰마님께서 소옥 아씨더러 저를 데리고 가서 마님을 뵙도록 하라고 하셨어요."

소옥은 찬합을 열고 안의 물건을 이병아에게 보여주니 이병아는 그것을 보고 말했다.

"신경써줘서 너무 고마워요."

"영춘 아씨, 우유 과자를 두어 개 쪄오세요. 마님께서 죽이라도 조금 드시는 것을 볼게요."

이에 영춘은 받아 가지고 나갔다. 이병아가 영춘에게 차를 내오라고 해서 왕비구니에게 대접하자 왕비구니가 말했다.

"방금 큰마님 방에서 차를 마셨어요. 죽을 끓여오면 마님께서 드시는 것을 제 눈으로 좀 볼게요."

잠시 뒤에 영춘이 왕비구니를 위해 탁자를 깔고 차와 곁들여 먹을 음식을 네 가지 준비했다. 그리고 이병아가 먹을 죽을 내왔는데 접시 하나에는 오이장아찌, 또 다른 접시에는 갓 찐 누런색 우유 과자와 햅쌀 죽 두 종지였다. 영춘이 젓가락 한 쌍을 들고 유모 여의아가 종지를 들고 한참을 떠먹여주었으나 죽을 겨우 두세 모금 삼키고 우유 과자는 겨우 한 입 베어 먹고 고개를 내저으며 더 먹지 못하고 내가라고 일렀다. 이를 보고 왕비구니가 말했다.

"사람한테 '먹고 마시는 것이 바로 명이라'고 하잖아요. 죽을 잘 쑤어왔으니 몇 술 더 뜨시지 그러세요?"

"나도 먹을 수 있다면 좋겠어. 그런데 속에서 받지를 않는데 어떻게 해!"

영춘은 바로 탁자와 상을 치워 들고 나갔다. 왕비구니는 이불을 들추고 이병아의 몸을 살펴보니 너무 말라 뼈만 앙상하게 남아 있어 깜짝 놀라며,

"마님, 제가 일전에 뵐 적에는 그럭저럭 괜찮으시더니 어쩜 이렇게 야위셨어요?"

하고 물으니 여의아가 답했다.

"괜찮기는요, 마님의 병은 울화가 치밀어 생긴 병이에요. 나리께서 의원을 청해 매일같이 약을 달여 드려서 한때는 거의 칠팔 할은

회복된 적도 있어요. 그러던 것이 팔월경에 애기씨가 놀라서 좋지 않게 되자 마님께서 밤낮으로 걱정하시며 잠도 전혀 주무시지 않고 간호를 하셨지요. 마님은 애기씨가 좋아지려니 하고 기대를 했는데 그만 죽고 말았지요. 그래 밤낮으로 우시며 쌓인 숱한 말들을 간직한 채로 참고 있으니 어디 철석으로 만든 사람이라 한들 견딜 수가 있겠어요? 결국 병이 도진 거예요! 사람은 무슨 화가 나는 일이 있어도 다른 사람에게 풀어버리면 그런대로 좋아지잖아요. 그런데 마님께서는 전혀 말씀을 하지 않고 또 물어도 대답하지 않으세요!"

왕비구니가,

"그런데 왜 속이 상하셨어요? 나리께서도 마님을 귀여워해주시고 큰마님께서도 각별히 보살펴주시잖아요. 누군가 틀림없이 마님의 화를 돋우었군요?"

하고 물으니 유모는,

"왕사부님, 정말로 누가 마님의 비위를 긁었는지 모르세요?"

라고 말하면서 영춘에게,

"밖을 좀 살펴보고 문이 잠겼는지 봐줘요."

한 다음에 다시 말했다.

"길에서 하는 말도 숲에 사람이 있어 엿듣는다고 하잖아요. 사실 우리 마님께서는 다섯째 마님 때문에 병이 생긴 거예요. 다섯째 마님이 기르던 고양이가 애기씨의 손발을 할퀴어 경기를 일으킨 거예요. 나리께서 그런 일이 정말 있었느냐고 추궁하자 우리 마님께서는 한마디도 입 밖에 내지 않으셨지요. 나중에 큰마님께서 전후 사정을 자세히 말씀드리자 화가 난 나리께서 그 고양이를 던져 죽여버렸지요. 그런데도 다섯째 마님은 시치미를 뚝 떼고는 우리한테 오히려 생사람을 잡는다고 야단을 치며 화풀이를 하시는 거예요! 팔월에 애기씨가 죽자 오히려 기가 더 세져서 날마다 말을 빙 돌려 욕을 해대며 즐거워하는 거예요. 우리 마님께서 하나도 빠짐없이 다 듣고 계셨으니 그 속이야 오죽하셨겠어요? 그렇게 속이 타고 화가 나시는데도 눈물을 흘리지 않았어요! 이렇게 계속 꾹꾹 참기만 하시더니 결국은 이런 병에 걸리신 거지요. 마님의 성품이 얼마나 좋은지 하늘은 아실 거예요! 좋아도 그저 속으로, 싫어도 그저 마음속으로 간직하시잖아요. 여러 마님들과도 여태까지 한 번도 얼굴 붉히신 적이 없잖아요. 마음에 드는 옷이 있어도 다른 마님에게 없으면 잘 입지 않으셨잖아요. 집안에서 누구 하나 마님의 은혜를 입지 않은 사람이 어디 있어요? 하지만 마님의 은혜를 입고도 등뒤에서 헐뜯으며 욕을 하는 사람이 있잖아요."

"헐뜯으며 욕을 하다니요?"

"다섯째 마님의 친정어머니인 반씨 노인이 왔을 적에 나리께서 다섯째 마님 방으로 하룻밤을 보내러 가는 통에 친정어머니가 우리 처소로 건너온 적이 있었지요. 다음 날 우리 마님께서 그분께 신발이며 옷이며 은자 등을 선물해주지 않았겠어요? 그런데 다섯째 마님께서 보시고는 욕을 해대며 자기 어머니를 야단치는 거예요!"

이병아가 곁에서 여의아를 나무라며 말했다.

"이 여편네가 무슨 쓸데없는 말을 그렇게 하나? 나야 죽을 사람인데 저 하는 대로 내버려둬! 옛말에도 '하늘은 말하지 않아도 스스로 높고, 땅은 말하지 않아도 스스로 낮다'고 했잖은가."

"나무관세음보살, 마님께서 이렇듯 선한 마음을 갖고 계심을 누가 알리오! 하늘에도 눈이 있어 굽어보고 계실 테니 마님께는 언젠가 좋은 일이 있을 것입니다.”

이 말을 듣고 이병아는 픽 웃으며 말했다.

“왕스님도, 무슨 좋은 일이 있겠어요! 하나밖에 없는 자식도 먼저 세상을 등졌는데요. 그리고 나는 지금 아랫부분에 몹쓸 병이 걸려 있으니 죽어 귀신이 된다 해도 제대로 걷지도 못할 거예요! 그래 제가 왕스님께 얼마 되지 않는 은자나마 좀 드리려고 하니, 바라건대 훗날 제가 죽거든 왕스님께서 저 대신 스님을 몇 사람 불러 『혈분경참[血盆經懺]』(여인들이 월경과 출산 등으로 피를 흘리기 때문에 죽어서 피 연못에 빠질 것을 두려워해 읊는 경전)을 몇 차례 읽어주신다면, 내 죄업도 어느 정도는 좀 덜 수 있지 않겠어요!”

“나무관세음보살, 마님께서는 공연한 걱정을 하십니다! 하늘도 불쌍히 여기시어 머지않아 좋아지실 거예요. 마님같이 착하신 분은 모든 신들이 보호해주실 것입니다.”

이렇게 말하고 있을 적에 금동이 들어와 영춘에게,

“나리께서 방을 깨끗이 치워놓으래요. 화대구 어른께서 안으로 들어와 마님을 보시겠다며 지금 앞채에 앉아 계세요.”

하니, 이 말을 듣고 왕비구니가 자리에서 일어나며,

“잠시 안채에 들어가 있을게요.”

했다. 이에 이병아가 말했다.

“왕스님, 가지 마시고 저와 이삼 일 같이 있어주세요. 스님께 드릴 말씀이 있어요.”

“마님께서 그렇게 말씀을 하시니, 가지 않겠어요.”

잠시 뒤에 서문경이 화대구와 함께 안으로 들어와 문병을 했으나, 이병아가 온돌 위에 드러누워 아무런 말도 하지 않는 것을 보고 화대

구는,

"저는 이렇게 편찮으신 줄 모르고 있다가 어제 이곳 하인들이 알려주어 비로소 알았어요. 집사람은 내일 병문안하러 올 거예요."

하자 이 말을 듣고 이병아는 단지,

"공연히 폐만 끼치는군요!"

라며 안쪽을 향해 돌아누웠다. 화자유는 잠시 앉아 있다가 몸을 일으켜 앞채로 나와 서문경에게 말했다.

"돌아가신 할아버지가 광남진수[廣南鎭守]로 계실 적에 가지고 있던 삼칠약[三七藥](인삼 21개의 뿌리로 해독, 설사, 지혈 등의 효능이 있음)을 드셔보셨는지요? 여인네들이 피를 많이 흘릴 때 술에다 가루를 약간씩 개어 먹으면 바로 피가 멈추지요. 큰마님께서 이 약을 가지고 계실 텐데 어째 복용하지 않으시지요?"

"그 약도 먹어봤지요. 어제 우리 고을의 호내윤[胡大尹]이 문병을 왔기에 내가 이러이러한 병이라고 얘기해줬어요. 그랬더니 종회[棕灰](지혈[止血]에 사용)와 백계관화[白鷄冠花](주로 혈을 다스리는 데 사용)를 술로 달여서 먹여보라 하기에 그대로 했더니 하루는 멈추더군요. 그런데 그다음 날 전보다 훨씬 많은 양의 피를 흘리더군요."

이에 화자유는,

"그렇다면 매우 어렵겠군요. 형님께서는 일찌감치 관을 준비해두시는 게 좋겠군요. 내일 집사람더러 와보라고 이를게요."

말을 마치고 일어서자 서문경은 좀 더 있으라고 잡았으나 작별 인사를 하고 떠났다.

유모와 영춘이 한참 이병아의 몸 밑에 새 기저귀로 갈아주고 있는데 풍노파가 들어와 인사를 했다. 이를 보고 여의아가 말했다.

"풍씨 노파같이 귀하신 분이 어인 일로 다 마님을 뵈러 왔을까? 어제 나리께서 내안더러 당신을 불러오라고 했는데 집에 없었다면서요? 도대체 문을 잠그고 어디 갔었어요?"

"제 속마음을 어찌 말로 다 하겠어요. 아침 일찍 묘에 가서 하루 종일 기도를 올리고 어두워져서야 돌아왔답니다. 여기 와보니 장스님, 이스님, 왕스님도 계신 것 같던데…."

여의아가,

"노인네가 무슨 스님 타령이에요? 왕비구니는 아직 여기 있는데."

하니, 이 말을 이병아도 듣고 미소를 지으며,

"풍노파가 거짓말을 다 하네!"

하자 여의아가 말했다.

"풍씨 할머니가 불러도 오시지 않았잖아요. 마님께서는 요 며칠 죽도 제대로 잡숫지 못하고 마음이 우울하고 편치를 않으셨어요. 그런데 할머니가 오니까 비로소 웃으시는군요. 할머니께서 이삼 일 동안 마님을 잘 보살펴드리면 마님의 병세도 바로 좋아질 거예요."

풍노파는,

"제가 바로 마님의 울화병을 퇴치시켜줄 박사지요."

하며 다시 한차례 웃었다. 그러면서 이불 안으로 손을 넣어 이병아의 몸을 더듬어 만져보고는,

"마님, 걱정 마세요. 좋아질 거예요!"

하고는 다시,

"그래, 변기에는 오르내릴 수 있으신가?"

하고 물었다. 영춘이,

"오르내릴 수만 있다면 얼마나 좋겠어요. 한 이삼 일 전만 해도 마

님께서 억지로라도 힘을 내고 우리들이 부축을 해서 겨우 볼일을 보셨지요. 그런데 요즈음은 그냥 온돌 위에 누운 채 기저귀에다 하루 두세 번씩 일을 보세요."

하니 여의아도,

"아무것도 들지 않으시는데 어떻게 하혈을 멈출 수 있겠어요!"

이렇게 말하고 있을 적에 서문경이 안으로 들어와 풍노파가 와 있는 것을 보고서 물었다.

"풍씨 할멈, 자주 건너와 봐야지, 어째 요새는 발걸음을 끊은 게지?"

"나리님, 제가 어찌 오고 싶지 않았겠어요? 요 며칠이 마침 김장철이라 몇 푼이라도 벌어 집에 김장을 해놓아야 가끔 사람들이 집에라도 찾아오면 대접할 수 있잖아요. 김장이라도 하지 않으면 제가 무슨 돈이 있어 다른 음식을 접대할 수 있겠어요?"

"그런 일이라면 나한테 진작 말하지 그랬어! 어제 우리 집에서 채소를 거둬들였는데, 자네에게 두세 이랑을 주면 충분하잖아."

"어찌 또 나리께 폐를 끼치겠어요?"

말을 마치고 풍노파는 안채로 들어갔다. 노파가 들어가는 것을 보고 서문경은 바로 온돌 위에 걸터앉고, 영춘은 그 곁에서 방 안의 냄새가 가시도록 쑥을 태웠다. 서문경이,

"그래, 오늘은 좀 어때?"

하고 물으며 영춘에게도,

"마님께서 아침에 죽이라도 좀 드셨느냐?"

하고 물으니 영춘은,

"조금 드셨어요. 왕스님께서 우유로 빚은 떡을 보내오셨는데 마님

께서는 단지 한 입 드시고, 죽도 두어 술 채 못 드시고 물리셨어요.”
했다. 서문경은 이병아에게 말했다.

"방금 전에 응동생이 하인 애와 함께 성 밖으로 반도사를 청하러
갔었는데 마침 집에 없더라더군. 그래서 내일 내보와 함께 말을 타고
다시 가보라고 했어.”

"기왕이면 빨리 오라고 하세요. 눈을 감기만 하면 제 눈앞에 얼쩡
거려요.”

"모두 다 당신 정신이 너무 허약해져서 그래. 마음을 모질게 가다
듬고 있으면 그런 허깨비는 나타나지 않을 거야. 여하튼 빨리 반도사
를 청해 그 허깨비를 쫓아버리고 반도사가 지어주는 약을 복용하면
바로 좋아질 거야.”

"나리, 저는 이미 이런 몹쓸 병이 걸렸는데 어디 좋아질 수 있겠어
요? 만약에 좋아진다면 아마도 이 인간 세상에서는 아닐 거예요. 오
늘 마침 다른 사람이 없으니 당신께 몇 마디 말씀을 드릴게요. 저는
당신 곁에서 행복하게 잘 살다가 죽어서도 부부로서 함께하기를 원
했어요! 그런데 제 나이 스물일곱에 자식을 먼저 앞세워 보낼 줄을
누가 알았겠어요. 또 복도 없이 명대로 살지 못하고 당신을 버리고
떠나가게 되는군요. 만약 당신을 다시 만나려고 한다면 아마도 저승
에서나 가능할 거예요!”

그러고는 서문경의 손을 부여잡고 눈물을 흘리니 목이 메어 말을
더 잇지 못하고 흐느끼기만 했다. 서문경도 비통한 마음을 금치 못하
고 울면서,

"여보, 할말이 있으면 다 해보구려.”
하며 둘은 부둥켜안고 방에서 울고 있을 적에 금동이 안으로 들어오

면서 말했다.

"나리께 아룁니다. 내일 십오 일에 관청에서 행사가 있다고 하는데 나리께서 참석을 하실는지요? 심부름꾼이 답을 기다리고 있습니다."

"내일은 갈 수가 없다. 그러니 내 명첩을 가지고 하나리께 그렇게 말씀드리거라."

금동이 알겠노라고 대답하고 물러가자, 이에 곁에 있던 이병아가 말했다.

"나리, 제 말대로 관가에 나가시어, 공연히 공적인 일을 그르치지 않도록 하세요. 저는 제가 언제 죽을지 알 수 있는데 아직은 때가 안 되었어요."

"집에서 내 이삼 일 자네 곁에 있어줄 테니 마음을 굳세게 먹고 있도록 해! 마음을 편히 먹고 공연히 여러 생각 하지 마. 방금 전에 화대구가 나한테 말하기를 일찌감치 자네의 관을 준비해 사악한 기를 물리친다면 자네의 병이 나을 거라고 하더군."

이 말을 듣고 이병아는 고개를 끄떡이며 말했다.

"됐어요, 공연히 사람들 말을 듣고 돈을 헛되게 쓰지 마세요. 한 열 냥쯤 들여 관을 사서 먼저 세상을 뜬 큰마님 곁에 저를 묻어주세요. 화장[火葬]은 하지 말아주세요. 그러면 부부의 정으로 여길게요. 그리고 제가 죽은 후에 제사에 쓸 음식도 대강 하세요. 나리는 사람들도 많이 거느리고 있고 또 앞으로도 생활을 하셔야 하잖아요!"

이러한 말을 서문경이 듣고 나니 마치 날카로운 칼로 가슴을 도려내고 후벼 파내는 듯해 울면서,

"당신은 무슨 말을 그렇게 하오? 이 서문경이 비록 굶어 죽는다 할

지라도 당신을 저버리는 박정한 짓은 하지 않을 것이오."

이렇게 말하고 있을 적에 오월랑이 손수 사과를 한 접시 들고 들어와,

"병아 동생, 대낭자[大娘子]께서 자네를 위해 이 사과를 보내왔어."
라고 하며 영춘에게,

"깨끗이 씻어 깎아 마님 잡수시게 드리거라."
하고 분부했다.

"대낭자께 공연히 심려를 끼치는군요."

잠시 뒤에 영춘이 사과를 깎아서 그릇에 담아 오니 서문경과 오월랑은 곁에서 지켜보다가 한 조각을 들어 입에 넣어주었으나, 이병아는 단지 빨기만 할 뿐 씹지를 못하고 뱉어냈다. 월랑은 이병아가 너무 앉아 있어 지쳐 피곤할까 걱정이 되어 병아를 안쪽으로 눕게 하자 바로 잠이 들었다.

서문경과 오월랑은 밖으로 나와 상의를 했다. 월랑이 말했다.

"병아 동생은 제가 보기에 병세가 너무 심한 것 같아요. 당신께서 일찌감치 관 등을 준비해둬야 할 것 같아요. 일이 닥쳐 허둥대다 보면 무슨 난리가 또 나겠어요. 그것은 말이 쥐를 잡으려고 하는 어리석은 짓이니, 올바른 처리 방법이 아니잖아요."

"오늘 화대구도 그런 말을 하더군! 방금 전에 내가 이 문제에 대해 조금 얘기했더니 돈을 들이지 말고 적당한 관으로 해달래. 내가 거느린 식구도 많고 앞으로 계속 살림도 꾸려나가야 한다면서 말이야. 이 말을 들으니 내 가슴이 메어지는 것 같더군. 내 생각으로는 반도사를 불러다 보게 한 후에 관을 사더라도 괜찮을 것 같은데…."

"당신은 아직까지도 뭘 잘 모르고 계시는군요. 사람 꼴이 말이 아

닌데다 물 한 모금도 삼키지 못하고 있는데 어떻게 아직도 좋아질 거라는 기대를 하고 계세요! 제 얘기는 만약의 사태를 위해 준비를 해놓고 도사를 불러 치료를 해보자는 거예요. 여섯째의 병세가 좋아지면 그까짓 관이야 남한테 주어버린다 한들 아깝기가 하겠어요!"

"당신 말대로 하지."

서문경은 이렇게 말하고 월랑과 함께 안채로 들어가 하인더러 분사를 불러오게 해서는, 분사가 오자 대청에서 일렀다.

"누구네 집에 좋은 관이 있나? 자네와 진서방 둘이 은자를 가지고 가서 하나 사오도록 하게."

"큰길에 있는 진천호[陳千戶]의 집에 새로 좋은 관이 들어왔다고 합니다."

서문경은,

"있다니 잘되었군."

하고는 바로 진경제를 불러,

"자네 안채로 가서 장모한테 큰 은자 네 덩이를 달래서 분지배인과 함께 가보게."

하니, 진경제는 바로 안채로 들어가 은자를 받아서 분지전과 함께 나갔다. 오후가 지나 돌아오니 서문경은,

"어째 이제서야 돌아오는 게야?"

하고 물으니 둘은,

"진천호의 집에 가서 몇 개를 보았는데 모두 중간급에다 값도 적당치가 않았어요. 돌아오는 길에 사돈인 교씨 어른을 뵙고 이러한 사정을 말씀드렸더니 상거인의 집에 좋은 관목이 있다고 일러주시더군요. 원래는 상거인의 부친이 사천의 성도[成都]에서 추관[推官]을

하실 적에 가져온 것으로 자기의 부인을 위해 도화동[桃花洞](일종의 남목[楠木]으로 진귀한 수목[壽木]임) 두 판을 준비해두셨던 거랍니다. 한 판은 쓰고 한 판이 남아 있는데 덮개, 옆판, 밑판 등이 모두 갖추어져 크고 작은 것이 도합 다섯 조각인데 반드시 삼백칠십 냥을 받아야 한다고 하기에 교씨 어른이 저희들을 데리고 건너가 물건을 보았는데 과연 좋기는 좋더군요. 그래서 교씨 어른이 상거인과 반나절을 흥정해 겨우 쉰 냥을 깎았어요. 내년에 경성으로 올라갈 적에 쓸 돈이 넉넉했다면 절대로 이 값에 팔지는 않을 거라고 하더군요. 그러면서 이 관목을 우리가 사니 이 값에 주는 것이지, 다른 사람이 산다고 했다면 반드시 삼백오십 냥은 받았을 것이랍니다."

했다. 이 말을 듣고 서문경은,

"사돈인 교씨가 나섰으니 삼백이십 냥 정도를 주고 가져올 수 있는 게지. 그러니 깎느라 더 시끄럽게 하지 말게나."

하자 진경제가,

"이백오십 냥을 주고 왔으니 일흔 냥만 더 갖다 주면 돼요."

하고는 다시 월랑에게 건너가 일흔 냥을 더 받아 가지고 둘은 다시 상거인의 집으로 갔다. 저녁 무렵이 되어 많은 사람들이 큰 붉은 천으로 관목을 싸서는 메고 안으로 들어와 대청에 내려놓았다. 서문경이 천을 풀고 보니 과연 대단히 좋은 관목이었다. 즉시 사람을 불러 톱으로 켜게 하니 향기가 진동을 했다. 조각들을 두께가 다섯 치, 폭이 두 자 다섯 치, 길이가 일곱 자 다섯 치로 켜놓은 후에 응백작에게 보여주면서 서문경은 관목이 좋아 매우 만족해했다. 그러면서 백작에게,

"이 정도면 쓸 만하겠지!"

하니 이를 보고 백작도 입에 침이 마르게 칭찬을 했다. 말하기를,

"원래 인연판[因緣板](관재판[棺材板]의 완곡한 표현)이로군요. 무릇 물건에는 주인이 따로 있다고 하잖아요. 형수님이 형님께 시집을 왔기에 오늘 이런 좋은 관을 쓰는 게지요!"

하며 목수들에게,

"신경들 써서 잘들 만들어보게나. 그러면 나리께서 닷 냥씩 수고비로 주실 게야."

하니 목수들도 답했다.

"저희도 잘 알고 있어요."

이렇듯 앞채에서 분주하게 밤을 지새우며 관을 만드는 일은 이쯤에서 접어두자.

백작은 내보에게,

"내일 아침 일찍 오경쯤에 가서 반도사를 모셔오거라. 만약에 온다고 한다면 같이 오도록 하거라. 조금이라도 지체하면 안 돼."

말을 마치고 서문경과 함께 밤늦도록 앞채에서 관을 만드는 작업을 지켜보았다. 그러다가 일경이 넘어서야 집으로 돌아가려고 하자, 서문경은,

"그럼 내일 아침 오도록 하게. 반도사가 일찍 올지도 모르니…."

하니 백작은,

"잘 알고 있어요."

라며 작별을 하고 떠나갔다.

한편 풍노파와 왕비구니는 저녁나절 이병아의 방에서 함께 지냈다. 이때 서문경은 앞채에서 백작을 보내고 안으로 들어와서는 이병

아의 방에서 쉬겠다고 했다. 이병아가 그러지 말라고 하면서,

"여기는 지금 매우 지저분하고 냄새도 나요. 게다가 저들도 이곳에 있으니 나리께서 쉬시기에 불편해요. 그러니 다른 방으로 건너가 쉬세요."

하니 서문경은 왕비구니도 있는 것을 보고 마지못해 금련의 방으로 건너갔다. 이병아는 영춘을 시켜 문을 걸어 잠그게 했다. 그러고는 등불을 켜게 하고는 옷상자를 꺼내 연 다음에 옷 몇 벌과 은덩이를 꺼내 옆에 놓았다. 먼저 왕비구니에게 은자 닷 냥과 비단 한 필을 건네주면서 말했다.

"내가 죽은 후에 스님 몇 사람을 불러 얘기했던 대로『혈분경참[血盆經懺]』을 읽어주세요."

"마님, 공연한 생각 하지 마세요! 하늘도 마님을 불쌍히 여겨 꼭 좋아지실 거예요."

"받아둬요. 큰마님께는 내가 은자를 주었다고 말하지 말고 단지 경전을 읽어달라며 스님께 이 비단만 주었다고 하세요."

왕비구니는,

"무슨 말씀인지 잘 알겠어요."

그러면서 은자와 비단을 받아 넣었다. 그런 다음에 풍노파를 불러 베개 쪽에서 은자 넉 냥과 흰 비단 저고리, 누런빛 치마, 비녀 하나를 건네주면서,

"풍할멈, 당신은 제가 어려서부터 쭉 같이 있었어요. 이제 제가 이렇게 죽게 되었으니 이 옷과 장식품들을 당신께 드릴게요. 가끔 보시면서 저를 생각해주세요. 그리고 이 은자는 잘 간직하고 계시다가 훗날 관이라도 사는 데 보태 쓰도록 하세요. 지금 할멈이 살고 있는 집

은 제가 나리께 말씀드려 그대로 살게 할 테니 잘 돌보도록 하세요. 그러면 나리께서도 쫓아내지는 않을 거예요!"

하니 풍노파는 한 손으로 은자와 옷을 받아 들고는 땅에 엎드려,

"늙은 것이 정말 복이 없네요! 마님께서 살아 계신다면 제가 평생을 주인으로 섬기고 살 텐데요. 마님께서 만약 무슨 일이라도 생긴다면 저는 누구를 믿고 살아간단 말입니까!"

하며 울먹였다.

이병아는 다시 여의아를 불러 보라색 저고리와 남색 치마 그리고 낡은 외투, 금비녀 두 개, 머리 장식 한 쌍을 건네주면서,

"유모, 수고가 많았어. 관가가 죽은 다음에도 내 자네에게 젖을 끊지 말라고 했지. 실은 내가 살아 있는 동안에는 자네를 데리고 살 생각이었는데, 이렇게 죽게 되다니! 하지만 나리와 큰마님께 내가 죽더라도 큰마님께서 아이를 낳으실 테니 자네가 계속 남아서 아이를 돌볼 수 있도록 말씀드려주겠네. 이 옷가지 등은 자네한테 기념으로 주는 것이니 받아두고 원망을 하지 말게나."

하니, 이에 유모도 땅바닥에 엎드려 절을 하고 울면서,

"저는 언제까지나 마님을 모시려고 했어요. 마님께서는 종래 한 번도 화를 내신 적이 없잖아요. 소인이 복이 없어 애기씨가 죽고 또 마님께서도 이런 몹쓸 병에 걸리셨어요! 제발 큰마님께 잘 말씀드려주세요. 저는 남편도 죽고 갈 곳도 없으니 어떻든지 있어야지 이곳에서 쫓겨나면 어디로 가겠어요?"

말을 마치고 옷과 장식품들을 받아 들고는 바닥에서 일어나 물러나면서 흐르는 눈물을 훔쳐 닦았다. 이병아는 다시 영춘과 수춘을 부르니, 다가와 무릎을 꿇고 앉자 말했다.

"너희 둘은 어려서부터 같이 있어왔는데… 내가 죽고 나면 너희들을 보살펴줄 수가 없겠구나. 옷가지 등은 있으니 그 대신 내 너희들에게 금비녀 한 쌍과 머리에 꽂을 금장식을 줄 테니 기념으로 삼거라. 큰애인 영춘은 이미 나리께서 손을 대셨으니 쫓아내지는 않을 게다. 그러니 내 큰마님께 부탁해 마님 방에서 일을 거들게 하마. 어린 수춘은 내 큰마님께 말해 적당한 사람을 찾아 시집을 보내주도록 하마. 그러면 다른 사람들한테 공연히 구박도 받지 않고 주인 없는 하인 애라고 놀림도 받지 않을 게다. 내가 죽고 나면 여러 가지 일이 벌어질 텐데 그때 너희들이 나한테 하듯 생각 없이 어리광이나 떤다면 좋건 싫건 누가 받아주겠느냐?"

이에 수춘은 땅바닥에 엎드려 울면서 말했다.

"마님, 저는 죽어도 이 방에서 나가지 않겠어요."

"어리석은 계집 같으니라구! 내가 죽고 나면 이 방에서 누구를 모시겠다는 게냐?"

"저는 마님의 영패[靈牌]를 모시겠어요."

"내 위패는 오래 두지 말고 바로 태워버리게 할 거야. 그러니 너는 일찌감치 나가는 게 좋을 게야."

"그럼 저는 영춘 언니와 함께 큰마님을 모시겠어요."

"그것도 괜찮지."

수춘은 아직 세상 물정을 잘 모르는 철부지였다. 그러나 나이가 든 영춘은 이병아가 이와 같이 당부하자 장식품들을 받아 들고는 목이 메어 울기만 할 뿐 제대로 말을 하지 못했다. 바로, 눈물을 흘리며 눈물 어린 눈을 쳐다보고, 단장[斷腸]의 아픔을 느끼는 사람이 단장의 아픔을 겪는 사람을 보내는 풍경이 아닐 수 없다.

이날 밤 이병아는 여러 사람들에게 자기가 죽은 후의 일을 당부했다. 이튿날 날이 밝자 서문경이 방으로 들어오니 이병아가 묻는다.

"제 관을 짤 목재를 사셨나요?"

"어제 목재를 들여다놓고 앞채에서 짜고 있는데 관을 짜서 귀신을 놀래켜 도망가게 하려는 게야. 당신이 좋아지면 다른 사람에게 주어 버리면 그만이야."

"그래, 얼마 주고 사셨어요? 쓸데없는 데 돈을 쓰면 앞으로 생활하는 데 어려워요!"

"많지 않아, 단지 백열 냥을 주고 샀어."

"그것도 많아요. 허나 저를 위해 준비해두세요."

이렇게 서문경은 이병아와 몇 마디 말을 나누다 앞채로 나가 관을 짜는 일을 살펴보았다.

한편 오월랑과 이교아가 이병아의 방으로 건너와 병이 매우 위중한 것을 보고서,

"병아 동생, 속이 좀 어때?"

하니, 이병아는 오월랑의 손을 꼭 잡고 울면서,

"큰마님, 저는 안 될 것 같아요."

하자 이 말을 듣고 월랑도 울면서 말했다.

"병아 동생, 무슨 할말이라도 있는가? 둘째 동생도 이곳에 있으니 하고 싶은 말이 있으면 우리 둘에게 다 해봐요."

"제가 무슨 할말이 있겠어요. 여러 마님들과 몇 해 동안 함께 지냈는데, 특히 마님께서 저한테 참 잘해주셨어요. 그래서 마님을 모시고 머리가 하얗게 될 때까지 살기를 바랐는데 뜻하지 않게도 제가 복이 없어 먼저 자식을 여의고, 이제 와서는 불행히도 이런 몹쓸 병에 걸

려 죽게 되었군요! 제가 죽고 나면 데리고 있던 하인 애들을 거두어 줄 사람이 없어요. 큰애는 이미 나리께서 손을 대셨으니 큰마님이 데리고 계시면 돼요. 작은애는 마님께서 보셔서 쓸 만하면 남겨두시고, 그렇지 않으면 첩이 없이 혼자 사는 적당한 남편감을 찾아 시집을 보내주신다면 주인 없는 하인 애라고 사람들이 욕하지 않을 거예요! 여하튼 제 시중을 들어준 아이니 그렇게 해주신다면 제가 죽더라도 눈을 감을 수 있을 거예요! 그리고 유모는 아무리 생각해도 이 집을 떠나지 않겠대요. 큰마님께서 저와의 정분을 보시고 또 유모는 애를 키워본 경험도 있고 하니, 다음에 마님께서 애를 낳으면 계속 유모로 있게 해주세요.”

이 말을 듣고 오월랑은,

“병아 동생, 마음을 놓아요. 우리 둘이 다 알아서 잘 할 테니. 흉[凶]한 것이 길[吉]할 수도 있지만, 만약에 불행한 일이 생긴다면 내가 영춘을 맡고 수춘한테는 둘째를 모시라고 하면 돼요. 지금 둘째 방에서 일하는 애는 일을 제대로 하지 않아 조만간에 내보내려고 했는데 수춘더러 둘째를 모시게 하면 돼요. 자네는 유모 여의아가 갈 곳이 없다고 말하지만 이 집에 어디 머물 곳이 없겠어? 내가 애를 낳든 낳지 못하든 훗날 적당한 사람을 찾아 시집을 보내주면 되잖아.”

하니 이교아도 곁에서 말했다.

“병아 동생, 너무 많이 생각하지 말고 모든 것을 우리 두 사람에게 맡겨요. 수춘은 자네 일이 좀 정리가 되면 내가 데려다 쓰면 될 게 아닌가.”

이 말을 듣고 이병아는 유모와 하인들을 불러서는 월랑과 이교아에게 절을 올리라고 했다. 이때 월랑은 자기도 모르게 눈물을 흘렸다.

잠시 뒤에 맹옥루, 반금련, 손설아도 이병아를 보기 위해 건너왔다. 이병아는 모두에게 몇 마디 말을 남겼으나 자세히 말하지는 않겠다.

잠시 뒤에 이교아, 맹옥루, 금련 등은 모두 돌아가고 월랑만이 남아서 이병아를 지켜보고 있었다. 이병아는 천천히 월랑을 향해 울면서 이르기를,

"마님, 훗날 아기를 낳으시면 잘 기르시어 나리의 대를 잇게 하세요. 저처럼 마음을 제대로 쓰지 않아서 남의 암수에 걸리면 안 돼요!"

하니 이 말을 듣고 월랑도 말했다.

"동생의 말을 잘 알겠어."

여러분, 내 말 좀 들어보소. 이 한 마디 말이 월랑의 가슴속에 깊이 새겨졌으니.

훗날 서문경이 죽고 난 후에 금련이 이 집에 머물지 못하게 된 이유도 이병아가 죽어가며 했던 말을 월랑이 가슴속 깊이 간직하고 있었기 때문이었다.

오직 사람의 정과 은원[恩怨]은 천년만년이 흘러도 사라지지 않는 법.

이때 금동이 안으로 들어와 방을 치우고 향을 피우고는 오악관에서 반도사가 왔다고 알려주었다. 월랑은 하인 애들한테 방을 깨끗하게 치우라 하고, 찻물을 준비하고 또 백합진합향[百合眞合香]을 피워놓으라고 분부했다. 그리고 월랑과 여러 여인들은 모두 옆방으로 건너가 지켜보았다. 잠시 뒤에 서문경이 반도사를 데리고 안으로 들어왔다. 그 생김이 어떠했는가를 보니,

머리에는 구름이 이는 오악관을 쓰고

몸에는 검은 베로 만든 짧은 도포를 입었네.

허리에는 여러 색의 비단 끈을 동여매고

등에는 무늬가 새겨진 오래된 청동검을 메었네.

양발에는 마로 만든 신을 걸치고

손에는 오명[五明]* 강귀[降鬼] 부채를 들었네.

팔자 눈썹에 살구 같은 두 눈

네모진 입에 턱수염이 나 있구나.

위세가 늠름하고 용모가 당당하다.

노을과 구름에서 노니는 행자승이 아니라면

틀림없이 봉래옥부에 있는 신선이겠구나.

頭戴雲霞五岳冠 身穿皀布短褐袍

腰繫雜色彩絲絛 背上橫紋古銅劍

兩隻脚穿雙耳麻鞋 手執五明降鬼扇

八字眉 兩個杏子眼 四方口 一道落腮鬍

威儀凜凜 相貌堂堂

若非霞外雲游客 定是蓬萊玉府人

중간 문을 들어서 담장을 돌아 이병아의 방 앞 복도에 이르렀다. 그러다가 반도사는 뒤로 두어 걸음 물러서서는 마치 무엇인가를 꾸짖는 듯했다. 그렇게 몇 마디를 중얼거리고는 비로소 좌우의 발을 걷어 올리고 방으로 들어와 이병아가 누워 있는 침대에 다가섰다. 그러

---

* 고대 인도의 학자들이 공부해야 하는 다섯 가지 과목. 내명[內明](철리[哲理]), 인명[因明](Logic), 교명[巧明](공예[工藝]), 의방명[醫方明](의술[醫術]), 성명[聲明](문자훈고[文字訓詁])

고는 두 눈에 정기를 모아 마치 정신 통일을 하듯이 한곳을 쳐다보았다. 그러다 검을 빼 손에 들고는 별자리를 따라 걸음을 옮기며 무엇인가를 염원하는 것 같으니, 서문경은 그 뜻을 일찌감치 알아차리고 밖으로 나와 향을 태울 향대를 준비케 했다. 서문경이 향을 사르고 나자 반도사는 바로 부적을 태우며,

"당직[當直] 신장[神將]이 어째 나오지를 않는가?"

하면서 물을 한 모금 입으로 머금고 뿜어냈다. 갑자기 일진광풍이 불면서 누런 두건을 두른 사람이 앞에 나타났다. 그 모습을 보니,

> 누런 수건으로 머리를 동여매고
> 자주색 비단 도포를 입었네.
> 홀쭉한 허리에는 사만[獅蠻]띠를 두르고
> 건강한 몸에는 표피[豹皮] 바지를 입었네.
> 구름을 타며 노닐고 바람을 타고 다니네.
> 신선들이 노니는 곳을 오가고
> 이승과 저승을 순식간에 오가네.
> 용이 죄를 지으면 물 밑까지 가서 잡아오고
> 요귀가 재앙을 일으키면 산에 구멍을 뚫고 쫓아내니
> 옥황전에서는 그를 부사[符使]*라 부르고
> 북극거[北極車]**에서는 천정[天丁]***이라고 부른다네.
> 언제나 단 앞에서 법을 지키고

---

* 부적을 가지고 있는 사신으로, 부적을 태워 신을 부르고 귀신을 내쫓는다 함
** 고대 전설상 북두칠성을 천제의 수레라 여김
*** 천신[天神]

세상에 와서는 마귀를 제압하네.

가슴에는 뇌부적동패[雷部赤銅牌]를 달고

손에는 선화금초부[宣花金醮斧]를 쥐고 있다네.

黃羅抹額 紫繡羅袍

蠻帶緊束狼腰回 豹皮裩牢拴虎體

常游雲路 每曆罡風

洞天福地片時過 岳瀆酆都攢指到

業龍作孽 向海底以擒來

妖魅爲殃 劈山穴而提出

玉皇殿上 稱爲符使之名

北極車前 立有天下之號

常在壇前護法 每來世上降魔

胸懸雷部亦銅牌 手執宣花金蘸斧

그 신장은 계단 앞에 공손히 서서는 큰소리로,

"저를 불렀는데 무슨 명이 있으십니까?"

하고 물으니 반도사가 즉시,

"서문씨의 문중에 이씨 부인이 몸이 좋지를 않아서 나에게 호소를
해오셨다. 너는 즉시 토지신과 이 집안의 육신[六神](재[財], 관[官], 인
[印], 식[食], 상[傷], 살[煞])을 불러모아 무슨 사악한 요귀가 있는지 조
사해 잡아오너라. 조금이라도 지체해서는 안 된다!"

하고 말을 마치자 그 신장은 모습을 보이지 않았다. 잠시 동안 반도
사는 두 눈을 꼭 감고 정신을 통일하며 단정히 자리에 앉아 있었다.
영패를 두들기며 마치 무엇인가를 묻는 듯했는데 오랫동안 계속하

다 겨우 멈추었다. 그러다 밖으로 나오니 서문경은 반도사를 앞채의 사랑채로 안내한 다음에 그 까닭을 물었다. 이에 반도사가 말했다.

"이 부인께서는 애석하게도 전생의 원수가 저승에서 고소를 한 것 때문이지 사악한 요귀들의 장난으로 병이 생긴 게 아닙니다. 그러하기에 잡아올 수가 없습니다."

"그렇다면 해결할 방법은 없습니까?"

"원수가 빚 갚음으로 부인을 원하고 있습니다. 그러니 포기하실 수 있으면 포기하십시오. 저승의 신이기 때문에 어찌할 수가 없습니다."

그러면서도 반도사는 서문경의 너무나 경건하고 진지한 태도를 보고서 물어보았다.

"마님께서 연세가 어떻게 되시는지요?"

"양띠로 스물일곱입니다."

"됐습니다, 제가 본명성단[本命星壇](인간의 생신간지와 대응되는 별)에 제사를 올려 마님의 명이 어떤지 알아보는 것이 어떠하신지요?"

"언제 제사를 드리실는지요? 또 어떤 제사 물건들을 준비해야 하는지요?"

"오늘 밤 자시가 제사 지내기에 좋으니, 백회 가루로 그림을 그리고, 등단을 만들면 됩니다. 누런 비단으로 단을 둘러쳐 태어난 별을 내리누르고 오곡대추탕으로 제사를 지내야 합니다. 술과 고기는 필요 없고 단지 수명등[壽命燈]이 스물일곱 개 필요한데 모두 화려해야 하고 나머지 물건은 필요 없습니다. 단 앞에서 엎드려 제사를 올려야 하는데 제가 제를 올리겠습니다. 닭과 개는 모두 가두어두시어 소란을 피우지 않게 해주십시오. 나리께서는 목욕재계를 하시고 검은 옷을 입고 계십시오."

이 말을 듣고 서문경은 모든 물건들을 하나하나 준비케 하고는 감
히 안으로 들어가지도 않았다. 서재에서 목욕재계를 하고 깨끗한 옷
으로 갈아입었다. 이날은 응백작도 집에 돌아가지 않고 남아서 반도
사와 함께 채소로만 식사를 했다. 다음 날 삼경쯤 되자 등단을 설치
하는 등의 준비가 다 되었다. 반도사가 위에 앉고, 그 밑이 등단[燈
壇]이었다. 청룡[靑龍], 백호[白虎], 주작[朱雀], 현무[玄武]를 차례로
배치하고, 위에 화려한 대를 세 개 세우고 주위에 별자리를 열두 개
배열하고 밑에 본명등[本命燈] 스물일곱 개를 세웠다. 먼저 반도사가
호소문을 읽고 서문경은 검은 옷을 입고 계단 아래에 엎드렸다. 좌우
의 시중을 드는 사람도 모두 물러가게 하고 곁에는 아무도 남겨두지
않았다. 한꺼번에 등불을 켜니 휘황찬란하게 빛을 발했다. 이때 반도
사는 자리에서 머리를 풀어헤치고 손에 칼을 쥐고 입으로는 염원을
외우며, 하늘의 북두칠성을 바라보며 생명의 정기를 취하는 듯 별자
리를 따라 발걸음을 옮겼다.

분향을 세 번 하니 삼계가 합해지네.
한 번 소리를 내 호령하니 한차례 우레 소리.
三信焚香三界合 一聲令不一聲雷

맑은 하늘에 별들이 찬란하게 빛을 발하고 있었는데 갑자기 하늘
이 어두워졌다. 사랑채 주위에 드리워진 발들이 출렁이더니 갑자기
일진광풍이 불어왔다.

호랑이가 울부짖는 것이 아니라면

용의 울음소리런가.

마치 문으로 발을 걷고 들어오는 듯한 것이

꽃도 지기를 재촉하고 잎새도 떨어지게 하네.

구름을 산 위로 밀어 올리고

빗물은 개천으로 돌아가게 한다.

기러기는 짝을 잃고 슬피 울고

백로는 짝을 찾아 나무를 쪼네.

항아는 급히 달 속의 문을 닫아걸고

열자[列子]는 공중에서 옛 사람을 부르네.

非干虎嘯 豈是龍吟

彷佛入戶穿簾 定是摧花落葉

推雲出岫 送雨歸川

雁迷失伴作哀鳴 鷗鷺驚群尋樹杪

姮娥急把蟾宮閉 列子空中叫救人

큰바람이 세 차례 지나가자 다시 한 차례 찬바람이 불어와 이병아의 본명등[本命燈] 스물일곱 개를 모두 다 꺼버렸다. 오직 하나만이 다시 밝아졌다. 반도사가 법좌에 앉아 바라보니 흰옷을 입은 사람 한 명이 검은 옷을 입은 자들 둘을 끌고서 안으로 들어왔다. 손에 문서 한 장을 들고 있다가 책상 위에 내려놓았다. 반도사가 바라보니 저승의 허가증이었는데, 위에는 도장이 세 개 찍혀 있었다. 당황해하면서 급히 아래로 내려와 서문경을 불러 여차여차하다고 사정을 얘기해 주면서,

"나리, 그만 일어나세요. 부인께서는 이미 하늘에 죄를 지었기에 기원을 해도 소용이 없습니다. 본명등도 이미 다 꺼졌는데 어찌 구할 수가 있겠습니까? 단지 시간문제일 뿐입니다."

하니, 이 말을 듣고 서문경은 고개를 숙이고 아무런 말도 하지 않고 그저 두 눈 가득 눈물을 흘릴 뿐이었다. 그렇게 울다가 애원하기를,

"도사께서 무슨 방법을 써서라도 제발 살려만 주세요!"

했다. 이에 반도사는,

"사람의 명이란 정해진 것이라 피할 수가 없습니다. 어떻게 해볼 방법이 없습니다!"

그렇게 말을 하고 떠나려고 했다. 서문경은 재삼 만류하면서,

"내일 날이 밝거든 떠나시지요."

하니 반도사는,

"출가한 사람은 풀잎을 밟고 다니고 이슬을 맞으며 잠을 자고 산에서 머물고 묘에 머무는 것이 자연스럽습니다."

하니 서문경은 더는 잡지를 못하고 하인에게 명해 비단 한 필과 백금 석 냥을 내오게 해 수고비 조로 건네주었다. 이에 반도사는,

"빈도는 황천[皇天]의 지극한 도를 행하기로 하늘에 맹세했기에 감히 속세의 재물을 탐한다면 벌을 받게 됩니다."

이렇게 재차 사양을 하다가 소동에게 명해 도포를 해 입기 위해 베만 받으라 하고는 인사를 한 뒤 떠났다. 가면서 서문경에게 이르기를,

"오늘 밤에 나리께서는 병자의 방에 들어가지 마십시오. 들어가게 되면 그 화가 나리의 몸에 미칠 것입니다. 부디 조심하십시오!"

하고 말을 마치니, 서문경은 반도사를 대문까지 배웅해주었다. 문 앞에 이른 반도사는 소매를 펄럭이며 떠났다. 반도사를 배웅하고 서문

경은 다시 사랑채로 돌아와 등단을 정리하는 일을 바라보다가 구명성[救命星]이 없는 것을 보고 마음이 더욱 애통해졌다. 백작을 향해 앉다가 자기도 모르게 눈물을 흘리니 백작이,

"사람은 저마다 수명이 있는 법인데 억지로 구해볼 수는 없잖아요. 그러니 형님께서도 너무 상심치 마세요."

이렇게 말을 하고 있을 적에 사경을 알리는 소리가 들려왔다. 이에 백작은,

"형님, 고생하셨으니 안으로 들어가 좀 쉬세요. 저도 집에 갔다가 내일 다시 올게요."

하니 서문경은,

"하인 애더러 등불을 들고 바래다주도록 하지."

그러면서 내안을 불러 등불을 내오게 해 백작을 배웅한 후 문을 잠그고 안으로 들어왔다.

서문경은 안채로 들어와 서재에서 등불의 심지를 돋우고 홀로 앉아 있노라니 침통한 심정이 일고 긴 한숨만 내쉬었다. 그러면서 생각하기를,

"반도사가 방으로 들어가지 말라고 했지만, 내가 어찌 그냥 이곳에 앉아 있을 수가 있겠어! 죽는 한이 있더라도 이병아를 지켜보며 몇 마디 말이라도 나누어야지."

이렇게 생각을 하고 방으로 들어가 보니 이병아는 안쪽으로 드러누워 잠을 자고 있었다. 서문경이 들어오는 것을 느끼고는 몸을 돌려 누우며,

"왜 바로 들어오지 않으셨어요?"

그러면서 다시 물었다.

"반도사는 등을 세우고 뭐라고 하던가요?"

"안심해, 괜찮대."

"당신은 아직도 나를 속이는군요. 방금 전에도 그 사람이 사람들을 데리고 와 제 앞에서 한바탕 난리를 치면서 '반도사를 불러와 나를 쫓아내려고 하는데 나는 이미 저승에 고소를 해놓았기에 절대로 너를 용서할 수 없어'라고 하며 화를 내고 갔어요. 내일 또 나를 잡아가려고 올 거예요."

서문경은 이 말을 듣고 두 눈 가득 눈물을 흘리며 방성대곡을 했다. 울먹이며 말하기를,

"여보, 마음을 강하게 먹고 절대 그가 하는 짓에 아랑곳하지 말아요. 나는 진실로 오래도록 함께 살기를 바랐는데 당신이 나를 버리고 갈 줄 누가 알기나 했겠소? 이 서문경의 입과 눈에 흙이 들어가 막힌다 할지라도 가슴이 이렇게 도려내듯 아프지는 않았을 텐데…."

하니, 이 말을 듣고 이병아는 두 손으로 서문경의 목을 꼭 부둥켜안고서 흑흑 흐느껴 한참 동안을 우니 나중에는 제대로 소리가 나오지 않았다. 그러면서 겨우 말하기를,

"여보, 저는 진심으로 당신과 오래도록 살기를 바랐어요. 그런데 제가 이렇게 먼저 죽을 줄을 누가 알기나 했겠어요! 아직 눈을 감지 않았으니 몇 마디 말씀을 드릴게요. 집에서 하실 일은 많은데 의지할 데도 없고 또 도와주는 사람도 없으니 모든 일에 신중하게 생각을 하시고 절대로 충동적으로 성질을 내지 마세요. 큰마님은 당신이 특별히 신경을 써주셔야 해요. 지금 마님께서는 회임 중이니 조만간 애를 낳아 당신의 대를 이을 거예요. 또 당신은 나라의 녹을 먹는 관원이니 이후에는 기생집 같은 곳에 가서 술을 좀 적게 드시고 일찍 오

서서 집안일을 좀 보세요. 그래도 제가 있으면 당신께 말씀을 드릴 텐데, 제가 죽은 다음에는 누가 당신께 그런 듣기 싫은 말을 하겠어요?"

하니, 이 말을 듣자 서문경은 날카로운 칼로 심장과 간을 베어내는 듯해 흐느끼면서 말했다.

"여보, 내 당신이 말하는 바를 잘 알겠소. 그러니 내 걱정은 하지 마오. 이 서문경이 전생에 무슨 죄를 지었기에 금생에서 당신과 영원토록 살 수가 없단 말이오! 가슴이 너무 아프구려, 하늘이 차라리 나를 죽이시지!"

"영춘과 수춘의 일은 이미 큰마님께 말씀을 드렸는데, 제가 죽은 후에 영춘은 큰마님을 모시게 했고, 어린 수춘은 둘째 마님께서 돌봐주시겠다고 하셨어요. 집안에 다른 애가 없으니 그 애더러 둘째 마님을 모시게 하면 돼요."

"여보, 쓸데없는 소리는. 당신이 죽는다 할지라도 누가 감히 당신이 데리고 있는 하인 애들을 내쫓겠어? 유모도 그대로 두어 당신의 영패[靈牌]를 지키게 하지."

"무슨 놈의 영패예요! 하늘에 고하고 나서 오칠[五七](삼십오 일)이 지나면 태워버리세요."

"여보, 당신은 그런 것에 신경쓰지 마. 이 서문경이 살아 있는 한 당신의 위패를 돌봐줄 테니까."

이렇게 둘은 얘기를 나누다 이병아는 재촉하며 말했다.

"너무 늦었으니 그만 주무세요!"

"안 자고 여기서 당신을 지켜볼 테야."

"저는 그렇게 일찍 안 죽어요! 게다가 방이 더럽고 악취가 심해 당

신이 안 좋아할 거예요. 또 당신이 계시면 하인 애들이 병시중을 하는 데 불편해요."

서문경은 이에 어쩌지 못하고 하인을 불러 분부하기를,

"마님을 잘 간호하거라."

이렇게 신신당부를 하고는 안채로 들어가 월랑에게 등명단('등명'이란 장수하기를 기원하며 등불에 이름을 쓰는 것을 말함)을 세우고 제사를 지낸 일이며, 이병아의 병은 이미 저승에까지 다 알려진 일이라 어쩔 수가 없다는 반도사의 말을 자세히 전해주고 나서 말했다.

"내가 방금 방에 가서 그 사람이 말하는 것을 관찰해보니 아직 정신이 또렷하더군. 그러니 하늘이 불쌍히 여겨 되살려줄지 모르겠어!"

"눈꺼풀이 푹 꺼지고, 입술도 바싹 마르고, 귓밥도 축 처져 있는데 어떻게 좋아질 수가 있겠어요? 조만간 언제 죽을지 시간문제일 뿐이에요. 여섯째는 숨이 끊어져 죽어가는 순간까지도 멀쩡하게 말을 할 거예요."

"그 사람이 이 집에 들어온 지 몇 해가 되었건만 크고 작은 일로 남을 한 번도 탓한 적이 없기에 남녀노소 그 누구 하나도 그 사람을 욕한 적이 없잖아. 이렇듯 성격이 좋은 데다 남이 싫어하는 말도 하지를 않으니, 내 어찌 그 사람을 쉽게 떠나보낼 수가 있겠어!"

그러면서 서문경은 다시 울기 시작했다. 월랑 역시 흐르는 눈물을 금할 수가 없었다.

한편 이병아는 서문경이 나간 후에 유모와 영춘을 불러,

"나를 부축해 안쪽으로 돌려 눕혀다오."

하면서 다시,

"지금 몇 시쯤 되었지?"

하고 물었다. 유모가,

"닭이 아직 안 울었으니 사경쯤 된 것 같아요."

하며 영춘더러 기저귀를 몸 밑에 깔아주게 하고 몸을 안쪽으로 돌려 눕힌 후 이불을 덮어주고 잠을 자게 했으나 모두 뜬눈으로 밤을 지새우고 제대로 자지 못했다. 그러다 풍노파와 왕비구니가 먼저 잠이 들었다. 이때 방문은 모두 걸어 잠근 터였다. 영춘과 수춘은 바닥에 자리를 깔고 막 잠이 들었다. 채 반 시진이 못 되어 곤히 잠이 들려는 참에 영춘의 꿈속에서 이병아가 온돌 아래로 내려와 영춘을 밀면서,

"집들 잘 보고 있거라, 나는 간다."

하는 것이었다. 소스라치게 놀라 깨어보니 탁자 위의 등잔불은 아직도 타고 있었다. 침상 위를 바라보니 이병아는 안쪽을 향해 돌아누운 채로 있었다. 꿈이 하도 괴이해 다가가 몸을 더듬어보니 이미 온몸이 따스한 기운이 없이 싸늘하고 숨이 끊어져 있었다. 시간은 알 수가 없었으나 오호애재[嗚呼哀哉]라! 숨을 거두었구나! 아름다운 절세미인의 한평생이 모두 한바탕의 꿈으로 변해버렸구나!

염라대왕이 그대를 삼경에 오라 하니 어찌 감히 오경까지 머물 수 있으랴.

놀란 영춘은 급히 다른 사람을 깨워 등불을 더 밝히고 살펴보았다. 과연 숨이 끊어져 있는데 아래쪽으로 엄청나게 많은 양의 피를 쏟아놓았다. 놀라서 어찌할 줄을 몰라 급히 안채로 들어가 서문경에게 이 사실을 알렸다. 서문경은 이병아가 죽었다는 소식을 전해 듣고 월랑과 함께 부리나케 앞채로 건너와 이불을 들추고 살펴보니 얼굴은 살아 있을 때와 조금도 변함이 없고 몸에는 아직까지도 따스한 기운이 남아 있는 듯했으나 조용하게 죽어간 것이다. 몸에는 단지 붉은

비단의 가슴 가리개만을 하고 있을 뿐이었다. 서문경은 이병아의 아랫도리가 붉은 피로 흥건히 젖어 있는 것에 전혀 개의치 않고 두 손으로 이병아의 두 뺨을 어루만지고 입술을 문지르고 울부짖으며 절규하기를,

"내가 당신을 구하지 못했구려! 인자하고 착하던 당신, 그런 당신이 나를 버려두고 이렇게 가다니! 차라리 이 서문경을 죽게 할 것이지, 나도 이 세상에 오래 못 살 게야. 공연히 살아서 무엇을 한단 말인가!"

라고 하며 방에서 이리 뛰고 저리 뛰며 대성통곡을 했다. 곁에 있던 오월랑도 흐르는 눈물을 어쩌지 못했다. 잠시 뒤에 이교아와 맹옥루, 반금련, 손설아와 집안의 크고 작은 계집종들과 하인들이 모두 몰려와서 통곡을 하니 울음소리가 땅을 진동할 정도였다. 월랑이 이교아와 맹옥루에게,

"언제 죽었는지는 모르겠으나, 몸에 옷도 한 벌 제대로 걸치지 못했어."

하자 옥루가,

"마님, 제가 방금 전에 몸을 만져봤는데 아직도 온기가 조금은 남아 있는 게 죽은 지 얼마 되지 않는 것 같아요. 몸이 아직 따스할 때 옷을 갈아입히지 않고 무엇을 기다리시는 거예요?"

했다. 이 말을 듣고 월랑이 서문경을 바라보니, 서문경은 아직까지도 이병아 몸에 엎드려 얼굴을 어루만지면서 절규하기를,

"하늘이 이 서문경을 죽이는구나! 당신이 이 집에 들어온 지 삼 년이 되었건만 하루도 마음 편히 지낸 날이 없었구려. 이 모든 게 다 내 탓이오."

했다. 월랑은 이 말을 듣고 서문경이 너무한다 싶어 기분이 상해서는,

"당신도 그만 울음을 멈추고 여섯째 몸에서 손을 떼세요! 죽은 사람 몸을, 자신의 몸을 돌보지 않으면서 그렇게 부둥켜안고 비비며 울면 어떻게 해요. 그러다가 나쁜 기운이 당신의 입으로 들어오기라도 하면 어쩌려고요! 여섯째가 편한 날을 보낸 적이 없다면 그럼 누가 편히 지냈다고 그러세요? 사람이 죽는 것은 등불이 꺼지는 것과 같아요. 사람의 죽고 사는 일은 아무도 어쩔 수가 없어요. 사람마다 수명이 있는데 누가 그것을 벗어날 수 있겠어요!"

그러면서 이교아와 맹옥루를 불러서,

"자네들 둘이 열쇠를 가지고 여섯째 방으로 가서 여섯째가 평소에 즐겨 입던 옷을 찾아내서 입혀주도록 하게."

그러고는 금련에게 말했다.

"다섯째, 우리들은 여섯째의 머리를 손질해주도록 하지."

서문경이 월랑에게,

"즐겨 입던 옷을 내다 입히게나."

하니, 이 말을 듣고 월랑은 이교아와 옥루에게 다시,

"새로 지은 비단 저고리와 황금색 치마 그리고 금년에 사돈댁인 교씨 집에 갔을 적에 입었던 비단 구름의 화려한 적삼과 남색 치마를 내오고, 또 새로 만든 하얀 비단 저고리와 누런 치마를 찾아서 가지고 오게나."

하고 일러주었다. 이에 영춘이 등불을 들고 옥루가 열쇠를 가지고서 방 안의 옷장을 두 개 열어보니 모두 새로 지은 옷들이었다. 상자를 열고 옥루와 이교아는 한참을 뒤지다가 옷을 세 벌 찾아냈다. 그리고 자주색 비단 조끼 한 벌과 흰 비단 치마, 붉은색 속치마 한 벌, 하얀

비단 버선과 짧은 속옷을 챙겼다. 이교아는 옷을 안고 방으로 건너와 월랑에게 보여주었다. 월랑은 마침 금련과 함께 등잔불 아래에서 이병아의 머리를 손질하고 있었는데 금비녀 네 개를 쓰고 또 까만 큰 손수건으로 머리카락을 동여매 손질을 끝마쳤다. 이교아가,

"무슨 색깔의 신발을 신겨주지요?"

하고 물으니 반금련이 말하길,

"이 동생은 살아생전에 붉은 비단에 앵무새가 복숭아를 따는 모양을 수놓은 하얀 비단의 굽 높은 신발을 아꼈어요. 두어 차례밖에 신지 않았으니 찾아보면 어딘가에 있을 거예요."

했다. 이 말을 듣고 월랑은,

"그것은 좋지 않아. 저승에 그런 신발을 신고 가면 불구덩이에 떨어질 거야. 일전에 성 밖에 있는 친척 집에 갈 적에 신었던 보라색 굽 높은 신에도 앵무새가 복숭아를 따는 것이 수놓여 있으니 그것을 찾아다 벗겨지지 않게 잘 묶어 신기도록 하지."

했다. 이 말을 듣고 이교아는 다시 밖으로 나와 신발을 넣어두는 금테를 두른 작은 상자 네 개를 다 뒤집고 그 안에 들어 있는 신발 백여 켤레를 내놓아 찾아보아도 그런 신발은 없었다. 영춘도,

"마님 신발은 다 이곳에 넣어두는데 왜 없을까?"

하고는 부엌으로 가서 수춘에게 물어보았다. 이에 수춘은,

"제가 마님께서 옷상자 안에 넣어두는 것을 봤어요."

해서, 이에 옷상자를 열어보니 큰 무더기로 있었는데 모두 새로 지은 것들로, 그 안에 월랑이 말한 신발도 들어 있어 가지고 왔다. 여러 사람들이 부지런히 손발을 놀려 일을 서둘러 마쳤다. 서문경은 여러 하인들을 거느리고 대청에 앉아 책과 그림들을 치우고 병풍을 둘러쳤

다. 그런 후에 이병아의 시신을 널빤지로 들고 나와 정가운데에 모셔 놓았다. 밑에는 비단 요를 깔고 위에는 종이 이불을 덮었다. 그리고 여러 곳에 향로를 놓고 또 몸 가까이에 등불도 하나 켜놓았다. 또 하인 둘을 시켜 전적으로 그 옆에서 하나는 종을 치고, 하나는 종이 지전을 태우게 했다. 그러고는 대안에게,

"죽은 시간을 보고 제문을 써야 하니 빨리 가서 음양사 서씨를 모셔오너라."

하고 일렀다.

월랑은 여러 부인네들과 이병아에게 수의를 입힌 후에 이병아의 침실 문을 걸어 잠갔다. 단지 온돌방만 남겨 하인 애와 유모가 기거케 했다. 풍노파는 주인이 죽은 것을 보고 콧물과 눈물이 뒤범벅이되도록 울었으며, 왕비구니도 끊임없이 이병아를 위해 『밀다심경[密多心經]』『약사경[藥師經]』『해원경[解冤經]』『능엄경[楞嚴經]』과 『대비중도신주[大悲中道神咒]』 등을 염불하면서 보살에게 이병아를 극락으로 가게 해달라고 빌었다. 서문경은 앞 대청에서 두 손으로 가슴을 치며 끓어오르는 슬픔을 어찌하지 못하고 계속 흐느끼니 목소리도 거의 나오지 않을 지경이었다. 그러면서도,

"착하고 선하던 당신, 왜 좀 더 머무르지 못하고 간 게요!"

하며 울부짖었다.

이렇게 야단법석을 떨고 있는 가운데 어느덧 닭이 울었다. 대안이 음양사 서씨를 모셔오니, 서씨는 서문경을 향해 인사를 하면서 물었다.

"나리 얼마나 상심이 크시겠습니까? 마님께서 언제쯤 눈을 감으셨는지요?"

"정확치는 않지만, 막 잠이 든 다음이었으니 아마 사경쯤일 겁니다. 방에서 간호를 하던 사람들도 연일 병간호를 하느라 모두들 피곤해 잠이 들어 있어서 정확한 시간을 알 수 없어요."

"몇째 부인이십니까?"

"여섯째인데, 몹쓸 병에 걸려서 오랫동안 고생을 하다가 눈을 감았어요!"

"정말 안됐습니다."

그러면서 좌우의 하인들에게 등불을 밝히게 하고는 대청에서 손을 꼽아보니 오경쯤이 되었다. 이에 하인이,

"지금 오경이 조금 지났는데 축시[丑時]에 임종을 하신 것입니다."

라고 말하자, 서문경은 지필묵을 준비케 하고는 서선생에게 비서[批書]를 쓰게 했다. 이에 서씨는 등잔불 아래에서 푸른 행낭을 열고 『만년력통서[萬年曆通書]』를 꺼내 보며 죽은 부인의 성씨 및 생년월일시 등 팔자를 물어보고 비서를 쓰기 시작했다.

금의 서문부인 이씨의 상[喪]으로
원우신미정월십오일 오시에 태어나고, 정화정유구월십칠일 축시에 죽다. 오늘은 병자일로 월령은 무술인데 천지가 왕망일[往亡日](음양가들이 말하는 불길한 날)을 범하니 겹상을 만난다. 좋지 못한 기운이 한 장이나 높이 떠서 서남방을 향해 간다. 태세살[太歲煞]을 만나 참극을 당할 국면이다. 집안에서는 울음을 피해야 하나 상을 치른 후에는 무방하다. 입관을 할 적에는 용띠, 호랑이띠, 닭띠, 뱀띠 등의 사람은 피해야 하며, 친척은 괜찮다.

오월랑은 대안더러 서씨에게 흑서[黑書]를 보아 이병아가 죽어서 어디로 갔는지 물어보라 했다. 이에 서씨는 음양가들이 가지고 다니는 책을 펼쳐보면서 이르기를,

　"오늘은 병자일 축시입니다. 죽은 자는 위로 보병궁[寶瓶宮]에 들어갔다가 임제[臨齊] 땅에 오십니다. 전생에서는 빈주[濱州]의 왕씨 집 남자애로 태어났으나 새끼 밴 암양을 때려죽였습니다. 그래서 이승에서 여자로 태어나 양띠가 된 것입니다. 품성이 온화하고 착하나 양친이 음모에 휘말려 모두 죽게 되고, 또 의지할 만한 친척도 없어, 처음에는 남의 첩이 되었으나 본부인의 미움을 받습니다. 후에 다시 남편을 만나지만 서로 의기가 투합하지 않아 여러 가지 어려움을 겪습니다. 중년에 다시 귀한 남편을 만나나 항시 질병이 있고 남편의 욕구를 충족시켜주지 못하고 자식을 낳으나 일찍 여의고 맙니다. 그러다가 속병이 도져 많은 하혈을 하고 죽게 됩니다. 아흐레 전에 혼은 이미 떠나가고 하남의 변량 개봉부 원지휘 집에 딸로 태어났으나 어렵게 살아가게 됩니다. 그러다가 스무 살에 돈 많은 사람에게 시집을 가는데 나이 차이가 많습니다. 중년에 이르러 복을 누리다가 나이 마흔둘에 병을 얻어 죽게 됩니다."

하면서 흑서를 읽어주자 부인들은 듣고 모두 탄식을 했다. 서문경은 언제 장사를 지냈으면 좋겠냐고 물어보았다. 이에 서씨는,

　"나리께서는 시신을 언제까지 안치해두려고 하시는지요?"

하고 물으니 서문경은 울면서 말했다.

　"몸도 아직 따뜻한 것 같고 우리의 사랑도 여전한데 어찌 떠나보낼 수가 있겠소! 적어도 오칠[五七](삼십오 일)은 놔둬야지요."

　"오칠일 안에는 좋은 날이 없습니다. 사칠(이십팔 일) 전후라면 시

월 초파일 정유날 오시에 묘자리를 파시고, 열이튿날 신축[辛丑]일 사시[巳時]에 안장하시면 됩니다. 그렇게 하면 육위[六位]나 본명[本命]을 모두 범하지 않게 됩니다."

"그럼 그렇게 하지요. 시월 열이튿날에 발인을 하는 것으로 결정하고 다시 바꾸지 않겠습니다."

서선생은 바로 진방[殄榜](죽은 자의 나이, 입관과 안장 시간, 장례 의식 및 각종 금기 사항 등을 적은 문서)을 써서 죽은 자의 시신 위에 올려 놓고 서문경에게,

"열아흐렛날 진시[辰時]에 입관을 할 테니 필요한 모든 물건은 나리께서 준비를 해주십시오."

이렇게 일러두고 떠나니 날은 이미 밝아왔다. 서문경은 금동한테 말을 타고 가서 화대구를 청해 오라 이르고 사람들을 시켜 일가친척들에게 이 사실을 알리도록 했다. 그리고 관청에도 사람을 보내 휴가를 얻고 집 안에서 장례 일을 보았다. 또 대안을 사자가에 있는 상점으로 가서 표백한 삼베 스무 필과 흰 무명 서른 필을 가져오게 해서 조씨 재봉사를 불러 옷 만드는 사람을 많이 데려오게 해 서쪽 행랑채에서 먼저 사람들이 머무를 천막과 염을 할 때 필요한 옷과 각 방의 여인들이 입을 치마와 저고리 등을 만들게 했다. 또 바깥채의 하인들도 모두 흰 베옷과 흰 망건을 두르게 했다. 또 은자 백 냥을 분사에게 주어 성 밖에 있는 가게에 가서 괴광마포[魁光麻布] 서른 묶음과 황사효견[黃絲孝絹] 이백 필을 사오게 했다. 목수들에게도 큰 천막 다섯 개를 만들라고 지시했다. 그러다가 서문경은 갑자기 이병아의 살아생전의 행동과 모습이 눈앞에 떠오르며 초상화를 그리는 일을 잊었다는 것이 생각이 나서 바로 내보를 불러 일렀다.

"어디 초상화를 잘 그리는 화가가 있는지 알아보거라. 내 이 일을 잊었구나!"

"예전에 우리 집 병풍을 그린 한선아[韓先兒]가 있잖아요. 한선아는 원래 선화전[宣和殿](송대의 궁전명)에서 그림을 그리던 사람인데 벼슬을 그만두고 지금은 집에 있어요. 듣자 하니 초상화를 잘 그린다고 합니다."

"지금 어디에 있는데? 빨리 가서 모셔오너라."

내보는 대답을 하고 나갔다.

서문경은 밤새 한잠도 자지 못한 데다 일이 벌어지고 나서 오경에 이르기까지 정신이 없었다. 마음도 비통하기 그지없고 정신이 혼란스러우니 자연히 짜증이 나서 여자 종들한테 욕하고 남자 하인 애들을 발로 걸어차다가 이병아의 시신을 지키고 있노라니 자기도 모르게 슬픔이 복받쳐 방성대곡했다. 이때 대안도 곁에서 같이 울면서 아무런 말도 하지를 못했다. 오월랑은 이때 이교아와 맹옥루, 반금련과 함께 천막 뒤에서 여러 계집종들과 집안 하인들의 부인네들을 나누어서 일을 시키고 있었다. 오월랑은 서문경이 계속 울기만 하다 목이 쉬어 제대로 말도 하지 못하는 모습을 보고 차를 좀 들겠냐고 묻자 서문경은 마시지 않고 여전히 신경질만 부렸다. 이를 보다 못한 월랑이 말했다.

"무슨 야단을 그리 떠세요! 죽은 사람은 죽은 사람이에요. 당신이 이렇게 울며 통곡을 한다고 어디 살아오겠어요! 두어 번 울고 그만 손을 떼세요. 그렇게 울며불며 통곡을 해서 어쩌겠다는 거예요! 이삼 일 동안 잠도 한숨 자지 않고 머리도 빗지 않고, 또 세수도 하지 않고 오경까지 난리를 피우며 물 한 모금도 마시지 않으니 철로 만든 사람이라 할지라도 버티지 못할 거예요. 머리도 좀 손질하고 밖에 나와 뭘 좀 드셔야지 버틸 수 있잖아요. 그러다가 당신이 쓰러지기라도 하면 도대체 어쩌려고 그러세요!"

옥루도,

"여태 머리도 빗지 않고 세수도 안 하셨군요."

하니 월랑은,

"세수라도 하면 좋게. 내 좀 전에 하인 애를 시켜 안으로 드셔서 세수를 좀 하시라고 했더니 나리께서 발로 걷어차더래. 그러니 누가 감히 다시 가서 말씀을 드리겠어!"

하자 금련이 이 말을 이었다.

"마님께서는 방금 여섯째 동생 방에서 옷을 찾아왔을 때 보지 못하셨어요? 제가 좋은 말로 죽은 사람은 어쩔 수 없지만, 이러시다가는 나리께서도 뼈만 남게 될까 걱정이 된다고 했지요. 그러면서 안으로 들어가 무엇을 좀 드시고 나오셔도 늦지 않는다고 했어요. 그랬더니 두 눈을 크게 부릅뜨면서 '개하고 놀아난 음탕한 계집이! 네가 상관할 바 아니야!'라며 저한테 욕을 하시더군요. 저는 오늘 개와 놀아나지 않았는데 도대체 누구와 놀아났다는 것인지! 도무지 이치를 모르는 양반 같아요. 그저 여섯째만 사람이 좋다고 말을 하면서….."

월랑도,

"하기야 사랑하던 사람이 그렇게 갑자기 죽었으니 어찌 슬프지 않겠어! 하지만 사랑했던 마음은 가슴속에 담아두어야지 어쩌자고 저리도 밖으로 드러내는지! 사람이 죽었는데 더러운 기운이 있는지 없는지 상관하지 않고 입을 맞추고 부르고 야단이니 도대체 무슨 짓인지 모르겠어! 그래 내가 몇 마디 했더니 대뜸 여섯째가 이 집에 들어와서 삼 년 동안 하루라도 편하게 지낸 날이 있었냐고 하는 게야. 누가 여섯째보고 하루 종일 물을 긷고 맷돌질을 하게 했느냔 말이야?"
하니 맹옥루가,

"마님, 그런 말씀 마세요. 마님이 여섯째에게 얼마나 잘 대해주셨어요. 그런데도 나리께서는 이렇게 사람을 차별하시다니!"
하자 반금련도 말했다.

"병아 동생은 좋은 나날을 보냈지만, 우리들 중에서 누가 그런 사랑을 받아보았나요? 모두 똑같은 사람이잖아요."

이때 진경제가 수광견[水光絹](옷을 만들 적에 음양명암[陰陽明暗]의 효과가 있는 물무늬가 있는 견직물) 아홉 필을 들고 와서,

"장인어른께서 마님들께서 적당히 잘라 손수건을 하시고 나머지는 치마를 해 입으시랍니다."
하자 월랑은 비단을 건네받고 말했다.

"진서방이 건너가 장인어른께 안으로 들어오셔서 음식을 좀 드시라고 권하게나. 벌써 점심때가 다 되었는데도 아직까지 물 한 모금도 드시지 않았잖아!"

"제가 권하지 않은 게 아니에요. 방금 전에도 하인 애가 나리께 식사를 좀 하시라고 말씀을 했다가 하마터면 발길에 차여 죽을 뻔했어요. 제가 갔다가 공연히 화를 내시면 어쩌지요?"

월랑은,

"진서방이 정 못하겠다면, 내 다른 사람을 시켜 식사를 하도록 모셔오지."

그러고는 대안을 불러 일렀다.

"나리께서 식사도 하지 않으시고 하루 종일 저렇게 울고 계셔. 그

러니 밥을 가지고 가서 온선생이 있을 때 같이 드시게 하려무나."

"응씨 아저씨와 사씨 아저씨를 모시러 갔어요. 그러니 오시기를 기다렸다가 마님께서 사람을 시켜 식사를 내보내주시면, 그분들이 몇 마디 하셔서 나리께서도 식사를 하실 거예요."

"요 입만 살아 있는 놈아! 네가 나리의 뱃속에라도 들어가 보았단 말이냐? 우리 여인네들이 네놈만 못하는구나! 그런데 너는 어째서 그 둘이 와서 권하면 나리께서 식사를 할지 아느냐?"

"마님께서는 모르시겠지만, 나리의 크고 작은 술좌석에 언제 두 분이 빠진 적이 있나요? 나리께서 석 잔을 내면 그들도 석 잔을 내며 나리께서 하는 대로 따라 하지요. 나리께서 무슨 화가 나는 일이 있다가도 그분들이 와서 몇 마디 말씀을 나누시면 나리께서는 바로 양 미간을 펴고 크게 웃으시지요."

이렇게 말을 하고 있을 적에 기동이 응백작과 사희대를 모시고 왔다. 둘은 문에 들어서 바로 영전에 엎드려 한참 동안 곡을 했다. 그러면서,

"인자하고 어지시던 우리 형수님!"

하고 곡을 하니, 금련과 옥루가 이를 듣고,

"저런 우라질 놈들이! 그럼 우리들은 인자하지 않고 착하지가 않단 말이야?"

이렇게 욕을 하고 있을 적에 둘은 영전에 절을 하고 일어섰다. 서 문경이 절을 하며 맞이하자 둘은 다시 흐느끼며,

"형님, 얼마나 슬프십니까?"

이렇게 말하면서 안으로 들어가 온수재와 서로 인사를 나누고 자 리에 앉았다. 먼저 백작이 물었다.

"그래, 형수님께서는 언제 돌아가셨는지요?"

"축시쯤에 숨을 거두었어."

"제가 집으로 돌아가니 삼경이 넘었더군요. 집사람이 저한테 좀 어떠하냐고 묻기에 '보아하니 가망이 없는 것 같아'라고 말해줬지요. 그러다가 깜빡 잠이 들었는데 꿈속에서 형님이 사람을 보내 저를 부르셔서는 말씀하시기를 승진 턱 술이나 마시자고 하면서 빨리 오라고 하더군요. 와서 보니 형님께서는 크고 붉은 옷을 입으셨는데 소맷자락에서 옥으로 만든 비녀 두 개를 꺼내 저에게 보여주시면서 '하나가 부러졌어' 하시길래 제가 한참을 보다가 '아깝군요, 옥으로 만든 비녀가 부러지고 다른 온전한 비녀는 초자석[硝子石]이군요'라 했더니, 형님께서 '둘 다 옥이야' 하시더군요. 그렇게 저희 부부가 잠을 자다가 제가 깨어 일어나 이 꿈이 별로 좋은 것이 아니라고 말을 하자, 집사람은 단지 제가 꿈결에 중얼거리는 것만 보았다고 하면서 '누구와 얘기를 했어요?' 하고 묻길래, 저는 '자네는 몰라도 돼. 날이 밝으면 알려주지'라 했지요. 그런데 날이 밝자 심부름꾼이 왔는데 하얀 상복을 입은 것을 보고 일이 어찌되었는지를 알고 아연실색했지요. 형님 댁에서 과연 초상이 나다니!"

"전날 나도 꿈을 꾸었는데 자네와 비슷했어. 꿈에 동경에 있는 적씨 사돈집에서 비녀를 여섯 개 보내왔는데 그중 하나가 부러져 있더군. 내가 '참 아깝구나!' 하면서 밤에 집사람한테 얘기를 해주었지. 그런데 뜻하지 않게 이 사람이 죽다니, 하늘도 무심하시지, 내가 얼마나 괴로워하는지 모르실 거야! 차라리 이 서문경이 죽었으면 좋으련만! 하기야 보이지 않으면 그만이지, 그렇지만 어느 날 갑자기 생각이 나면 내가 얼마나 보고 싶고 괴롭겠는가? 평소에 남한테 해가 되는 일을 한 적이 없는데 하늘은 어째서 오늘 내 사랑하는 사람을 빼앗아간 게지! 먼저 아기를 데려가고, 이제는 그 어미마저 데려가다니, 내가 이 세상에 살아남아 무엇을 한단 말인가! 비록 돈이 북두칠성에 이를 만큼 많다고 한들 무슨 소용이 있겠는가!"

"형님, 그 말씀은 틀렸어요. 형수님과 형님이 어떤 부부셨는데, 이렇게 형수님이 갑자기 돌아가시니 형님 마음이야 오죽 아프시겠어요? 그렇지만 형님께는 돌봐야 할 집안의 크고 작은 일도 있고, 또 앞길이 창창하시잖아요. 집안의 모든 사람들이 형님을 태산같이 믿고 의지하는데 만약에 형님께 불행한 일이 닥치면 어찌하겠어요? 여기 있는 많은 형수님들도 모실 주인이 없게 되잖아요. 속담에도 '한 사람이 살면 셋이 살고, 한 사람이 죽으면 세 사람이 죽는다'고 하잖아요. 형님께서는 총명하고 영리하시니 소제가 드리는 말씀을 잘 아실 거예요. 형수님께서 어린 나이에 세상을 떠 형님께서 너무나 가슴 아파하시고 잊지 못하시는 것을 잘 알지만 정히 그러하시다면 형님께서 남편이자 상주[喪主]로서 상복을 입으시고 승려들을 불러 장례를 잘 치르고 안장하신다면 형님의 마음은 다한 것이며, 또한 형수님께서도 바랄 나위 없이 기뻐하실 겁니다. 그러니 형님께서는 마음을 편히 넓게 가지세요."

이렇게 백작한테 한차례 말을 듣고 나자 답답하던 가슴이 탁 트이는 것 같고 울적한 마음도 풀려 서문경은 더는 울지 않았다. 그러다가 찻잔을 들어 마시다가 대안을 불러,

"안채에 가서 말해 밥을 내오거라. 응백작과 온선생, 사씨 아저씨와 함께 먹을 테니 말이다!"

하니, 이 말을 듣고 백작은,

"형님, 아직까지 식사를 하지 않으시다니, 왜 그리 멍청한 짓을 하세요. 속담에도 '밑천을 까먹을지언정 식사를 거르지 말라' 하고 또 『효경[孝經]』에도 이르기를 '초상을 치르는 일로 인해서 산 사람이 다치면 안 된다'고 하잖아요. 죽은 사람은 죽은 사람이고 살아 있는 사람은 그래도 살아가야 하잖아요. 형님은 굳세게 버티셔야 해요!" 라고 했다.

　몇 마디 말에 군자의 길이 열리고
　한 마디 말에 꿈에서 깨어난다.
　數語撥開君子路
　片言題醒夢中人

대나무 숲에 비치는 희미한 서광

친척과 친구들이 제사상을 차려 이병아를 추모하고,
서문경은 연극을 보며 이병아를 생각하다

십이요대[十二瑤臺] 칠보란[七寶欄]*의

좋은 꽃도 지고 나면 다시 피기 어려워라.

용의 수염 같은 것을 달여 먹어도 효험이 없고

웅담을 환으로 만들었으나 아직 마르지 않았네.

화려한 장막**은 밤에 애처롭고 붉은 초도 차가우니

문 창호지에 가을 깊고 잠자리도 서늘하네.

애처롭게 짝 잃고 홀로 날아가는 기러기

서리 내리고 바람 부니 한 그림자만 외롭네.

十二瑤臺七寶欄 瓊花落後再開難

龍鬚煮藥醫無效 熊膽爲丸曬未乾

蓉帳夜愁紅燭冷 紙窗秋暮翠衾寒

應憐失伴孤飛雁 霜落風高一影單

그날 응백작은 서문경을 잘 어르고 달래서 겨우 눈물을 닦고 울음

---

* 여러 가지 보석으로 장식한 난간

** 연꽃을 수놓은 휘장, 장막

을 멈추게 했다. 그러면서 대안에게 안채로 들어가서 밥을 차려 내오게 했다. 잠시 뒤에 오대구, 오이구도 모두 도착하여 영전에 이르러 조의를 표한 뒤에 서문경과 인사를 나누며 위로의 말을 건넸다. 그리고는 사랑채로 안내해 모두 함께 자리했다.

한편 안채로 들어온 대안은 월랑에게,

"어때요? 제가 말씀드릴 적에 마님께서 믿지 않으셨죠. 그렇지만 응씨 아저씨가 오셔서 한차례 말을 하니 나리께서 바로 식사를 하시잖아요."

이 말을 듣고 있던 금련이,

"이 닳아빠진 자식아! 온종일 바깥에서 나리를 모시고 다니며 온갖 시중을 드는데 어찌 나리의 성질을 모르겠어."

하자 대안은,

"제가 어려서부터 나리를 따라다니기는 했으나 깊은 속마음은 모르겠어요!"

했다. 월랑이 물었다.

"그래 사랑채에서 몇 분이 나리와 함께 식사를 하신다고 하더냐?"

"오대구와 오이구 어른께서도 방금 도착하셨어요. 온사부와 응씨 아저씨, 사씨 아저씨, 한지배인, 진서방과 나리까지 여덟 분이에요."

"진서방은 안채에 들어와서 먹지, 왜 그곳에 끼려고 하지?"

"이미 자리를 잡고 앉아 계세요."

"하인 애를 데리고 부엌에 가서 밥을 들고 나가도록 하거라. 그리고 너는 따로 이 죽 단지를 나리께 전해드리도록 해라. 나리께서는 이른 아침부터 지금까지 아무것도 드시지 않으니 죽 먼저 드시는 것이 좋을 게야."

"누구를 데리고 나가죠? 집에 저밖에 없는데요. 모두 부고를 전하거나 지전을 태우고 제사에 필요한 물건들을 사러 나갔어요. 왕경도 장씨 친척집으로 널빤지를 빌리러 갔어요."

"서동 그놈과 함께 내가도록 하거라. 공연히 꼴값을 떠는 놈을 데리고 가란 말이야!"

"서동은 화동과 영전에서 징을 울리고 향불을 사르며 지전을 태우고 있어요. 춘홍은 분사와 함께 비단을 바꾸러 갔고요. 사온 비단이 별로 좋지 않아 한 필에 여섯 전 하는 것으로 바꾸어서 상복을 만든다고 합니다."

"사실 한 필에 닷 전짜리도 충분한데 왜 쓸데없이 바꾸고 야단인지."

그러면서 다시,

"그럼 화동 그놈을 불러서 빨리 식사를 내가거라. 뭘 꾸물거리고 있는 게야?"

하니 대안은 바로 화동과 함께 큰 접시 두 개와 사발을 들고 앞채로 나가 팔선 탁자 위에 올려놓았다. 여러 사람들이 한참 식사를 하고 있는데 평안이 명함을 가지고 들어와,

"관청의 하대인께서 서기에게 사병 셋을 딸려 보내 이곳 일을 도우라고 하셨습니다. 그러고는 회답을 기다리신답니다."

하고 아뢰니 서문경은 이를 듣고,

"잘 알았으니 서기에게 은자 석 냥을 수고비로 주고, 이렇게 마음을 써주셔서 감사하다고 회신을 정중하게 써서 보내거라."

이렇게 분부하고 식사를 마친 뒤에 그릇들을 치우게 했다. 그때 내보가 들어와 초상화를 그리는 한선생이 도착했다고 전했다. 서문경은 한선생과 인사를 나누고 말했다.

"선생께서 수고스럽더라도 죽은 사람의 초상화를 그려주시기 바랍니다."

"소인이 최선을 다하지요."

오대구가 곁에서 말했다.

"손을 늦게 써서 얼굴이 좀 변하지 않았을까 걱정이 됩니다."

"괜찮아요, 죽은 사람 얼굴도 잘 그릴 수 있습니다."

그러면서 차를 마시고 있는데 평안이 들어와,

"문밖에 화대구가 오셨습니다."

하고 전갈했다. 서문경은 화자유를 영전으로 인도해 조문을 받은 뒤에 여러 사람들과 인사를 나누고 자리를 함께하니 화자유가 물었다.

"그래, 언제쯤 돌아가셨어요?"

"축시에 숨을 거두었어요. 죽기 전까지만 해도 정신이 말짱해 얘기를 잘 했었는데… 잠자리에 들었다가 하인 애가 일어나 보니 숨이 끊어져 있더랍니다."

이때 한선생이 곁에 있던 소동을 시켜 화선지를 꺼내고 자신은 소맷자락에서 붓과 물감을 꺼내는 것을 화자유가 보고서는 물었다.

"매형께서는 지금 초상화를 그리려고 하십니까?"

"내 그 사람을 좋아했는데 변변한 초상화 하나 남겨두지 못했으니 지금이라도 그려서 아침저녁으로 생각날 적에 걸어두고 볼까 합니다."

그러고는 안채의 여인네들을 잠시 물러나게 한 뒤에 죽은 사람의 얼굴에 덮어놓은 휘장을 걷게 하고 한선생과 화대구 등 여러 사람들을 이끌고 영전으로 다가갔다. 한선생은 손으로 천년번[千年旛]을 들고 오륜보완[五輪寶盌]으로 물방울을 두 방울 떨어뜨리고는 죽은 사람의 얼굴을 들여다보았다. 보아하니 이병아는 머리에 까만 손수건을 동여매고 있었는데 비록 오랫동안 병에 시달리고 있었으나 살아 있을 때와 마찬가지로 모습은 전혀 변함이 없고 얼굴은 누르스름하며 입술은 붉게 윤기가 흐르는 것이 정말로 사랑스러워 보였다. 이러한 모습을 보고 서문경은 흐르는 눈물을 참지 못해 다시 흐느껴 울었다. 그때 내보와 금동은 곁에서 그림 그리는 화판과 물감 등을 들고 있었으며, 한선생은 한 번 보고 바로 알아보았다. 주위에서 여러 사람들이 한선생을 에워싸고 잘 그려달라고 말들을 했다. 응백작이,

"선생님, 이게 바로 병자의 모습입니다. 살아 있을 때에는 지금 모습보다 얼굴에 훨씬 더 생기가 있었고 용모도 더 아름다웠어요."

하니 한선생이,

"어른께서 말씀하지 않으셔도 소인이 잘 알고 있습니다. 나리께 여쭈어보겠는데 혹시 죽은 마님께서 금년 오월 초하룻날 오악묘에 가셔서 향을 올린 적이 없는지요? 그때 한 번 뵌 듯합니다."

하고 묻자 서문경은,

"맞아요. 그땐 참 좋았지요. 선생께서 마음을 잘 가다듬고 그때 모습을 잘 기억하시어 그려주십시오. 전신 초상화 하나와 반신 초상화 하나를 그려 영전에 놓을까 합니다. 사례로 비단 한 필과 은자 열 냥을 드리겠습니다."

했다. 한선생은,

"나리께서 그렇게 분부하시는데 소인이 어찌 최선을 다하지 않을 수 있습니까?"

하고는 바로 반신 초상화를 그렸는데 정말로 옥 같은 용모에 꽃처럼 아름다운 모습에다 피부는 부드러워 보이는 것이 마치 살아서 향기를 내뿜는 듯했다. 여러 사람들에게 보여주니 바로 한 폭의 미인도였

다. 서문경이 보고서 대안에게 분부하기를,

"가지고 안채로 들어가서 여러 마님들께 보여드리고 어떤가 여쭈어보거라. 만약 좀 이상한 곳이 있으면 말해서 고치게 말이다."

하니, 이에 대안은 받아 들고 바로 안채로 들어가 월랑 등에게 보이면서 말했다.

"나리께서 마님들께 여섯째 마님의 영정 그림을 보여드리고 그림이 어떤가 여쭈어보라십니다. 만약 닮지 않은 부분을 말씀해주시면 한선생더러 고치게 한답니다."

이 말을 듣고 월랑은,

"왜 이리 야단법석을 떨고 계신다지, 사람이 죽어 어디로 갔는지도 모르는데, 무슨 그림을 그린다고 호들갑이야! 그림이 어디 그 사람과 닮았어?"

하니 반금련이 바로 이어서 말했다.

"딸자식도 없는데 이런 그림을 그려놓고 누구보고 절을 하라는 건지. 훗날 우리들 여섯 모두 죽으면 초상화가 여섯 개가 되겠군요."

맹옥루와 이교아도 그림을 보고서는,

"큰마님이 보시기에 이 그림은 병아 동생이 살아 있을 때 모습과 아주 흡사하잖아요. 화장한 것도 그만한데 다만 입술이 조금 얄팍한 것 같아요."

하니 월랑도,

"왼쪽 이마가 조금 좁은 듯하군. 눈썹도 이 눈썹보다 좀 둥글게 굽었잖아. 그런데 그 화가가 죽은 사람 모습을 보고 어떻게 이렇게 용케 그려냈을까?"

하자 대안이 말했다.

제63화 대나무 숲에 비치는 희미한 서광

"화가가 일전에 묘에서 마님을 본 적이 있어 그때 모습을 생각해 내고 이렇게 그린 거랍니다."

그러고 있는데 왕경이 들어와 말했다.

"마님들께서 다 보셨으면 가지고 나오랍니다. 사돈인 교씨께서 오셨기에 그분께도 보여드리겠답니다."

대안이 다시 앞채로 가지고 나가서 한선생에게 말했다.

"마님들께서 말씀하시기를 입술이 조금 얇고, 왼쪽 이마가 조금 좁으며, 눈썹이 조금 각졌으니 수정하라고 하십니다."

"그거야 별것 아니지요."

그러고는 바로 붓을 들어 고친 뒤에 교대호에게 보여주니,

"죽은 안사돈의 초상화는 정말로 잘 그렸군요. 단지 숨소리만 없을 뿐이에요!"

했다. 이를 듣고 서문경은 매우 흡족해 한선생에게 술과 음식을 잘 대접해주었다. 그리고 강칠[江漆] 수반[水盤]에 비단 한 필과 은자 열 냥을 담아 내와 건네주면서, 걸어놓게 반신상 먼저 그리고 전신상은 출관 전까지 그려달라고 부탁했다. 그러면서,

"큰 청록색에 머리는 진주로 장식하고, 붉은색 오채편지금[五彩遍地金] 겉저고리에 여러 꽃을 수놓은 치마를 입은 모습을 그려, 꽃무늬가 있는 비단으로 표구를 하고 상아[象牙]로 화축[畵軸]을 만들어주십시오."

하니, 이 말을 듣고 한선생은,

"분부가 없더라도 소인이 잘 알아서 하겠습니다."

그러면서 돈을 받아 들고 소동에게 그림 도구를 챙기게 한 뒤에 인사하고 집으로 돌아갔다. 교대호와 여러 사람들은 다시 한 번 다

짜놓은 관을 보고 물어보았다.

"오늘 소렴[小殮](죽은 사람에게 수의를 입히는 일)을 하십니까?"

"검시인이 오면 그때 소렴을 하고 대렴[大殮](입관하는 일)은 사흘 뒤에 합니다."

교대호는 차를 마신 뒤에 바로 인사하고 몸을 일으켜 돌아갔다.

잠시 뒤에 검시인이 오자 종이를 깔고 이부자리를 폈다. 서문경은 친히 이병아의 눈을 뜨게 하고 진경제를 이병아의 자식으로 삼아 눈을 닦아주게 했다. 그런 다음 서문경은 진주 하나를 꺼내 이병아의 입 안에 넣어주었다. 이렇게 소렴을 하고 나서 불빛 아래 단정히 누인 다음 휘장을 내리고 모든 사람들이 다시 한 번 곡을 했다.

내흥은 일찌감치 수의[壽衣] 가게에 가서 금색 도분 네 개와 세숫대야와 수건을 들고 있는 여자 인형 네 개를 만들었는데, 모두 진주로 머리를 장식하고 은 귀고리를 한 것으로 비단옷을 입혀 양편에 둘씩 앉혀놓았다. 영전에는 향로, 꽃병, 촛대, 향합 등이 놓여 있었는데 모두 은 세공장이가 정교하게 만든 것으로 탁자 위에 올려져 있으니 눈이 부시게 빛을 발했다. 또 은자 열 냥을 내어 세공장이에게 부탁해 은잔 세 개를 만들어달라고 했다.

그런 다음 서문경은 사랑채에서 응백작과 함께 상례에 쓸 돈과 여러 가지 일에 대해 상의를 했다. 우선 은자 오백 냥과 동전 백 꾸러미를 내와 한지배인에게 주어 돈의 출납을 맡아보도록 이르고, 분사와 내흥은 물건 구입과 주방에서 음식을 만드는 일을 전적으로 맡아보게 했다. 응백작, 사희대, 온수재, 감지배인 네 사람은 번갈아 오고가는 조문객의 접대를 담당하게 했다. 최본은 사람들이 가져오는 부의금을 맡아보게 하고, 내보는 밖의 창고 일을, 왕경은 술을 담당하고,

춘흥과 화동은 영전에서 일을 보게 했다. 평안은 매일 병졸과 조문객이 올 때마다 운판[雲板]을 두들기거나 조문객들에게 향이나 지전을 건네주었다. 또 서기와 함께 온 병졸들에게는 대문 앞에서 조문객의 방명록을 기록하게 하거나, 염불을 외울 적에 양산을 펴거나 깃발을 들게 하고 일이 없으면 문을 걸게 했다. 이렇게 각자 할 일을 분담한 뒤에 고사장을 써서 벽에 붙이고는 맡은 바 임무를 충실히 했다.

또 황장[皇庄]의 설내상이 사람을 보내 모죽[毛竹] 삼십여 개, 대자리 깔판 삼백 개, 마로 만든 밧줄 일백여 개 등을 보낸다는 목록을 가져와 서문경에게 보여주니, 서문경은 은자 닷 전을 수고비로 하사하고 답장을 써서 돌려보냈다. 그러고는 일꾼들에게 명해 천막을 다시 크게 치고 문 두 개를 양편으로 내게 했다. 주방 앞쪽에도 작은 천막 세 개를 치고 큰 대문 쪽에도 움막 일곱 개를 세웠다. 그리고 나서 보은사의 승려 열두 명을 청해 『도두경[倒頭經]』을 읽게 했다. 날마다 두 명이 차와 술을 담당해 각 곳을 오가며 차를 대접하고, 부엌에서는 요리사 두 명이 여러 가지 음식을 준비했다.

화대구, 오이구도 오래 자리에 앉아 있다가 돌아갔다. 서문경은 온수재에게 부고를 쓰게 한 뒤에 인쇄를 하도록 했는데, '죽은 부인을 기리며[荊婦奄逝]'라 쓰게 했다. 온수재가 그것을 슬며시 백작에게 보여주니 백작이 말했다.

"이것은 이치상 말이 되지 않아요. 아직까지 안채에 큰형수님이 정실로 계신데, 어찌 이런 말을 쓸 수 있죠? 다른 사람은 몰라도 오대구 어른께서 내심 서운해하실 거예요. 제가 천천히 서문 나리와 얘기해볼 테니 잠시 쓰지 말고 있어보세요."

그들은 조문객들을 늦게까지 접대하다가 느지막이 돌아갔으나 서문경은 저녁이 되어도 안채로 들어가지 않고 이병아의 영전에 돗자리를 깔고 병풍을 치게 해 자리를 마련하고 홀로 그곳에서 밤을 지냈다. 춘홍과 서동이 곁에서 시중을 들었다.

다음 날 날이 밝자 서문경은 월랑의 방으로 건너가 머리를 빗고 세수를 한 다음 재봉사들이 만들어온 흰 모자, 흰 옷, 흰 버선에 흰 신을 신고 삼베 띠를 허리에 둘렀다. 아침 일찍 하제형이 와서 문상을 하며 슬픔을 위로하니 서문경은 답례를 하고 차를 마신 다음 자리에서 일어났다. 하제형이 대문 앞에 이르러 서기에게 이르기를,

"일을 잘 보도록 하게. 제대로 일하지 않는 병졸이 있으면 관청으로 와서 보고하게. 그럼 즉시 처벌할 테니."

그러고는 말을 타고 관청으로 돌아갔다. 서문경은 온수재에게 부고장을 쓰게 해 하인을 시켜 일가친척들에게 전하면서 사흘째 되는 날 제사를 지내고 불경을 읽으려 하니 일찌감치 참석해달라고 했다.

오후에는 도장[道場]을 깨끗하게 정리하고 불상을 걸게 했는데 자세히 말하지 않겠다.

그날 기원에서도 오은아가 이 소식을 전해듣고 가마를 타고 와 영전에 분향을 하고 곡을 하며 지전을 태웠다. 그러고는 안채로 들어가자 월랑이 맞이하니 오은아는 절을 하며,

"여섯째 마님이 돌아가신 일을 전혀 모르고 있었어요. 아무도 제게 말을 해주지 않다니, 정말로 속상해요!"

하고 곡을 하니, 이에 옥루가 말했다.

"자네는 그 사람의 수양딸인데 그 사람이 아플 적에 어째 한 번도 와서 보지 않았는가?"

"셋째 마님, 제가 만약에 알았더라면 어찌 와서 뵙지 않았겠어요?

정말로 몰랐어요. 제 말이 거짓이라면 바로 죽을 거예요."

월랑은,

"자네가 한 번도 찾아오지 않았지만, 그 사람은 그래도 물건 몇 가지를 남겨 기념으로 삼게 했네. 내가 자네 대신 받아놓았지!"

그러고는 소옥을 불러,

"가서 그 물건을 내와 은아 아씨에게 주거라."

하니 소옥은 바로 안으로 들어가 보따리를 하나 내왔는데, 풀어보니 비단 옷 한 벌과 금비녀 두 개, 금 꽃 장식 하나가 들어 있었다. 이를 보고 오은아는 눈물을 흘리면서,

"마님이 편찮으시다는 것을 일찍 알았더라면 와서 이삼 일이라도 시중을 들어드렸을 텐데!"

그러면서 월랑에게 감사의 인사를 했다. 월랑은 오은아에게 차를 내주며 이삼 일 머물고 가게 했다.

사흘째 되던 날 화상들이 징을 치고 깃발을 흔들며 도장을 정리하고 경문을 읽은 뒤에 지전을 불살랐다. 집안의 모든 사람들이 상복을 입었는데 오직 진경제만이 부모를 잃은 자식 신분으로 흰 상복을 입고 불상 앞에서 절을 했다. 주위의 일가친척, 친구, 관원들도 모두 와서 문상을 하고 죽은 자의 극락왕생을 위한 지전을 불태우니, 그날 찾아온 문상객은 이루 셀 수 없이 많았다. 음양가 서선생도 일찌감치 와서 준비를 하고는 제사를 올린 후에 시신을 들어 입관했다. 서문경은 월랑에게 이병아가 즐겨 입던 옷을 네 벌 내와 관 안에 넣게 하고 관 네 모서리에 또 은 네 덩이를 넣었다. 이를 보고 화자유가,

"매제, 안에 넣지 않는 것이 좋을 성싶소이다. 금은은 시간이 지나면 모두 밖으로 나오는 것으로 영원히 있는 게 아닙니다."

라고 권했다. 그러나 서문경은 이 말을 듣지 않고 안에 그대로 넣게 했다. 밑에 칠성판(시신을 눕히는 관의 바닥에 까는 목판. 위에 구멍이 일곱 개 있는데 일곱 개의 별을 상징함)을 깔고 자개[紫蓋](관 안의 작은 덮개)를 덮었다. 그리고 네 귀퉁이에 장명정[長命丁] 큰 못을 내리쳐 박으니 집안의 모든 사람들이 다시 한 번 곡을 했다. 서문경도 곡하면서 넋이 나가서는,

"내 사랑아, 다시는 볼 수 없겠구려!"

하며 통곡했다. 이렇게 한참을 운 뒤에 서선생에게 제사 음식을 대접하고 집으로 돌려보냈다. 주화미[酒花米](라마교 의식의 일종으로 종이 꽃이나 쌀을 던지는 것)에다가 '신등안진[神燈安眞]'이라고 크게 하나 써서는 영전에 놓았다. 친척과 친구, 집안의 지배인들도 모두 상복을 입고 삼베 띠를 둘렀다. 그들이 향을 올릴 적에는 문 앞이 모두 하얗게 변했다. 온수재는 북쪽에 사는 두중서[杜中書]를 명정[名旌](영구[靈柩] 앞에 세우는 깃발로 죽은 사람의 성명, 관직, 봉증[封贈] 등을 적음)을 쓰는 데 추천했다. 두중서의 이름은 자춘[子春]이며 호가 운야[雲野]로 원래 진종시대에 영화전에서 일을 보다가 지금은 한가로이 집에 있었다. 서문경은 금과 은을 후하게 주고 두중서를 모시고 와서는 사랑채에서 과일 등을 대접하고 몸소 술을 석 잔 따라 올렸다. 응백작과 온수재도 곁에서 자리를 함께해 넓고 진한 붉은색 비단 깃발에 제를 써주기를 청했다.

'조봉금의서문경공인이씨구[詔封錦衣西門慶恭人李氏柩]'

열두 자를 써달라 요청하니 이에 응백작은 그렇게 하면 안 된다고 하면서,

"아직 정실부인이 계시는데 어찌 그리 쓸 수 있어요?"

하자 두중서는,

"아기를 낳았으니 그렇게 써도 괜찮아요."

이렇게 한참 갑론을박하다가 결국 '공[恭]'자를 지우고, '실인[室人]'으로 고쳐 썼다. 온수재가 말했다.

"공인[恭人]은 조정의 내명부에 올라 있는 벼슬아치의 부인을 가리키며, 실인은 보통 아녀자를 지칭하는 말입니다."

이에 흰 가루분으로 명정을 쓰고 '조봉[詔封]'이란 두 글자는 금박을 입혀 영전에 걸어놓은 뒤에 신주[神主]를 썼다. 두중서가 다 쓰자 서문경이 고개 숙여 인사를 하고 술과 음식을 대접하니, 작별을 하고 떠났다.

이날 교대호, 오대구, 화대구, 성문 밖 한씨 아저씨, 심씨 이모부도 모두 소, 돼지, 양 등 짐승을 잡아 제사를 지내고 지선을 불살랐다. 교대호의 부인과 오대구 부인, 오이구의 부인, 화대구의 부인도 모두 가마를 타고 와 조문을 하고 영전에서 곡을 했다. 월랑 등 모든 부인도 머리에 흰 띠를 두르고 흰 저고리, 삼베 치마를 입고 밖으로 나와 인사를 하고 같이 곡을 한 다음 안채로 안내해 차를 대접했다. 화대구 내외만이 죽은 이병아와 친척이기에 흰 도포를 입고 나머지는 흰 띠만 둘렀다. 이날 기원의 이계저도 소식을 듣고 가마를 타고 와서 지전을 태웠다. 이계저는 오은아가 먼저 와 있는 것을 보고서,

"언제 왔지? 왜 내게 한 마디 말도 해주지 않았어? 오호라, 자기 몫만 챙기려 하는구나!"

하니 오은아가 말했다.

"나도 마님이 돌아가신 줄 몰랐어. 일찍 알았더라면 돌아가시기 전에 와 뵈었을 텐데…."

월랑이 그들을 안채로 안내해서 대접한 일은 더 이상 얘기하지 않겠다.

시간은 흘러 어느덧 죽은 지 이레째가 되었다. 보은사에서 중 열여섯 명이 왔는데 황승관[黃僧官]이 수좌[首座]가 되어서 수륙도장[水陸道場](규모가 비교적 큰 법회로 음식을 베풀어 수륙 양계의 귀중[鬼衆]을 구한다는 것)을 열고 법화경을 암송한 뒤 「삼매수참[三昧水懺]」을 참배했다. 이날 친척과 친구, 지배인 등이 많이 모였으며, 옥황묘의 오도관이 와서 지전을 태우고 이칠경을 읽었다. 서문경은 천막에 머물면서 여러 사람들과 함께 야채로만 식사를 했다. 그때 하인이 들어와,

"한선생이 반신 초상화를 가지고 오셨습니다."

하여 사람들이 받아 보니, 금장식 관에 진주 귀고리를 하고 붉은 꽃무늬 저고리를 입고 있었으며, 하얀 얼굴은 생전의 모습과 같았다. 서문경은 보고 대단히 만족해하며 영전에 걸게 했다. 사람들 모두 잘 그렸다고 칭찬을 그치지 않았으며 단지 숨결만이 없다고 했다. 천막으로 모셔 음식을 들게 하면서 전신 초상화를 그리는 데는 좀 더 신경을 써서 그려달라고 부탁을 했다. 이에 한선생은,

"그리는 데 최선을 다할 것입니다."

했다. 서문경은 그에게 후히 사례한 후에 돌려보냈다.

오후에 교대호의 집에서 건너와 제사를 지내려 했는데, 돼지, 양 등의 제사물건들이 제사상 위에 가득 차려졌으며 과일과 고기 등 진귀한 음식 등과 또한 비단, 포목, 향지 등 도합 오십여 꾸러미가 넘었다. 귀신 모양으로 분장한 딸각발의 춤을 앞세우고 북과 징을 치고, 여러 가지 악기를 타며 요란한 소리를 냈다. 사람들이 도착하자 음양선생이 제문을 읽었으며 서문경과 진경제는 상복을 입고 영전에서

그들과 맞절을 했다. 응백작, 사희대, 온수재, 감지배인도 모두 나와 문상객들을 접대했다. 이날 교대호는 상거인, 주당관, 오대구, 유학관, 화천호, 단친가 등 친지들을 일고여덟 명 불러 영전에서 분향을 했다. 세 번 분향한 뒤에 모두 꿇어앉아서는 축문[祝文] 읽는 소리를 들었다.

유세차[維歲次] 정화 오년, 정유년 구월 경신 삭[朔], 스무이틀이 지난 신사일에 권생[眷生] 교홍 등은 여러 가지 제물을 차려놓고 제사를 지내는 바입니다.

안사돈 이씨의 영전에 제를 드립니다.
오, 애재라! 유인[孺人] 이씨의 성품은 아량이 넓고 선량하며 집안을 근검하게 다스렸고 사람들을 부림에도 인자하고 자상했네. 부도[婦道]를 잘 지켜 그 명성이 고을에 자자했으며 규수의 빼어남과 여인의 덕을 모두 갖추었네. 일찍이 군자의 배필이 되어 한 쌍의 봉황을 이루었으니 자식을 낳고 기름에 있어 의와 도리를 다했도다. 큰 덕을 본받고 부드러움과 선량함을 닮았네. 품행은 여러 여인들에게 모범이 되었고 자매들과도 화애로웠다네. 남옥[藍玉](옥종남전[玉種藍田]: 혼인의 인연이 이미 정해져 있음)이 이미 심어져 있고, 포주[浦珠](합포[合浦]의 명주[明珠])가 빛을 발하네. 함께 금슬 좋은 부부가 되어 영원토록 행복하게 오래오래 살기를 바랐지만 생각지도 않게 황량지몽[黃粱之夢](당인[唐人] 심기제[沈旣濟]의 『침중기[枕中記]』에 나오는 것으로 인생의 부귀영화가 다 순간임을 가리킴)은 깨어지고 착한 사람이 죽으니 그 누구인들 슬퍼하지 않겠는가! 어릴 때 귀여움을 받고 자라서 존귀한 댁의 부인이 되어 사랑을 받았었네. 뜻하지 않게 하늘이 원을 받아주지 않아 사랑하는 이를 멀리 홀로 두고 저승으로 가니 그 종적을 알 수 없구나. 그윽한 마음을 이 한 잔 술에 바칩니다. 만약 영혼이 있다면 오셔서 즐겁게 드소서.

잔을 올립니다!

여러 사람들이 잔을 올려 제사를 지내고 서로 인사한 다음에 사랑채 안으로 들어가 자리를 잡고 차려진 음식을 들었다. 이렇게 남자들이 먼저 제사를 올린 후에 교대호 부인과 최친가의 부인과 주당관 부인, 상거인 부인, 단씨 아씨 등 여러 부인네들이 하늘과 땅의 신께 제사를 올리고 영전에서 징을 치며 작은 귀신과 지옥의 심판관 모습으로 분장해 춤을 추면서 애도했다. 월랑은 여러 부인들과 곡을 한 뒤에 안채로 안내해 음식과 과일로 극진하게 대접했다.

서문경이 앞채의 사랑채에서 여러 사람들에게 술과 음식을 대접하고 있을 적에 갑자기 바깥쪽에서 길을 열게 하는 운판 두들기는 소리가 요란하게 들려왔다. 하인이 허겁지겁 안으로 들어와,

"본부[本府]의 호나리께서 문상을 오셔서 지금 가마에서 내리고 계십니다."

하고 전갈했다. 당황한 서문경은 급히 상복을 차려입고서 영전으로 나가 호부윤이 안으로 들어오기를 기다렸고 온수재더러 굴건제복을 하고 밖으로 나아가 모시고 들어와 앞채의 대청에서 옷을 갈아입도록 했다. 좌우의 하인들이 먼저 향을 사르고 지전을 태운 다음에 호부윤이 소복에 금띠를 두르고 안으로 들어왔다.

호부윤이 들어서자 많은 관원이 옷섶과 띠를 잡아주며 분주하게

오갔다. 영전에 이르자 그 앞에 꿇어앉아 있던 춘홍이 향을 올리자 향을 받아 들고 두어 번 허리를 굽혀 절을 한 다음에 서문경에게 애도의 말을 건네니 서문경은,

"대감님, 어서 일어나십시오. 너무 황송할 뿐입니다."

라며 급히 맞절을 하니 호부윤이 물었다.

"조문이 늦었습니다! 부인은 언제 돌아가셨는지요? 나는 어제서야 비로소 알았습니다."

"제가 못난 탓으로 집사람의 병을 치료하지 못해 대감님께 이렇게 조문하러 오시는 폐를 끼쳤습니다!"

온수재도 곁에서 절을 올리고 서문경과 함께 양옆으로 자리를 잡고 앉았다. 차를 한 잔 마시고 호부윤은 자리에서 일어났다. 온수재가 대문까지 나가 배웅을 하니 호부윤은 가마를 타고 돌아갔다. 다른 문상객들은 오후 느지막하게 각자 집으로 흩어져 돌아갔다. 그다음 날 기원의 정애월도 찾아와 분향을 했다. 정애월이 하얀 비단 저고리에 남색 비단 치마를 입고 머리에는 진주가 박힌 하얀 띠를 두르고 가마에서 내려 안으로 들어와 영전에 이르러 지전을 불살랐다. 월랑은 정애월이 과자와 음식 여덟 쟁반에 돼지, 양, 소로 끓인 국을 가지고 와서 제사를 올리는 것을 보고 급히 명주로 지은 상복 치마를 하나 주었다. 오은아와 이계저도 석 전씩을 부조금으로 내놓으니, 월랑이 이를 서문경에게 알리자 서문경은,

"별거 아니니, 명주로 만든 머리띠와 허리띠를 주어 안채 방에서 차나 마시면서 밤을 새우게 하지."

했다. 밤에는 친척과 친구들 그리고 지배인들이 밤을 새우고 연극을 하는 해염자제[海鹽子弟]를 불러 구경했다. 이명, 오혜와 정봉, 정춘

도 모두 와서 일들을 했다.

서문경은 큰 천막 안에 탁자 열다섯 개를 깔았는데, 제일 상석에는 교대호, 오대구, 오이구, 화대구, 심이모부, 한이모부, 예수재, 온수재, 임의원, 이지, 황사, 응백작, 사희대, 축일념, 손과취, 상시절, 부일신, 한도국, 감출신, 분지전, 오순신과 조카 두 명, 그리고 이웃 예닐곱 명을 모시고, 요리 열 가지에 과일 다섯 가지를 준비하고 사방을 환하게 밝힐 수 있는 큰 초 십여 개를 켜놓았다. 대청에 발을 드리우고 여자 손님들은 영전에 병풍을 치고 탁자를 놓고는 밖에서 연극을 구경했다. 여러 사람이 제사를 다 올리자 서문경과 진경제가 답례를 하고 자리를 정해 앉았다. 아래쪽에서는 배우들이 북과 징을 치며 위고[韋皋]와 옥소[玉簫] 두 사람의 사랑 얘기를 그린 「양세인연옥환기[兩世因緣玉環記]」를 공연했다. 서문경은 군졸 넷에게 음식 쟁반을 내오라 이르고, 금동과 기동, 화동, 내안은 주로 과일을 담당케 하고, 이명, 오혜와 정봉, 정춘은 자리를 오가며 술심부름을 하게 했다. 잠시 뒤에 연극이 시작되면서 남자 주인공 위고로 분한 배우가 노래를 불렀다. 그 뒤를 이어 여자 주인공 옥소로 분한 배우도 노래를 불렀다. 주방 안에서는 요리사들이 바쁘게 국과 밥 등을 요리해 올렸다. 그러던 중에 응백작이 서문경에게,

"기원에 있는 기생 셋이 여기 와 있다고 들었는데 어째 불러내어 교씨 사돈댁과 오대구 어른께 술을 따르게 하지 않는 게지요? 기생들도 연극을 보면 서로 좋잖아요."

했다. 이 말을 듣고 서문경은 대안한테 안에 들어가서 기생들을 나오게 했다. 이때 교대호가,

"그것은 안 될 일이지요. 기생이라고는 하나 조문을 하러 왔는데

어찌 술을 따르게 할 수 있겠어요?"

하자 백작은,

"사돈어른께서는 뭘 모르고 계시는군요. 이런 애들은 그냥 한가롭게 내버려둬서는 안 돼요."

그러면서 다시 대안에게,

"어서 데리고 나오거라. 그리고 여섯째 마님께서 돌아가셨으니 효도하는 셈 치고 여기 계신 어른들께 술을 따라 올리라고 내가 말했다고 전하거라."

했다. 대안이 들어갔다가 나와서는,

"응씨 아저씨가 있는 것을 보고 모두 나오지 않겠답니다."

하니 백작이,

"고것들이 그렇게 말을 한다면, 내가 안으로 들어가 보지."

그렇게 말을 하고 두어 걸음을 가다가 돌아와서는 다시 자리에 앉았다. 서문경이 웃으며,

"왜 돌아와?"

하니 백작은,

"마음 같아서는 당장이라도 끌어내고 싶지만 욕이라도 몇 마디 한 다음에 불러내 화풀이를 하겠어요."

그러고는 잠시 뒤에 다시 대안을 시켜 불러내니 그때서야 비로소 셋이 밖으로 나왔는데 모두 흰 비단 저고리에 남색 치마를 입고 좌석을 향해 되는대로 인사를 하고는 비실비실 웃으며 한켠으로 섰다. 백작이,

"내가 이곳에 있는데 너희들은 왜 요리조리 핑계를 대며 나오지 않는 게냐?"

하고 물었으나, 셋은 하나같이 대답하지 않고 술을 한 잔씩 따라 올리고는 자리에 앉았다. 아래쪽에서는 음악 소리가 들리면서 정식으로 연극을 시작하니, 남자 주인공 위고로 분장한 사람과 어릿광대 포지목[包知木]으로 분장한 사람이 함께 구란[构欄](연극 공연 장소)에 있는 옥소의 집으로 찾아가는 장면이었다. 포주 할멈이 나와 그들을 맞이했다. 포지목이,

"아씨 좀 불러주세요."

하니 노파가,

"포나리, 잘 모르시는 모양인데 우리 집 애는 정식으로 초청을 하면 몰라도 부른다고 함부로 나오지 않아요. 그런데 어찌 그리 함부로 나오라고 하세요?"

하자 이 말을 듣고 이계저가 좌석을 보고 웃으며 말했다.

"이 포씨는 하는 꼴이 응씨 거지와 똑같아서 싸가지라고는 전혀 찾아볼 수 없군요!"

"요 음탕한 계집이! 내가 그렇게 눈치코치가 없는데 어찌 너희 집 어멈은 나를 좋아하지?"

"당신을 좋아한다구요? 말도 안 돼!"

서문경이,

"연극들이나 보지, 웬 말들이 많아! 다시 말들을 하면 벌로 큰 잔을 마시게 할 테야."

하니 이에 백작은 더는 말하지 않았다. 한 막이 끝나 막이 내려졌다. 대청 안 왼쪽에서 발[簾]을 내리고 연극을 보는 사람들로는 오대구 부인, 둘째 이모, 양고모, 풍씨 할멈, 오이모, 맹씨 이모, 오순신의 처, 정씨 아가씨, 단씨 아가씨, 그리고 집안의 월랑과 여러 마님들이 있

었고, 오른편에서 발을 드리우고 춘매, 옥소, 난향, 영춘, 소옥이 서로 옹기종기 앉아서 연극을 보고 있었다. 이때 차를 나르는 정기[鄭紀]가 과일차를 내가려고 발 앞으로 지나갔다. 춘매가 정기를 불러 묻는다.

"누구에게 갖다 주는 게지?"

"오대구 부인이 드시겠답니다."

이에 춘매가 찻잔 하나를 손에 들었다. 그때 마침 소옥은 연극에서 여자 주인공의 이름이 옥소라는 것을 듣고서 옥소를 잡아당기며,

"음탕한 것아, 네 서방이 왔어. 포주 어멈이 너더러 나가서 맞이하란다. 어서 나가지 않고 무엇을 하고 있어!"

하면서 힘을 주어 내밀치니, 그만 주렴 밖으로 밀려 나갔다. 그 바람에 춘매가 손에 들고 있던 차가 온몸에 쏟아지고 말았다. 이에 춘매는 옥소를 욕하며,

"요 고얀 계집이! 뭐가 좋아서 이렇게 야단을 치고 지랄이야. 찻물을 다 엎질러버렸잖아. 하마터면 찻잔까지 깰 뻔했잖아!"

하고 소리를 질렀다. 이 소리를 서문경이 듣고 내안을 시켜,

"안에서 왜들 떠들고 야단이냐?"

하고 물으니 춘매가 의자에 앉아 말했다.

"가서 말해요, 옥소 이 음탕한 계집이 사내를 보더니 이렇게 난리를 피우고 야단이라구."

서문경은 술좌석이 왁자지껄해지자 더 묻지 않았다. 월랑이 그쪽으로 건너가 소옥에게,

"너희들이 모두 나와서 연극을 구경하면 안채는 누가 본단 말이냐?"

하고 야단을 치자 소옥은,

"큰아씨가 방금 전에 건너가셨어요. 그리고 스님 두 분도 안채에 계세요."

하니 월랑은,

"보려거든 쥐 죽은 듯이 볼 것이지 왜들 소란을 피우고 있어!"

하자 춘매는 월랑이 건너온 것을 보고는 얼른 자리에서 일어나,

"마님, 쟤들을 혼내주세요. 모두들 바람이 들어 미쳐서, 체통이고 나발이고 없이 시시덕거리며 사람들이 보든 말든 전혀 신경을 쓰지 않아요."

했다. 월랑은 몇 마디 더 주의를 주고는 제자리로 건너갔다. 이때 교대호와 예수재는 먼저 일어나 돌아갔다. 심이모부와 임의원, 한이모부도 막 일어서려고 하자 응백작이,

"아무래도 주인께서 한 말씀 하셔야겠어요. 우리들은 친구인데도 아직 남아 있는데, 친척들은 모두 돌아가려고 하잖아요? 심이모부는 엎어지면 바로 코 닿을 곳이고 한이모부나 임의원, 화대구 어른도 집이 다 성문 안에 있잖아요. 지금은 겨우 삼경이라 성문도 아직 열려 있지 않을 터인데 무얼 그리 서두르세요? 잠시 앉아서 연극을 보고 가더라도 늦지 않을 거예요."

하니, 이에 서문경은 하인에게 명해 마고주 네 동이를 내와 그들 앞에 내려놓게 하고는,

"이 술 네 동이를 다 드시고 나면 내 더는 붙잡지 않겠습니다."

그러면서 큰 술잔을 들어 오대구 앞에 놓으면서,

"누구든지 먼저 자리를 뜰 것 같으면 어르신 마음대로 벌주를 내리세요."

하니 여러 사람들도 다시 자리에 앉았다. 서문경은 서동에게 배우들

의 공연 목록을 가져오라 하여 그 안에서 재미있고 듣기 좋은 노래만 골라 부르게 했다. 잠시 뒤에 음악 소리가 들리며 주인공으로 분장한 배우가 올라와 서문경에게,

"소인이 「옥환기」의 한 부분을 부르려고 하는데 괜찮으시겠습니까?"

하니 서문경이 답했다.

"자네 좋을 대로 재미있게 해보게."

옥소로 분한 사람도 곁에서 노래를 불렀다. 서문경은 노래가 '금생리회[今生離會], 고차상기단청[固此上寄丹靑]'이라는 구절에 이르자 홀연히 이병아의 병든 때의 모습이 생각나서 저절로 가슴이 저려오며 자기도 모르게 눈물이 떨어지니 소맷자락에서 손수건을 꺼내 흐르는 눈물을 훔쳤다. 이것을 주렴 안에서 금련이 눈을 새치름하게 뜨고서는 월랑에게 서문경의 모습을 가리키며,

"큰마님, 저 양반 꼴 좀 보세요! 주책도 없는 양반 같으니라구. 왜 술을 마시며 연극을 보다가 갑자기 청승을 떨고 야단이죠!"

하니 옥루가,

"영리한데 어찌 이걸 모를까. 극에는 기쁘고 슬프고 만나고 헤어지는 장면이 나오는데 틀림없이 그런 장면들이 나리의 마음을 건드린 게지요. 물건을 보면 물건 임자를 생각하고, 말안장을 보면 말을 생각한다고 하잖아요. 그러니 자연 눈물을 흘릴 수밖에요."

하자 금련은,

"얘기를 듣고 눈물을 흘리거나 옛사람을 대신해 걱정을 한다는 말을 나는 믿지 않아요. 그런 것은 다 거짓이에요. 만약 노래를 불러 내가 눈물을 흘리게 만든다면 그를 훌륭한 배우라 여기겠어요."

제63화 대나무 숲에 비치는 희미한 서광

했다. 이에 월랑은,

"반동생, 노래를 듣게 좀 조용히 해."

하자 옥루가 말했다.

"우리 다섯째 동생은 무슨 일이 있으면 속 시원하게 말을 해야 직성이 풀리거든요."

그러는 동안에 배우들은 연극을 계속했다. 거의 오경이 되어서야 사람들은 자리에서 일어났다. 서문경은 큰 잔을 들고 권하며 사람들을 더 잡아두려고 했으나 결국 어쩌지 못하고 문 앞까지 나와 배웅을 해주었다. 안으로 들어가 그릇을 정리하는 것을 보고 연극 단원들에게는 연극도구들을 그대로 남겨두라고 일렀다. 다음 날 설공공과 유공공이 문상을 하러 오면 낮에 한 번 더 공연을 하게 하기 위함이었다. 연극배우들도 그러겠노라고 대답했다. 이에 술과 음식을 대접하고 숙소로 돌아가 쉬게 했다. 이명 등 넷도 집으로 돌아갔다.

서문경은 날이 밝아오는 것을 보고 그때서야 안채로 들어가 잠자리에 들었다.

붉은 해 창살에 비추고 차가운 기운 찾아드니
엷은 연기 낀 대나무 숲에 희미한 서광이 비치누나.
待多少紅日映窓寒色淺
淡烟籠竹曙光微

(7권에서 계속)